Richard Walter
[美] 理查德 · 沃尔特　著
杨劲桦　译

剧本

影视写作的艺术、技巧和商业运作

天津出版传媒集团
天津人民出版社

果麦文化 出品

Contents
目录

Preface 1
中文版序

银幕上的故事无需真实公正、冷静客观，不可避免地会带有极强烈的个人情感。从某种程度上来说，任何一件艺术作品，也都是创作者的自身写照。

这是一本关于如何编写故事的书，同样不可避免地带上了我的个人色彩。

我在书中阐述，尽管作家应在投入剧本创作之前先拟建故事大纲，但是他们更应该渴望和接受意想不到的惊奇。因为正是，也幸运地是，我的生活里充满了意想不到。

我从未曾想过自己会成为一位作家，更没想到有一天会成为影视剧本创作的教授——直到1977年8月，在马里布的一次聚会上，我收到了来自加州大学洛杉矶分校（UCLA）的邀请。在此之前我一直忙碌于好莱坞各大片场的剧本创作，从未把教书列入职业规划。

任教UCLA的影视写作课程纯属偶然，也给我带来了好运。多年来，我给很多作家讲过课，然而我所学到的东西却远远大于我所教授的。我永远感激来自世界各地的我的所有学生，包括这本书的翻译，我的第一位中国学生杨劲桦，你们使我受益良多。

我也很高兴能与中国出版方果麦文化合作，将这本书介绍给更多读者。

理查德·沃尔特

2016年7月

Preface 2
译者序

加州大学洛杉矶分校（UCLA）电影学院的影视写作专业在全美国的大学中排名第一，而本书的作者，理查德·沃尔特正是这个专业的主席。他讲授的影视写作课被《纽约时报》《华尔街时报》《洛杉矶时报》一致评价为一门富有传奇色彩的课程，有多少原本默默无名的学生，从沃尔特教授的课堂里走出来后，接二连三地获得了奥斯卡、金球奖等奖项。

1983年的秋天，我离开中央电视台奔赴美国留学，考入UCLA电影学院的研究所，有幸师从理查德·沃尔特先生。刚从中国的禁忌和桎梏中出来的我，写了一部以女性情感为题材的本子，把那个主角刻画得历经艰苦、十分完美。沃尔特教授读完我的剧本初稿后若有所思沉默不语，最后，他眨了眨眼睛，轻描淡写地说："我想我不会爱上一个这么没有缺点的女人。"这句话改变了我的思维方式，影响至深。

《剧本》一书是沃尔特教授写作课程的内容大纲，三十多年来，被全世界一百多所大学当作教科书使用。这本书最大的特点不仅是通俗易懂，手把手地教你如何写出一部专业的电影剧本；更重要的，是它会为有志进入影视编剧领域的人们提供勇气和信心。

杨劲桦

2016年10月

Introduction
前言

/ 上帝的游戏 /

20世纪70年代初，美国编剧工会举行了大罢工。那时我还是电影系学生，已经从事了几年职业写作。

现在可以承认我喜欢那次罢工了吗？

当时我为制片厂写过六七部电影剧本，有稳定收入，过着像样的生活。罢工期间正好赶上我的写作空当——这是好莱坞对作家失业的委婉说法——所以我并没有因为罢工而被迫放弃什么工作。

失业的好处是你不会再被解雇。

罢工发生在洛杉矶的春季，尽管我依然保持着“纽约至高无上”的沙文主义，也不得不承认南加州春天的惬意。我住在一个温暖舒适的小别墅里，后院宽敞明亮，长满了果树。院子里经常会有许多鸟儿，以及负鼠、浣熊和臭鼬。我甚至连臭鼬都喜欢。那时我正在构思一部小说，大部分时间都坐在有着松木墙板的北屋书房，安静凝视白雪覆盖的圣盖博山。

编剧工会会员被要求去指定的制片厂门口，组成抗议人墙，来回沿街走三个小时，一个星期要走这么两次。而我被指派的地点是派拉蒙电影公司。每次我都迫不及待，因为正好可以走出房门踏入阳光，迫使自己活动筋骨。而最棒的是，这是我第一次可以定期地碰到其他作家。

在派拉蒙的布朗森门前来回游行，同僚们的话题多到停不下来。我们谈论体育，谈论天气，谈论汽车，还谈论"水门事件"。

更主要地，我们谈论写作；不是那种前瞻、深刻的真善美论题，而是琐碎实际到螺母和螺栓怎么拧到一起的办法、写作者们的职场话题：使用手动转笔刀还是电动转笔刀，普通格式的纸张还是带横格的黄色加长纸，毡尖马克笔还是圆珠笔，用普通涂改液还是去帕萨迪纳市科罗拉多街北边的湖泊街那家文具店里以折扣价批量购买无品牌标识的散装涂改液。

我们像被宠坏的顽童，如同五千年前苏美尔人发明文字以来所有的书写者一样，数落那些不公正欺压我们的人：经纪人、演员、行政管理者，任意改写和破坏我们最新剧本稿、与制片人沆瀣一气的雇佣文人，糟蹋葬送我们完美成就的导演，拒接我们电话的文学经纪，没有对我们永恒和不朽的才能表示出足够敬意的配偶、孩子、父母、朋友、宠物，甚至花花草草。

就这样一边游行一边和同伴们聊着天，我突然从娱乐圈的八卦中发现了一个令人震惊又让人解脱的真相。我把它作为这本书中还会不断强调的众多基本原理中的第一条，列在这里。

原理1：所有作家都憎恶写作。

原来我不是唯一那个畏惧空白纸张的作家，每天挣扎地拖着自己坐到写字台前，偷懒磨蹭，为了不把手放到键盘上而去地毯上捡线头。我相信，这种恶劣习惯所有作家都有。

作家热爱他们写下的作品，但憎恨写作的过程。

这似乎显得讥讽可笑，但它只是陈述了一个简单事实。作家一小时一小时地坐在空屋子里，尝试编造出能使观众愿意花时间去看、去思考的故事和人物，还需要用机智的对白把空白的纸张（或如今发光的电子屏）填满，这实在是一种最孤独的生活。而且写作就像用头撞墙一样，停下来的时候才感觉到痛。

大家沿着游行专用的警戒线，在梅尔罗斯大街上一步一步地绕着圈子，到了范尼斯路时拐弯。我们各自述说着自己逃避写作的聪明和怪异的方式。其中一个作家说，他是茫然地盯着窗外的车辆，当数到第十四辆后面有内布拉斯加州车牌的汽车开过去后，才开始写作。另一位编剧说，他开始写作前要播放柔美动听的爵士乐作为背景，把所有铅笔精心削好，所有书本整齐摆好，测试打字机的色带，最后还要……给冰箱除霜。

不过这并不是否认写作会有激情高涨和随之而来的充满胜利感的时刻。职业编剧可以获得报酬，如果是普通人做同样的事，则会被谴责为：白日做梦。

然而，写作，远不仅仅是在做梦。

原理2：写作是扮演上帝。

如同上帝创造世界一样，作家创造他们剧本里的一切。如果我们想让老天下雨，它就下雨。如果我们厌倦了下雨又想见到阳光，阳光就会出现。如果我们憎恨某人并希望他死——有谁没想过要杀死谁吗？——那编剧就杀了他。过后，也许编剧后悔了，那就敲打键盘让他死而复生。

几十年来，“导演主创论”为导演涂抹了一层虚假的油彩，认为他们是电影里排第一位的艺术创造者。影视作家们据理力争，最后才终于被确认了应有地位，因为剧本才是电影的正宗原动力。编剧是电影里排第一位的艺术创作者，原因无他，仅仅因为他／她是：第一位。没有影视作家，再庞大的电影制作大军也会迷失方向。无论拥有多么先进的艺术摄影机、多么新型的高级剪辑设备、多么演技精湛的明星、最受人尊敬的制片人，在编剧未写出电影计划之前，这个包罗所有电影制作工具的大部队都是毫无用处的。

而这个计划就是电影剧本。

有一次，传奇导演弗兰克·卡普拉接受采访，记者请他准确地解释他是如何实现电影里“卡普拉的独特风格”的。卡普拉大谈特谈各种技巧：如何暗示演员，如何给整个摄制组和剪辑师传递智慧的想法。他没有在任何一处提到罗伯特·里斯金的名字，里斯金只是卡普拉所有电影的编剧而已。

采访刊登上报纸的当天下午，卡普拉在办公室收到了一个通常内装电影脚本的大牛皮纸袋。他打开一看，里面是一份看起来像剧本的文件，有封面、封底、一百一十页的内页。只不过所有纸页都是空白的。罗伯特·里斯金在“剧本”上贴了一张小条，上面写着：“亲爱的弗兰克，请把‘卡普拉的独特风格’放进去。”

写作，如同所有创作性的表达，历经种种煎熬，最终目的都是为了有结构、有组织、有策划地实现梦想。因此，作家最基本的任务——在编织故事、人物和对话之前——是学习如何让自己以一种自由和有秩序的方式做梦。

真可以教会人们如何做梦？

作为一个剧作导师，我经常被同时问到两个问题：1. 写作能够被教会吗？2. 正规的学院派教育能够帮助作家在影视界参与竞争吗？

先回答第二个问题。答案是肯定的。

对于在电影电视和新媒体中追求成功的作家来说，有且仅有一个策略：写出好的作品。为此，凡是能够帮助作家建立叙事结构、聚焦剧中人物、使对白清晰可感而暗含锋芒，凡是能够帮助作家创作一部给观众留下深刻印象的剧本的辅导，都应该有助于作家跨过业余和专业之间的鸿沟。

作家能被教会写出好作品吗？

答案也是肯定的。

没有人会期望一个未经训练的单簧管吹奏者钻进衣柜，就能变身成为专业演奏家。没有人会期望一个作曲家目睹一场神奇的宗教奇迹，就掌握了乐理和乐谱。连莫扎特都有老师。同样地，新手画家都有导师，有经验的画家都有门徒。

像所有艺术创作一样，写作不仅需要天才，还需要训练，这二者中仅有一项能力的人就已经很少见。天资卓越又受过严格训练的，更是凤毛麟角。天赋很高但受过很少训练的作家远远无法跟天赋一般但训练极佳的作家相比。当然，没有教授或书籍可以提供才能；在加州大学洛杉矶分校（UCLA）影视写作的研究生班里，学生需要自己具备天资。灵感无法强行灌输，他们必须发现自己的内在动力。所幸的是，不管怎样，教授虽不能提供天资，却也无法把学生的天资从他们身上拿去。虽没有任何书籍能为剧本创作提供配料齐全的完美公式，但在狭义和广义上，却可以为有些难题提供有效的解决途径。

/ 本书概论 /

正像第七章《故事：情节装配》所强调的，把箱子里刚刚送来的一辆儿童三轮车组装起来和编织架构一个完整的电影剧本之间，差异是巨大的，后者要求一种变魔术般的能力。

影视写作远不止是懂得如何缩进对白格式。读者如果只是想学习规范的剧本格式，直接翻到第十一章查看即可。但我们先把格式放在一边。剧本写作的真正挑战，一如既往，是寻找作者独特的声音。

第十三章《写作习惯》是关于作家的态度，如何夜以继日、绞尽脑汁地把自己的梦创造成值得观众花时间、花精力去看的连贯、戏剧性的电影。

如果剧本没被拍摄，电影没有上映，观众没有看到，那就相当于剧本根本不存在。第十七章《剧本销售策略》解决如何将剧本呈交到专业圈子里的事宜。这个专业圈子包括：经纪人、制片人、演员、导演、律师以及整个工作和协作人员团体。

无经验的编剧往往格外重视后面的那些章节。但如果作家出于考虑市场销售而去写剧本，很有可能会适得其反。所有有市场的题材都早被写完了。在没有写出东西可卖之前，担心卖得掉还是卖不掉是没用的。

原理3：找到一个经纪人不难，难的是写出一部值得经纪人推销的剧本。

总之，在把编剧工作掰开揉碎、分成零碎部件的同时，我们还要始终在脑海里牢记“完整的电影”。本书第四部分会将所有这些零碎的部分重新整合。最终，剧本写作尽管有不可避免的孤独和痛苦，也会让你过足最美妙的瘾。

原理4：写作是精神分裂的过程。

写作有时候要求作家短时间内把自己打碎，再揉搓成不同人物，每一个人物都拥有独特的个性和特征。与此同时，这些角色还要在同一个整体的故事情节里，无止境地相互产生矛盾。

他们必须处理很多貌似独立但事实上只能作为整体而存在的项目：故事、人物、对话等等。作家必须自由地漫游在分散、凌乱的细节里，但又需要清晰、有序并逻辑合理地讲述故事。他们所写的故事必须跌宕起伏又必须让人可信。像所有艺术家一样，即使他们编出了弥天大谎，也必须以之来表现真实主题。

原理5：艺术是谎言，讲述了更大的真理。

哈依姆·波托克在他不朽的小说《抉择》里，描述了一段犹太教士与他儿子之间的对话。教士解释说，在希伯莱语中，上帝是Mel，它的意思是“国王”和“首领”。接着又说，Mel反过来写是Lem，意思也恰恰和Mel相反，是“傻子”。Lem还有另外一个意思是“心”。

如果你想变成国王，你想模仿上帝，那你必须服从你的头脑而不是你的心。对教士的儿子，也许这是一个明智的建议，但对作家来说，它不是。

写作是一种心灵产业，运用切实体验和主观感受多于理智分析。为电影写作从头至尾就是一种奇妙且愚蠢的行为，对成年男女来说，以此谋生真是一个荒唐可笑的选择，但也自有它的乐趣。

如果你想成为上帝或国王，让你的头脑指引你。如果你想为银幕写作，那么，用心生活：鼓起勇气做一个傻子。

Part One

艺 术

Art

Chapter 1
七个被误解的词

作为加利福尼亚大学洛杉矶分校（UCLA）影视写作专业的主席，我具有要求一批批学生购买影视编剧写作书籍的权威。各出版社会把每一本相关的书都寄给我，有些书的内容其实只是略微涉及此专业，这都不足为奇。这些书现在还以每星期两本的速度被源源不断地送到我的办公室。其中有些不错，有些则不好；有些极其认真严肃又高傲自大，而另一些则随意轻松甚至散漫。但是，所有这些书都有一个共同特征，那就是：词汇表。

绝大部分书总是塞满了摄制影片的技术性用语，如：角度、镜头、摄影机运动、剪辑效果等，而这些恰是我奉劝影视作家无论如何都要避免的。

电影剧本应该使用清晰和日常的语言。具有天才的创造力和想象力当然绝不是坏事，但一位作家首先必须懂语言，而且需要非常好地掌握语言，因为语言是可以把作者脑子里的故事转变为电影剧本的唯一工具。特别重要的是，词汇选择的精确性。

为此，我提出七个被普遍曲解的词语。在当今时代，这些词已经被赋予了新的含义，但是在这里我要辩论，让它们回归原本的定义。这些词的流行含义容易造成势利看法，对艺术是一种危险，尤其是对电影和电视这种公共大众艺术，极具破坏性。

娱乐 Entertainment

年复一年，每当新的007邦德电影开始发行，制片人艾伯特・R.布洛柯里都会在接受报纸采访时向那些评论家表示，他完全明白他的007电影不是《麦克白》，而只是娱乐。

难道他没有看过《麦克白》吗？难道他不知道《麦克白》是多么富有娱乐性吗？他不知道那里面有女巫、悬疑和特效（“我眼前看到的是一把匕首吗？”），还有谋杀、伤害、欲望、贪婪、阴谋、剑斗、流血、复仇和恐惧吗？

学者和评论家们肯定会说，《麦克白》有比这些表面上的紧张更丰富的内容。他们说得没错。透过表面冲突，此剧对人性的某些侧面做了深刻的剖析。

然而，娱乐和艺术并不相互排斥。与此相反，它们紧密相关，如影随形。任何艺术家——尤其是电影或电视剧作家——都不必因为给一大群观众提供了娱乐而感到歉疚。

长久以来，“娱乐”一词笼罩着贬义色彩，它暗示的内涵是短暂、肤浅、琐碎、无足轻重，这是不应该的。但要了解这个词的真实含义，作家最好的方法是去查阅一本有价值的词典。

在英语领域，没有哪部词典比《牛津英语词典》更有价值。在这部词典里，“娱乐”享有可敬的、庄重的传统。娱乐是占有，是抱持，是沉浸于思考，就像它在短语“entertain a notion（抱持一种见解）”中的意思。它不是指一个人在脸上画油彩，然后跳踢踏舞，以“娱乐”某种观点；而是在脑海中玩味它，掂量它的分量，查看它，权衡它，赋予它价值并进行深思。

“娱乐”的词根来源于“缠绕”（interwine）。它有两种特别的缠绕方式：第一种是将所有元素——情节、人物、对话、动作、场景，和所有其他——编织成整体，使之成为一件作品；第二种是将电影与观众连接。最理想的是，任何艺术形式的观众都能在某种意义上成为创作的一个部分。

把娱乐仅仅说成是使观众欢愉，是不公平的。一部电影毫无疑问需要获得比那更多的东西，但是，如果它不能首先让观众享受，更多的东西便无从谈起。

商业 Commercial

商业的（commercial）一词当然从商业（commerce）衍生出来。体面、敏感、天才的、具有灵感的艺术家对庸俗的商业就像对恋童癖一样，避之唯恐不及。毕竟，商业是卑贱的行当。上流社会的家庭和客栈在胡同后面、房子后边、楼梯下面为商人留有单独的出入口，不是没有原因。

有自尊的作家难道不应该超脱于做买卖的种种束缚吗？否则他怎么另辟蹊径，挖掘自己内心深处的真实，并最终与观众分享？我们怎么会把高贵的艺术和肮脏的吸金术连在一起？

再一次建议，去查查词典。

商业，尽管它有最常见的定义，但不仅意味着交换。像“娱乐”一样，这个词具有令人尊敬的历史。商业的第一个意思是“物质上的沟通”，这本身就并没有对电影做贬低的描述。更有意义的是，商业使人想到“与神灵、精神、激情、思想的交流”。商业表达了“交流、传播”，尤其是关于“人生事务”。它表达了人与人之间自然产物或者艺术产物的交流。

人们可以到无比遥远的地方去寻找艺术完整性更为崇高和高尚的定义。毫无疑问，仅是商业上的成功并不能成就一部电影的不朽。但反过来，商业上的重大成功并不表明它毫无价值。与此同时，晦涩和没有名气也不保证电影具有价值。

奥逊·威尔斯说：“诗人需要一支笔，画家需要一把刷子，而电影制作者需要一支军队。”军队需要钱的支撑。影视中的商业体现了一种沟通表达的重要机制，它碰巧是昂贵的。

因此，“商业”这个词的卑微声誉来得实在毫无道理。如果作家太自负，不肯在低下和肮脏的商业战壕里施展身手，那是他的权利，但是我会强烈建议他不要在影视界谋生。

偷窥狂 Voyeurism

影评人无情地抨击某些电影为偷窥狂，但是，准确地说，如果电影不偷窥还成其为电影吗？观众隐藏在电影院的黑暗里，透过银幕窥视陌生人的生活和隐私。他们翻找片中角色的东西，审视他们的行动，偷听他们的对话。

我们知道这比真的躲在小巷里偷窥别人家窗户里发生的事情要

好，所以雇佣电影制作人去为我们偷窥。如果一部影片表现得像无耻下流的偷窥狂，那只说明制作者手艺太差。谴责电影偷窥就跟谴责水湿润是一样——毫无道理的。

编造 Contrivance

电影工业是人类历史上最无中生有的工业，纯属编造。

还有什么能比电影操纵、编排、策划、安置得更多呢？作为观众，我们看到的场景由连续交叉衔接的影像镜头、逼真的同期对话组成，尽管我们感觉自然真实，可那些不同片段其实都是在不同时间和不同地点拍摄的。

编造，如同所有工艺，都不应该被看出编造的痕迹。技巧高超的剧本全是虚假编造，但它们天衣无缝。这个概念将在本书的很多章节里论述；但在这里，我要先简短阐明，如果你不能忍受夸张杜撰的外观，不屑于幻想和设计技巧，那你就绝对别涉足影视写作行业，因为它的编造程度比所有艺术加起来还要严重。

搜刮 Exploitation

如果你特别高傲地表示永远不会做类似搜刮（exploitation）这种低级的事情，那么，当影视编剧就是选错了行业。

事实上，不仅电影，所有艺术都必须搜刮。搜刮的意思就是实现效益最大化，去攫取最精华、最丰富的资源，以实现最高心声的表达。如果不搜刮各种素材，好的剧本很难创作出来，因为剧本写作基本上是一项赤手空拳的事业。作者在寻求实现最佳效果时，要敢于搜刮利用各种资源。

好莱坞 Hollywood

好莱坞（Hollywood）是指南加利福尼亚州洛杉矶的专业影视圈，它不仅保持着世界电影的中心地位，并且比以往任何时候更甚。这是因为它比别处拥有更多的阳光吗？洛杉矶并没有垄断阳光。是因为它的历史传统吗？电影业至今也还是一个很年轻的媒介，并无多少传统可言。是因为这里有很多技术高超的电影艺术工匠吗？有可能。

即使大多数好莱坞电影很失败，即使这里生产了很多肤浅和虚荣的影片，但这种情况在书籍、诗歌、音乐、绘画中也同样存在。如果你一听人提到好莱坞就嗤之以鼻，露出不屑的表情，如果你不能忍受浮华，不喜欢鲜艳、明亮、火爆、引人注意的场面，不喜欢干脆、刺激的对话，不喜欢夸张、粗俗的动作，不喜欢绚丽、招摇的效果，那么，想进入大众艺术界发展的你，可能是在人生道路的某个路口转错了方向。

观众 Audience

“观众”是这里面最难捉摸的词了，它需要专门用一个章节来讨论。

Chapter 2

观众：观察者的位置

电影是为观众拍的。

但电影界的精英阶层往往对观众不屑一顾。

一幅画哪怕只要找到一位顾客就可能世代保存下去。一首诗哪怕被一家最名不见经传的出版社发行，最终都可能被大众咏颂。

但电影却行不通。

流行艺术的对象是普通大众。为了真正达到它的自然目的，电影需要各种群体的组合，不是一个观察者，而是一大批各式观众，要让所有这些人聚集在一起，观看一部以稳定单一速度播放的电影。

电影没有观众就如同电影根本不存在。当然，它可能在一些技术形式上是客观存在的——一些由卤化银感光乳剂形成的物质，电影胶片上一些光与影的图案。但无论如何，一部电影没有观众，其效果和此电影从没有被拍摄一致。它不触动任何人，没有令任何人感动。如果没有观众观看，所有倾注其中的天赋和辛劳，所有艺术和工艺，加在一起等于零。

因此，没有哪一位影视编剧可以忽略观众。

想象一下，在一个遥远的地方，有一个信号覆盖范围有限的广播站。一个孤独的人主持着他的深夜爵士乐节目。节目只有一小撮听众。

有可能在一天夜里，或者某个时间，甚至连一个听众都没有。

这种情况下，主持人实现传播了吗？

为了回答这个问题，我们必须查看一下“传播”一词的意思是什么。当今人们对传播这个词有众多花哨、令人费解的、新发明的解释。但没有人阐述得比两千年前的亚里士多德更为确切。他说，传播要求三个要素：1.信息源；2.信息；3.接收者。缺少其中任何一个要素，传播就不会发生。

我们孤独的主持人在他遥远的没有听众的广播电台里没有完成传播，因为没有听众。当然，他在广播时并不知道是否有听众。他只要盲目地相信，也许有几个爵士乐迷夜里失眠睡不着，在收听广播，他就会开始播放音乐。主持人说着该说的话，播放着唱片磁碟，从来不曾真正了解他的音乐和他喋喋不休的讲解是在自己独享呢，还是在跟活生生的、有血有肉的听众们分享。无论是哪种情况，他做的事情都是一样的。

如果是后一种情况，他实现了传播；如果是前一种情况，则没有。他的传播能力不仅取决于他自己，还依靠听众存在。

剧作家面临相同的问题。亚里士多德传播法的三要素：信息源、信息、接收者中，我们称编剧为信息源，剧本是信息，观众是接收者。没有哪个编剧可以肯定自己的剧本一定会被投拍。这对最谦虚的新人编剧和最经验丰富的作家来说都一样。即便是已经被高价购买的剧本都不能百分之百地确定会被投拍。

电影公司文学部门的架子上堆满了剧本——买下版权的、委托授权的、已经购买的……但都还没有投资拍摄，甚至在开拍的剧本中，就算是电影已经制作完成的，也还有很多没有在电影院上映。原因很多，比如，它们可能在发行渠道上遇到了麻烦。这种情况下，还是相当于编剧从未写过剧本，而卖出去的剧本绝大多数也是这种命运。

我们只能对这样的事实视而不见。影视编剧必须想当然地强迫自己相信，他笔下的人物会由演员扮演，电影会由摄影师拍摄，素材会由剪辑师剪接，然后呈现给观众。这样想是有好处的。

为此，我们才可能对作家提出第一条，也是最后一条，更是唯一一条要求：写出值得观众去看的剧本。好的电影是值得五花八门的观众群花费时间、精力去看，去思考的。写一个从头至尾都不枯燥的电影剧本，观众们会自觉排队排到街口；他们会在寒冷的户外站好几个小时，花钱买票，只是为了观看作家编造的持续一百多分钟的幻想。

原理6：影视写作牢不可破的原则：不能乏味。

如果对成功剧本的要求仅仅是避免让观众厌烦，那为什么只有人数不多的编剧勉强能够维持中产阶级的生活呢？为什么没有成千上万或上百万的作家出现？无非是让观众在一两小时里不感到厌烦，那有多艰难呢？

影视写作实际上的确极其艰难。

要编造一个值得关心的故事，还有各式人物，给他们配上行动和对话，让观众从晚上8点一直到9点40分始终对他们保持兴趣，这是一件真正艰巨的工作。

电影应该令观众值得花时间、金钱、精力去看，这个结论不应该引发任何争议。然而，为数众多的学者和批评家都不屑甚至辱骂这个观点。他们抱怨说，试图吸引观众是一种讨好和迎合，而真正的艺术家，是丝毫不关心观众的。他的任务远比迎合最大多数的观众群要高尚。优秀的作家并不关心他们的作品是否会在偏僻的皮奥里亚上映。他们进入一种快乐、神魂颠倒、精神恍惚的状态，任凭自己的创造力如琼浆喷涌，想象力展翅翱翔。

我们被告知，除此以外，再没有更多。

当我在1970年代进入UCLA电影学院的时候，对作家来说，排在第三位的坏事就是写一个剧本并把它卖掉，因为这样做是为了臭钱而玷污了艺术。第二坏的事情是编写一个剧本，不仅卖掉，还被拍成了电影。如此他就成了这个体制的一部分，为体制工作，成了腐败堕落的资本主义机器上的一个齿轮。

那么，对编剧来说，最坏的事情是什么呢？就是写一部大红大紫的电影剧本。专家和学者们认为，观众不聪明，他们是愚蠢的。为什么那么多学者把自己标榜为马克思主义者，却表现得那么讨厌群众？

20世纪60到70年代，在UCLA，真正的电影艺术家们丝毫不考虑观众。你背上便携式摄影机，拍下任何让你心里一动的东西（我称之为电影艺术的花洒学派），然后你做出来的什么都是漂亮的，因为你很漂亮。

当然，这是自我陶醉的哗众取宠。

原理7：观众不愚蠢，他们很聪明。

几千年的历史已经证明，观众具有一种不可思议的能力，可以找到有价值的东西。这并不是说所有流行电影都是好的，而不流行的都是坏的。我的意思只是说，为了让作品流芳百世，电影需要在艺术和商业上均获得成功，二者缺一不可。

提供好作品的责任在于艺术家，而不在于观众。蔑视观众、对公众缺乏敬意的艺术家，应该放弃任何为银幕写作的野心。

剧作家首要、基本的任务就是为普通人在每天按部就班、不可避免的沉闷生活中提供消遣。如果说我们对艺术作品的最高期待是彻底改变我们的生活，那么我们的最小要求是，至少别让我们瞌睡。

即使观众所喜欢的历代作品不乏肤浅和愚蠢之作，但在漫长岁月中，观众也证实了自己有能力识别出公认的伟大作品。被记载下来的最早的大众艺术，就是古希腊经典作品，它们代代相传，历经无数个世纪重复演出。没有一部剧不为当时的观众所熟悉和喜欢，也没有一部作品在作者的有生之年未能与观众见面。

《俄狄浦斯王》并不是默默无闻，被放错了地方，蜷缩在索福克勒斯的旅行箱里，等待着引起有勇气的研究生发现才能被拿去做专题研究。《哈姆雷特》也不是在莎士比亚时代被忽视，最后才侥幸被现代学者和批评家挖掘出来。莎士比亚最好的作品在他自己的年代就已经取得了辉煌的、盛极一时的成功，从最早的演出开始，观众就已经成群结队、反复多遍地观赏过。

当然，我的意思并不是说观众越多电影的质量就越好。连亚里士多德都承认有不幸的事情存在。就单部电影来说，为何不同观众只能跟某些影片触碰出火花，始终是个很神秘的现象。但是，电影作家永远不需要因为吸引了观众而感到抱歉。相反，一部没有在它所属的时代赢得观众的电影，无论其本身是好是坏，都始终是一个失败。

Chapter 3
个人剧本

/ 自我表露 /

影视写作教育近年来已不仅仅是风生水起，而简直就是爆炸了。这种现象甚至不局限于正规电影学院内，一支自封的编剧“指导”大军在全国乃至世界各地巡回。事实上，有如此多业余爱好者涉猎参与，编剧工作完全可以被认为是新千年的新游戏。

当然，不同的教授教学方法各异。一位老师鼓吹，剧本正确的架构包含故事的五段主要情节。另一位则倾向用“情节点”和“转折点”（我从来都没弄清楚它们之间的区别），并声称不是五个而应该是九个——或是十一个？——反正就是多点儿或少点儿。更有另外的权威人士认为，创造故事架构的核心不能少于两打的“支撑点”。

然而，在公认的基本原理面前，这些差异都相形见绌。例如，几乎所有受欢迎的编剧教师均同意，在无数的屏幕元素——人物角色、对话、场景设置及更多——中，高于一切的是故事本身。此外，大家都同意，每个故事下面都有“结构”。

从我的观点来看，那些高明的教师只是在亚里士多德永恒的《诗学》基础上加以发挥和演绎罢了。亚里士多德的《诗学》明确阐述了故事的结构不是五个、十个或几打，而是只有最基本的三要素。它常被错误地叫做三幕范式（three-act paradigm，这是学术界很时髦的一个名词），但事实上，亚里士多德从未提到过“幕”（act）一词。相反，亚里士多德表述的三要素是开端、中间和结尾。也许时代的变迁终于打破了一切古希腊规范的教条，但是就我个人来说，在各行各色的流派中，我选择追随亚里士多德。

我预测这位老先生的观点会始终站得住脚。

我们将在第七章《故事：情节装配》里来讨论这个有争议的问题。

即使是最挑剔、古怪的影视写作教授们也基本上一致同意：卓越的故事是第一重要的。不过，有位广受欢迎的学者提出了一连串相关的观点，我却实在无法苟同。我的目的并不是介入影视写作教育领域里的地盘争夺战，而只是坚持影视写作中最基本的两条原理。

这位独立编剧指导者坚称，不管作家写什么，都不能写和自己有关的故事。他警告说，除了作家本人，没有人在乎作家的隐私和个人的困境。

这就是我们之间最基本的分歧。从我个人几十年的写作和教学经验中，我终于了解到的是，写作者最应该写他自己的故事。

原理8：每当作者坐在空白纸张或发光的屏幕前时，他应该写的是关于自己的故事。

即使编剧力图去尝试不写自己的故事，即使他被雇用去写一个完全是基于别人想法的剧本，自己丝毫没有那个故事的经验，但是，到头来他写的还是自己，他以自己的理解去写那个故事。无论最初的概念多么具体和狭窄，它都要透过作者特殊的情感和思考过滤成为最后的文字。最终，无论他自己愿不愿意，该编剧所创作的故事还是关于他个人的。

何必要抗拒呢？

我的劝告是：接受这个事实。

这是一场虽败犹胜的战争。

说到底，自我表露不仅发生在影视写作中，它也是所有创作性艺术表达的核心。自我保护——也就是排除一切个人因素——除了制止、扼杀和窒息作为艺术根本的情感之外，还能达到什么别的目的呢？

原理9：无论多么痛苦，编剧都必须欣然接受：真实的自我表露。这是电影的组织原理。

有所保留、缺少情感，保持公允、客观和冷静地写作，这或许在写公司行政章程和年度收益报告时是合适的，也可能适合于写后院花园里烤肉架设备的安装说明书。

但是，对影视写作来说，这样的表达违反了最基本的艺术原理：太乏味了。

/ 剧本的整体性 /

整体性是一种必不可少且难以捉摸的性质，贯穿在所有创作表达里。整体性超越了单独的各个部分：故事、人物、对话和其他。它包含了整部电影。

整体性的精确含义是什么？

整体性很好理解，却非常难以实现。浑然一体的剧本，它的每一个侧面和细节——所有小动作、每一句台词——都同时实现着两个任务：1.推进故事情节的进展；2.揭示扩展人物角色的性格。大概还可以用另一种方式来解释：每一个细节所提供的信息都必须告诉观众新的内容。

我们可以把整体性称为影视写作的最高指挥棒。如果素材以一种可识别、可衡量、可触及的方式，在推进故事情节发展的同时开发了人物个性，那么，所有规则都可以丢弃，所有禁令都可以宣布无效。只要能创作出浑然天成的电影，你想写什么都可以，怎么写都行。

确实，如果一部剧本从头至尾都很巧妙地合成在一起，那作家几乎什么都不用再做，就取得了成功。这听上去有点匪夷所思，别忘了，艺术在很大程度上正是让人匪夷所思的。

我们来说明一下。

比如，作为一名影视写作教授，我嘱咐学生们要避免出现在餐馆里的场景。因为只要打开电视，或去电影院，或播放影碟，你肯定都会看到演员们在餐馆里围桌而坐，不是在把故事表演出来，而是在根本没有行动的行动——用刀叉在银餐盘里切割食物——中把故事讲出来。

懒惰的作家常常让他们剧中的人物用这些假“动作”讲述故事：挥舞着刀叉，啜饮着水和酒，用餐巾纸擦拭嘴唇，撒胡椒粉和盐，还有最令人受不了的描述是，咀嚼食物时晃动他们的下巴。

更糟糕的是，这样的场景不可避免地开始得太早了，比亚里士多德所规定的剧本的真正开端要早得多，其实在真正的开端之前，什么都不需要。在极少数情况下，作者如果必须要把场景放在餐厅，他也完全不需要从进入餐厅开始，写剧中角色怎么由领座员迎接，坐到位子上，然后被介绍给收碗盘的服务员和厨师。也肯定不需要侍应生介绍今天的推荐菜肴，真的，更完全没必要让角色点菜。作家应该直接让他们进入场景中的实质部分。

再说一遍，作者最好完全避免所有餐馆场景。

除非它们能被纳入整体。

在约翰·帕特里克·尚利的《月色撩人》中，餐厅里，雪儿扮演的角色坐在一个男人的对面。服务员来到他们跟前点菜。男人想点鱼。雪儿澄清他的意思，说：“鱼？你要吃鱼吗？”

“为什么不能吃鱼？”

“因为你要坐十四个小时的飞机去西西里岛。那条鱼会待在你的胃里，腐烂。你会难受的。”

“我不能要鱼？”

“不能。”

“那我要点什么？”

雪儿严格地规定他应该点什么菜。“你要点细的意大利面，它在你的胃里容易消化。这样你可以在飞机上睡个安稳觉。当你到达目的地后你会休息得很好，而且精神饱满，并准备好去完成这项你不喜欢的任务。”

她的同伴向服务生点头，同意那是他要的菜。他转向雪儿。“你是个老派的女人，”他说，“你很知道如何照顾男人，你就是我要寻找的那种女人，嫁给我吧。”

“你这就算求婚吗？”她抗议道。

“对，不好吗？你想让我跪下来吗？”

“鉴于这是求婚，你跪下来会很好。”

他耸了耸肩膀，从椅子里站起来，跪在地上求婚。

她接受了。

尽管这场戏的场景设置在餐厅，但人物角色们并不仅仅是吃饭和谈话，他们还有动作。就在那里，在餐馆中央，在惊讶的食客眼前，求婚者下跪求婚。

这不是汽车相互追逐，这里没有酒吧格斗。我们在电影里看到的那些还不够多吗？ 实在是太多了 。

这场戏尽管简短，但它表现了令人兴奋的戏剧行动。发生了一些事情，一些眼睛可以看见的事情。这比仅仅通过演员背诵台词，用对白来揭示剧情要丰富多了。这个场面不只可以被听见，还可以被看见。它是主动而不是被动的活动。从很多角度，主人公的性格是通过这种微妙的小事情——点菜——而表现出来的，它展示了最精致的电影动作手法。

我们如何评测它是否符合整体性原则呢？

首先，它推动了故事进展。电影《月色撩人》的中心故事是讲一个女人爱上了他未婚夫的兄弟。为了有一个未婚夫，她必须订婚。

除了这个场景的发生地点——餐馆——不太好，它还打破了另一条禁忌——点菜。出场人物有关点菜的对话是否也构成了整体的一部分呢？是的，因为它扩展了我们对雪儿性格的了解。在影片这个开始的阶段，她展现在我们面前的是一位大地母亲式的女人，知道如何用最传统的女性方式照顾一名男子。

从点菜的对话中，作家建立和表现了雪儿性格的这个侧面。而事实上，她是一个把浪漫看成骗局的女人。她从父母的不幸婚姻中看到，爱情只是一个笑话。

当然，最后她被改变成了另一个女人。她意识到女人有权享有激情，有权享有缠绵、激烈、炙热、飙升的浪漫。她发现爱不是陷阱、不是伎俩、不是负担，而是永恒的、无止境的快乐。雪儿饰演的洛雷塔将最终确定，“爱”是我们活在世上的唯一理由。宁可经受地狱里永恒的烈焰，都比在人世间无爱而空洞地生存要好。

这样一来，人物的刻画就变得丰满，而且真实。他们没有保持静态，而是有所发展。洛雷塔告诉她的男朋友如何点菜的时候，故事不再一成不变，而是继续推进了。

由于它是整体的一部分，通常被禁止的做法也变得合适了。餐馆的场景和点菜这个情节给剧本读者和电影院里的观众提供了关于情节和人物的大量内容，是他们此前不知道的。这个提供了新信息的场景拉近了观众和影片的距离，就如同原始的萨满巫师让部落兄弟姐妹们在篝火四周围拢得更近一些一样。

正如我所指出的，整体性对编织精巧的剧本来说是如此强大的一个特点，以至于在真正浑然一体的电影里，几乎可以什么都不做，但故事情节和人物角色依然保持自然地朝前发展。

场面中什么都不发生，怎么可以推动故事情节和人物的发展呢？让我们看看影片《关于施密特》。电影以主人公施密特开始，他呆坐在自己的办公室里。除了墙壁上挂钟的秒针一格一格地移动以外，没有丝毫动作。时间：大概是差半分钟到下午五点。办公桌上空空如也，什么都没有。书架上是空的。墙壁上光秃秃：所有挂画和照片都被拿掉了。

角落里整齐地堆着一些纸箱，里面放着只能是从办公桌和书架上移过来的书籍和物品。观众仅从这办公室的情景就可以看出施密特退休了。

当时针跳到刚好五点整的时刻，一秒也没有提前，施密特站起身来，离开了办公室。大概剩下的东西之后会给他送回家。

画面里几乎什么都没发生，没有一句台词，作者却给观众提供了大量的故事信息和人物介绍。我们了解到，施密特工作多年后，终于退休了。我们也看到，他是一个极为严谨认真的人；如果他提早一分钟离开办公室，都没人会注意或者在意这个细节。或许，他在办公室留到最后一秒钟，也显示了他并不愿意退休。

由于这个场景是整体的一部分，里面所有画面都在推进故事和人物性格的扩展，所以它的效果非常好。事实上，它的简洁和精炼可以称得上是大师手笔。

完整性还有一个精彩例子，编剧被允许描写本来不被鼓励的对话和动作，是电视剧《一个叫戈尔达的女人》中的场景。这是英格丽·褒曼的最后一部作品，她在剧中饰演已故的以色列总理。有一个美国参议院军事委员会主席拜访她的场景。参议员的任务是告诉她美国只能向以色列出售军事武器，但这些武器不能达到保护以色列安全的要求。

这位参议员到达了总理位于耶路撒冷的不起眼的政府官邸，发现只有他和总理两人单独待在屋里——没有助手、助理和秘书。总理的第一个举动——表面上看起来只是短暂迅速地说了几句无关紧要的对话——好像违反了我们剧本写作的大忌：她问他喝不喝咖啡。

如果说全球电影电视观众看着角色谈论咖啡、倒咖啡、喝咖啡的镜头花费了亿万年的时间，用人数乘以时间来算，我一点儿都不会怀疑，总体加起来喝的咖啡快跟海洋中的水一样多了。为了生产纸张供想象力匮乏的作家们编写围绕咖啡的车轱辘对话，不知道有多少英亩的雨林惨遭砍伐。

低咖啡因咖啡还是普通咖啡？加糖还是奶油？奶制代用品还是人造甜味剂？牛奶和奶油对半还是只加奶油？牛奶和奶油对半还是只加牛奶？如果是牛奶，是全脂？脱脂？浓缩？奶粉？盒装？罐装？豆奶？强化牛奶？低脂牛奶？

完全可以想象，这是一个不灵巧的影视编剧在试图拖延、伸展、充塞、填补剧本的空白处。或者是一个完全失去灵感的作家在绝望地拖延时间，拖到下一个广告播放。

原理 10：现实生活中，我们消磨时间；电影里，时间消磨我们。

然而，感谢编剧的技巧，在《一个叫戈尔达的女人》中，就连喝咖啡的情节都巧妙地构成了整体的一部分，因此是适当的。

请客人喝一杯咖啡是如何变成整体的一部分的呢？

当参议员愿意接受总理提供的咖啡时，总理走出门去，把他独自一人留在矮小公寓的局促客厅里。他坐在沙发上等待。他等啊，等啊。大概过了二十秒——在电影里看起来就如同永恒那么久——而在此期间什么都没有发生。

从观众的角度看，这二十秒的感觉就如同是一两年长。

这个手法创造了一种奇妙的紧张感——参议员如此——观众也一样。参议员等了很久以后，终于决定从沙发中站起并走出去寻找总理。他在厨房找到了她。她正在把咖啡放在餐桌上，旁边还准备了一些糕点。总理把椅子拉开，招呼他坐下。

尽管没有说一句话，我们却得到了大量的信息。它的潜台词是，我们看到以色列虽然战略上如此重要，并且是世界媒体关注的焦点，却是如此小的一个国家，只有一小片土地，堂堂总理在她简陋的一室一厅的政府公寓接待美国高级官员并亲自为他准备咖啡。

如果喝咖啡的情节就此结束，也是正当合理的，因为它符合整体性的条件：人物刻画和故事大大向前推进了一步。然而，喝咖啡的情节并没有结束，而是刚刚开始。

参议员在厨房的餐桌前坐下，并开始喝咖啡、吃总理自己家做的点心。他提到美国政府愿意向以色列出售差一些的军事装备。戈尔达表达了她的失望。从这个最不可能的人—— 一位老年的犹太女人，前密尔沃基学校的中学教师——口中滔滔不绝地说出了复杂专业的军事行话，好像出自一位四星上将之口。她评论用钛支柱翻新炸弹架，探讨炸药吨位，援引有关雷达范围、武器、军需品和杀伤率的统计资料，还谈到大量类似的高科技术语。

参议员肃然起敬。他在短时间内就转向了支持以色列总理的事业。他怎么可能不转变呢？毕竟，总理女士是一位母亲，可能更确切地说，是一位犹太母亲。她在最希望捕获的地方捕住了她的猎物：在她的厨房里。

参议员没有机会跑得掉！

由于符合了完整性，一个无意义的情节变得有意义，一个有意义的情节变得意味深长。角色坐在客厅的沙发里，除呼吸外没有任何动作。然而，作者却巧妙地利用这种显而易见的静止把故事情节大大推进了。这杯普通的咖啡不仅没有扼杀反而伸展了叙述。

一概而论几乎总是错的，但是这里却有一条普遍的放之四海而皆准的原理，适用于所有情况：

原理11：如果一个剧本是个人的，是整体的一部分，不管它是什么都没关系。

说一千道一万，电影毕竟只提供两种信息：影像和声音。如果每一个镜头和声音都能描述故事并让观众对片中人物有更深入的了解，如果故事表现的是作者内心的、个人的情感，观众都会着迷，不管它的场景或题材是什么。

整体性不仅与故事和人物刻画有关，还与剧本的其他层面有关。高明的作家会精明地选择动作和场景，比如，使之与电影的其他部分同步推进。

在电影《教父》中，一位富人公然蔑视黑手党。黑手党怎样惩罚他呢？烧毁他的房子？打断他的一条腿？用冰凿插进他的太阳穴？或者做这所有事情？可能这些都是可行的解恨的方法，但是它们都能真正融入整部电影吗？这些点子新鲜吗？对这种情况下的人物角色显得特别吗？

绝对不是。相反，编剧采用了与前面衔接的惩罚方法。这个富人喜欢赛马并吹嘘他拥有一匹冠军马，清晨，当他从铺盖华丽丝绸的床上醒来时，看见他的爱马——马头血淋淋地放在他的床上。

在影片《大西洋城》里，约翰·瓜尔写了这样一个场景，一位年轻漂亮的女子赤裸上身站在厨房的地上，用新鲜的柠檬汁按摩自己的乳房。我承认我一点也不介意观看这样的画面，哪怕只为它的镜头本身；就像在后面“冲突”一章中讨论的那样，色情自最早的古希腊开始，就一直是戏剧的核心部分，虽然当年演员们穿着衣服。

然而，我提出的问题是：这个画面出现在这部电影里合适吗？

回答是：合适，绝对合适。因为早先介绍这个女人在一家快餐店从事给人上炸鱼的寒酸工作。鱼的腥气渗透她的每一个毛孔，这个用柠檬擦拭身体的动作细节隐喻了她对生活的幻灭、她的挫折和自卑。柠檬汁的治疗提供了一个卑微的机会，让她从那个难受的地方回来后，可以哪怕只是暂时地洁净自己。没错，这个画面有点儿色情，但是它的意义远不止这一点。它非常合适地融入了影片的其他场景和动作。不只是增加了内容，而且是被非常优雅地编织到了电影的整块布上。

所以，编剧所面对的挑战是选择真正精彩而不是仅仅说得过去的场面和动作，使之与电影的后面部分相互呼应。在故事中，人物、主题，以及整个电影的所有行动，都应该寻求用新的线索去引导，实现新颖，不同于我们在许多电影里重复看到的情节。

行为决定人物，人物也决定行为。为了决定人物角色应该在何种场景里采取何种行动，作者需要对角色进行研究。动作和人物角色，结合对话，放置在浑然天成的场景中，全部加起来就是剧本写作最重要的元素：故事。

尽管我们在讨论剧本写作所面临的挑战中的各个因素，但是，总体的原则还是：整体性。当作者不断地努力扩展人物角色和故事时，他们最终会得到适当的结果：浑然天成。

实例一：一个监狱的故事

若干年前，我收到一位囚犯从加利福尼亚的惩教机构寄来的信。他从旧金山的一个广播谈话节目里听到了我讲授影视写作的节目。

“在过去的几年里，”他写道，“我花了很大的精力学习编剧，现在我写好了四个剧本。”

仅仅这些文字就令我惊奇和产生好感。作者为了熟悉写作的形式和技巧，为了找到他自己的声音，必须撰写大量剧本。这个作家怀里揣着四个剧本，看起来是个好的开始。

“我大多数写的都是自己的生活经历，”信中继续写道，“是关于我非常熟悉的警察和罪犯，还有人们在阴暗里做的那些事情。”

虽说把他的文字比喻为莎士比亚的诗歌有些言过其实，但它也是漂亮、耀眼、闪闪发光的。它具有魅力而且切中要点，它给人的感觉是新颖和个人的。信上短短的文字让人读到了很多内容。

他继续解释说，他本来非常想到旧金山湾区听我几天后的讲座。但是，他写道，他查了一下日程表，发现很不巧，那个周末他将再次作为国宾留在那座豪宅里，他已经在那座豪宅里住了好几个星期，好几个月，好几年，而且还要住下去。

可能是他对牢狱生涯的轻松自嘲令我对他更加印象深刻；把自己太当回事的作家很难打交道，而作家原本就是难打交道的一群人。

他问我，他能否寄一部剧本给我看一看。

他没有直接把剧本附在信中寄给我，而是先请求我的许可，这显示他懂得作家呈交作品的规矩。虽然我们经常听到有关“内部推荐”的说法，但是一封聪明的询问信可以赢得大多数经纪人的认可。巧妙的询问是一种方法，使你的作品从不被招徕到被招徕。

当然我授予他寄给我电影脚本的权利。

剧本寄到了，伴随着一封简短的信。信中先感谢我，然后用精心编织的句子继续讨论关于写作的种种问题。

他写道：

剧本写作给我带来新的生活，或者说它让我认识了生命新的意义，对我来讲这是不同寻常的。

我渐渐相信，任何有天赋的人，任何用伟大的天赋去把形式和生命注入有价值的作品的人，同时也把形式和生命植入了自己的灵魂。

他的语言富有诗歌的纯粹，让我陷入思考：与之相比，我只是个打字员。

他的信继续写道：

当我写作的时候，我的未来在我的身后，眼前看到的是我一望无际的过去。

我不明白他的意思是指什么，但是，他的语言击中了我，让我感到耳目一新。

然而，下面随之而来的部分是最最漂亮的。

所有我知道的人物，包括所有恋人，所有打架和拉客的人，所有画家和更换布景的人，还有所有囚犯，全部浮现在我眼前。当我回首去看，我得出了一个结论，我与这个世界所发生的最激烈痛苦的争执都不过是一次简单的情侣间的争吵。

我渴望地等待着他的剧本。然而，当它被送达到我的办公室时，我的期望变成了失望。剧本有一百七十四页，仅这个长度本身就显出了作者的不专业。还没看，我已经知道作者需要删掉六十五或更多的页数。

很显然，我没有义务来读这个重罪犯的作品。然而，忽略这么一个倒霉的灵魂似乎更不合适，至少我可以提供一点象征性的回应。一天晚上，在就寝前我坐了下来，预计用两三分钟把这个电影脚本看一下。我会看一眼前面的几页，然后跳到中间，略看一下结尾就结束。

然后，我会快速地写一封短信称赞作者的才华和自律。我可能挑出剧本中的一两处地方评论一下，这会给对方留下我仔细读过了剧本的印象——比实际上要认真。我还会提醒他在呈给可能的经纪人或买家以前，先要进行删改。在信的结尾，我会祝他好运。

在这种情况下，我心里想，天堂里的上帝会认为，我的此番善举完全应该获得奖章了。

而在那天晚上，情况却是相反。我一口气看到大半夜，惊恐地咬着指甲，对人物满怀同情，我感觉到他们的恐惧、荣耀、绝望、勇气、贪婪、无私、愤怒和爱。故事以犯罪开始，最后以恢复清白无罪而结束。

故事从一名绰号为“讨厌”的四十多岁老犯人开始，他的牢房里来了一个年轻的新犯人，叫瑞奇，十九岁。“讨厌”开始喜欢起这个年轻人，希望教给他一些监狱里的规矩，希望他至少能够避开监狱生活的某些阴暗面。那些阴暗面不仅会侵蚀他的灵魂，还会要他的命。结果瑞奇还是很快沦为了毒品和帮派的受害者。虽然拯救瑞奇的行动徒劳无功，“讨厌”还是学到了生活的重要一课。

在一个重要关头，“讨厌”收到了姐姐的一封信，信中说他们的妈妈在去年过世了。当听到母亲死去的消息时，“讨厌”非常悲痛。更令他悲伤的是他意识到自己已经变得如此不堪，连母亲已经去世他都不知道。

比这更糟的是姐姐的指责，认为母亲是因他才难过致死的，和他捅了妈妈心脏一刀没有区别。“你的不光彩的行为，”姐姐写道，“毁掉了她。你置身牢狱让她感到羞愧，使她后来的日子充满了耻辱和苦难。”

“讨厌”陷入极度的痛苦，他悲痛欲绝，不肯按时熄灯，于是被禁闭在一个单人牢房里。单人牢房里唯一有体温的伙伴，是一只小老鼠，“讨厌”会把送来的餐食喂给它。

一天，送食物的狱友给他送来了一些面包和水，然后透过铁门小声跟他耳语说，“嗨，‘讨厌’，要些毒品吗？”

“我愿意用生命来换。”“讨厌”回答。

监狱按照惯例允许囚犯在星期天去教堂，关禁闭的牢犯也可以参加。“讨厌”被告知，如果他坐在教堂的最后一排，有人会递给他一个小包。

但是，当“讨厌”到了教堂后，别人还没来得及把毒品塞给他，他就已经被基督教福音派传教士的布道迷住了。传教士是个女性，她本身就是一个强奸案的受害者，案子发生在多年前，自那以后，她再也没有从绝望和屈辱中恢复过来，生活至今被阴影笼罩。为了使自己的生命继续，她从基督教的信仰中寻找庇护。她向那些伤害她的人的灵魂布道。如果她能教导暴力罪犯学会寻求和平与宽恕，也许自己也能最终实现解脱。

那个年轻女人的布道——她的口才、她诗意的语调——像江海翻腾般震撼了“讨厌”的灵魂。就在那一刻，为了回应女人的话，“讨厌”宣布再也不触碰毒品和所有罪恶的事情。他请求上帝的宽恕。

他信了基督教。

看到这儿我感到失望。有些精明的重罪犯知道，信教是对付假释委员会的好办法。我担心作者是否在以一种复杂的方式做假，以此试图争取提早释放，而我又是不是在这个缓刑骗局里被利用了？对囚犯来说，有一个大学教授助阵当然不是坏事，教授可能还会写信替他求情，甚至在假释委员会面前为他作证，要求对他宽大处理和提前释放。

严格地就创意而言，我作为一个影视写作教育者，担心这个剧本将陷入单纯的宗教说教，即便真诚，也局限于狭隘的目的。

然而，剧本接下来的叙述及时地纠正了我的这个错误想法。故事就在这里突然从基督教转到了伊斯兰教。转折是通过电影的另一个人物发生的——一个被定罪的连环杀手——他信仰真主安拉之后，找到了平静和解脱。故事就这样，从一种宗教转移到另外一种，超越了任何特定的宗教信条，而成为了信仰本身的故事。

最终，监狱发生大规模骚乱，传播福音的布道者被扣为人质，最后被脱胎换骨的"讨厌"所救，他改掉了监狱里用的绰号，而恢复了基督徒的名字：彼得。

名字的变化提供了一个整体性的有力例子。一般来讲，在电影中间改换人物名字是很鲁莽的行为，只会让读者混淆。

但是，在这里的名字转换却推动了影片人物和故事情节的进展。"讨厌"在皈依宗教时，抛弃监狱绰号而接受基督徒的名字是恰当的。这里也一样，一些剧本写作禁忌在符合整体性大原则的情况下是可以被允许的。

后来，这个剧本经过初稿修改，变成了合适的长度，并且找到一个经纪人。现在那个囚徒早已出狱，并且变成了一位成功的作家。所有这些来自两个因素：1.故事具有私人性质；2.作者有能力描写对白和动作并使之成为一个整体，并连续不断地推动故事情节的发展和人物刻画的深入。

实例二：死于艾滋病——一出滑稽剧

另一个乍看起来没有价值的剧本例子不是在监狱里写的，而是产生于另一个管理严格的环境：加州大学洛杉矶分校电影写作研究生班。

高级剧本写作实验班是我们艺术硕士学位的重点课程。每学期只招收八名学生，一学期十星期，每星期上一次课，每堂课三个小时。这堂课不要求读课外书，没有考试。但学期结束时，每位学生必须呈交一个达到专业标准的电影剧本。

通常，会有太多学生想选这门课。为了挑选学生，我必须先听每个申请者的故事大纲，根据自己对故事大纲的评估，决定谁可以被批准进入。

我清楚地记得，某个学期的第一堂课，像往常一样，我走进教室，学生们把桌子围成一圈坐下，我挨个听了大约三十几个学生讲述他们的故事计划。然后，轮到了一个神情严肃的学生。他是拄着拐杖一瘸一拐地走进教室的，他的皮肤看起来像牙膏一样惨白，脸上的斑点是典型卡波西氏肉瘤的色斑，那是艾滋病人脸上常见的一种皮肤癌。

他的故事讲一个男同性恋，拿到艾滋病毒呈阳性的诊断报告以后，终于决定公开自己的性取向，并勇敢地面对自己即将死去的现实。

“听起来很好，”我说，然后沉静地摸了摸我粗糙的教授风格的胡子，谨慎地点点头，然后轮到下一个作者。

事实上我撒了谎。

我其实担心这又是一个同性恋公开性取向的故事，何况还得了艾滋病。当然，那会是一个有精彩内容的故事。唯一有点儿烦的是，过去的十多年里，类似的故事实在太多了。现在又来了一个，我感觉有点儿多余。

我心想：市场上真的还需要又一个同性恋／艾滋病患者公开身份的电影吗？这个题材是不是已经枯竭了？

不过由于这个学生看起来病得厉害，我实在不忍心不收他进入写作班。在这种情况下，我无论如何都无法拒绝他。

虽然心里很不情愿，我还是把他的名字放入了花名册。

学期结束时，他把剧本交给了我，我把它放在最后，等到给所有其他学生判完分之后才看。终于，我打开了他的剧本。

读了他写的东西，我震惊了。

首先，故事是以极幽默的风格写的；事实上，剧本是一个典型喜剧。我阅读时，从头笑到了尾。

喜剧总体来说，不是低于而是高于一般的戏剧形式，不是最简单而是最难的形式。比如说，与动作片、探险片或情节剧相比，它不能容忍任何啰嗦和松懈。就喜剧而言，你要么成功，要么失败。喜剧要么可笑，要么不可笑。观众要么笑，要么不笑。

这部剧本实在太好笑了。他描绘了一个自恋、爱打扮的同性恋男人，每天花很多时间照镜子，才刚三十多岁就开始担心脸上的皱纹了。

然而，拿到HIV呈阳性反应的诊断书后，他不再担心有皱纹，而是开始担心没有皱纹；他不再担心变老，而是担心活不到老。

这个剧本几乎在任何方面都是精彩的。

唯一的问题是它把主人公的哥哥描写得缺乏同情心。他的哥哥被描绘成一个基督教原教旨主义狂热分子，认为艾滋病不仅仅是撒旦的杰作，而且是上帝对罪恶行为的惩罚。他哥哥认为，主人公只要到上帝面前去承认罪行并祈求宽恕的话，他的艾滋病就会消失，就像头皮屑脱落一样。可以理解，作者认为哥哥轻视他的问题，更糟糕的是，否认他的性取向。

我认为剧本中所有角色——甚至包括最坏的角色——都应该在某种程度上被描述得合乎人性。

我建议作者把哥哥的态度变得缓和一些。

“但这取材于我哥哥的真实行为，”他坚持说，“他真就是那样的。”

“我不在乎你哥哥是不是真的那样，”我尽可能地温和地说，“我只关心如何才能最富有戏剧性，什么才是你的电影最需要的。你希望哥哥爱你并原谅你，那你爱他并原谅他吗？像我们所有人一样，他也背负着智力、伦理、情感、心理的包袱。你想让哥哥理解你，但是你愿意去理解他吗？他的小弟弟患上致命疾病，还是艾滋病，他该怎么办呢？”

经过重新考虑，作者修改了哥哥的角色，创作了一个更富同情心、更具人性的鲜活人物，而放弃了那个老套、可预测的、贫乏的旧角色。

修改后的剧本不仅从我这里得到了一个“A”，还在一个著名的电影剧本大赛中获得了第一名。一家有名的文学经纪公司成为了作者的代理。以一切标准来看，这个剧本都让他走上了有前途的编剧职业生涯。

然而，唉—— 过了不久，作者做了一件很不为别人考虑的事：他死了。

在葬礼上，我看到很多他加州大学洛杉矶分校编剧班的同学都来了，很是感动。很多人声情并茂地回忆了他留给大家的印象。

最后，一个我从未见过的男人从座位上站起，显然是死者的家人。他磕磕巴巴地表达了自己的悲伤，语气中充满爱意，也表达了他的欣慰：在死者生前的最后一个月里，他开始了解逝者，并以一种全新的方式爱他。所以这个人肯定就是死者的哥哥。剧本的写作过程治愈了兄弟间的心灵隔阂。

原理12：电影可以疗伤。

有一点是肯定的，如果没有足够的维生素、矿物质和蛋白质提供营养，我们的肌肉和骨骼会变得畸形或肿胀；如果缺少创作性的精神食粮滋养供给，灵魂也同样会形变扭曲。

这只是个隐喻。

我在加州大学洛杉矶分校过去的同事，传奇的政治新闻记者诺曼·卡森斯打破了医生宣布他几个月后将会死亡的残酷预测。他租借了很多出名的喜剧电影，例如马克斯兄弟、查理·卓别林和比利·怀尔德，他看这些电影时开怀大笑，竟然恢复了健康，赢回了医生说将不再续存的生命。

实例三：中东的通奸故事

很多年前，我在中东指导了一个专业编剧硕士班，其中最好的一则故事叫《新房间》。故事中一位住在海法郊区的女人跟丈夫告别，丈夫要去出差很久。“你一个月以后回来时，”她告诉他，“我会给你一个惊喜：一间新的房间。”

“你在大学进修班学了点儿建筑，你认为你现在可以给房子加一间新房间？”他问，“这样的工程需要大量的工人。在以色列，建筑工程通常都是由阿拉伯人承揽的。你是个女人，一个以色列人，一个犹太人。阿拉伯工人不会听从你的指挥。”

“我会找一个阿拉伯人的承包商，”她说，“让他监工并雇用工人。”

丈夫无法劝说妻子放弃她的愚蠢方案。“你要向我保证，不管你做什么，”他警告说，“都不能让他们使用我们的盥洗室。如果他们需要上厕所，可以去街口的那家酒吧。”

在他们说话的时候，蹒跚学步的孩子走过来，要父亲在出发前最后一次抱一抱自己。可是，父亲还没有把孩子抱好，就发现孩子的尿布臭气熏天，需要马上更换。他捂着鼻子，赶紧把孩子递还给了母亲。

父亲离开了。一个胡子拉碴，衣冠不整，邋遢但和蔼可亲又能干的阿拉伯承包商和母亲签了合约。他雇了工人来造这个新的房间。一切进展迅速。然而，在工程进行到中期时，有一天，承包商结束了艰难辛苦的工作，大汗淋漓地来敲女主人的门，希望能借用一下洗手间。

这个可靠、可敬、负责的承包商面对面地站在女人面前，使她实在无法拒绝。女人勉强地同意了他的请求。

承包商进了洗手间，一分钟过去了，两分钟，十分钟，二十分钟……以色列女人不知道承包商在洗手间干什么，很后悔打破了自己对丈夫的承诺。大约半小时后，承包商出来了。

简直要让人认不出来。

他梳了头，擦洗干净，剃光胡须，身穿笔挺的西装，打着领带，英俊帅气得无法形容：简直就是已故的埃及万人迷丹尼·德-维托。“请原谅我。”他向他的雇主致歉。以色列女人目瞪口呆，眼睛惊讶地大张着。“你慷慨地允许我使用盥洗室，可我拖延了时间。我的表哥今天结婚，那个小村庄离这里一英里路，我必须赶紧洗干净换衣服，去参加他的婚礼。”

女人站在那里，眼睛一眨不眨地盯着这个男人，就好像是第一次见面。这时候，她的孩子跌跌撞撞地走到男人身边，抓住了他的裤腿。这个阿拉伯男人双手把孩子举了起来，然后抱到怀里。

“不要！”母亲提醒，“他的尿布湿透了，我正要给他换。他很臭！”

她伸出手去接孩子，但是承包商紧抱着孩子没有松开。“太太，”他故意深深地吸了口气，“我喜欢这个味道，它就像是生活本身一样！有什么不好？生活跟这味道一模一样，不是吗？”他热情地谈着孩子、生育、世世代代的人，还有爱。我们的家庭主妇被这诱人的灵魂迷住了，她看到了这个阿拉伯人和他那个讲卫生、爱干净、一本正经，总是用纸巾擦手的丈夫之间的鲜明对比。

很快地，一则感性的、性感的和非法的爱情故事发生了。

这部剧本是一支真正因为最基本的人性发生碰撞而产生的奏鸣

曲。当我与作者见面并讨论它的时候，是从随便闲聊开始的。我问作者住在特拉维夫吗？我们的硕士班是在特拉维夫开办的。她说她住在海法，就是剧本故事发生的地点。

“海法市中心吗？”

“应该说是在郊区。”

“住公寓吗？”

“不是。”

“你住的是一幢独立结构的房子吗？”

“是，”她告诉我。我的问题似乎让她有点不舒服。当然，她告诉我的有关她的生活细节与剧本中的描述完全吻合。

“你住进去以后有没有加盖一间新房间？”

“问这个干吗？”她问我，看得出来很讨厌我，“是的，房子又加盖了一间新房间。怎么了？”

我忍不住接着问：“你是不是自己设计了那间屋子，还雇了一个承包商施工？”

“你的问题太多了！”她厉声答道，“我拒绝被询问！我们现在能讨论剧本了吗？”

当然，我们正是在讨论剧本。事实上，不仅仅是剧本——就像所有有价值的剧本一样——而是对作者本人的生活经历的描述，从许多方面来看，它比作者自己能意识到的还要多。

我不怀疑我们的中东作家在某些时候是真的认为自己在创作故事，从某种意义上讲她是对的；当然她肯定会对事件进行艺术加工，修改一些具体细节，就像每个作家必须做的那样，然后重新组织素材，让它们更合理，消除一些真实生活的痕迹，让人觉得那不是真实发生的，而是编造的故事。

很可能她对真实情况做了充分的改动，使她可以在写这个私人故事时不感到困扰。这是所有难能可贵的戏剧性叙事的本质。美国中部某州的一位作家说过："我们写自己的生活；也写了我们自己的讣告。"

如果一个作家无法使他的故事具有自己的个性，如果他不能把它变成自己的故事，那不管故事如何一波三折，仍然可能是平淡、虚空、缺乏热情、缺少情感、苍白、脆弱、疲软、扭曲和缺乏人性的。

所有电影都只探讨一个主题，同一个主题。无论作家觉得自己写的是什么，其实，我们都在处理同一个单一的主题，那就是：我们自己。

因此，不管剧本围绕着什么特殊的事件和形式展开，只要作家的创作用视觉和声音传达了信息，使之达到了完整性的要求即可。

原理13：即使你不知道你是在写自己的个人故事，你还是在写你自己的个人故事。你的心和你的手决定了你写出的所有剧本都只是：你自己的故事。

/ 结论 /

一部剧本可以是奉电影公司之命而作，取材于别人的点子；也可以是在抽取酬劳的条件下改编自另一位作家的小说。但无论何种情况，如果编剧有能力，这个剧本仍然会变成他自己的个人故事。

这是由于亚里士多德的叙事结构模仿了人类理想化、浪漫化的生命形态。叙事的力量在于，它能够再现生命本身的形态。开端、中间、结尾就是再现；它们对生命的过程和议题进行模拟。一个健康、和谐统一的剧本，就像健康、和谐统一的生命，包含着相对较短的开端（童年），作为人生主要阶段的中间（成年），和一个快速果断的结尾。有谁会寻求漫长、缓慢地，旷日持久地将静脉针管扎进手臂，靠把人工呼吸器塞进喉咙来苟延残喘呢？好的人生和好的电影一样，结尾迅速、短促、突然，干净利落。

这种体验与一种甜蜜健康的自恋有密不可分的联系。我在前面提到过，电影银幕是一个窗口，我们透过它窥探别人的生活。然而，更精确地说，我认为，与其说它是一个窗口，不如说是一面镜子，我们在里面看到的不是别人的生活，而是我们自己。

原理14：电影银幕不是窗户，而是镜子。

比如，我的意思是不是说《星球大战》不仅仅是一部技巧熟练的科幻片？《星球大战》也是一部体现了导演兼编剧乔治·卢卡斯个人身份的故事？

答案很简单：是的。

首先请注意，《星球大战》的主人公名字是卢克。谁会怀疑乔治·卢卡斯——他称自己的公司为卢卡斯影业公司，总部设在卢卡斯山谷大街——给主人公取名卢克是巧合呢？

同样地，谁会认为《星球大战》三部曲不是反映了乔治·卢卡斯那奇妙独特的世界观，尤其是他那无辜的、亲切的、多层次的善恶观呢?

反面人物，达斯·维德（Darth Vader）是一位男士，他的姓听起来很像是“父亲（father）。”Vadar在德语中的意思正是“父亲”。影片的结尾透露了达斯·维德的身份。他到底是谁?

卢克的父亲。

很多人知道乔治·卢卡斯与父亲关系紧张。显然，《星球大战》的丰富内涵比它的创作者意识到的还要多，它具有深刻的个人性质。

只要适合你，就去写一部科幻电影；或者写一部傻里傻气的怪诞喜剧；写一部让人心碎的片子赚人热泪；写一部动作/冒险的监狱题材电影，主人公是个硬汉，胸上长满了毛，有热血，有胆量；写一部同性恋者长大成人或一位妇女在她房子里加盖一个房间的电影。不管你写什么，只要它是一体的和个人的，它都在探讨同一个主题：创作它的作者的问题。

巧妙地编织一个浑然天成和个人的故事吧，不管电影是什么背景你都会赢得观众。你会成功地给观众讲述一个值得他们花费时间和精力去看并加以思考的故事。

Chapter 4
创意选择：点子、故事、主题和身份

艺术是选择。

画家可以选择使用油彩、水彩、蛋彩或丙烯酸颜料作画。他可以选择用单一色调或者几千种颜色；他可以把颜料涂在画布、纸板、皮革、胶合板或玻璃上；他可以把颜料涂得很厚或者很薄，可以用粗大或者细巧的画笔，可以用调色刀、牙签、吸管、手指去涂，也可以直接从颜料管里挤出来涂抹。

完成的画作可能是方形的、圆形的、浮雕、壁画、版画、联画；它可以是抽象、超现实或者写实的，可以是肖像、风景，或者静物。然而，最后，所有的画作都体现了一件，而且是同一件事：画家的选择的记录。

如果说创造性表达的核心在于通过选择来撒谎，那么它在电影中体现得尤为突出，因为电影创作者远比任何别种艺术家拥有更多的艺术选择可能性。之所以如此，是由于电影的性质决定了它同时包含光影和语言，不单传递视觉信息，同时还传递听觉信息。此外，电影的放映不是在一瞬间完成，而是在一段时间内持续放映。加之，所有这些图像和声音都并无意义，除非它们通过运用相互关联的选择，最终被构造成整体的背景和叙事。

/ 主题："那又怎样"测试 /

在每一部有价值的电影故事深处——使人物相互关联，使对白合情合理，以及使所有场景成为一个整体——潜藏着一条统一的思路，它简洁地回答了观众的问题：那又怎样？

这就是电影的主题。在电影最后一个画面放映完毕时，必须要给观众一个清晰的交待，这样兴师动众地折腾两个小时是为了什么，它背后的意义是什么呢？

我曾在加州大学洛杉矶分校的影视写作课上遇到一个学生，她说她还不知道要写什么故事，但是剧本一定会坚决反对污染。于是我让班里的同学们举手，看有多少是赞同污染的。

没有人举手。

当然反对污染是值得赞赏的（如果不说相当勇敢的话）。但电影故事不是对某种问题表明立场——无论这种立场多么高尚——剧本的任务是讲述一个故事。

故事和主题不是相互独立存在的，它们相辅相成，扎实的故事不可避免地包含着某个主题。故事的性质决定了它背后隐含着一条重要原则，一个基本前提：主题。人们一致认为，笨拙、充满说教、主题先行的剧本除了使电影沉闷以外，再没有别的效果。

没有主题的电影有时可以给观众提供快速、短暂的乐趣，但是它们不能给人留下深刻印象。《娇娃万里追》吸引了我们的注意，但是很快就被遗忘。《窈窕淑男》则令人记忆犹新。究其原因，后者探讨了一些问题，令人深思，前者则没有。前者只是一系列滑稽喜剧；后者探讨了人的一个重要问题：性别和身份。

如果说主题跟随故事产生，那么作家则跟随在主题后面。简单地说，当剧本故事已经全面展开，主题往往还是隐藏的，甚至连作者本身也看不到。当古希腊悲剧诗人索福克勒斯艰难地创作《俄狄浦斯王》的时候，他并没有试图向世人就男人和女人的本性做出千古流传的教导。以写作为职业的作家要注意的只是在合同日期到达前完成剧本写作。《俄狄浦斯王》成为经典作品，只证明了一件事：作者的天才。他和其他作家的工作方式没有什么不同，卓越仅仅由于他有更多才华和自律。

已故的剧作家阿瑟·米勒曾说，每当他的剧本写到三分之二左右的时候，主题会猛然清晰地在他眼前跳出来。于是他在索引卡片上把主题写下来——只有简短的几句话——然后把它贴在打字机上方的墙上。这张卡片将指导他这个剧本的后续写作；帮助他决定剧本的取舍，哪些是需要的，哪些不属于此剧。

禅教弓箭手往往信奉一条古老法则：盯着靶子看是打不到它的。射中靶心靠的不是看，而是感觉。不在于他看到了什么，而在于他感觉到了什么。简单地说，好的作家不是故意试图去发表重要意见。优秀的作家只是讲一个精彩的故事，其中暗含着深层的重要意思。

不同的电影往往拥有共同的主题。各式各样的作家一遍一遍地用不同的方法阐述着同样的主题。青少年的成长就是一个例子。并不能因为这个主题在《美国风情画》里刻画得非常成功，就意味着它不能再在别的不同形式的优秀电影里表达，比如说《小餐馆》、《开放的美国学府》或者是《芳龄十三》等等。

面对主题时的难点，当然，是要用新鲜的手法；也许此剧本的主题与很多别的影片相同，但是故事必须是完全独特的。

主题有一个奇怪的特点，当你用简单的文字把它表达出来之后，它会显得平庸陈腐。比如说，《星球大战》的主题是什么？善良战胜邪恶，爱比恨强大。

《外星人》（*E. T.*）[1]的主题是什么呢？是爱你的邻居。《外星人》的主题指出，不要恐惧未知的事。那些貌似不同的东西，那些令我们害怕的丑陋东西，最后会变得漂亮、可爱和温和。更重要的是，也许有一天它会滋养和支持我们，将我们从恶魔的手中拯救出来。无疑，作家梅丽莎·马西森开始并没有想到去说这些。她的任务只是去延长《第三类接触》的故事，围绕这个主题编写一个剧本：在那个影片结束时飞船离港，留下了一个小小的外星人。

什么是《公民凯恩》的主题呢？那就是金钱买不到爱。一个拥有一切——金钱、女人和权力——的男人仍然是不快乐和不满足的。权力加财富并不等于幸福。

那么《窈窕淑男》的主题呢？装扮成女人使这个男人变得更好。《克莱默夫妇》的主题呢？责任就是自由；和他人建立紧密的关系不是

1. 编者注：本书中，仅中文不易查找的影片等信息保留原外文名字。

限制而是扩展了人生经历，不是坑害了灵魂，而是让它们得到解放。

《教父》的主题又是关于什么的呢？关于家庭和命运。从表面上看这是一个黑社会帮派和各种罪行的故事，但是它潜藏着家庭兄弟之间的爱恨情仇，彼此相爱又彼此相煎。它表明无人能逃过命运。小儿子迈克从来没想要成为新的教父，但是他最后却承担了那个角色，因为这是他的命运。

主题还关联着另外一个重要方面。就我们的经验而言，无论电影中的角色多么陌生，事实上他们也都还是我们自己的反映。我们和他们并不是分开的，而是连接在一起的。

《终结者2》的主题是什么呢？强权即是公理？再猜一次。正义取得胜利？完全不是。在电影尾声，终结者开始变成了人。我们怎么知道他变成人了呢？他开始获得了人类的特性：感觉的能力。他感觉到什么了？ 痛。这部电影的主题是：感觉到痛苦就是人类。

重申一遍，主题的创建是在潜意识里的。一个作家观察到一些事物，他发现自己不知不觉中在思考目睹过的东西，原因他不能完全明白。如果这些东西困扰他足够长的时间，他就可能给它添上自己创作的情节。最终出现一个故事。

编剧作家的选择显然是无限的。下面将发生什么？下一段对白是什么？下一个句子是什么？下一个词汇是什么？

做这些选择是扩大而不是缩小了可能性的范围。新的选择创造了更大的选择，而不是消除了所有可能选项。选择范围扩大到正如我们生活的宇宙那般浩瀚无边。因此，提供给作家的选择机会，是无限多的。

但是，主题只有一个。

原理15：所有电影都面对同一个主题—— 身份。

要想完全地把握这个原理，我们需要像职业作家那样用我们的心和手去拥抱“主题”，而不是用我们的智慧。因为—— 就像我反复申明的—— 电影是感性的而不是理性的。如果要将主题和剧本啮合紧密，作家不能仅仅了解主题，他们需要做更多，他们必须拥有它。要做到这一点，就必须抓住主题和故事、情节之间的联系，通过这些情节和故事来建立主题。

案例研究：《谁是老板？》（Who's the Boss？）

那么，为了探讨主题，让我们来看一个半小时一集的电视情景喜剧，这个连续剧的剧本碰巧是加州大学洛杉矶分校（UCLA）影视写作专业的一个在校学生写的。它证明，无论作家写任何凭想象编造的事情，事实上都面对同一个主题：身份。每部作品都只是对那个特殊主题的另一种演绎，也就是作家自己的身份。此主题在三千年前当戏剧写作发明时就已经捕捉了每一个作家和观众的注意。

首先，让我们简单地回顾一下情景喜剧的编剧们如何在一开始赢得写作合约。

我们的这个剧作家开始写了一集《欢乐酒店》的电视剧，他并没有期望这个本子能够卖掉，只是用它作为一个样本，表明他会写作。他想把它当成找工作的一张名片，今后寻找付报酬的写作工作。

投机性写作—— 不能保证最后得到报酬的写作—— 不仅对电影剧作家来说很正常，也是挣扎着想进入电视连续剧行业的作家们会做的事。这个学生作者找到了一个愿意读他剧本的经纪人。经纪人读完后把它作为编剧写作样品交给了《谁是老板？》的剧组。

这是在电视界标准的做法。试写一集特定类型的连续剧—— 这里指一集三十分钟、三台摄像机拍摄、观众现场参与录制的情景喜剧，它可以被用来赢得此类型其他剧目的写作合约。

《谁是老板？》剧组工作人员邀请作家和他们见面，请他提出新的电视剧集大纲。在会上，他们听了他的所有计划，但是一个都没有买。

这位学生作家情绪沮丧透了，当他准备离开时，对方却很意外地让他留下。电视系列剧工作人员的惯常做法是把他们的所有想法编列一个表格，然后聘用自由职业编剧去把它们写成剧本。

他们把其中一项写作任务提供给了这位作家。

有些人的文化娱乐活动也许十分贫乏，从来没有看过《谁是老板？》这部电视剧，我来简单地介绍一下。《谁是老板？》的男主人公托尼，是一个三十岁左右的男人，他为一个有魅力和生意做得很好的女商人看守房子，以换取他和他刚刚进入青春期的女儿的吃住。

美国电视好像很喜欢拿过去一年—— 或过去十年—— 的争议做文章。尽管现代社会的妇女运动进行顺利，但如果一个女人是一个男人的老板而不是反过来，特别当男人的工作都是家务活：洗衣服、给地毯吸尘、熨烫衣服、做饭，在电视剧中却会显得既挑衅，又滑稽得令人捧腹的。你可以想象策划方案在电视台内部会议上提出时的情况吗？“托尼给地毯吸尘！搞搞清楚！给地毯吸尘！托尼！我心脏病要发作了！托尼给地毯吸尘！”

后来我们的作家是按照下列点子来写这个剧本的：托尼有一个朋

友是神父，这就是提供给作家的所有信息。

剧集的开始是托尼的小女儿很生气地把玩具还给她的朋友，那是隔壁邻居的女孩儿。她们发生口角并发誓彼此交还多年前借的小推车和餐具，永远不再理睬对方。

“那是错误的。”托尼告诉他的女儿。友谊，他解释说，是生活中真正重要的。的确朋友之间常常争吵，托尼继续解释，但是他们也会和好。友谊的名字叫原谅。他恳求女儿和她的朋友和好。

“绝不！”女儿回答。

托尼恳求她再考虑考虑，给她讲了一个自己和邻居朋友吵架的故事。他们俩曾经是彼此很信得过的朋友，直到有一天吵了起来，他甚至都记不住为了什么事情而争论，然后他们就分开了，再也没有联络过。

“事情发生到现在已经十年过去了，”托尼悲叹道，“没有一天，没有一小时，我不为和这个亲爱的朋友的关系破裂而感到难过和后悔。”

托尼对他女儿说，如果她不能弥合和邻居的裂痕，那她就犯了深刻的错误。

既然友谊如此重要，女儿反问托尼，那你为什么这么多年都不跟你的老朋友和好呢?

因为，托尼解释说，已经过去这么长时间了，他们从来没有来往，他甚至都不知道如何找到这个朋友。

胡说，女儿抗议；打一两个或三个电话就可以轻易找到这个朋友的线索。如果托尼不只是讲大道理，女儿继续说，如果他真的那么想，如果他不是仅仅在进行那种父母的虚伪说教，那他就必须和老朋友消解宿怨。如果托尼能做出榜样，女儿保证，她也会和隔壁她自己的朋友和好如初。

女儿让托尼感到羞愧，迫使他去寻找失散多年的老友。如何追踪朋友的具体方式在剧本里没有体现。重要的是，两个人安排重新聚首。一位蹩脚的作家会浪费大量的时间和语言去描写托尼如何寻找并终于找到了他的朋友。

当他的朋友第一次在屏幕上出现时，观众惊讶而高兴地看到，他戴着罗马天主教神父的领圈。

在这里请注意作家的技巧，甚至在有限的电视屏幕范围内，尤其是在《谁是老板？》的小屏幕时代，这位作家仍然能以画面的形式沟通和传达大量信息。比如，我们看到这个老朋友的第一眼，服装就揭示了他的身份：神父。过去的街头混混现在变成了一位有精神灵性的神职人员。我们只是看到他的衣服就明白了这一点。这是一个精彩的安排，用视觉形象代替了听觉对白。

原理16：电影不是广播节目。

这位作家避免的另一个陷阱是过早露出底牌。笨拙的作家一般会让剧中人物说："我听说卡拉汉变成了一个神父。"过早暴露这些信息只会生硬地推动剧情，远不如老朋友身着神父服装第一次露面所造成的视觉冲击更戏剧化。

亚里士多德在他的《诗学》中敦促诗人—— 他指的诗人是编剧—— 去寻找真正的开始，不仅整个剧要寻找，甚至在剧中的一些段落也要寻找。不仅每部剧有自己的开端、中间和结尾；剧中的很多段落也有自己的开端、中间和结尾。什么是开端？他告诉我们说，开端就是在这个部分之前，我们什么都不需要知道。

在这两个老朋友重逢的场景之前，我们什么都不需要知道，他们现在正在厨房里兴致勃勃地喝着咖啡，议论着旧时邻里之间的往事，以修补失散多年的友情。一般来讲，不娴熟的作家会花费大量时间和语言描述两个人刚刚见面时的情形。然而，我们的作家直接把人物放在他们重归于好之后。

托尼和卡拉汉神父坐在厨房的桌子前，交换着美好的回忆——好朋友之间的恶作剧，他们快乐地谈笑着，好像从来就没有分开过，不要说十多年，就连一个月都没有。

然而这时候，托尼回忆起了一件特别过分的，很多年前他对小卡拉汉做的坏事。当听了这个很久以前发生的恶作剧时，神父的神情立刻发生了变化。

“做那件事的那个家伙是你吗？”神父问托尼，不可置信。看得出尽管这么多年过去了，他还有被伤害的感觉。“那是你吗？”

“当然是我，”托尼自鸣得意地说，“你难道一直不知道吗？”

卡拉汉承认他确实不知道，“那真的是你干的？那真是太伤害我了。”

托尼大笑，骄傲地点头，他咧嘴笑了，脸上的表情很得意。

卡拉汉抓起托尼，一拳打中了他的腮帮子，托尼被打趴在地上。

没有人比卡拉汉自己对这个举动更震惊了。他一个劲儿地道歉，说现在他明白了自己永远不能改变粗野的街头混混的性格，他没有资格做神父，不配做上帝的仆人。他原以为当上帝叫他服务时，他已经丢弃了好勇斗狠的个性侧面。现在看来这简直就是一个笑话。

不要担心，托尼向他保证，他揉着自己的下巴，从地上爬起来，“我是活该的。”

神父把衣服上的领圈撕了下来。“我要离开教堂，”他宣布，“我不配做上帝的仆人。”

“胡说。”托尼争辩道。在上帝眼中，他坚持说，所有的男人女人——甚至神父——全都是罪人。一个人只要请求宽恕，就能得救。

卡拉汉听不进去。他心烦意乱地离开了房子，他的神父领圈遗忘在桌子上，现在他神父的生涯结束了。托尼感到羞愧。他感到自己要为这个事件负责。至少有一件事，卡拉汉每个星期四晚上都要到社区的老人活动中心去给老人准备意大利面。现在没有人再去管那些老人了。托尼觉得至少他可以去那里给老人做晚餐，这件事是被他搞砸的，他有责任把它完成。

托尼和他的家人来到老人中心，准备好了意大利面条。“卡拉汉在哪里？”那些老人想知道。

托尼编了一些有破绽的借口。

突然，卡拉汉出现了。

他穿着便衣，没有戴神父领圈。他宣布，他将离开圣职，他觉得有义务亲自来向老人们告别，他将不再提供星期四晚上的意大利面条晚餐。

每个人都求他再考虑考虑，但是他不肯听他们的话。他说：“如果上帝希望让我重新回到他的身边服务，那请他给我一个明示。”

就在那个时刻，突然有强烈的敲门声。一个人拖着一个巨大的标牌走进来，有人定做了这个标牌，他是来送货的。上面写着：老人中心——星期三晚上宾果游戏。

“快看！”每个人都喊，“上帝的明示！”

“我不是那个意思。”卡拉汉解释说。

“你说了‘一个明示’。”（注：英文中sign有双重的意思，既是标牌，也是明示。）

围绕着“sign”这个词有很多有趣的对话。

“我指的不是标牌的sign。我的意思是a sign， 一个明示。”

“一个sign就是一个sign。”

“我的意思是一个圣经的明示，”卡拉汉解释，“就好比红海的水分开。地震，至少也要打雷或者闪电。”

“你问上帝要一个sign，然后他就给你了一个sign，你难道还不满足吗？”

托尼问：“你认为全能的宇宙统治者没有幽默感吗？”

最后大家说服卡拉斯回到神父的职位。

这集电视剧最后发生的事情，当然就是托尼的女儿和邻居的女孩和好了。

这里你在一部平庸的电视连续剧的其中一集里，看到一个完美的例子，它实践了亚里士多德的故事结构：开端、中间、结尾。开头部分的结尾是托尼不得不寻找神父重逢。中间部分在招牌（sign）出现时。结尾，当然，就是后面的部分。

这个剧集还很好地提供了剧本写作最基本的三位一体：点子、故事、主题。

再说一次，它的点子只是：托尼有一位神父朋友。

这有何价值呢？很小的价值。事实上，它本身几乎没什么价值可言。这个事例凸现了编剧的基本信条：编剧工作中最不重要、最被过分珍视的元素就是点子。真正重要的不是为故事想到的点子而是故事本身，持续、完整的故事和人物及对白，以及其他所有元素的综合所构成的整部电影。

然而，我们在这里关注的既不是点子也不是故事，而是主题。这个故事潜藏着什么主题？它的首要原则是什么？

它的主题无非是：未经过考验的信念算不上信念。挑战提供了机会去恢复和重振信念。

而且，对信念的挑战越大，成长的潜能就越大。正如同举重运动一样，只举五磅的重量不会得到什么，软弱的挑战只会使人失去信心。要想强身健体，必须增加举重的分量；只有加强训练，肌肉才会变得结实。

当然，批评家、专家和教育学者对于主流商业电视的情景喜剧系列片毫无过高期望。不过，《谁是老板？》的这一集播放时，上千万的观众看到了一部关于信念和愈合的意义深刻的故事。

数以百万计的普通人明白了一点，如果有一天他们遇到了信心危机——谁的生活没有这样的危机呢？——他们不必感到恐惧和害怕，而是应该高兴有这样的机会，可以进一步增强自己的信心。

所有这些都蕴藏在一个很熟悉的、普通的、事先安排好人物和场面的电视剧情节中。这一点强有力地印证了叙事的巨大力量和故事的突出地位。

原理17：主题不是在想法中表达，而是在故事中表达。

总之，一个很平庸的电视节目，一个肤浅的想法，如果到了一个有才能、训练有素的作家手里，将焕发出无穷的力量。他将使观众面对有关生命本身的透彻问题，让观众领悟到关于宗教、神学、神职工作，以及家庭、友谊，忠诚、背叛和许多其他问题的教益。

请注意，最后出现的主题对作者来说都是一个惊喜。当初编剧并没有明白地承认，故事揭示了作家本人对信念的看法或者说信念对定义身份所发挥的作用。

最初制片人仅要求作家围绕“托尼有一位当神父的朋友”写一个故事。制片人肯定没有要求作家去探讨关于信念本质的哲学问题。如果最后的结果是编出来一个这样的故事，那对制片人和作家本人都是一份惊讶和欣喜。确实，这个主题的性质让所有人感到惊讶。

我们从这里学到了什么呢？一个最初狭隘、浅薄、苍白的想法，最终可能发展成为一个深刻、意义悠远的主题。然而，如果一开始就设立主题，无论这个主题多么宏伟，我们基本上可以断定这样的剧本会是一个自以为是、高傲自大、愚笨的，而且不值得让观众花费时间、精力去思考和观看的作品。

原理18：一个有价值的剧本主题必然是编剧的惊喜。

/ 身份：唯一的主题 /

就像河流蚀刻出河谷一样，每个故事的发生发展看起来似乎都是随意散漫的，然而，蚀刻出所有河谷的力都是相同的，那就是：地心引力。河谷也许会有这样那样的弯曲，在这里变宽，在那里变窄，但总体的方向是注定且精确的——因为自然力量。

如同地心引力控制着水的流向，所有剧本也都各自有一个控制导向的引力。它把故事引向哪里？引回到创作剧本的作家。

查尔斯·曼森的审判可以阐明这个论点。

有一个情节，公诉人按照惯例让证人说出他的名字以做记录。

“反对！”曼森的律师叫道。

“你反对证人说出他的名字？”法官怀疑地问。

“坚决反对。”

“你根据什么理由反对？”

“传闻。”

传闻，当然，是指第二手或第三手的证词。根据美国法律的证据原则，只有第一手的证词才被允许当成资料。证人可以说他亲眼看见和听见的，但不能说他听别人说的亲眼看见和听见的。

律师继续说，“证人怎么知道他自己的名字的？除非别人告诉他，也就是取名字的父母。”

自然，律师的狡辩很快被推翻了。

不过，在法庭外面，律师的观点却令人深思。我们如何知道自己是谁呢？甚至我们是如何知道自己的名字呢？如果不是别人传达给我们信息，我们怎样会知道自己是什么呢？

想想我们的梦境。

有谁不做梦呢？我们中间有谁不是常常做非常清晰的梦呢？它如此生动真实，直到醒来后才松了口气，幸亏这只是个梦。

一个问题不可避免地出现了：我怎么知道我感觉的真实生活事实上不是个梦，不是个精心制造的幻觉呢？我怎么知道，从现在起一分钟后，我不会醒来发现自己是威尔士王子或者内布拉斯加州的一只长耳大野兔呢？

1962年10月，我是一个大学生，那时发生了“古巴导弹危机”。我们都相信在那个危险的星期一晚上就会发生核大战，世界可能会在第二天的早晨就被毁灭。在周围弥漫着的恐惧和慌乱气氛中，我只考虑一件事情：如果我们明天都将死于核爆炸的辐射中，那我为什么还要在这里复习周末的社会学期中考试呢？

就好比那最精彩的戏剧性表现，在那一刻，渺小与伟大，深沉与世俗，全都混在了一起。

像梦境一样，电影映照出我们自己，我们的面孔既熟悉又陌生，它们帮助我们去容忍和接受生活的奥秘。

每一个男人和女人都会神经质地问自己，我是谁？其中一半来自我们自身的物质：肉、毛、血液、骨头等，我们身体的客观存在。另一半则是别人，我们的家人、朋友、同事，甚至陌生人对我们的反射，他们让我们知道了我们自己是什么。

我建议我们去看电影来找出我们是谁，我们是什么。所以，所有电影的核心就是在面对身份的问题。我是谁？我怎么知道什么是真？

什么是假？为什么我要在红灯前停下？为什么我要付税？为什么生活中的每一天都是颠簸和伤痛，而我为什么还要忍受这些折磨？

这就是为什么个人电影的主题非常重要的原因。再说一遍，所有的电影尽管形式不同，但都是关于同一话题：写作者本人。

没有得到应有评价的影片《雾水总统》是一个绝佳例子。一个谦逊、随和的人突然被别人强加了一个新的身份：美国总统。刚开始他抵抗。然后，过了一段时间，他接受了这个身份。现在他在压迫之下变成了他做梦也想不到会成为的人。

另一个精彩的例子是大师级传记影片《马尔科姆·X》。主题问题直接反映在片名中。除了“我是谁”以外，“X”还能代表什么意思呢？

这个问题直接关系到美国黑人的独特经历。奴隶制导致了黑人的历史被盗窃。奴隶的所有东西都被盗窃，包括姓名。

马尔科姆·X原来叫做马尔科姆·利特尔，但是“利特尔”这个姓氏是怎么来的呢？它来自很久以前的一个白人，他强奸了马尔科姆的祖母。为什么马尔科姆要忍受这个奴隶主强奸犯和压迫者的标志呢？

马尔科姆需要找回他自己的名字。

什么才是马尔科姆真正的名字呢？可恶的奴隶制已经让马尔科姆失去了姓氏和历史。因此，马尔科姆选择用符号“X”表示他不知道自己是谁。

最终，像所有优秀故事一样，影片远远超出它的直接主题，触动了观众的心和灵魂，不仅仅是美国黑人的，而是全人类的。不仅是马尔科姆，在某种意义上，世间的男男女女全都不知道自己是谁。这样一来，观众就可以不把片中的角色看做“别人”，而是看做自己的影像。优秀的影片提醒我们，看到的不是角色与我们的不同之处，而是角色与我们相通的东西。

那就是电影的力量。

它提供给所有观众——不管用什么样的方式——自己个人的经验。换言之，它使得观众不仅是观察者，同时也是参与者。

Chapter 5
冲突：暴力与性

电影中必须要有性吗？必须充斥暴力吗？

不一定。但是许多剧本，也许是绝大部分影片——包括有史以来最优秀的部分电影——毋庸置疑充斥着性和色情。同样，精彩的影片必须是激烈狂暴的。

如果你愿意的话，可以把暴力认为是冲突、紧张或压力。编剧被迫切地要求考虑电影强烈直白的暴力给社会带来不安的问题。但我也希望他们记得，开明、合理、理性的话语，加上彬彬有礼的温和态度，占据着我们生活中的大部分时间，如果这种情况出现在电影中，那将会非常无聊。

我的意思不是说电影里必须无休止地表现打出对方的脑浆，或者从头至尾都是抢劫、枪击或强奸。同样，我也不认为所有电影都应该表现不加节制的肉欲狂欢。但是，每一部电影的每一个场景、每一个画面都必须体现情感的悸动不安。

在HBO（美国有限电视网络媒体公司）的经典电视剧《黑道家族》中，有裸体色情的一幕，卡米拉——男主角托尼的妻子和一个男人做爱，那人不是托尼。尽管这场面本身具有挑逗性，但是它并不仅仅具有挑逗性。相反，它是整个电视剧的一部分。影片揭示了托尼是一个观念守旧、未开化的丈夫，他满不在乎地欺骗妻子，肆无忌惮地与情妇和成群的妓女鬼混。卡米拉知道自己无法改变丈夫的行为，但是她迫使丈夫去接受了结扎手术，这样就不至于由“非婚生子”引出诸多复杂问题。

卡米拉自己做爱的场面，拓展了这个人物的性格并增强了故事性。《黑道家族》的编剧用这个性爱场景表明卡米拉不是一个刻板类型，她不是那种默默忍受的黑手党妻子。如果她不能使托尼停止和其他女人的性关系，如果她不能改变他对婚姻的错误观念，她仍然可以用自己的力量去获得自己的尊严，进行这种被禁止的行为使她确立了自己的身份，并建立了她自己认为女人应该怎样的意识。

一般来说，影片允许丈夫出轨，然后道歉，道歉后得到完全的宽恕。不过，一个已婚女人，很少被允许去和除了丈夫以外的男人发生性关系。如果发生了，将永不会被原谅。然而卡米拉发生婚外情不仅仅是为了“扯平”。婚外情支撑和增强了她不容侵犯的自尊心。

相似的情况还出现在影片《月球漫步》里，黛安·莲恩饰演的角色——珀尔，背叛了她的婚姻，在一个场景中跟浪漫的成衣商人激情做爱。珀尔仅仅被她的情人吸引是不够的，对这部电影来说，要想有任何实质的意义，就必须发生通奸行为。

同理，在影片《不忠》里，康妮·萨姆纳——这个角色也是黛安·莲恩饰演的（又是她！）——必须参与性的背叛，才会激发她给丈夫带来的愤怒和悲伤。另一个例子发生在电影《托斯卡纳艳阳下》里，弗朗西斯——还是黛安·莲恩扮演的（还是她！），她需要的不仅仅是考虑，而是要实际上与地中海情人发生性关系，只有这样才能恢复她由于丈夫寻花问柳而导致婚姻关系破裂给她造成的精神上的失衡。

编剧可以暂时休息片刻，安静地思考一个哲学命题吗？他不能。编剧吸引观众的注意力，主要是通过娴熟的手法来创作和塑造色情暴力。当然电影不仅仅是暴力和色情，但是这些是首要内容。此外，其他内容和暴力色情相比较都相形见绌。

这是阴暗的想法吗？完全不是。它仅仅是用现实而残酷的手段去对待一项现实而残酷的事业——戏剧性表达——而已。

电影的根子是牢牢地嵌入在戏剧的土壤里的，戏剧有着几千年的传统，影视作家们可以从中受益。让我们来思考一下《俄狄浦斯王》的例子。

这出剧表现的是什么？

有些人说是命运，有些人说是信仰，还有人说是表现人类处境的本质、天命的特点等哲学观点。

他们都没错。

然而，首先也是最重要的，《俄狄浦斯王》讲一个人谋杀了他的父亲并与他的母亲乱伦的故事。讲一个人在他一生中的不同时期，沿着两个不同方向经过同一条产道的故事。

如果这令你反胃和不安，如果你觉得它让你沮丧，那就正是索福克勒斯的目的。每一位戏剧作家的叙事都是寻求让观众难受，干扰和刺激观众。

还有，似乎索福克勒斯担心轼父和乱伦太乏味，他让主人公在发现自己生活的真相后，不是哀怨、流泪、咬指甲或撕抓自己的头发、饮泣、独白、哀叹自己的命运。与此相反，他用生锈的金属利器戳瞎了自己的眼睛。他离开自己王国的领土到外面流亡，他在黑暗和羞辱之中徘徊，度过凄惨的余生。

学者和评论家们也许会强烈抗议用这样乖悖的视角来点评这部至高无上的永恒的经典剧作。但是，难道《俄狄浦斯王》没有包含对男人和女人、父母和子女关系本质的深刻见解吗？难道它富有诗意的教训不是在揭示命运和信仰，生命和死亡以及更多意义深远的命题吗？为什么要执迷在剧中的谋杀和乱伦方面呢？

答案在于，无论《俄狄浦斯王》有多少其他涵义，它第一重要也是最重要的就是讲了一则故事，一个人杀了他的父亲，又和自己的母亲性交。这些特征无法定性为仅仅是偶然性事件。

同样，《哈姆雷特》，除了它的诗意和优雅、人物的丰满和编剧技巧的高超，它也是一个关于性、贪婪、谋杀和复仇的故事。最后帷幕落下时，它被舞台上的鲜血浸湿，那里至少躺着九具尸体。有的被剑穿透，还有的被毒死。

下一个是剧作《美狄亚》，与它相对的是《欢乐满人间》。

美狄亚由于丈夫沉溺于女色引发她快要崩溃的嫉妒和怒火，以致杀死了自己的孩子。

想象一下，如果向电影公司的剧本部推销这样一部剧本，执行副总裁也许会说："令人作呕！""如果我们拍这样一部片子，那全国所有家长团队都会在我们的办公室前示威，烧掉我们的电影院。参议院委员会会查封我们的书籍，嗜血的暴民将宰了我们的电影放映员。"

我完全甚至心怀感激地承认，电影中的暴力行为不需要精确逼真到像在《俄狄浦斯王》和《美狄亚》中那么鲜血淋漓和五脏毕露的程度。但是，在所有最深受喜爱的古典作品中，几乎全都一无变化地存在着这些内容。

那么，艺术家的社会责任是什么呢？

可以肯定的是，电影电视最终应该培养人们养成健康、建设性的行为规范。然而，一开始就试图以崇高和道德为目的，一定会失败。这不仅不能引领作家达到他们的崇高目的，反而只会使观众感觉厌烦。很多年前，有一部温暖模糊、主题用意很好的电影《无声的抗议》，电影从它第一幅画面开始，就试图让观众了解核毁灭的恐惧，告诫大众要积极反对战争。电影编剧大卫·菲尔德在一次访谈中说，我们不缺乏战争题材的电影，现在到了要创作和平电影的时候。

这样的动机当然是让人高兴、可敬的，但是和平或者其他伟大事业可以通过一个无聊的电影达到吗？历史上从来没有过靠无聊乏味解决了问题的例子。影视作家为社会服务的最好方式是为观众提供有价值的影片。

人们常常问到这样的问题：精神变态者会不会从银幕上的画面中得到灵感呢？从常理上看也许这是可能的，但常理还告诉我们太阳围绕着地球转呢。

美国电视家长协会和文明联盟等有着崇高称号、资金充足的组织倾向于加强审查。与他们发起宣传活动的断言相反，很少有可靠的科学证据表明，影视暴力在现实生活中引发和增多了混乱。在媒体和暴力之间建立因果关系的研究得到想要增加知名度的基金会的资助，但它们的结论往往是错误的。

有大学的研究表明，孩童的暴力行为和他们观看电视的时间有直接关系。当孩子每天看电视达五个小时以上时，就会与反社会暴力行为存在明显相关性。但这难道不是考察儿童缺乏关爱的标准吗？儿童每天看五六个小时甚至更多的电视，与其说是受到电视节目的不良影响，不如说是缺乏父母的管教和监督。

在过去的四十年里，性和暴力在媒体中被表现得越来越直率，犯罪率并没有上升，反而是降低了，实际上是大幅度地降低了。

如果电影、电视、电子游戏要对我们社会的犯罪率负如此大的责任，那为什么加拿大和美国的媒体完全相同，可是却比美国的暴力犯罪率低得多？为什么日本在影视媒体里的暴力比我们严重得多，可是现实里，他们的犯罪率却比我们要低得多呢？

剧作者必须面对这样的事实：暴力是一个自然和不可避免的戏剧表达形式。让电影和电视为暴力的出现承担责任，那就像批评河水从上往下流。

我们可以赞赏、哀叹、克服或忽略电影的暴力性，但它是戏剧里必然且不可避免的要素。在每一部有价值的戏剧、电影，还有电视节目中，贯穿表达的至少是冲突，而这个冲突往往是暴力的。

想想动画片《小鹿斑比》。那是不是一部宁静的、正面向上的，你筛选出来可以放心让你的孩子观看的影片呢？

你再仔细想想。

《小鹿斑比》真的那么平静吗？它讲述的是一头温柔、可爱的小鹿的故事——有不温柔可爱的小鹿吗？它亲眼目睹了猎人枪杀了它善良的妈妈。斑比从肆虐的森林大火中逃离的场景是我至今看过的最恐惧和最令人痛苦的画面。小鹿变成了孤儿，它惶恐地哭泣，独自徘徊在被烧毁的荒芜中。

再说一遍，暴力——或者称它为冲突——是电影和电视叙述的一个不可分割的组成部分。然而，尽管如此，电影中的暴力完全不需要是肢体暴力。心理、精神或情绪上的冲突是完全可以接受的。以那个尺度来衡量，奥斯卡得奖影片《克莱默夫妇》是过去半个世纪来最暴力的电影了，尽管影片中没有一次开枪、刺杀、殴打或车毁人亡。

《克莱默夫妇》里最严重的肢体创伤发生在电影中段，小儿子从游乐园单杠上摔到地面。饰演父亲的达斯汀·霍夫曼将孩子抱在怀里，疾速奔跑穿过一两个路口，来到医院的急诊室，在那里检查后，父亲高兴地得知孩子只是擦破了点儿皮。

不过，《克莱默夫妇》是一个非常暴力的电影，儿童不宜观看。还有什么能比亲生父母争夺自己亲生骨肉的抚养权来得更暴力呢？还有什么能让父母更心碎？他们肯定曾经非常相爱，但是现在却激烈地争夺着这个两人共同创造的小小生命。

每一部电影中的每一个场景、每一格画面都渴望有明显的冲突。一个负责任的剧作家应该能够指着剧本的任何一个章节回答下面这个问题：冲突在哪里？

抛开灵魂高尚、初衷良好的从业者不说，暴力和性是电影电视天然的、必不可少的组成部分。剧本中充满了大大小小的冲突，社会的、情绪的、精神的、文化的、情感的，甚至还有身体的冲突，一页连着一页，一个镜头连着一个镜头，编剧们完全不必为此道歉。

飞机平安降落不会造成新闻。

那些和睦相处、人人关爱彼此的家庭不会成为电影题材。

没有观众想去看“幸福快乐村”这样的故事。

Chapter 6
幻觉：真实与电影

电影是虚假的。

首先，电影叫movie，其实根本不动。一部标准的剧情片事实上是由几十万幅单独静止的画面被放映机连续投影在一个空白银幕上。因为每一秒钟走二十四格，所以合理的计算是，每一格画面在银幕上占据二十四分之一秒。

然而，即使这一点也不是真实的。

设计电影放映机的工程师们在机身上设置了一个快门，每旋转一圈它就拉下一次阻挡住光线，蒙住胶片在变换镜头时的机械运动。因此，在放映每个镜头时，同时旋转一圈的也包括一段完全的黑暗。镜头切换时的黑暗占用的时间比镜头本身要长。换句话说，放映机放映的主要是黑暗。一部典型的剧情片长一百分钟，其中快门关闭的时间加起来估计有一个小时。

电影放映的机械原理突出说明了电影剧本写作的一条基本原理：

原理19：生活是真实的；电影则是编造的。

正如我在第一章中提到过的，电影是人类大脑异想天开的产物。

是荒谬的夸张？

为了达到效果，夸张是一种合理的手段。不过，我这里丝毫没有夸张。时间、地点、故事和人物任由作家编排摆布。观众了解得很清楚的知名演员在影片中扮演完全不是他们自己的角色。他们在人为设计的场景中活动，甚至在细节上都被操纵和安排，比如化妆、发型、服饰以及更多。

这些演员要背诵编剧写好的对白。如果演员演技高明而对白写得精彩，他们在表演时就会给人传递一种印象，台词是脱口而出的，他们在说话的那一刻自然而然地想到了那句话。同样，演员在画面中的动作也不能露出事先安排和设计的痕迹，必须在镜头里表现得十分自然。本来是经过精心设计和排练的事情，看起来却要显得发乎自然。

此外，每一位学习电影的学生都知道，电影镜头在银幕上展开的顺序并不是拍摄顺序。一些场景是先拍的，却后出现在银幕上。另一些场景是后拍摄的，却在前面的情节中放映。甚至相当大的一部分对话都是在不同的地点和时间重新录制的。

由此你看到，一部电影是一大堆零散的、相互不连接的、断开的镜头的组合。神奇的是，它们看起来是流畅的而且在顺序井然地进行，让我们感觉就像在观看人们真实的生活，尽管我们完全清楚事实并非如此，整部影片从头至尾都是精心制作的假象。

亚里士多德告诫剧作家，采用合理的不可能性比不合理的可能性要高明。这句话到底是什么意思？

简单地说，意思就是：要编造弥天大谎。某件事情是真的，并不意味着它在银幕上会显得真实。很可能恰恰相反。电影讲述的不是真事而是幻想。

反过来，某件事情不是真的，并不意味它在银幕上会显得不真实。例如，在电影《飞越爱河》中，史蒂夫·古根伯格饰演的一个原本笨头笨脑的书呆子在梦幻生活中变成了令女人怦然心动的英俊小生。在一个场景里，他打扮得非常“酷”，开着喷火的阳刚气十足的哈雷摩托车到了一个加油站。一个很有魅力的年轻女郎正拿着加油枪给自己的车加油，她看到了史蒂夫。女郎目不转睛地看着史蒂夫英俊的面庞，看得呆住了，以致忘了自己在加油，汽油加满后溢了出来，流得满地都是。

现在，每个在自助加油站加过油的人都知道，加油枪在油箱灌满后会自动停住。但是，观众看到这个虚假的情节完全没觉得不合理，虽然编剧对现实中的真实情形做了手脚。

既然电影院的入口处有遮篷，既然观众买了票，既然他们吃着爆米花和糖豆看电影，他们在潜意识里一定意识到了整个电影就是一场盛大、精巧、堂皇的谎言。

他们最不愿意或者最不应该看到的就是真实情形。在电影院外面的大街上，到处都可以免费看到真实情形。

原理20：观众渴望的不是真实，而是甜蜜诱人的谎言。

不客气地说，编剧的任务就是熟练和亲切地撒谎。然而，编剧，尤其是缺乏经验的编剧，常常有坚持“必须是真实”的那种自我破坏的冲动。我认为，这个问题与电影最基本的性质，包括它的技术、传统有关。

当托马斯·爱迪生发明电影放映机时，他把镜头瞄准什么？瞄准一切运动的东西。你会发明一个拍电影的机器去录制静止的物体吗？

爱迪生最早的电影，拍摄的只有运动的人或物体——车厢、街车、从他新泽西奥兰治摄影棚外的街道走过去的行人。不久，大量早期的电影摄影师开始捕捉运动中的图像：火车从轨道上冲过，瀑布从悬崖流下，印第安人在自然原始的地方居住，著名人士剪彩，轮船启航，还有完全没有声音的演讲。很多年里，仅仅是运动的事物就足以吸引观众，直到上个世纪之交，电影制作人才首次发现应该把动作和事件联系起来，安排一种有秩序的方式来讲述，以吸引和维持观众的注意力。

换句话说，现在的观众需要故事。

就在这一时刻，电影写作诞生了。

可能是由于电影早期发明时是用来记录现实生活的——结合摄影机的轻便性，它能够在真实的空间和位置上重现场景，而不是像在戏剧舞台上那样——这在很大程度上解释了电影编剧为什么会执着地追求逼真。

诚然，今天的电影大多是在摄影棚里拍摄的，但是从没有人会因为服装道具等假造的逼真程度而感到吃惊和困扰。在哈莱姆区一条街道的露天片厂，群众演员穿着合适的服装走来走去，看起来就和真的一样。一座美国中部地区的房子看起来就像一座中部地区的房子，一个中世纪的城堡看起来就是个中世纪的城堡。而且如果置景、道具和演员近距离看起来都如此逼真，而电影讲述的又是上一代人生活的故事，想一想，那会多么显著地增强故事的真实性。摄影机镜头拍摄下来的真实事物看起来比它们本身更为真实，这正是电影神奇性质的证明。

电影编剧必须努力追求的不是再现真实，而是再现近似的真实。

原理21：对于经过检验的真实与看起来的真实，作家应该选择后者，尽管它也许是假的。

真人真事一般来说比较单调。尽管人们常说，真事比编的故事更离奇。毋庸置疑，偶尔会有这种情况发生。然而，在大多数情况下，真实是索味、苍白和枯燥的。它就是我们天天面对的烦恼、奔忙、琐事。观众在电影院外的真实生活也许经常出现惊奇，但他们更常常被烦乱的小事围绕：税、流鼻涕、皮疹、争吵、瘀伤，鞋带断了等等，还有很多我们很愿意抛开的烦扰。

有谁的生活是永远鼓舞人心、振奋、激动、扩展、开阔眼界的？没有人。就连美利坚合众国的总统也要去洗手间，跟太太争吵，阅读冗长的报告，报告里面充满了他宁可不知道的细节。

真实生活的本质就是乏味和单调。

感谢上帝生活就是这样。

如果不是这样，艺术、任何形式的创造性表达，包括电影，就没有了存在的必要。如果这样，那将是一个可怕的遗憾，因为好的电影会提供和扩大生命经验，它将解释我们是谁、我们在哪里和为什么。当电影很不明智地专注于数据和事实时，它就背叛了自己真正的使命。

因此，要小心那些号称揭示真相的电影。

什么是真实的本质？哲学家、知识分子、艺术家、诗人、科学家们已经争论了上千年。因此，对任何声称搞清楚了真实是什么的人抱有怀疑都是合理的。

原理22：真实是永远被寻求但始终没有得到的。

杰出的物理学家维克托·魏斯科普夫提出，有两种真实：肤浅的真实和深刻的真实。前一种真实是真实，它的反面是虚假。后一种真实是真实，它的反面也是真实。后一种真实就是我们在艺术中寻求的。

后一种真实比确切地知道罐子里有多少颗豆子的含义要深刻得多。历史探秘、事实调查、科学研究在我们的世界上肯定是有价值的，但是它们都不能代替写作。花几个小时、几个月，甚至几年查阅书籍，或旅行、采访、收集信息、记录笔记是容易的。相比较而言，孤独地坐在屋中，面对空白的纸张或发光的电脑屏幕，仅仅运用思想和语言，搜肠刮肚地去把稀薄得像空气一样的想法编造成一个有丰满人物、对白自然又富有诗意，把杂乱无章的情节与人物和谐地串在一起的好故事，这实在是极其艰难的事情。

原理23：电影作家的挑战不是去查看，而是去编造。

Chapter 7
故事：情节装配

故事之于电影犹如旋律之于音乐。

当然，除旋律外，音乐还有很多其他元素，节奏、速度、结构和音调都是不可或缺的。但无论如何，旋律永远是第一位，它是最难以捉摸、最难捕捉到的核心部分。例如，创造一条旋律线，它起止恰当，自然流淌，稍作停顿喘息，又继续按照自身方向流向下一个诱人并令人着迷的港湾，最后到达听众要寻找的内心终点。这比创作引人入胜的节拍、独特的结构、吸引人的基调，要困难得多。

有一个传说，可能是编造的，关于莫扎特小时候的一个故事。跟所有年代所有少年一样，莫扎特喜欢睡懒觉。也像所有少年的母亲一样，莫扎特太太永远要催他早起。有一天早晨，莫扎特还在沉睡，连身子都懒得挪动一下，他妈妈这次没有戳他的肋骨，也没有斥责他，而是跑到楼下的钢琴前面弹奏了起来：do, re, mi, fa, so, la, ti……

Ti……?

这一连串的音符在空气中凝固不动，渴望着被完成。压力必须被释放，八度音必须完整地弹奏出来。任何有耳朵的人都会要求把这不完全的音度填满，更不要说莫扎特这样对音乐有强烈敏感性的天才了，这种不完整是一种折磨和痛苦。

他从床上一跃而起，三步并作两步地跑下楼梯，在钢琴上按下了最后的，重重的鸣响，“doooooooo”，毫无疑问，他长长地舒了一口气。

故事的装配和编造与此没有什么不同。有些事情发生了；我们不把它称为音符，而是称为逸事，或事件。它的直接结果就是造成一种适度的紧张感，这种紧张感进而导致另一个事件随之发生。这种乒乓球一样来来回回的紧张／释放，就是故事编织的核心。

许多缺乏经验的电影作家受到一种错误认识的困扰而举步维艰。他们不重视故事，认为自己拥有特殊的诀窍，可以创作出迷人的人物形象。他们自以为是地相信，要想创作剧本，自己只需努力回忆三年级那说话支支吾吾、脾气古怪的老师；回忆邻居家里喜欢恶作剧的玩伴；回忆古怪又充满柔情的母亲；回忆高中时的游泳教练，以及教练古怪又慈爱的母亲即可。他们期待电影剧本其他的细节问题都会自动地迎刃而解。

还有些其他的新作家相信，自己虽然无法准确地把握人物性格，却具有编写对白的天才。他们拥有神奇、功能特异的耳朵，可以听到自然、铿锵、有节奏、有魄力的、真实的人在真实情况下所说的诗歌般的语言。他们丝毫不怀疑设置昂贵的场景、迷人的角色、机智俏皮的对白就可以支撑一部电影。

然而，很少有作家自诩拥有坚实的故事感。没有人——其中包括世界上最有经验、成功的作家——认为故事会从头至尾进展顺利，无需自己绞尽脑汁，搜肠刮肚。

近年来，故事被贬低为—— 在很大程度上写作本身被贬低为——本末倒置、已经过时、单线条、受局限的。我们到处听到人们说，叙事扼杀真正的创造力并使生动的人物角色窒息。故事是历经漫长年代的腐朽器物，是死去的那些老白种男人，诸如荷马、索福克勒斯、莎士比亚等人遗留下来的碎屑。

未经检验的作家，和很多流行理论家坚持认为，故事无非就像一份列满各种事件的邮购目录：这个发生了，那个发生了，那之后又有别的事情发生了。自由作家被鼓励完全抛开故事，他们仅仅把一群古怪的角色绑在一起，然后扔在异国他乡的原生态环境中，让他们在一起相互戏谑玩笑，故事自己就自然形成了。

然而，事实上故事是无法自然形成的，作家要把故事编造出来。大的电影公司与作家打交道的部门不是叫想法（idea）部，也不是叫主题（theme）部，不是叫对白（dialogue）部，也不是叫角色（character）部，甚至也不叫写作（writing）部，而是叫做故事（story）部，并非偶然。

虽然剧本的所有元素都重要，没有任何元素可以脱离其他元素而独立存在，但这当中最重要的组成部分，也是最难编写的部分是故事。

亚里士多德所谓故事结构的理论根本不是理论，它只是他对当年经典剧目特定性状的观察心得，他的《诗学》简明地表述了他认为作品长久流传的构成要素。他希望能使任何一个时代的作家都认识到，用一些最基本的方法可以推动戏剧性的叙事，就像古希腊的戏剧故事，跨越千年，还能被观众关注。

正如我UCLA的同事和死党，退休名誉教授卢·亨特所指出的：非正规学院的编剧指导教师们把所谓的“故事结构”神秘化，是符合他们既得利益的做法。如果某位教练能够说服作家们，只有他独自掌握着成功的金钥匙，就可以多卖掉他写的书，可以多卖他讲座的门票。

在UCLA，我们期望不是故弄玄虚地教学，而是去神秘化。

亚里士多德模式没有丝毫的神秘色彩。他告诉我们，每一个故事，都有开端、中间和结尾。开端就是在此以前什么都没有；中间是开端的继续和结尾之前；结尾是在此之后什么都没有了。

可能这种模式看起来太显而易见，无须论证，所以似乎毫无价值。然而，事实是，我在过去几十年里看过的几千部电影剧本里，最常见的错误就是他们的故事不是在开端时开始而是在这之前开始。

此外，他们不是在结尾时结束，而是在结尾之后结束。

斯派克·李是一个例子，他改编的剧本就是无法在结尾时结束。比如，在他光彩夺目、几乎完美的影片《为所应为》里，故事的高潮发生在焚燃和抢劫比萨店和附近更多房子时。在这种情况下对主人公穆奇来讲什么是“应为之事”？他是应该保护他雇主的生意免遭暴徒破坏呢？还是加入他兄弟们的联合捣毁行动？

穆奇考虑他的困境，然后从玻璃窗户掷出了一个垃圾桶，明确肯定了暴力行为的正确性。李似乎在说，参加这次行动，是穆奇该做的正确的事。

李认为他是故意让电影在这里模棱两可地结束。他不相信艺术家的角色是为社会最棘手的问题提供准确无误、简单明了、一劳永逸的解决方案。他更希望每一个观众思考和得出自己的意见和看法。

一些观众会赞同穆奇的做法；另一些观众则会反对。但肯定每一位观众都愿意参加影片提供的辩论。

然而，我们先把道德争议放在一边，至少有一点是大家都同意的：当穆奇参与破坏比萨店时，电影就结束了。这一刻显然构成了理想的亚里士多德式结局，在这一刻之后什么都不需要了。的确，银幕渐隐成了黑色，这时我们每一个人都期待看到片尾的演职员表滚动出来。

可是相反，银幕又淡入成画面，我们看到了演员丹尼·艾洛，他在电影中扮演比萨店老板，他和扮演穆奇的斯派克·李两人在谈论这件事。这给人感觉就好像著名主持人拉里·金随时可能从天而降出现在画面中，调和他们的争论。此处的争论没有任何效果，只是削弱了整部电影的力量。除了拖延时间，这段多余的画面给电影增加了什么？用什么有效的方式推进了故事情节吗？人物性格变得更加丰满吗？

一点也没有。

这个艺术家只是在告诉我们他已经告诉了我们的事情。他就像是在家庭聚会上的一个小孩子，父母强迫孩子给亲戚们表演拉小提琴，孩子不乐意，拒绝、抗议，但最终只好勉强同意。孩子故意使劲地拉了德沃夏克的幽默曲。到了大家围着餐桌坐好大吃一顿的时候，孩子却完全融入了他的小提琴，不想停下来。很快家里人就受不了了，请孩子到此为止。

开端/中间/结尾这种结构不仅适用于整部影片，还适用于影片的每个部分。每一个独立的场面都有它自己的开端、中间和结尾。甚至在场面中的部分——比如，一组对白——也有它的开端、中间和结尾。

对亚里士多德式架构的掌控可以达到何种程度的造诣，睿智的教授们在这个问题上存在分歧。不过大家都同意，不管用什么方式，主要的重点应该放在故事上。虽然，电影写作远不止故事一点，但它是放在首位的。

所有有价值的故事都需要有坚强结构的支撑。

对一般人来说，事实上，甚至对许多经验相当丰富的作家来说，很难准确地理解故事中的结构是什么意思。一栋房子的结构非常简单，它有一大堆结构元素，但其基本结构包括三个主体：地板、墙壁和屋顶。

反过来，故事乍看起来和房子无丝毫相近之处。房子是有形的、可以丈量的实体。你可以站在它的旁边，站在它的里面，站在它的上面。你能用手触摸到它的一部分，穿过它或围绕它行走，从各个角度打量它。

但是，故事的性质却是内在、理智、感性和无形的。它不是由梁柱，而是由思想支撑；它不是由砖瓦而是用语言建造。它可以被人朗读，且可以被人聆听。然而，它不能被人看到，除非是在人们的脑子里，或者直等到它被拍成了电影，放映在银幕上。

尽管故事和房子有诸多不同之处，但是，故事却像房子一样，它的结构也由三个不同的基本部分组成。

亚里士多德的《诗学》，如果你愿意花时间去读它（我大力推荐），应当被看做一部手把手教你解决技术问题的经典。可以把它当做历史上第一本自助类书籍，指导人们如何进行戏剧写作。它值得，更应该说它要求，习作者进行最艰苦的、一步一步的思考。它不需要解释，只需要遵循和服从。

开端是很好的入手点。在我的经验里，当我阅读了成千上万的编剧业余爱好者（专业人士也一样）的剧本后，我发现最常见的错误是编剧没有在开端的地方开始。太常见的情形是剧本在开端之前就开始了。

《克莱默夫妇》是一个亚里士多德式开端的典范。画面打开时，克莱默太太（梅丽尔·斯特里普饰演）站在门口，行李已经打包好，竭力要给丈夫造成一个她要离家、结束这个婚姻的印象。

如果是一个经验不足的作家来写，他可能会开始得早一些。估计他会回忆这对夫妻的大学时代，他们约会、求爱，最后结婚。然后会详细地写他们婚姻关系变淡的细节：他从牙膏管的中间挤牙膏，这激怒了她；她在洗脸池里拧干内裤，然后把它晾在瓷盆边上，这让他觉得恶心；他的事业腾飞，为了服务客户他早出晚归，她变得忧郁寡欢，孤独地长时间看电视肥皂剧、喝威士忌、吸食可卡因，忽略了孩子。最后，也许到第二幕结尾，到了剧本的第七十或八十页，影片到了一小时十五分钟的地方，他们开始互相攻击。她哭着说他冷淡无感情，他抱怨得不到她的支持；她威胁说要离开，他说她虚张声势。终于，她理好行李，出门了。

然而，电影编剧兼改编作家罗伯特·本顿知道，这不是一个关于丈夫和妻子关系的故事，而是描写关于父亲和儿子的故事。此故事不是要写夫妻离异，而是要写父子和解。

开始时男孩和父亲形同陌路，由于父亲只顾自己，一心扑在事业上，他们彼此疏远。因此，剧本启动得非常适当，妈妈，整理好的行李，站在门口。婚姻出了什么问题并不重要。这并不是说磕磕绊绊的婚姻不能成为电影的主题；仅仅是指在这部电影中，婚姻问题不是主题。

在《克莱默夫妇》中，婚姻的结束是电影的开始。编剧认识到了这点，故事在真正开始的地方开始，没有浪费一个画面。妈妈一来就被排除在外；在这个绝对的开端，爸爸和儿子马上被抛到了一起，这是适当的，在这点之前什么都没有。

编剧常被告诫要不断地问自己：这里是不是正确的开端？这点之前什么都没有吗？如果我把第八页当成开端，那会丢失什么？或者把第十一页、第二十页当成开端呢？如果在第十一页开始，不会遗漏什么信息，那就从第十一页开始。假如从第二十二页开始，可能会导致失去一些零散但重要的信息，也许可以把这些信息技巧地插入到后来的页面，比如在某个人物的对白、一个演员或另一个演员的特定动作里。仅仅只是表达一些零碎的信息并不能证明故事在第二十二页开始是适当的。

如前所述，“这是真正的开始点吗？”这个疑问不仅可以运用于整个剧本，甚至可以更准确地运用于某个场景，或者运用于更窄的范围，比如一句对白中。

举例说明，如果有一场戏必须发生在餐馆里，你不需要描述主人公到达、受到迎接、在餐桌前坐下。观众不需要看到侍者把菜单交给他们。

电影可以直接跳切到事件和行动的中间。按照亚里士多德式开始的观点，他们必须直接跳到一场戏的实质部分，就好比省略点菜、喝酒，直接跳到主菜。如果编剧完全无法避免餐馆场景，那么画面展开时人物角色应该已经出现，已经坐下并点完菜了，故事情节直接进入可以推进故事、扩展人物性格的塑造环节。

结构不仅局限于与故事相关的宽泛问题。哪怕只是一行对白，为了明确它是否开始得恰当，也值得认真琢磨。我们在后面有关对白的章节会谈到，一定不要用“听着”或“听我说”，或“那么”这类的词汇开始一句对白，因为不管后面跟着说什么，它都已经过了什么都不需要的那个点。“听着，我爱你”和“我爱你”有什么重要区别呢，除了前一句对白比后一句长三分之一？

诚然，到处出现的这种“你瞧”“听着”或“这样说吧”的语气词不至于破坏整个剧本，但它们会消减故事锐度，使叙述变得不利落。它们无意中给剧本读者和观众传递了一个信号：此编剧不懂得严格遵守简洁原则，不珍视他们的时间。在某种情况下显示出来的不简洁，意味着同样的情形不可避免地会出现在剧本的各个角落。剧本中如果存在不必要的介绍和充满感叹词的对白，也必然存在整个没必要的场景。

负责任的创意表达要求能删除的东西必须删除。如果不是真正必须，那为何要浪费观众的时间呢？

故事结构的这种观点吻合了人类对宇宙本身的科学认识。把物质分解成最小的单位，这些小单位和大宇宙的结构惊人一致。无穷小的原子，其电子围绕它的原子核旋转，就如同太阳系的结构，行星围绕着太阳旋转。

再想一想全息图。它的底片和一般的摄影底片不同，全息图即使被剪去一半，它也还是能够大体上呈现完整的图像。这是因为哪怕只是整体的一小部分，它也包含了完整的原始图像的整个干涉图——全息图的基础。

这不过是以小见大的另一种说法。

编剧应该常常意识到一部电影中任何一个最小单元都反映了整部影片，正如我们身体中每一个细胞中的DNA都包含了所有遗传信息，用它可以复制整个身体。更简单地说，如同整个电影的结构包含开端、中间和结尾一样，电影的每一个组成部分，如场景、动作和对话等，它们的结构也包含着开始、中间和结尾。

这不只是空洞的哲学漫谈，而是一种修改场景、动作、对白和整部剧本的实用策略。它可以大大帮助作家确定剧本的结构，提醒作家抛弃无关紧要的部分。影片中任何没有目的的片段都没有保留和存在的必要。

编剧把握这一原则，便可以有策略地设计结构，抖掉多余的枝节。将开端／中间／结尾的结构方法完全实施在整体剧本中，从对白到场景到故事，这将是最精炼的剧本写作模式。

因此，复习和回顾编织故事模型三要素的特殊规则，是很值得花一些时间的。

首先，从开端开始（这是适当的）。

/ 开端 /

相比较中间和结尾而言，找到剧本合适的开始点是容易的。人们总是告诉我说他们有了一个很好的开头，尽管中间和结尾还在构思，还没有写出来。但是，我还没有听过任何人说他已经为早晚要写的一部电影写好了精彩的中间和结局的部分，只是不知道怎么开头。把一个故事的多条线索逐一展开，比把这些线索巧妙地编织收拢在结尾处要来得容易多了。

重申一遍，开端的关键是要像亚里士多德规定的那样，选择一个特殊的点，在此点之前，任何信息都不需要。影片《公民凯恩》的开始看起来像结尾，是凯恩的死，但很快你就可以看出这是一个名符其实的开端。这个传记体的故事倒叙到他的童年时代，在电影第一幕用飘雪的水晶球做了铺垫。在影片《愤怒的葡萄》中，电影的开始是汤姆·乔德从监狱释放，返回荒凉的家园。我们不需要看他在监狱中服刑的镜头，我们甚至不需要知道他当初为何被监禁。我们只需要知道，他回家了，却发现家已经失去了。

故事结构没有固定公式。如前所述，把电影故事的各种零散元素整合成一个连贯叙事，是跟把箱子里的零件组装成儿童三轮车不同的。写一部电影剧本要比照着说明书把A装到B的轮子上，把C的螺母拧在D的大梁上要复杂得多。尽管剧本的结构要坚持一成不变的叙事法则，不可思议的是，剧本就像它们的写作者一样风格各异。

这些法则的基本组成部分——开端、中间、结束，它们的长短是不相等的。开端和结尾比中间要短。

在任何一部剧本的开端，都有一些明显的任务需要解决。不过，它们之所以被解决，不是因为作家自觉地想解决这些问题。与之相反，它们得到解决是开端的性质使然，是必须要做的事。

基调

其中最首要的任务是建立影片基调，介绍主角，进行必要的描述，可能还要给情节设计某种定时锁。也许基调中最重要的方面就是，无论在哪种电影——喜剧、悲剧、惊悚片——里，基调都需要从头至尾连贯一致。

常常会发生（而不是没有发生过）不同基调渗入彼此不同领域的情况，这只能证明编剧未能战胜故事结构的挑战。例如，一部基调严肃的电影，沉郁、朴实，它不能突然变成了愚蠢好笑。观众是无法容忍故事编织工艺的故障的，无法接受一个深沉的故事最后突然变成了一个粗俗的笑话。这就相当于作者先是编造了一种不可能出现的情形，然后应付观众说，主人公一觉醒来，发现原来只是一场梦而已。

要巧妙地交融基调风格，我们需要天才的作家，比如特里·索泽恩、彼德·乔治和斯坦利·库布里克，需要像影片《奇爱博士》背后所展现的创造力。我们还需要不少运气。在《奇爱博士》里，我们看到一出荒诞喜剧出人意料地与一次极为严肃可信的军事冒险融合在一起。

不过《奇爱博士》是一个例外。一般来讲，基调的要求与之相反：需要自始至终保持一致，没有偏离。

即使影片基调在开头就必须确立，作家预先精准地决定基调的类型仍然是一个错误。确切地说，基调应该是在具体写作的上下文中自然而然地产生和出现的。例如，如果一个作家有要写一部惊悚片的模糊想法，当他开始写后，却发现塑造得更像是一部喜剧片，所以非要把剧本拖拽回原定基调，这是不对的。这样做就把故事束缚在了不合适的基调之中。

作家不应该写很多关于基调的描述，因为这是一个自我形成的东西。例如，在《哈姆雷特》和《麦克白》中，莎士比亚从没有解释过基调。他根本不需要解释。深夜一个鬼站在护城墙上，还有女巫在鬼火粼粼的荒野，不需要任何多余的语言，基调就已经建立。

主角介绍

探讨影片的主要角色似乎应该是在关于角色而不是故事的章节比较合适。然而，事实上，当我们讨论故事主角时，并不仅仅把他／她当做一部影片中的人物来谈，甚至也不只是影片的中心表演者。

反之，我们把它作为故事结构的一个基本宗旨。

主角越清晰，影片就越好。有时电影中的主角由两个人物共同分担，例如，《罗密欧与朱丽叶》还有《末路狂花》。然而，主角人物越多，影片的焦点就会越消弱分散。

多个人物充当主角实质上会危害到故事的坚实结构。电影《心寒》在这方面提供了一个典型例子。这个故事如此民主地把主角平均地放在半打人物身上，故事像球赛一样一视同仁地把球从这个球员传给另一个。编剧似乎在说："我们不能歧视，所以只能对所有人都不好。"唉……确实，故事没有明确居于中心地位的主人公，就只能是恶待每个人。

事实上编剧是需要歧视的。我的意思是，就好比公共汽车司机的工作是驾驶一辆公交车，作家的工作就是区别对待剧中人物。歧视意味着选择，创造性的选择是艺术的本质。对于电影写作来说，作者要选择每一个词汇、每一个场景。从这一系列艰难的选择中产生剧本的人物、对话以及其他所有方面。

要编织一部富有表现力的作品，处理众多人物角色，同时仍然确立一个明确、居于中心的、唯一的主角，不是没有可能。《美国风情画》就提供了一个例子。编剧为影片成功地塑造了四位中心人物，他们在大部分剧情中被处理得相当不偏不倚。然而，远在电影结束前，观众就很快看清由理查德·德莱福斯扮演的角色是电影的中心主角。

由于不能做出清楚的选择，所以影片《心寒》的败笔在于焦点太分散，导致人物太单薄。我们刚刚了解到一个特定角色的欲望和失望时，就被带走去看另一个角色，所以没有机会再去仔细想第一个角色了。如果编剧选择其中这个或那个人物作为《心寒》的主角，片子不是会更有力量吗？可以选择那个年轻会跳舞的女孩，死者的女友。这样观众也许可以从另一个角度来看待这些曾经的大学好伙伴；也许会让舆论把它理解为年轻人和老年人，20世纪60年代文化和80年代文化之间的冲突，这样就同时凸现了人物和故事的主题。

另一个方法是让格伦·克洛斯和凯文·克莱恩饰演的那对夫妻来担当主角，故事就是在他们家里开始的。不过既然两人分担主角会模糊焦点，那还不如让格伦一个人当主角更好。无论哪种情况，朋友关系的性质都可以得到认真探讨。

还有一种方案，可以把主角很容易地交给威廉·赫特扮演的人物来担当。当赫特坐在饭桌前指责这个团体的友情只是个假象，是大家的一种自恋幻觉时，电影才真正变得生动起来。赫特认为，他们彼此远不是什么生命中的朋友，而只是多年前偶尔相识的陌生人，根本对对方了解甚少。在这一情节点上，这个小团体终于有机会直面正视忠诚、背叛和盟友的品质等核心问题。

可是相反，编剧尝试对每一个角色公平，所以故事的焦点又转移到另一个人物身上，分配了五分钟给作为“客人”的另一主角，然后再平均地转移至下一个人物。编剧让每个角色都获得了公平的对待，可惜就是忘了观众。

《通天塔》是另一部主角不清晰的优秀电影。它的故事情节丰富生动，人物个性丰满。然而，从头到尾都没有明白地讲清楚，这到底是谁的故事？让我们拿它与哥伦比亚广播公司（CBS）的情景喜剧《老爸老妈的浪漫史》来做个比较。尽管该剧也有众多人物，但泰德始终是中心主角，所有其他人物和事件都是从他这里过滤出来的，如此就给故事提供了一个核心。

所有电影都需要一个主角和他/她的明确需求，还要在满足这些需求的道路上设置重重障碍。这些角色、需求、障碍还有基调，必须在影片的开端时就被确定。这样开局才能使编剧抓住观众的注意力。

定时锁

通常的情况下，在剧本初期，聪明的编剧会给情节设计一个定时锁，这是一种构思工具，到了一定的时间就需要有一些特定的事件发生，或是特定的难题要在预定的时间内得到解决。这可以增强故事的紧张感。

在电影《桂河大桥》中，一开始，编剧就表明了大桥不仅要建成，而且要在特定日期完工。这就使影片充满了紧迫感。在任何情况下，毁坏大桥都是一个辉煌的高潮。这个定时锁不仅增强了结尾部分的紧张感，而且让故事从头至尾都充满紧张感。它让桥在最后一刻修建完成，又让桥在火车通过的那千钧一发的时刻被炸毁，车桥同时坠入下面桂河的湍流之中，这个结构是何等完美。

在1965年拍摄的被低估的影片《36小时》里，定时锁更和整个故事结构有着千丝万缕的密切关系。战争眼看就要开始，纳粹只有非常少的时间从詹姆斯·加纳饰演的美军将领身上拷问出欧洲即将被入侵的日期和位置。即便是没有定时锁，引诱加纳透露机密的方法无疑也会取得很好效果，但定时锁进一步增强了故事的紧张感。

并不是所有故事都有容易设计定时锁的情节，但是足智多谋的作家会千方百计地想尽办法利用这种剧本编造方法。

表述

表述（Exposition）的词根来源于暴露（Expose）。是指披露已经存在、但观众尚不明了的信息。

我们看到的表述常常是一个人站在一张地图前发表大致如下讲话：“我们的三个师要在三天里完成三项任务；日军部署在这里；我们的部队在那里。飞机将会轰炸这里。登陆舰艇将在这一带海岸登陆。”

即使是最平庸的电影也希望能有比这个更新鲜和富有想象力的表述。

几乎每一部电影在开头都需要表述。规则是：要简短，表述手法要新颖，还要避免说废话。

表述的最好方法是痛快地讲出来，讲完以后，让剧情继续发展。

在影片《伴我同行》里，表述是由理查德·德莱福斯饰演的总是心事重重、一脸严肃的作家自觉地进行的。他用厄运降临的低沉调子给观众讲述了许多年前发生的事件。让观众为继续跟随电影情节做好了心理准备（好像有必要这么做似的）。

影片《美国风情画》的表述则效果好得多。它的开始是一个闪着微光的收音机调台盘，播放着音乐。仅仅这个一闪的画面，就表现了时间、地点和人物环境。紧接着，几句简单的对话告诉我们，两个角色计划第二天早上离开小镇。

最有创造力的表述是在一部迷人的英国电影《本地英雄》里看到的，它的开场是一名行业高管在公司董事会上发表演说，屋内坐着很多首脑人物。演讲者站在一张寂静海港的地图前，挥动着指示棒（我们把巧妙的表述者形容为挥着指示棒的人），描述那里的海岸地形和工厂兴建计划。这个场景有什么与众不同的地方呢？听众中最大的巨头（由伯特·兰卡斯特饰演）正在酣睡，没有一个阿谀奉承的下属敢叫醒他。因此，画面中其他人的对话都是悄声进行的。画面暗示了老板的狂妄自大，使原本沉闷的场面变得新鲜并且滑稽可笑。

一个相似的例子出现在不起眼的影片《银熊》中，由迈克尔·凯恩主演，它开篇的表述手法也很聪明。一群老年的黑手党大佬，在拉斯维加斯的顶级豪华别墅里，赤身露体，披着长绒浴袍，从走廊那边走来。他们来到了一个巨大的圆形的热气缭绕沸腾冒泡的按摩池旁，嘴里叼着长长的雪茄，扔掉浴袍，跳入水中。

这里本来可能是那种熟悉的必不可少的黑手党在会议室里开会的场景。编剧把这种很常见的场景地点从装有墙板的会议室或脱衣舞俱乐部的后台转移到了蒸汽浴室，并把主角变成又老又胖还光着身子的男人，该片的开会场景因此独具一格。

然而，一旦表述完成，一旦观众明白了影片的环境和基调，一旦主角在追求目标的道路上突然遇到了障碍，开始的部分就结束了，我们已准备好急转弯进入中间的阶段。

/ 中间 /

有些理论家认为，故事三段结构模式中最困难的部分是结局。他们是错误的。一部剧本最难创作的部分在于中间。

首先，中间的篇幅是三个部分中最长的，它是故事真正的主干；比开端和结局加起来还要长好几倍。

然而长度并不是中间部分的创作最为艰难的唯一原因。就像之前说的，相较于结构的其他部分，开端是比较容易写的。每一个作家，当他拟定了故事大纲并坐下来开始写作时，已经知道了如何写剧本开头。另外，通常他也已经知道了如何结束。

一般来说，在开端的结束处和中间的开始前，故事都显得特别流畅，没有什么麻烦。在影片《公民凯恩》中，报社记者一致认为“玫瑰花蕾”是揭开凯恩生活奥秘的钥匙。他们要进行采访，弄清楚真相。在《愤怒的葡萄》里，汤姆・乔德追上他的家人，他们决定到加利福尼亚州去寻求新的生活，并且，一切都会变得美好。《桂河大桥》里的英国军官亚历克・吉尼斯赢得了日本战俘营指挥官的允许，同意他带领自己的人员建立一条横跨桂河的大桥。在《波拉特》里，电影主角要带着更为现实、不那么理想化的对生活、爱和纯真的认识回到哈萨克斯坦。《美国风情画》里，理查德・德莱福斯和罗恩・霍华德要在他们的家乡度过最后一个狂欢夜，然后一起去大城市探险，寻找更大的荣光。

观众不是傻子，他们清楚地知道电影不会在开始十来分钟后就结束，仅此一点就足以发出信号，后面将发生更复杂的情节和故事。如果说开端揭开了故事，那么中间则是使情节变得复杂。障碍出现了。的确，有些评论家认为，编剧要想创作节奏紧张的故事，就要把主角安排在一处，把他要达到的目标安排在另一处，然后，在一路上布满一切可以想象得出的障碍。

在开端即将结束时，所有事情看起来必然是十分自然而流畅的。此刻观众倾向于放松，抱有希望，希望后面一切都会顺利。在真实生活中一切都好当然是最宝贵的，但是在电影中，一切都好将会无聊之极。

事件进展得好像很平顺，到了最后一刻，新的事件发生了，顿时破坏了人们满足的期待。这件事也许很微妙，就像是《美国风情画》中雷鸟幻影里那个神秘女郎对主角德莱福斯的一个微笑；于是在后面的整部影片里他就是去寻觅这位姑娘，事实上，是用全部后半生的生命去寻找。或者，这件事也可以像影片《教父2》中那么残忍，未来教父维托·柯里昂的母亲在小男孩的亲眼目睹下被谋杀并倒在血泊之中。

总之，开端的部分要这样结束：一切都要看起来合情合理、正确、自然恰当；然后，画面一闪，所有事件都要变得荒谬和不合理。这就进入了中间部分，这时复杂的戏剧情节才开始全面展开。

波折与逆转

如果在开端结束的地方展开了故事最基础的冲突，那么中间部分就是去把这冲突的情节创造得更加复杂丰满。用包含波折与逆转、障碍和纷乱的元素使情节饱满。

例如，贯穿《美国风情画》的中间部分，理查德·德莱福斯走在一条阻碍重重的危险道路上：另一城市的帮派企图伤害他；他和他的伙伴经历了一场深刻的信仰危机，特别是当他自己的女朋友和伙伴发生性关系，影响到了伙伴间的感情时。他徒劳地想要找到——至少看起来是——显然遥不可及的那位广播电台的音乐主持人。当然，所有这一切，都是他人生路途中被设置的重重障碍。这些障碍随着情节的曲折、缠结而变得层次繁多。

波折、障碍、阻挠、复杂的纠纷，所有这些都明显地相互融合在一起。每个麻烦的目的都是为了阻止主角向目标前进，它们让主角每一步都要绕行，从旁边、上面、下面，甚至后退，然后再前进，最后终于达到故事开始时设立的目的地。

由于这些相关的情况要求主角有时需要暂时地退却，所以可以把它们看做逆转。在技巧很高的作品里，这种手法会放缓故事向前进展的速度；它们会用诸多手段分出多条线索。无论人们如何界定它们，通过在故事发展的笔直而狭窄的道路上设置障碍，让故事变得丰满起来，这正是影片动人和难以捉摸的品质。太笔直无曲折的情节无法满足观众合情合理的渴望。一个没有挫折的故事无法与由优秀作家设计的充满曲折、波澜起伏，饱含复杂、神秘以及悬念迭生的情节的故事相比。

逆转手法的使用还可以有效地帮助作家应对可预见性的这个类似双刃剑的问题。

可预见性

显然，银幕故事是不应该太容易被预知的；但与此同时，一定程度的可预知性也被观众所渴望。

这个“一定程度”的预知到底意味着多少呢？

如果这是一个容易回答的问题，那剧本就很容易写了。显然，观众喜欢出乎意料。同样显然的是，可预测性会大大破坏意想不到的迂回情节所带来的激动。如果没有丝毫预测可言，任何电影我们就都只能看一遍，哪怕是最好的电影。一旦我们知道了情节发展经过，那么特定的故事就是完全和永远地可预见的。一旦我们知道“玫瑰花蕾”是雪橇，就永远知道了“玫瑰花蕾”是雪橇。一旦我们知道卓卡斯塔是俄狄浦斯的母亲，那么真相大白的时候我们还会感到吃惊吗？一旦我们知道《惊魂记》中诺曼·贝茨装扮的是他自己的母亲，那令人震撼的惊悚效果就永远冲淡了。

然而，像孩子们一样，我们喜欢没完没了地聆听好故事。如果在复述过程中，哪怕仅仅是为了有点新风格，故事稍稍做些微小改变，我们这些听众都会毫不客气地要求故事必须恢复原始状态。如果我们再看一次《惊魂记》，发现这次珍妮特·利饰演的玛丽安在贝茨旅馆洗完澡后，擦干净身子，然后爬到床上准备睡个好觉，那我们将检查放映机、放映员，或者怀疑我们自己的眼睛，以及我们使用的眼药水，是不是什么地方出了错。我们不仅会吃惊，而且会觉得被欺骗。

尽管聪明的作者在事件发生前不想透露剧情，但是为了让观众流畅地追随故事发展，一定的可预见性是有用——甚至是必要的。

如果在《小魔怪》的影片开头，年老的中国店主告诉我们，无论发生任何情况，都不可以让小魔怪接触到水，你就肯定能预测到，电影结束前它们一定会被弄湿。这和莎士比亚在《麦克白》的开头让巫婆以谜语形式准确预言故事结局有异曲同工之妙。我们十拿九稳地知道麦克白会当上国王，知道伯南森林会向邓斯纳恩高山移动。

影片中值得期待的可预见性可以与制造意外效果的儿童游戏比较一下！你沿着走廊往前走，完全不知道门背后会有人跳出来，和已经知道有人要跳出来相比，哪个更令人害怕？

表面上看，也许不知道有人会跳出来更可怕，因为没有时间做准备。但真实情况恰好相反。你已经知道了有人也许藏在柱子后面，躲在凹室里或者床底下，你会神经紧绷，肌肉缩紧，随时猜测隐藏的人会从哪个不知道的地方跳出来。当他一旦出现，这种可预见性造成的效果会更加剧烈。

如果人们批评一部剧本太容易预知，其真正含义不是批评剧本不出所料，而是太不出所料了。

巧合

电影剧本常常被指责故事中巧合太多，这样的批评有时不无道理。一个好作家可以在故事里安排一个很明显的巧合吗？答案是肯定的，但是每部剧本里只能有一个巧合。

这当然与生活本身充满了巧合大有关系。的确，每个人的生命中都有过一次最离奇的巧合：一个特殊的精子和一个特殊的卵子相遇，这就是我们来到这个世界上的原因。

不过，生活毕竟是生活，电影毕竟是电影。观众花了钱，他们期待电影编得有技巧，值得看。一部吸引人的电影可以由巧合引发或者由巧合解决。除此以外，人们有理由看到一个精巧构思的故事。观众厌恶处处依赖巧合，他们看得出那是偷懒的写作。

如果观众仅仅只能容忍一次巧合的出现，那么编剧应该把它设计得很重要。他们可以把巧合用在故事开始时，用它来启动影片的基础情节，或者也可以用在后半部分，作为推进结局、解决问题的一个工具。

普莱斯顿·斯特奇斯的《七月的圣诞节》是把巧合放在结尾处的一个例子。善意的朋友们欺骗他们的一个伙伴，让他以为自己赢得了比赛。在结尾时他真的赢了。为什么观众能容忍这个巧合？主要是因为这是此影片中唯一的巧合。

在电影《中国综合症》里，一名电视记者和摄影师正在拍摄核电站的报道，这时出现了一个完全可以接受的巧合，核反应堆发生了状况。想象一下，如果在电影后半部分，由于阴差阳错，他们拍摄的图像资料全部被毁或丢失了。再想象一下，摄制组要求他们返回核电站去重新拍摄。再想象一下，他们重新拍摄的时候，核反应堆又一次发生了状况。

观众会如何反应呢？他们会愤怒。也难怪会有这样的反应，他们知道事故再一次发生是因为编剧太懒惰。电影故事结构—— 正像电影本身一样—— 是为了满足观众需要，而不是为满足作家的需要。还有什么比编写电影剧本更复杂麻烦的事情？

绝大多数巧合都安排在故事前期，尽管它们偶尔也发生在故事的后半部分。无论巧合出现在哪里，原则上它必须只能有一次。

大低潮

几乎每一部电影在中间部分结束的时候都会遇到一个大的障碍，这不是巧合，而是不出所料。就好像观众在情节发展到这个关节点必然要伸懒腰打哈欠似的。节奏感欠佳的剧本从一开始就全力冲刺，往往会加剧观众的疲乏感。就像马拉松运动员掌握不好节奏一样，故事大约在进行了五分之四的地方也容易失去它的动力。

棒球运动对此有一个很好的解决办法：棒球第七局再战。但是电影不行，你不能在电影放映到一小时二十分钟时停下来，请观众起立，活动一下手脚，闲聊几分钟，说说花生和爆米花多么好吃。

也许奇怪的是，在这个特殊时刻，作家需要在低潮中创造一个最低点，一个令人深感不安、恐惧、可怕的时刻：一切都好像永远无法挽回地失去了。

当然这个低点不能是在最后时刻凭空杜撰的附加物，它必须由流畅的故事情节自然发展而来。

如果这个低沉时刻——不要把它和高潮混淆——发生得过早，比如发生在开始，那么真正的低潮点来临时整部电影就会筋疲力尽，没有足够能量。

在《美国风情画》中，低潮点是德莱福斯跟那个只有一面之缘的神秘女郎的电话谈话，他知道了他们永远也不会再相见。这一时刻是黑暗的，它甚至比稍后发生的汽车燃烧爆炸的高潮更让人觉得可怕。他意识到只要他畏缩在安全、熟悉、贫乏无聊的家乡，身边围绕着老朋友，将永远找不到他的目的，永远无法真正驾驭自己的命运。

在影片《母女情深》里，低潮是在医院，我们知道年轻的母亲即将死亡时。在《昨夜情深》中，低潮是个过于轻巧的蒙太奇，它出现在罗布・劳饰演的那个“得到解脱”的男人无需再对那个女人负责而痛苦万分的时刻，在不久前的剧情里，他还渴望甩掉那个女人。

大低潮发生在结尾的开始处，大约是电影放映到第八十分钟左右的时候，这时候，主人公距离他的目标最为遥远。

/ 结尾 /

把一只小白鼠放到斯金纳箱里（Skinner Box，行为心理学派在实验室研究动物行为的试验仪器），箱子有一个触发控制饲料槽的迷你杠杆，不是每次老鼠按杠杆都有食物滚出，而是需要每隔一段时间，第一次按的时候才会有鼠食出现。

试验了几次以后，小白鼠很快就知道了不是每次压按杠杆都会带来奖赏。像小白鼠这样头脑简单的动物也很快就会明白，奖赏是每隔一段时间才会有的。记录小白鼠按压杠杆次数的图标表明，在一段时间的随机按压之后，当快要到达预定时间时，杠杆的按压次数会突然飙升。显然，老鼠“知道”结果就在眼前，因此随着那一刻的临近，它会暴风骤雨般地狂按控制杠杆。

可能有人会对拿人类和老鼠做比较不以为然。但是老鼠和人类至少在一点上有同样特点，这与电影写作的艺术和技巧相关，那就是当结尾在即时，他们会像疯了一样地冲刺。

在处理爱情故事方面，导演和剪辑师有一个传统技巧。当长期分离的恋人终于在最后重逢时，他们先是在大银幕的两侧热切凝视对方。然后，缓慢地，彼此向对方迈出一步，再迈出一步。走出几步以后，步伐加快了。最后，音乐骤然增强，就好像要创造奥林匹克百米纪录似的，男孩和女孩屏住呼吸，彼此冲向对方怀抱。

当手里的剧本快要结尾时，作者们也试图全速冲刺。然而，这也许会是一个严重的错误。

当然，理想的情况是，故事的结局在开始做了预告。一旦紧张感被妥善控制，结局会理所当然地发生，虽然必要的编剧工作不会理所当然地完成。当影片《伴我同行》开始时，男孩子们知道树林里有一具尸体，而且那些坏人，也就是那些大男孩，也在试图寻找那具尸体——此时，我们可以肯定地知道，那些小男孩将会在反派人物之前完成找到尸体的任务。

之所以必须这样是因为，结尾的目的就在于解决和平衡开端和中间展现的矛盾和情节。这个过程是自然而然的，却必须经过深思熟虑的设计，有条不紊地进行。胡乱地奋笔疾书，赶快把剧本写完只会导致灾难。作者需要克制匆忙完成剧本的强烈念头。

一旦结尾到来，一旦故事结束，一旦最后的演职人员表在银幕上滚动，帷幕落下，电影院灯光亮起，这时观众的感觉不应该是自认为上进、高明或者有德行，而应当是谦卑。应该让每一位观众感觉到自己是一个可怜的罪人。电影应该唤醒他们的人性，应该在观众内心深处制造出一种感觉：刚才银幕上放映的其实是他自己的事情。

模糊不定

电影故事可以是模糊多义的吗？

回答是也可也不可。

艺术作品的高尚使命不是去解决自思想诞生以来便占据了人类头脑的存在问题。当然电影无法轻易地回答很多本质上根本没有答案的疑问。

原理24：艺术不寻求答案，只是提出问题。

有价值的影片提炼和表达重要疑问，这也许解释了为什么电影结局应该是好像给出又好像没有给出答案。作者虽然有责任为观众提供一个有价值的电影故事，故事里应该有一些栩栩如生的人物，但他也可以要求观众动一动脑子。

在影片《革命者》（*The Revolutionary*，1970）中，我们找到了一个很好的例证。这部电影拍摄于20世纪60年代可悲的潮流结束之际，当时好莱坞把“革命”当成是芭斯罗缤（Baskin-Robbins）冰淇淋店每月推出的不同口味，拼命往这个主题上投钱，却劳而无功。《革命者》基本上遭到忽视，尽管在那群可怜的拙劣片子中这是拍得最好的一部，至少可以说是最不坏的一部。在电影里，乔恩·沃伊特饰演的男主角起初完全是一个自我、无原则、中立的人。然而，随着情节发展，他转变成了一个有爱心、品行端正、道德高尚的人。在这部电影的行进过程中，他必须思考和决定：诉诸暴力以纠正人间的不平等到底是正确还是错误。

电影结尾时沃伊特饰演的人物走到了一个十字路口：他要投出一个燃烧弹。但是他会吗？

当影片无情地迈向结局时，就在他马上要投出炸弹的那一霎那，画面定格，然后渐渐淡出。最后演职人员名单滚出。观众被要求面对这个哲学的窘境，提出自己的意见和结论。

另一个结局模棱两可的有力例子来自电影《柏林谍影》。理查德·伯顿扮演一个卷入复杂阴谋的特工，其中涉及间谍、双面间谍、反双面间谍、反双面双面间谍。多重间谍？不管这些。勒卡雷提供了三重、四重、多重间谍身份的角色。电影结束时，根本无法弄清楚到底谁和谁是一伙的。在最后一个淡出镜头里，伯顿发现自己站在高高的柏林墙上，所有人都在朝他射击。

他躲到哪里去呢？他最后将倒在哪一边呢？

影片拒绝作出决定，让他迷失在模棱两可的丛林里。这个结局深刻地表达了电影主题，没有什么对与错、左与右，只有本质的忠诚与背叛。这种模糊的不确定性因此和整部影片完整地编织在一起。

模糊不定恰到好处地出现在很多影片中，尤其是在电影结尾。

连续播放了好几年的电视连续剧《黑道家族》，就以一个貌似模棱两可的结局结束。全家人在一个小餐馆吃饭，这时，几个神秘人物走了进来。突然，荧幕上一片沉默和黑暗。影评人说，这一幕的编剧戴维·蔡斯希望观众自己想一想发生了什么事情。我相信，他的打算是让托尼——或许还有他的妻子和儿子——被暗杀，否则画面上为什么没有声音呢？这部电视剧以前的每一集在结尾出字幕处都会有音乐响起。黑暗和寂静表现的是死亡。当然，这只是人们对蔡斯结尾的很多种猜测之一。人们争论得那么起劲的事实告诉我们，所有猜测都没有对与错。唯一有的只是这个甜蜜、诱人、模糊不明的结尾，使我们始终对剧情和剧中那些让人难忘的角色保持着好奇心。

正面和负面的空间

平面艺术的正负空间概念，有益于帮助作家写作。

比方说，肖像画的正空间就是画像本身在帆布上所占有的面积。周边地区叫做背景，就是负空间。电影，以及电影中的每一个场景，也可以被认为具有正负空间。

思考一下整部电影剧本的本身，从头至尾，都充满了人物、对话和行动，这就是正空间部分。它是电影中发生的所有事情，是银幕上实际看到的一切东西。

然后，甚至在剧本开始之前，就有隐含的故事背景。人物不是从第一个画面突然冒出来的。在我看到他们之前，他们必须已经存在，就跟现实生活中我们初次结识的人一样。同样，影院灯亮以后，在编剧和观众的脑海里，电影故事还在继续着。

当《教父》续集结尾时，迈克孤独一人站在那里，看着远空，与朋友和家人疏远。我们可以想象，他的生活仍然在继续，尽管悲凉。

与此相仿，我们看到《战争游戏》的开场镜头是正在进行军事准备，要应付一个模拟或实际的核攻击—— 我们不知道是哪种情况。但是，我们可以确定，那些电影人物在这场戏之前就存在了，那整个复杂的地下导弹发射站不是刚刚霎那间出现的，而是早就在那里造好了。事实上，负空间的范围是无止境的。

这种无限性使故事的负空间与正空间不同：后者是有限的，前者是无限的。有些人认为正负空间是故事和情节的关系，情节是剧本中故事的组成部分，而故事则包含可以向前和向后无限伸展的背景。

作家创作的首要任务就是在负空间里精确找到正空间的始发点，我们称它为开端。同样，把握准确的收尾之处就在于确定正负空间的最后边界。那个点，当然就是，结尾。

确定两种空间的交界处可能看起来是无价值的工作，然而事实上，它对帮助作家决定哪里是真正的开始点是极为有用的，比如，什么地方是在此之前什么信息都不需要。同样，它也可以帮助作家决定在何处结尾。

剧本写作要求艺术家不断进行艰难的选择。凡是有利于帮助做出选择的方法都是值得欢迎的。

引力——原因和结果

故事被一种引力拉动着。

牛顿之后到爱因斯坦之前，引力被认为是把所有物体拉向地心的一根看不见的绳子。相对论出现后，引力变成了一种更加宏伟的现象。它可以被认为是物体不愿停留在它碰巧所处的位置。

这种张力充斥在故事中。一个编写巧妙的好剧本不愿意停下来，它拼命想继续前进。

的确，大自然里没有任何物质是真正处于静止状态的。举例说明，即使某个物体成功抵达了地心，它也不会停在那里不动。它会随着地球本身不断运动，地球不仅自转，还沿着轨道绕太阳转，与太阳系的其他星球一起在宇宙的空间流动。

所有物体真正“想”做的是抵达连贯时空的下一个站点。引力可以被认为是物体由于被迫静止不动而感到的“不适”。

无论这一切听起来是多么牵强，作家以此方式来考虑故事的发展是极为切实有用的。一件事情发生了，它的结果引起了另一件事情的发生，然后再会有一些事件紧随而来——这些事情不是无关的，而是必须同步地和前面的事件合适地连在一起。这就是故事向前推进的方式。它常常看起来似乎停滞不前，但实际上停滞不前是不可能的。

电影必须不停止地运动。它们应该感动观众，应该推动剧情和丰满片中人物。即便是如此成功的电影《虎豹小霸王》，当它突然停止向前运动，让观众忍受微笑的演员在银幕上来回地骑三轮车，伴着让人受不了的音乐“雨滴落在我头上”时，故事就一下子变无聊了。

编剧必须永远克制停下来喘口气和重新编排故事的诱惑。电影故事以每秒二十四格画面的速度无情地向前推进。跟万有引力一样，它们永远摩擦前进，寻求结果，但是从没有真正地找到过它。

让他们还想看

问：电影应该在何时结束？

答：（a）太早；（b）太迟；（c）在绝对最合适的一刻。

正确的答案是（a）太早。很明显，（b）太迟是错误的。电影过了什么也不再需要的时刻还在继续拖延，是浪费观众的注意力。

那为什么正确答案不选择（c）呢？

因为人类根本就不具备胸有成竹地选择“绝对合适的那一刻”的

能力，实际上，人类在任何事情上都不具备做得恰到好处的能力。只有上帝自己是完美的；所有人类，包括电影编剧，都是可怜的罪人。

重申一遍，正确答案是（a）太早，对影片而言的“太早”就是完全正确的时间点。

也许这只是影视业那句老生常谈的法则：让他们还想看——换了一种花样翻新的说法。与其让观众满足，不如让观众在结尾时觉得有点意犹未尽。这就使观众越过结尾进入了影片隐含的负空间，即电影故事在银幕上结束后的延续。

开端和结尾的原则是：晚开始，早结束。

Chapter 8
角色

要为观众创造出有价值的电影角色，需要遵守三个基本原则：

第一、不能刻板定型。

第二、要让每个角色，即使是最邪恶、最肮脏的小人也值得同情。

第三、不要让你的角色在整个故事中一成不变，要让他们随着故事进展而发展和变化。

/ 发展 /

许多编剧勉强承认他们缺乏编织剧本情节的技巧和知识，但他们坚持认为自己知道如何描绘丰富、辽阔、古怪、敏感、深刻、感人、多彩的电影人物。

他们只需回忆自己所熟悉的有性格的人物即可。每个家庭不是至少都会有一个败家子吗，一般来讲必定是位叔叔，他从海军退役后就找不到工作。大学宿舍里不是总会有一个最会讲笑话的人吗，在他的滑稽外表下隐藏了一颗敏感的心。作家们不是都做过饭馆服务生、出租车司机，或者酒吧调酒师吗，他们遇到过各式各样五花八门的人，其中很多不是都可以成为精彩的电影人物造型基础吗？

表面上看，这些人似乎可以为故事中的冲突提供素材，但实际上，他们大部分都是习以为常的人物。即使在最好的情况下，无论他们出场时多么吸引人，如果银幕角色从头至尾保持一丝不变，如果他们不变化、不成长、不发展，或者他们没有受到起码的挑战让自己成长和变化，那么，观众会替他们成长，而观众代劳后的人物会变得乏味。

影片中的人物如果在第一次出场时就向观众透露了所有信息，那么他就和真实生活中初次相识就倾囊吐露自己生活状况的人没有什么两样。两者都让人厌烦。任何人只要在国际航班上遇到过这样的邻座，都熟知这个结论的正确性。观众需要的是一些挑逗、诱惑，随着电影情节的发展，剥开人物的表面伪饰，进一步揭开他全新的性格层次。

真正令人难忘的人物开始时是一种形象，结束时变成了另一种形象。《克莱默夫妇》中达斯汀·霍夫曼饰演的角色，他的性格在开始时是自私、不敏感，并自我陶醉的，而在结束时他变成了一个温和体谅、关心他人并懂得爱的人。

影片《午夜牛郎》也是霍夫曼饰演的，出场时是一个偷盗、撒谎、身上散发着臭气的可怜虫；而影片结束时，他变成一个关心他人、深刻思考和诚实的人，最后死去。

迈克·柯里昂在电影《教父》开始时是一个无辜、有道德感、有原则的人物形象；在片子结束时，他痛失亲友，变成了残酷无情、没有灵魂、争权夺利、杀人无数的凶手，甚至杀害了自己的亲哥哥。

在影片《朗读者》中，汉娜和麦克在结尾时的人物特征与影片开始时我们看到的大相径庭。麦克走入了他人生的成熟阶段；汉娜现在可以读书，不再是文盲，显现出她接受要为自己在战争中的行为负责。

创造一个能够第一眼就引起观众注意的角色是非常困难的。然而，一旦这个任务完成，下面的工作就出现了：在整部电影中扩大和增强这个人物的个性。

电影人物的性格就不能保持不变吗？

要视情况而定。比如在电影《巴顿将军》里，巴顿到最后还是巴顿，从头至尾他都是能够鼓舞人心、傲慢自大的一介武夫。然而，在电影情节的发展过程中，他的性格受到过挑战，影片从多个角度让观众窥见了他为什么会是这样的一个人。即使我们不太喜欢他，可仍然为他着迷。我们花两个小时在电影院里看他的故事是值得的。

/ 同情心 /

复杂、丰满的整体人物形象要比那种一瞥就明了的人物有意思得多。

没有任何东西能比可以理解并值得同情的些许人性更能够使人物变得有血有肉，哪怕这些人撒谎成性、诡计多端、有如恶魔。

这就到了应该思考“谨慎人规则”（Prudent Person Principle）的时候。

原理25：观众能够容忍银幕中的人物陷入自己绝对不可能陷入的处境，只要他们在电影中的反应与观众在同样情况下所做出的反应相同即可。

对人物的同情可以使故事超越平庸。

很久以前，那时还没有家庭空调，为了躲避夏天的酷热，父母带我去看了我平生的第一部电影，迪斯尼经典片《金银岛》。由罗伯特・牛顿饰演的那个反派角色尤其令人难忘，他饰演脾气暴躁的独腿大盗、恶棍中的恶棍约翰・西尔弗。约翰折磨小吉姆・霍金斯，戏称他为“阿金斯”。他使吉姆和心爱的朋友隔离，用他做人质，威胁他的生命，令吉姆凄惨的生活痛苦不堪。直到最后，在影片结尾处，英国水兵们在沙滩上靠近了他们，肯定会解救孩子并把约翰绳之以法。

在岸边，海浪舔着约翰的独腿，他徒劳地想把深陷沙滩的孤独小舟推入到海中。在这个时刻，上帝的创造物中还有谁比约翰更绝望、更令人同情呢？他的木假腿不停地在沙子上滑落，使他根本不可能把小船推下海。绝望的老海盗酷似一个四脚朝天的乌龟，拼命地想把自己翻过来。

此时没有一个人会不可怜他。

就在最后一刻，当英国军队已经迅速进入我们视线，出现在海滩丛林的边缘时，小霍金斯突然跃起（也许连他自己也没想到），参加了帮助曾压迫他的约翰的行动。他用胳膊抵着小船舷缘，和约翰一起使劲，想在最后一刻救这个老家伙一命。

当小船终于滑入水中，载着老海盗躲过了追捕者的时候，我们和霍金斯还有约翰一同享受逃跑的喜悦。尽管约翰曾有血腥的前科和邪恶的心，但他身上也有一丝人性，我们为他的救赎而感到欣喜。

它给我们这些观众为自己不配得到的救赎提供了一线希望。

电视剧《达拉斯》里的埃温是一个顽固守旧的可鄙之人，然而，不知何故又深深令人同情。埃温为了爬到得克萨斯石油界巨头的位置，不惜撒谎和欺骗。他对妻子不忠，对朋友不义，对商业伙伴失信，对兄弟姐妹无情，甚至对他的孩子都缺乏关爱。在电视剧的其中一集里，在非法出口燃料到古巴的一桩交易中，他甚至背叛了他的国家。

然而，尽管如此，这个家伙身上却不可否认地有令人喜欢之处。他的脆弱、他虚伪的笑容和紧张不安、精心算计的眼神使我们钟爱他。在这个美国南方得克萨斯典型人物的所有表象背后，我们看到的只是一个孤独的、被忽略的孩子，想要赢得爸爸的关注和赞赏（这种心情一直持续，即使在该片播出到最后几季，爸爸早已去世）。

真实的人际关系难道不是在主要人物早已去世之后仍然延续吗？我们中间有谁心里不是深深地懊悔，自己原本可以对朋友或兄弟姐妹或父母表达一些温暖的姿态，但现在这个机会已经永远地失去？谁能完全自信地说他赢得了父亲和母亲无条件的赞同呢？

因此，当埃温行为不当时，我们看到的是一个调皮的小男孩把手放到饼干筒里，希望再次从逝世多年的父亲那里得到久违了的令人安心且充满柔情的点头。我们不但不想把他打倒在地，用脚踩到他脸上，反而想要拥抱他、安慰他，像抚摩和保护一只哆嗦受伤的小鹿。他的伤心事就是我们的伤心事，我们觉得这关连到了我们的人性，我们的痛苦，我们的失落和缺陷。

东尼·索波诺是黑社会头目和残忍的杀手，他给“亲情”赋予了新的意义。然而，他同时又是一个泰迪熊式的人，温暖、舒适、可爱，闪烁的眼睛里永远流露着温馨的笑意。他与观众既截然不同，又大同小异：他也是别人的配偶、父母和兄弟姐妹。他和妻子的争吵就好像是任何夫妻间的争吵，他和他可爱的青春期孩子的对抗就如同是任何父亲和孩子的对峙。我们不仅不觉得和这个可怕的人物不同，相反还觉得和他如此相近。最终，《黑道家族》与其说是一个犯罪家庭的故事，不如说是一个家庭的故事。

这种复杂的人物刻画自古希腊戏剧诞生之际就一直存在。

俄狄浦斯杀死了他的父亲，更可怕的是，他违反了天大的禁忌：乱伦。我们的主人公俄狄浦斯王，屡次与自己的母亲性交。

想一想索福克勒斯花费多少心思才保持了观众对这样一个人物的同情。剧作家完全明白，如果人物不令人同情，就没有戏剧，充其量只是个阴暗邪恶的故事罢了。他精心构思了情节，使俄狄浦斯始终不知道自己的出身，真相大白时已经太晚。

谁会原谅有意与自己母亲交媾的主人公呢？

最终，当了解自己的境遇真相后，俄狄浦斯真诚地懊悔。通过这些情节的编造设计，尽管俄狄浦斯犯下了如此滔天的罪过，我们还是对他表示同情。

诺曼·李尔的电视系列剧《全家福》中的人物阿尔奇·邦克是一个固执偏见的人，和所有固执偏见的人类似，他不是特别聪明。这里还是要问：我们中间有谁没有任何偏见呢？阿尔奇也许固执得没有理由，被自己的情绪蒙蔽，而且不太聪明，但他无疑也是一个普通人。

尽管我们憎恨偏执，但我们还是渐渐喜欢上了这个偏执的人。阿尔奇的行为让我们看到了自己的偏见。这也许让我们少了一些对他人的指责，增加了自己的包容能力。

在比较《焦点新闻》和《阿尔及尔之战》两部影片之后，我们看到了角色令人同情的重要作用。后者是更好的一部电影，很大原因是由于影片《焦点新闻》里面的恶棍是完全麻木不仁的。希腊将领们共同构成的反面人物被描绘为贪婪、自私、掠夺、反民主、发动军事政变的小丑，压迫他们的国家超过十年。他们被描绘成一群没有丝毫人性的傻瓜。在现实生活里这可能是真实的，他们的确如此。然而，电影应当考虑的不是符合历史的真实性，而是高于真实的戏剧性。

这样的创作手法使影片《焦点新闻》沦为肤浅的好人与坏人之争，就像人们在球场上为白帽子欢呼，为黑帽子喝倒彩。无论摄影、剪接、震耳的音乐如何充满技巧地制造了多么紧张的效果，由于影片人物的不自然，一切都被削弱，大打折扣。

然而，在《阿尔及尔之战》中，作家对他喜欢的一方——阿尔及尔的独立战士们——没有过分地渲染，对敌人——法国帝国殖民者，尤其是军事长官——采取了谨慎的处理方法，并给予了显而易见的尊严。那些坏蛋不是生来邪恶，不是天性喜欢破坏，作家并没有把他们刻画得那么可怕，但是这样一来效果却反而成倍增长，他们越发显得邪恶。因为他们跟我们一样，继承了抚育他们成长的信仰、偏见和传统文化。

不可思议的是，影片既没有为法国将军们辩解，也没让他们为恶行赎罪，这种一视同仁的公平对待，使他们看起来更加有罪。此外，本地阿尔及尔恐怖分子，显然应该是影片中的英雄，却也被描绘为残杀无辜儿童的凶手。而反面人物法国军官，被描绘为恪守自己观念并竭力维持社会秩序和安全的人。如果观众生活在相同处境里，会做出相同行为。

影片《桂河大桥》里，丛林俘虏集中营的日本司令官是一个死不悔改的典型暴君，但是编剧仍然展现了他的人性一面，不仅把人物性格刻画得多侧面多层次，也极大地提高了整部电影的水平。他违反了对待战争俘虏的国际公约，把俘虏们锁在热箱子里，侮辱、虐待甚至折磨他们。然而，编剧也让观众看到了他的另一面，他是一个被大时代裹挟的可怜虫，被迫在那个并非他建立的世界里从事这种卑鄙不幸的职业。

编剧甚至让我们看到他哭泣。

这要比刻画一个彻头彻尾的坏蛋有力量和令人难忘得多。

很明显，优秀的电影中有许多原本十恶不赦、后来得到了救赎的人物。关于这一点，最令人印象深刻的例子是在影片《愤怒的葡萄》中，一辆推土机开过来，这只轰隆隆的冒火铁龙要把邻居家的农场夷为平地，这是乔德一家失去自家土地后一直住着的地方。

农民们都镇定地站在那里，手里握着猎枪。他们警告驾驶员，为了保护家园，他们不惜轰掉驾驶员的脑袋。驾驶员的眼睛隐蔽在模糊不清的护目镜后面，他的鼻子和嘴巴上裹着一条丝巾，阻挡住灰尘，整个人看起来就像是从木星来的怪物。然而，当他刹住推土机，掀起风镜，扯掉丝巾，我们认出他竟然是乔德的一个邻居，在同样失去自家农场之后，他幸运地从银行得到了这份工作，去铲平被取消赎回权的农场。他不是一个恶霸，而是另一个普通人，是个亲密的老邻居、老朋友，这个事实让他的任务更难执行，观众的情感会受到更强牵动。

把人塑造得富于人性，将不可避免地提高作品的戏剧性。

/ 模式化 /

主流电影制作患了人物格式化的通病。这不仅涉及演员，也可怕地涉及电影创作的其他艺术家，包括编剧。

作为一个作家，如果他很幸运地成了名，一般都是被定义为某种类型的编剧，比如：喜剧作家、动作片 / 探险片作家、情景剧作家、电视剧作家、妇女题材作家、男性阳刚派题材作家。可悲的是，作家自己也为这种格式化出了一臂之力，他们在剧本里填塞大量现成的、过于司空见惯的人物塑造，与其说他们是角色，不如说是漫画。

事实上，作家只有两种类型：好作家和差作家。好作家避免在自己的剧本里出现任何特定类型的人物。

比较起来，用那些定型的人物来充斥剧本比创作一个独特、新颖、令观众难以忘怀的人物容易得多。比如，定型人物包括：冷酷的商人、心地善良的爱尔兰牧师、喜好啤酒的戴安全帽的建筑工人、照章办事的死板警察、智力低下的金发女郎、有着一颗金子般的心的妓女。观众会记住人物的独特性而非相似性，记住人物不同于而非类似于其他角色的特殊品质。

为什么要避免人物的定型化，有两个理由。

第一个理由，人物定型化不仅降低了人文精神，同时也制造了俗滥影片。如果大众艺术家们不去和这种定型的社会偏见作斗争，谁又能去承担这个任务呢？

第二个理由更重要，人物定型脸谱化，会使电影变得令人厌烦。

除了令人厌烦，会有什么别的效果呢？功力差经验少的作家把类型化人物写入剧本的原因，恰恰也是他们要避免这样做的理由。电影就如同真实生活，有些人你一眼就认出来了，因为你以前见过他们，他们既不有趣也不值得记忆。瞥一眼就让人一览无余的人当初就不值得我们去认识。

那么作家如何创作不雷同的人物角色呢？首先，应该让他们和我们在电影里看到过的所有人物都不一样。一种有效的技巧是，先描绘出最简单最熟悉的典型模式，然后塑造一个完全相反的虚构人物。

让我们观察一下奥斯卡得奖影片《炎热的夏夜》，对一个落后边远地区的乡巴佬警长的刻画为影片赢得了最佳编剧奖。这里没有批评奥斯卡奖获得者罗德·斯泰格尔演技的意思，但这个人物是脸谱化的。以此为对比，一个真正出色的人物应该是一位南方乡村警长，正义忠诚的公仆，充满智慧和尊严，执法守法，百折不回地追求真相。

在《冰血暴》中，警长不仅是个女性，而且怀有身孕，这就把常见的警察类型用一种新鲜的方式表现了出来。它不再是老一套，而是新的，观众过去没见过。

若干年前，纽约正要举行一场大型会议。一个记者无意中听几位出租车司机不无垂涎地说起要骗一骗心机单纯的外国游客，多收车费，于是准备写一篇报道来揭露这些出租车司机。于是，他穿了一身欧式剪裁西服，假装成欧洲人说英语的口音，携带着欧洲货币，试图诱使出租车司机欺骗他，绕远路等。他装成一个傻瓜，恨不得恳求出租车司机来占他的便宜。然而，令他惊讶和喜悦的是，没有任何一个司机这样做，他们总是最迅速而且走最省钱的路线把他带到目的地。

对任何群体一概而论都是错误的——甚至纽约的出租车司机，这是又一个有力例证。在真实生活中这种成见会影响人们之间的关系，在电影里这种成见会塑造枯燥平板的人物形象。

教训：甩掉模式化的人物。相反，要把他们彻底颠覆。

/ 描述 /

剧本应该把观众在银幕上看到的影片用书面形式呈现给读者。因此，剧本对人物的介绍必须和观众在银幕上看到的一模一样。所以，描写影片人物的合适地方就是他们第一次在剧本中出现的地方。

这些描写，还有剧本中别的东西，应该是简洁并切中要点的。在人物出现时，只有两个基本信息需要确立：1.性别；2.年龄。

那些冗长庞杂的描写，比如人物的身体特征、他的过去、他的宠物、他开的车（尽管他在该电影中不开车）、他的乐器（如果他玩乐器的话）等等，都应该避免。这样的描写是不需要的，它们会让剧本难以卒读，暴露出编剧经验缺乏、不熟悉剧本写作格式。

用语言大量描绘人物丰富的性格特点比用唯一正确的方式——通过动作和对话来塑造人物要容易得多。

如果不是关系到故事的整体性，诸如体重、高矮、肤色等说明不仅限制了人物的塑造，而且限制了演员的选择。不要规定主人公是红头发，除非某个特定的情节要求他必须是红头发。举例说明，在影片《本能》里，编剧乔·埃斯特哈斯适时指明，杀人犯是一个金发女郎。这不是一个无关紧要的细节，而是故事很重要的部分。金发最后被揭示是个假发。

不要规定角色很胖，除非他／她的胖是故事的一部分。制片人和导演也许会听从编剧安排（这种可能性很小），放弃一个非常理想但身材瘦削的演员；也许会对编剧的说明不予理会（这种可能性很大）。

在电视剧《扪心问诊》中，闹离婚的夫妇有一个肥胖的儿子，他的体重问题是整体故事里的一个因素。父母失败的婚姻给他带来巨大压力，使得他暴饮暴食，因此在学校被同学们嘲笑。所有这些情节都用于表现家庭的崩溃令他陷入了痛苦的深渊。

人物的行为和语言才表明了他们是什么样的人。言谈举止构成人物性格。

/ 名字 /

我曾无意中在好莱坞的一个聚会上听到一位准妈妈讨论怎么给将要出生的婴儿取名，她想了很多：罗宾、帕特、莱斯利、克里斯、罗尼和李。我对她说：“这很聪明。”尽管我心里并不这样认为，“你避免了准备两组不同的名字，一组为女孩，一组为男孩。”

“不是这样的，”她说，“我不想在孩子的名字上显示出性别特征。”

我表示道歉，然后走到吧台，喝了第三杯和第四杯依云矿泉水。

生活是生活，艺术是艺术。对于后者，我请求你显示出性别特征，除非不说明剧中人物的性别自有原因，除非这样做可以推动剧情进展。在银幕上，人物一出现，观众立刻就可以判断他的性别和年龄。但是，在纸页上，这一点只能用墨水写出来。

写作还不够难吗？让你自己同时也让你的读者轻松一点儿。除非是极少的情况下，故事整体性要求你不指明人物性别，否则，请给你电影的诸多人物取一些性别明确的名字。

这里有一个名字必须模棱两可的例子。朱丽亚·斯维尼在《周六夜现场》节目中饰演的一再出现的人物帕特（Pat）。如果人物的名字叫帕翠霞，或帕崔克（简称都是帕特），那么整个故事还没开始就结束了，因为人物的雌雄同体正是整个节目设计的基本点。

要避免给影片人物选取哪怕是相近发音的名字，因为那样容易制造混乱。在同一部电影中，不要同时出现拉里、巴里和哈里。尽管在银幕上可以分辨得很清楚，但是在读剧本时很容易混淆。甚至要避免影片人物名字的第一个字母相同。如果你已经给一个人物取名叫琳达了，那为何还要给另一个取名叫丽莎呢？

/ 结论 /

描述电影中的女人不要一律漂亮美丽，描述男性角色也不要一律英俊潇洒。语言是作家用来吃饭的家伙，他必须去开拓。如果编剧的描述足够简练，就可以给人物留下想象和挖掘的特殊空间，给读者提供更大快感，引诱他们想知道更多内容。

虽然正如亚里士多德所断言的，故事是坚实的戏剧艺术第一要素，但是长久留存在观众记忆中的却不是电影的故事情节，而是影片中富有生动性格的人物。

尽管我们已经记不清楚《公民凯恩》中复杂而曲折的情节，但是查理· 凯恩这个人物却一直留在我们的印象中。尽管第一代教父老柯里昂在影片中只占很少篇幅，但他却长期并永远地活在我们的脑海里。《达拉斯》多年来播放了好几季，埃温使了什么阴谋诡计我们已经记不清了，但这个人物形象却可以清晰地浮现在我们眼前。

作家需要把每一个电影人物渲染得更加人性化：他们的忧伤必须感动我们的心；他们的快乐应该呼应我们的快乐；电影人物个性的瑕疵和弱点应该使我们自己增强对周围人的宽容心。

Chapter 9
对白

多年以前，大约在20世纪50年代中期，制片人麦克尔·托德进行了一种电影艺术的技术革新，乍看起来似乎有可能改变电影艺术的整个面貌——至少增加了电影艺术的嗅觉。这种技术被定名为：嗅觉电影（Smell—O—Vision）。

有个故事讲的是嗅觉电影首次公映时的情形，大概是杜撰的。

这第一部也是最后一部嗅觉电影是一部西部片，开场是一片嶙峋起伏的山脉，遍地绿色。此时，雾化松油清新剂被喷进了黑暗的电影院放映厅。很快，银幕上出现了一个孤独的牛仔骑马而过，他停下扎营，点燃篝火。与此同时，豆科灌木燃烧的气味通过剧场的空调管道吹到了电影院放映厅。

没想到这种味道瞬间引起骚乱，电影院里烟幕缭绕，观众席爆发出一阵咳嗽。烟霾愈来愈厚，使银幕变得模糊不清。在剧院外的门厅里，一个正在柜台前买枣糖的顾客闻到烟熏味，赶紧去拉响了火警栓。电影被迫停止放映，观众清场，驱散烟雾。

假如嗅觉电影像早期的技术进步（如声音）那样取得成功，那么，今天的影视作家就必须在剧本中关心三个基本要素：视觉、声音和气味。

然而现在，他们只需考虑两个因素。

由于剧本在本质上只是精心制作的细节目录——人物、情节、对话、动作、布景和更多——人们很容易忘记，所有这一切，都仅仅是通过两种不同类型的数据来传递：画面和声音。另外，就电影而言，重点更主要地放在画面上。

这看起来似乎显得矛盾。几乎每次鸡尾酒会上，人们在前十五分钟把真知灼见说完，房间里每个人都俨然是电影专家，这时候总会有人又大声宣布一条老生常谈：电影是一种视觉媒介。

当然这是肯定的，电影首先也是最重要的特征是：图像。20世纪60年代，当我还是南加州大学电影学院的学生时，有声电影终于出现，但它的存在也只是和无声影片一样短暂。有声电影的编剧无需洞察力就可以了解，观众来到电影院不是为了阅读没完没了的字幕，不管那些字幕书法多么优雅，语言多么美妙。就像现在的观众一样，他们想看的是实实在在、看得见的、戏剧性的行为。

然而，你打开一部哪怕是有价值的电影剧本快速浏览，看到的主要文字是：对话。

当然，有声电影（talking picture）和对话太多的电影（talky picture）的区别是巨大的。一个事实始终不变：打开一部现代剧本，你看到的主要是对白。鉴于读者注意力越来越短暂已经众所周知，所以剧本当中的视觉描述——包括人物和场景的描述、戏剧性的行动——通常被称为“黑色填料”，因为它们在页面中看起来就像是墨水文字集合而成的四方块，把对话部分隔开。

说来苦恼，大部分制片人和经纪人只阅读对白部分。如果作者很幸运，或者是高薪聘请的，那么他写的视觉描写也许会被简短地扫上一眼。这就给了编剧最充足的理由，把对白编写得特殊、闪光、令人快乐、使人痛苦、充满诗意；要字字珠玑、行行精彩。另外，幽默永远加分。

每说一句话，不管多么简短，都必须是值得听的。与剧本其他方面的写作一样，对白必须能够在加深我们对人物角色了解的同时，推动故事进展。

之所以要使剧本精干、利落、简洁，剔除不必要的细节和对话，还有一个原因。放映在银幕上的电影当然充满细节，但是除特例外，这些细节都不是写出来，而是摄影机拍下来的。摄影机拍下一个吻、一次日落的一闪而过的画面，比所有作家加起来的描写还要内容丰富。

但是，电影音响除了对话不是还包括很多别的吗？

是的。

有多少别的因素？

两个。

它们是什么？

音乐和音效。

关于音乐和音效这两个方面，我们可以给编剧们提供什么样的建议呢？

建议他完全不要描写，不要加注说明。

检验的标准永远是统一的：是否符合整体性原则。这个特殊的音乐和音效与剧本的其他方面是否相关？它是剧情所必需的吗？它使情节进展了吗？它让人物的性格更明了了吗？

当然，例外总是存在。举一个真实的例子，我电影学院的同学和邻居、已故的巴兹尔·珀多利斯是个成功的电影配乐作曲家。早年奋斗时期，他住在洛杉矶的回声公园区，那里丘陵起伏，阴森恐怖，一度成了某位人称“好莱坞勒杀犯”的连环杀手抛尸的地方。

如同很多作曲家一样，我的朋友也习惯只在夜里工作，因为只有深夜才会有深邃的安宁和静默来唤起艺术家的禅之意境，创作出腋下除臭剂的广告曲。

在这样的一个深夜，作曲家在他那由独立车库改装而成的工作室里，正绞尽脑汁为客户的地板蜡电视广告设计旋律。在键盘和合成器中间，六只小狗在他脚下睡着了。他缓慢地把跳到脑海中的六音音阶旋律写了一遍又一遍，它们柔美、新颖、无比动听。然后他开始反复弹奏，不断修改，直到试了八百多次，终于差不多完成了一半。

突然，小狗们同时惊醒并焦躁起来。它们全部瞪圆了眼睛，竖起了耳朵，高昂着头，像合唱一样此起彼伏地狂吠起来。

音乐家主人发现了小狗的骚动，呵斥并安抚小狗，希望它们安静，可是它们仍然叫个不停。

就在小狗们的喧闹声中，作曲家突然听到了另一个声音：汽车“砰”的关门声，灌木丛中的脚步声，枝条折断声，“沙沙”作响的干草，树枝的“哗啦”声。不久，又一次汽车重重的关门声。紧接着听见轮胎急速转动，引擎发出刺耳的闷吼。

终于，万物又回归于寂静。

小狗们重新进入梦乡。

天空见亮，黎明即将来临，他的创作终于完成了，作曲家坐在椅子里沉睡过去。两小时后，他被警笛、直升机和警察的拍门声惊醒。他们向他询问了无数问题。他是否一夜都在这里？是否听见任何不寻常的声音？

他提到了小狗被惊醒、车门声、灌木丛中的脚步声。

发生什么事情了？为什么要问这些问题？

因为好莱坞勒杀犯在街对面荒凉的山腰处、距离他家不到十米远的深草灌木丛里扔下了一具尸体。作为调查的一部分，警察急切地需要知道尸体丢下的大概时间。巴兹尔讲了自己所听到的，帮助警察们回答了这个问题。

这就是那个真实故事的结束。

尽管这不关奥斯卡奖的事，但是它提供了一个声音效果推进情节的范例——车门、轮胎、引擎、折断树枝、沙沙作响的灌木丛——所有这些都完全可以融入剧本里，因为它们在整体上与故事浑然一体。

警察们走了之后，作曲家到床上睡觉，直到下午2点才醒来。这对音乐家是正常的作息。然后他开车到好莱坞去，把昨夜完成的乐谱送去誊写。这时候是下午3点，一般是音乐家们吃早餐的时间。他走进一家廉价小餐馆，安静地喝咖啡，并拿起一份唱片业小报读了起来。他并没有注意到远处柜台边仅有的另一位顾客，那个身材瘦长、形容憔悴的中年男性嘴里叼着烟，正在读报纸上最新的杀人案件报道。

这个陌生人下意识地嘟起嘴唇，开始吹口哨。那个曲调旋律柔美、新颖、无比动听。这只是一个简单的六分音符小调，但是对作曲家来说却极度诡异、惊悚、恐惧，无法用言语形容。最可怕的是，它听起来如此熟悉，令他全身发冷，似乎心脏都停止了跳动。

这正是他昨天夜里写下的小曲调。

除了我们的作曲家还有谁知道这个曲调？在柜台那边坐着的家伙不正是那个杀人犯吗？

如果这是故事中一个巧妙设计的细节，我们要再一次考虑到整体性：一个事件要和另一个事件相互关联。请注意，这个编造的部分比真实的事件要有趣得多。如果你想成为一个成功的剧作家，这是又一个告诉你要避免干巴巴地写出事实真相的例子。

不过，我编造这个故事的目的是为了说明，音乐在剧本中很少值得提及，这个故事是个罕见的例外。如果你剧本中的音乐和人物故事息息相关，那你一定要在宽大的空白处——也就是称为黑色填料的地方加以描写。

除此以外要统统删除。

如何对待背景音乐呢？

在影片《心寒》开始时，我们看见电影中的主要角色们在不同的地方收拾旅行袋准备出发。背景音乐播放着马文·盖伊的歌曲《小道消息》。大概作者是想利用音乐来表明年代，因为这首曲目在电影人物的大学时代是很流行的。然而，就像许多老歌金曲，哪怕就在此刻它们也还在遍布美国的数百个广播电台同时播放。因此，用这种方法来告诉观众电影故事的年代，并不完美。

不过，除了表明年代以外，播放此音乐还可以被认为是电影的主要人物们通过“小道消息”得知他们共同的朋友自杀了，这一点故事线索是推动情节进展的引擎。

编剧在剧本里指定这支曲子合适吗？我可以毫不含糊、毫不犹豫地回答：也许。这个问题只能用另一个问题回答：它与整部电影浑然一体吗？你肯定不能因为突然着迷于马文·盖伊的歌曲，就随便把一段他的曲子放入剧本。音乐，就如同剧本中所有别的因素一样，必须和整个故事密切相关。

无论对话、音乐还是音效，关于声音的最重要的原则是：和现实生活一样，在电影里，行为比语言更响亮，更雄辩。因此，编剧应该重视视觉因素胜过谈话。观众最不愿意听到的就是电影人物对自己说教。

然而，又回到起点，如前所述，电影剧本的主要部分是对白。

半个世纪前，有声影片问世二十多年以后，出现过一部从头至尾没有一句对白的电影。1952年上映的《盗贼》做了一次大胆尝试，如同大多数试验一样，它失败了。抛开作家的勇气不说，我们从这个电影中体会到了对白在电影里起着多么重要的作用。

对白本身必须是值得倾听的，它必须是奇特、有节奏的、迷人的声音。当然，电影中的一切都不孤立，每一个小小的元素都是整个影片的一部分。所以为了这个原因，对白也一定要能够推动故事情节和揭示电影人物。由于编剧们现在而且永远都受困于对白的创作，所以让我们了解一些对白创作中常见的技巧和误区。

/ 正确的做法 /

简洁

简洁是用很少的（语言或其他）去表现很多的内涵，而不是反之。这是对所有艺术家的挑战。如同每一个小小的动作，每一句对白也都要有明确的目的。

最理想的情况是，对白要一箭双雕：既扩展人物又推进了情节。在影片《逃出亚卡拉》中，监狱的心理医师询问克林特·伊斯特伍德饰演的主角："你童年的情况怎么样？"

伊斯特伍德回答："很短暂。"

原理26：编剧不是按字数获取酬劳。

只用了一个词，他就告诉了我们他长大成人的艰辛和贫困、被剥夺、没有爱的家庭背景，这比千言万语的描述要有力量得多，比如他艰难的生活、冷酷的世界，淡漠贪婪的邻居，凶狠欺凌他的恶少年，尖酸刻薄的老师对他的精神羞辱，邪恶的做毒品交易的继母，遗弃他的父亲，他可爱的毛茸茸的小狗被垃圾车碾死……

每写一句对白，编剧都必须问自己：这句话使情节进展了吗？这句话能否告诉读者关于人物角色的新内容？即使它达到了这两个目的，有没有更简洁、更新颖、更有效率的方法能达到同样目的？

台词和潜台词

作者只可以在不是重复的情况下重复。他可以在对话不是台词而是潜台词的情况下重复。

台词是说出来的话，潜台词是说出来的话下面真正隐含的意思。

来看一个例子，经典日本电影《罗生门》。四位目击者讲了同样一个事件，可是每一个人描述的版本都不同，合起来一共讲了四遍。最后表达了一个关于认识和真相的本质的深刻道理。

在《终结者2》中，阿诺德·施瓦辛格在影片开始时被抛到地球，他赤身裸体地掉到了一个荒远公路旁的摩托车店兼小酒吧前的草地上。他走进小酒吧，然后机械地自动察看每一个人，用机器人的程序精确测量他们的尺寸和形状。那些满脸胡须，身穿皮夹克的不法之徒都狐疑地盯着他看。他看见一个在打桌球的摩托车手跟他身材相仿。终结者走到他跟前，用机器人没有感情的声音说："把你的衣服和摩托车给我。"

一般来讲那个摩托车手的反应会是："你疯了？没门儿。难道你认为我会把摩托车给你，再把衣服脱掉，就因为你这个漂亮的、凶巴巴的光身子的家伙问我要？"如果那样，台词就太啰嗦，潜台词就太浅白了。观众听了不会有任何感觉。

摩托车手没有说那么多，他露出讽刺的微笑，说，"你忘记了说请。"

这段文字表面的意思是如果终结者开始说了"请"，那个摩托车骑手就会脱掉他的衣服并把摩托车的钥匙给他，而实际上，它的潜台词却完全不同。潜台词说的是："你脑子进水了，你胆敢跟老子要这些东西，你在找死吗？我和我的兄弟们会给你一个教训，让你见识一下摩托手的规矩。”

直截了当

在讨论故事结构的章节里，我谈到过，没有经验的影视作家的剧本常常在正式的开端之前开始。很多编剧在写对白时也犯类似错误。

就像没有什么精彩新闻的日子里，我们在电视里看到的那种无意义的街头采访，记者随便拦住一个在等公交车的倒霉蛋，然后询问那种深刻的问题，比如：“你如何看待税收？”

我们这位普通公民的回答总是一成不变的：“税收？问我吗？你想了解我的想法？有关税收的事儿吗？问我？税收？嗯，既然你问，我就告诉你。如果你真的想知道我真实的想法，相信我，我很高兴把我的观点告诉你，毕竟你提问了。不过，请记住，这只是我个人的观点，我说的仅仅代表我自己，不代表别人，不代表我的妻子，不代表我的教堂，也不代表我的狗，不代表我的孩子，除了我自己谁也不代表。你真的想知道吗？是不是？好吧，我会告诉你。坦率地说，诚心地说，真实地说，毫不隐瞒地说，全属我个人的看法，我自己的，个人的，我认为税收很混蛋。”

这个例子可能有点夸张，但是和太多剧本中太多无必要的废话相比，只是小巫见大巫。

我要阐述的重点是：要直截了当。

让剧本里人物的对话中出现“我认为”（I think）这样的词汇是不可原谅的。我们当然地认为，人物角色说的话就是他认为的。没有任何一句对白必须加上“我认为”这几个字。

另一个常见的问题是说话停顿中用“这个，这个……”（well）。

里奇·利特尔（Rich Little）是一位著名的模仿表演大师，有一次他描述如何模仿里根总统，他说，里根每次开始说话的时候都有一个口头语“这个”。利特尔被邀请在里根的就职典礼上表演，后来收到白宫发来的电报，总统对他的喜剧天才大为赞赏。利特尔说，就连电报都是以“这个”开头的。

“你知道”（You know）是另一个说话和写作中出现的大毛病。依我看，任何一个作家如果使用“你知道”这个短语，就应该被立即轰出影视编剧工会。

日常生活中的对话充满了这种迟钝的开场白和无用的感叹词。但是它们没有理由出现在剧本当中。艺术家创作对话时需要仔细推敲、辨别、选择、精筛和整理。作家需要非常精确地决定每一行对白中的内容包括什么。同样重要，甚至更重要的是，他们要决定什么是要删除的，哪怕是小小的微枝末节。

对白不能是方言俚语

对白和方言俚语是两个完全不同的范畴。

好莱坞西部片最著名的影星约翰·韦恩，在演艺生涯中，始终拒绝阅读编剧为了打动他而撰写的满篇充斥俚语和浓重方言的剧本，那些剧本往往采用懒洋洋的、半睡不醒、一惊一乍、故弄玄虚的音译对白。音译是指编剧故意把很多词拼错，使之读起来有口音。

好吧，这些编剧是给韦恩留下了印象，但那印象可不是他们想要的。韦恩不需要这些编剧把词汇里的“g”去掉，比如说，故意把driving写成drivin。他不欣赏这种改动，他对编辑们说，“用英文写剧本。如果我愿意扮演那个角色，我会像约翰·韦恩那样去演他。”

作家在创作外国人、少数族裔或不同种族的角色时，最容易掉入口音俚语的陷阱。在真实生活里，比如说，美国中产阶级的白人常常把going和coming发音成goin'和comin'，但是编剧往往专门在描写贫困的人，尤其是处于弱势地位的拉丁裔和非裔美国人时清一色地这样使用。

这是不是有点偏执的味道呢？

我反复强调过，电影创作是由很多艺术家合作进行的。编剧应该接受这个事实，而不是抵制它。要让演员和导演去发现并采用最好的说台词方式。比如，编剧写下：“勋章？我们不需要什么臭勋章。”而当剧本交到演员手中时，演员也许会改成：“破牌子？谁稀罕那些破牌子？”

的确，剧本有可能在后来会被合作者糟蹋，但是更可能的是那些艺术家会做得比编剧想象的还要更好。但不管是哪种情况，编剧在这一点上是受到严格限制的。如果他试图凭借电脑键盘敲出的文字去导演整部电影，只会限制剧本被成功拍摄的机会。

节奏的方法

用于阅读的书面文字和用于大声朗读的书面文字是截然不同的。

很多年前，我与一些电影学院老同学还有我们的太太们一起聚会吃晚饭。大家都十分高兴，因为彼此在好莱坞的电影行业里都有不错的成就。吃饭前，我们围坐在客厅喝酒、吃奶酪，谈论着娱乐圈里各种新鲜奇特的话题。布鲁斯的计划在二十世纪福斯进行得如何了？加里与CBS的合同签了吗？保罗对他为洛利玛影视公司（Lorimar）拍摄的电影有没有最终剪辑权？这个月史蒂夫是不是第三次换经纪人了？

当时，主人的女儿还不满两岁。在大家喝鸡尾酒聊天的过程中，孩子母亲抱起她，并把她放在客人们中间的地毯上，然后自己又回到厨房去筹备。大家义不容辞地“哦哦啊啊”地逗了一会儿孩子后，就又回到了刚才的高谈阔论中。大部分时间里，大家都没再注意那个孩子，她睁着柔和、黑色的大眼睛看着周围的大人，像雷达一样地扫描、跟踪他们。大约二十分钟之后，母亲又出现了，把孩子抱开，把她放进自己的栏杆小床里。

过了一会儿，大家被叫去吃晚饭。因为喝了点儿红酒，我入座前先去了一下洗手间。经过大厅，我路过小女孩的房间，她的门打开着。从房间里发出的声音让我停住脚步，眼前看到的景象实在令我震惊和敬畏。

这只是一个幼童呀呀学语的哼哼，欢快的咯咯发声的嘟囔，但它也是刚才我们在隔壁屋子里大声谈话的忠实重播。这个女孩只能用一种原始、粗拙的方式进行模仿，说的是没有结构和词汇的婴儿语言。不过，她准确地捕捉到了整体的效果、形式，特别是大人谈话的节奏。尽管她说的话没有一个真正的词汇，所有的只是语调的升降，激动的、提高嗓门的质问，咕哝的、斩钉截铁的肯定，拖长声调的停顿，提问和回应，圆滑的否定，声明和反驳，还有刚才在客厅里发生的所有插科打诨和笑闹。

这个现象告诉了我们口头语言交流的基本性质，它比写五十篇文章都解释得要清楚。把女孩发出的声音白纸黑字写下来是不可能的，但百分之百可以把节奏写出来：滴滴嗒？嗒嗒！嘀嗒？嗒！嗒嗒嗒。

电影对白就是这样：不是现实生活中说的话，而是电影里说的话，是真实对话的整体效果。

前面一章提到过，真实生活里的说话是免费的，大街上随处可听。但是，电影中的对话，却是要排队买票去听的。它必须特殊，除非它翻腾挣扎，发光并闪耀，否则对观众来讲是不值得听的。

请记住，所有语言都是一种有词汇的音乐，句子间的连接像诗歌一样有节拍和停顿。张力要不停地制造，然后再及时释放。

争论

即便你可以避免在剧本里有大段大段演讲似的对白，让人物之间只是你来我往地说一些机智生动的妙语，也还远远不够。

相反，要让你的剧中人物争论，让每一句对白都向下一句对白发起挑战。

不要让任何两个人彼此一致。一旦达成一致，就会变得无聊。当然，严肃的对峙和轻巧的口角之争是有区别的。如果影片中的人物从头至尾都在争执，剧本会永远存在冲突，直到真正达到矛盾解决的唯一地方：结尾。

米高梅的经典影片《伟人爱迪生》提供了一个绝好的例子。斯宾塞·屈塞饰演年轻的发明家，他打扮梳理完毕，准备去会见纽约证券交易所的董事，为了卖掉他最新发明的专利：股票行情自动收录器。

“五百美元？”他的妻子问，“这么多钱？他们会笑着把你轰出办公室的。”

“那多少钱合理？”

“两百，顶多三百。”

“如果我要五百美元，他们可能会杀价，嗯，杀到两百或两百五，甚至三百。”

画面继续着，这对夫妻还在争来争去。他们彼此并没有瞪着对方的眼睛，也没有在屋子里相互追打。然而，这种尽管客气和礼貌的分歧仍然使场面紧张，这种情绪渲染是迷人的，甚至扣人心弦。

原理27：在我们的生活中，共识和协议是一个重要部分，但在艺术中，它不是。

一个作家与其在家里冥思苦想编造对白，不如想象自己在一个公共场所，比如公园或餐厅，听一对陌生夫妻对话。如果他们的交谈很平和，双方意见一致，如果他们情感淡漠，那你就不会在意。相反，如果他们是在愤怒地争吵，人们就会去偷听。

建议编剧们：把自己的剧本看做一场从头至尾贯穿始终的争吵。

/ 错误的做法 /

真实

最纯粹、最自然、最真实的电影也只不过是幻想。作家的任务不是照搬生活而是对生活进行可信的再创造。没有经验的作家经常写一些类似这样的对白："你知道""嗨""你看""听着"；还有"嗯""啊""哦"这种停顿和一大堆没用的零碎。每当告诉他们不要这样时，他们会反驳说："真实生活里人们就是这样说话的。"然而，人们真实生活里的那种谈话方式是在大街上免费就可以听的。

现实生活中的谈话是乏味的。

人们在真实生活里的谈话方式跳跃、隐晦、离题、散漫、东拉西扯、支吾、旁敲侧击，拐弯抹角。生活中的交谈是为了消磨时间，但是在电影里，人物角色的说话必须有内容和目的，每一句对白都承担着推展故事和塑造人物的重任。

精明的编剧们只提供完整、拼写清楚的英文词汇。由演员去根据表演和剧情需要，在有助于增强戏剧性的地方，完成哼哼哈哈的停顿或抑扬顿挫的细节。作者不应仅仅是容忍剧本被演绎，而是应该鼓励导演和演员大胆地去进一步创作，所以不要在剧本中做任何指示。

重复

除非是为了强调或讽刺，或为了衔接对话，使节奏更平顺，否则，不要让影片人物再说他们已经告诉过我们的话。

重复远远不能强调观点，而是会削弱它。

在影片《燕特尔》开始时，银幕上有一大段字幕，上面写着“在东欧的历史上，只有男人才可以受教育。少数识字的女人只允许看肤浅的恋情小说，学术著作仅限男人阅读。”

为了保证让所有观众都明白这一点，在字幕淡出画面后，一个卖书的摊贩推着小车出现，“卖书了，给男人读的学术书！给女人读的浪漫小说！”为了阐明这一点，他重复喊叫了十几次。

燕特尔走在进城的路上，路过正在摆开的书摊。她溜到车前，拿起一本大部头学术著作。卖书的人看见了她，夺回了那本书，再一次提醒燕特尔和观众——好像生怕只过了半分钟，观众就已经忘了——学术书籍是男人读的，女人被限制只可以读言情小说。

观众一定感觉到了自己被认为是笨蛋。这隐蔽地表现了编剧对观众的藐视，因此使得这部原本精彩的电影和观众拉开了距离。为什么要一再给观众重复他们已经知道了的信息呢？这是我们一而再、再而三地在电视剧和电影中看到的错误。所以需要特别提出一条影视写作原理。

原理28：不要让影片中的这个人物告诉那个人物，观众已经知道的信息。

例如，在被过度赞赏的影片《闻香识女人》中，扮演盲人的阿尔·帕西诺在飞机上坐在他的女看护旁边，女看护提起了当年在预科学校时对校长做的恶作剧细节。这段情节有何意义呢？观众在之前已经看到过这段恶作剧了。如前所述，没有理由让电影中的一个人物角色告诉另一个人物关于那些观众已经看到过的事情。这些活着的、会呼吸的、付钱买电影票的观众又不是傻瓜。

即使在如此有价值的影片《哭泣游戏》中,也至少有一个类似的浪费墨水、胶片和时间的例子。在影片将近尾声时,被关进监狱的爱尔兰恐怖分子有一段长长的讲话,他对自己的女朋友描述人质在他的看管下是怎么死去的。

他描述这些的目的是什么呢?我们已经在电影前面的部分都看到过了。

编剧是为了表现女朋友听到这些情况后的反应吗?如果是这样,那么编剧必须在这一幕的益处和重复的弊端之间加以权衡。再说,他的女朋友只是作者编造的一个电影人物,而观众,却是实实在在真正存在着的。

我会选择把重复的地方去掉。有缺陷的人类总是不可避免地要犯错,作家们应该宁可犯失之于简练的错误。信息太少比信息太多的坏处要小。前者可能让观众看不太懂,这是事实;却不会像堆砌已经表述的信息那么让人觉得乏味,削弱影片力量。

事实上,有点看不懂甚至是一个优点,因为它可以拉近观众和银幕的距离,让他们更专注。相反,重复的信息会使他们注意力转移,降低关注度。一旦失去了观众的注意力,要把它们再抓回来是十分困难的。

在任何电影中都不允许存在无法推进故事情节和拓展人物性格的重复。

闲聊

生活很乏味，充满了东拉西扯，但这类闲聊是有益的。

嗨，你好吗？我很好，谢谢。你呢？不错，谢谢。你家人都好吗？很好，虽然婴儿出了点皮疹。你呢？我好极了。嗯，你想来杯咖啡吗？好啊。加糖还是奶？低脂奶？脱脂奶？黑咖啡，谢谢。你要低糖咖啡吗？不要，不过我加了代糖。今天天气真好，对吧？是啊，不过听广播说可能会下雨。

如果把这样的对话放入一部电影，那么观众可能会闯入放映间，用电影胶片把放映员吊死。它们确实很自然，但是自然有什么好？砒霜是自然的，肉毒杆菌中毒是自然的，流行感冒是自然的，无聊是自然的。

观众渴望和应当得到的不是现实生活中的自然，而是看起来好像很自然。简洁比自然更重要。那些无法推进情节和拓展人物的对话也许是自然的，但同样都应该把它们从剧本中驱逐出去。

当然，差的电影和电视剧都充斥着类似琐碎的闲聊。这种大量废话只能归咎于作者的懒惰。毕竟，撰写这种磨蹭时间、增加页码的唠叨比创作出简洁、切中要害、目的明确、对抗性强烈的对话要容易得多，后者同时担负起讲述故事及揭示角色性格的双重任务，让来自各行各业的观众兴奋和受到触动。

闲聊只在剧本的一个地方可以使用，那就是当它超越了自身直接而狭隘的作用，与电影的主题和中心思想连接在一起时。让我们来看一个例子，前面讨论整体性和性别的章节提到过电影《一个叫戈尔达的女人》，影片中请客人喝咖啡的情节原本可能是浪费时间的平淡构思，却变成了对片中人物很精彩的诠释，增强了影片效果。

再举个例子，在影片《12怒汉》中，审判结束后，在法庭外面的台阶上，一个陪审员对另一个陪审员说："我还不知道你的名字。"于是，两个人相互自我介绍，然后很随便地彼此再见，分道扬镳。

在这里，这次短暂的闲聊明显地有它深刻的潜台词。这个故事是对美国司法制度的赞美，虽然有点儿理想化和浪漫色彩：普普通通的人们从不同的地方聚集到一起，为了一个共同目的，寻求正义和真理。影片最后使用这次简短而客气的闲聊，凸现了这项既卑微又高贵任务的不可思议的本质。它歌颂了这样一个事实：正义可以由聚集在陪审室的一群陌生人得到伸张，这些人彼此甚至连姓名都不知道。

英国作家哈罗德·品特曾经常在他的戏剧作品中运用简短的无关紧要的闲聊来表达剧中人物之间潜在的巨大冲突，取得的效果时好时坏。在他的电影和戏剧里，典型的早餐桌闲聊隐喻着彼此太亲密地生活在一起很长时间后人们的绝望。有礼貌、清脆、欢快的对话不是表示人们相互关心，而是相反，人们用这种说话方式在自身周围建起一堵墙，宁愿把自己孤立在里面，也不愿意和对方连在一起。

如果编剧也想用这种闲聊来表达潜台词，那他必须具有像品特一样的天才。更重要的一点是，前面指出，即便是品特，也常常弄巧成拙。

UCLA的一个学生写了一部可爱的有关青少年成长的剧本。初稿里充满了礼貌、无意义、无目的的问候语。几乎每一个场景的开始都是"嗨，黛比"，回答是"嗨，汤姆"，还有"嗨，皮特"和"嗨，荷莉"，此时什么都还没发生，什么情节都还没有真正介入。

如果把这些没有用的问候语都删掉的话，整个剧本会减少至少二十页。我向作者建议把闲聊改成有意义的对话，作者反驳说："十几岁的青少年就是这样说话的，那是他们观察对方的方式，他们以此来确定个人的情感领地。"

我从来不和作者辩论。我提出的任何建议只是：建议。我给的任何意见只是：意见。它不是命令、需求、指令或要求。我坚守这个信念：作者有权把剧本写得要多差就有多差。

然而，就在完成最后一稿之前，作者试图寻找不一样的语言。在一个特定的场景开始时，不再是"嗨， 黛比""嗨，汤姆"，他让汤姆先说了一句："裙子很性感哦！"

黛比回答："喜欢吗？"

汤姆："太喜欢了！"

我并不是说这样的修改就变得像莎士比亚语言那样富有诗意，但是总比"嗨，黛比""嗨，汤姆""嗨，玛莎""嗨，泰德"之类要好。它有点儿挑逗，有点性感，体现了微妙的年轻人之间的关系，比起毫无生气，一般的招呼，要生动多了。

摆脱了闲聊，这个作者重新回到剧本的开始，把所有以"嗨"开头的场面全部做了修改，而且从头至尾斟酌对话，最后把它变成了一个戏剧性很强的剧本。

强调

没有经验的作家往往过分渴望表现他们对白的微妙，所以喜欢在对话下面划线以示强调，提示演员说某个词时要加重语气。有时甚至整段对话乃至整个场景都加了下划线。

可是，一句精彩的对白应该在它的上下文中自然而然地体现出重音所在。在《出租车司机》中，编剧保罗·施拉德只写道：主人公特拉维斯·比克尔，“你在跟我说话吗？”他不必写“你在跟我说话吗？”

除非对情节来讲是关键的，除非有明确的、出于整体性考虑的理由必须要强调，否则我强烈建议作者避免强调。他们应该给演员和导演留出充分的余地和自由，找到最有效和最合适的地方去强调。

莎士比亚在哪里强调了？

哪儿都没有。

没有强调是否就影响了演员对莎士比亚剧本的角色诠释呢？当然没有。几个世纪来对于应该在何处强调的争论最后证明的不是这位诗人的弱点而是他的力量。《哈姆雷特》中那句经典台词应该读作“这是个问题”“这是个问题”还是“这是个问题”？不要担心这样的事。不要仅是容忍你的演员和导演去对作品进行进一步阐释，而是要鼓励他们去阐释。

当作家盲目地、不分青红皂白地进行强调时，他非但无法突出某个词或某句话，反而浪费和减少了强调的效用——在极少数情况下，强调还是有它的价值的。

省略号

如同作家经常错误地对他们的对白进行强调一样，一个更错误的现象是作家到处滥用省略号。

省略号是六个点连在一起，它的作用是表示一句话还没有完，对话还在继续。这样的情形可以用一个省略号；第二次也可以；第三次就嫌太多了。

在梅尔·布鲁克斯的职业生涯中，他除了是一个十分成功的喜剧编剧和导演，还是一位经验丰富的制片人。因此，多年以来，很多剧本都送到了他的手中。有一次他说，实在是太烦看见省略号了，甚至打算让一个演员把省略号都念出来。果不其然，在他执导和编剧的被严重低估的电影《帝国时代》中，有一个古罗马的百夫长终于爬到山头以后说："我点、点、点、我、点、点、点、不知道，点、点、点、该说什么，点、点、点、点。"

大概有两个原因可以解释为什么无经验的编剧这么喜欢用省略号。第一，太多的编剧是控制狂。他们不甘心只是成为电影创作艺术这个大家庭的成员之一，而是想要控制每一个细节；不只是管对话和行动，还要管表演、服装、摄影、化妆、发型、剪辑，还有更多。他们不满足仅仅是写剧本，还要通过电脑屏幕导演整部影片。只要编剧觉得合适，他们常常希望强迫演员说话停顿或者表示犹豫。可是，精彩的对白会自然地传达停顿或者犹豫的效果。

机智的对白是让演员自己去发现它的微妙之处。没错，一定会有减弱作者意图的可能性，但是更大的可能是他们会找到把编剧意图表达得淋漓尽致的方法。比如，由衷的忏悔可以用平静地说出几句简单、直截了当的话来表现，比用一大堆省略号来表示装模作样的含糊其辞、瓮声瓮气和磕磕巴巴要有效果得多。

编剧喜欢滥用省略号的第二个原因是，我们都是胆小鬼。很多编剧宁愿把一句对白拖延下去，像一个漏气的轮胎，也不愿意明确且有目的地结束一个句子，然后慎重地加上一个传统的句号。

我曾经读过一个剧本，没有一句话是以句号结尾。

前面指出，写剧本就是充当上帝。作家在他的剧本里创造自己的世界。难道无所不知，握有宇宙无上权力的造物主会因为害怕赌输而预先有所保留吗？当然不会。他支支吾吾吗？从来没有。

你也不应该那样做。

那么剧本里是否有让省略号运用得当的地方呢？

有。

当一个电影人物开始说了前半句话，另一个人物完成了后半句话，而且后面的人物想绕开这个不愉快的话题，阻止第一个人物说出真相时，这时省略号可以连接两句不完整的对话——完成第一个半句，开始第二个半句——这就是省略号出现的适当位置。

举例：

哈里

莎拉的年龄？干嘛，她……

莎拉

……三十九。

括号中的附加说明

括号中的附加说明放在人物角色名字的后面，对白前面。一般来说它是关于如何说台词的指示。

举例：

哈里

莎拉的年龄？干嘛，她……

莎拉

（打断他）……三十九。

通常，如以上例子，附带说明是不需要的，因为它并没有加入新的信息内容。请记住，一个好剧本是用视觉和声音来描述好角色和好故事。如果作家自作主张提供附加说明，规定如何去说台词，那不仅不受欢迎，而且会令人生厌。多余的废话让剧本难读。而且，附加说明也侵犯了其他艺术家的专业领域，约束了他们在合作中的创造能力。

另一个常见错误是作者用附加说明去解释动作行为和其他一些视觉行为。

威廉

（拿起枪，用手帕擦额头上的汗，

做着手势，走向门口）我们出去。

读者、演员和观众应该是被作者通过人物和情节的巧妙编造吸引到故事中来的。有本领的编剧往往给出暗示，而不是直白地表述主张。这种暗示要求读者参与创作，用他们自己的脑子理解故事。填鸭式地描写每个细微之处，不仅不会拉近读者，还会让他们产生抵触。

当演员从电影或电视剧制片人手中收到剧本时，他们做的第一件事情就是把剧本中所有关于人物的附加说明都勾掉。对很多剧本来说，这是一个很麻烦的工作，因为整个剧本的每一句对白处都有这样的说明。作者在这一行写“愉快地”，下一行写“高兴地”，再下一行是“得意地”。

即使不去搜罗那些原本就不需要的同义词，编写丰满的人物和巧妙的故事已经是异常困难的事。剧情、上下文，还有场景本身就应该逐步酝酿对话情绪。此外，尝试用不同情绪去表达同样的对白，也是很有趣的创作尝试。

举例说明，在电影《迷雾追魂》中，一位疯狂的粉丝执着地纠缠一个电台音乐节目主持人。有一个情节，女粉丝在主持人的敞篷汽车前堵到了他，突然伸手从他汽车的点火器上把车钥匙拔了下来，然后倒退几步，让他够不着。后面的车都排队停在了那里，主持人央求她把钥匙还给他。女粉丝把钥匙举在空中，回答说：“你要钥匙？在这里，你来拿吧。”

在这句对白前有一个加括号的附加说明：（愤怒并脸色铁青地）。脸色铁青不表示愤怒，还能表示什么？难道表示芝麻酥糖？罗宋汤？仅仅“脸色铁青”这一个词就足够了，因为它已经隐含了愤怒的意思。但是即使我们把“愤怒”删掉，剩下的附加说明也还是不如没有为好。

在银幕上，女演员用了完全不同的方式来说这一句台词。她并没有情绪愤怒异常，像电影《驱魔人》里那撒旦附体的里根一样朝天咆哮、面孔扭曲，而是灿烂地，高傲地，又天真可爱地把这句话说出来，就像拿饼干逗小狗。这段台词被如此不动声色，如此快乐地说出来，与角色本人的愤怒形成鲜明对比，揭示了她的心理多么病态。她超忽正常的冷静暴露了她的愤怒。她致命的痴迷是用暗示而不是直白地表达出来的，迫使观众去自己体验愤怒。这种处理手法使影片和观众产生了互动。

原理29：电脑和电子游戏是互动的，一切艺术也都是互动的。

《迷雾追魂》的编剧是幸运的，他能够有一个女演员（透露一点：她是我妹妹杰西卡·沃尔特）这样有把握地忽视剧本的附加说明。如果忠实地按照编剧的指令表演，电影不会这样富有感染力。演员不是机器人，他们是创作影片的艺术家大家庭的合作者。编剧不应该压制，而是应该渴望他们加入创作过程。

莎士比亚的三十多部剧作中，几乎没有出现过带括号附加说明的地方。这种情况非但没有限制人们对他的剧作进行表演和诠释，反而大大拓展了尽情发挥的空间。

如同省略号一样，附加说明对演员来说就像是剧本中的瘟疫。然而，尽管没有经验的作家喜欢给剧本胡乱增添这样的说明，但我也不得不十分勉强地承认，偶尔在某些地方给出附加说明是合适的。和以往讲的一样，是否合适的检验标准要看是否符合整体性原则。如果附加说明提供了新的和必要的信息，那么作者就应该使用。通常的例子是发生在同时牵扯好几个电影角色的场面里，如果不附加说明容易混淆谁对谁说了什么。比如，布鲁诺、哈里和查尔斯在商量抢劫银行后逃跑时谁去开车，这时可能需要在对白处加入附加说明，否则，我们就不知道布鲁诺是在对谁说话。

威廉

（对哈里说）

逃跑时你开车。

如同许多技巧一样，附加说明是很有用的，但前提是你必须尽量少地使用。

真好笑！！标点符号！？！？

看一看今天报纸上的漫画（如果你住的城市还有报纸，报纸上还有漫画专栏）。只要不是问句，几乎清一色都是用惊叹号结尾。所以，如果你希望自己的剧本看起来像漫画，就随便通篇加满惊叹号吧。

如果你不愿意，就不要用惊叹号。

就像下划线和附加说明的多余一样，其实一句对白的意思应该由语言和当时的情境自然地体现出来。苍白的对话不可能由于使用了花式字体，句号、问号、星号、惊叹号、井字符或斜线后就变得熠熠生辉。这类标点符号给予剧本太多不必要的“哇！哎呀！好家伙”效果。

大段的演讲

在现实生活中，人们彼此间的交谈不是长篇大论的。在电影里他们也不应该那样。

电影更喜欢听起来自然、快捷、简短、开门见山的对话，而且它们连接的方式是相互穿插、相互纠结，像乒乓球那样在人物角色之间来回弹跳。

令人满意的专业水准的对白要有一种你来我往的感觉，有问有答，环环相扣，声调抑扬顿挫，含有轻快活泼的诱人韵味，让人听了既感到愉悦，又十分不安。显然，标准很容易确立，创作则很难。如何去实现它呢?

要认真地构思。

要写，重写，再重写。

然后，重写，重写，再重写。

在读剧本以前，很多经纪人和制片人都会先把剧本交给专业的分析人士阅读，并让他们写出关于此剧本的意见。一般这些人在仔细研读前都会迅速地翻看一遍，我称它为“专业读者的后空翻”。即使是这种粗略的浏览也可以很快看出剧本是否存在冗长的谈话。人物之间是在对话，还是在相互长篇大论地说教，人物之间是在对话，还是在长时间地自言自语，对话是否令人印象深刻、有力、明了、活泼、挑衅、生动，很容易看出来。

当然，肯定会有例外。比如，影片《巴顿将军》开场的长篇大论就是演员（乔治·C.斯科特由于出演此片获得了奥斯卡奖）展示演技的绝好机会。不过，巴顿将军的开幕演讲并不是杂乱无章的胡言乱语，而是每句话都给观众提供了关于人物和故事的大量信息。同样，汤姆·乔德在《愤怒的葡萄》结尾时的演讲既令人觉得温暖又充满力量。它用这种方式为影片做了只能用诗意来形容的总结。

影片《公民凯恩》提供了另一个例外的例子。在伯恩斯坦先生的长篇独白里（此番表演也获得了奥斯卡奖，获奖者为埃弗里特·斯隆），他怀念一位携阳伞的年轻女人，这段话不仅本身有意义，也是整部影片的需求。它把每一个观众的心都连了起来，每个人的生活里都有一个"携带阳伞的女孩"。

然而，重申一遍，这些都是特殊情况，是例外。如果作家们把特殊情况作为规则，那他们一定会栽跟头。如果你能忍受，我们再看看前面已经分析过的《闻香识女人》的例子，那个预科学校的学生长篇大论地对阿尔·帕西诺饰演的角色说了一番话，把前面剧情已经表现过的事情又复述了一遍。这除了增加故事长度以外，没有别的帮助。

如果想确保你的剧本被一眼认定是业余水准，那你一定要给它填满冗长、笨拙、忸怩、高傲自大、没完没了的长篇大论。

/ 结论 /

纵观这一专门讨论对白的章节，我们不可避免地触及一大堆有关电影写作的主题：故事（勒杀犯）、冲突（争论），还有更多。这进一步证明了剧本整体性的重要性。它再一次揭示，我们无法单独地讨论剧本写作的一个侧面，而是必须要和其他的因素一起来谈。我们再一次看到，电影剧本的价值不在于它的一些分散因素，而在于方方面面的因素如何构成整部影片不可或缺的组成部分。

所有这些因素中，对白是至关重要的。虽然故事、主题，还有人物等都是摆在编剧面前需要处理的问题，但与观众沟通的主要媒介一般来讲却是对话。

精巧编造的对白不能有痕迹。意思是说，它们必须听起来好像是演员自己自然而然地说出来的。当然，观众知道是编的，但是他们有权去假设电影中的人物知道自己在什么时候该说什么话。

编剧们还需要记住，最好的对白往往是根本没有对白。举例，在电视剧《黑道家族》的第一集里，东尼和卡米拉预期联邦防范犯罪特别行动小组马上就会对他们进行搜捕，所以把非法获取的毒品、枪支、现金和首饰等藏在与他们客厅天花板相通的空调管道里。东尼站在梯子上伸手够向管道口，卡米拉把物品递给他。很快她就把金手镯和钻石项链从身上摘了下来。最后只剩下她手上的结婚和订婚戒指，这时，她停住了。

东尼只是盯着她。她解释说："没了，安东尼。就这些了。"他继续盯着她。"我所有剩下的就是我的订婚戒指和结婚戒指了。这些不是偷来的，对吗？"他还是盯着她。片刻之后，她叹了口气，把手上的戒指都脱了下来交给他。

该剧的编剧以五美分一个字计酬，如果编剧戴维·蔡斯追求钱，他可以让东尼说出很多话来。"我很抱歉，卡米拉，但事实是，你的两个结婚和订婚戒指的确都是偷来的财物。我只是羞于坦白，让你知道这件事。但是我会为你做出一切补偿的。我会给你买合法的首饰，是真正属于你自己的。我希望有一天你能原谅我。"他可能还会巴拉巴拉地补充许多废话，等等等等。

显而易见，沉默比一切对白都要雄辩得多。他的沉默使剧情深入到观众的脑海里挥之不去，所有好的艺术作品都会在脑海里挥之不去。智慧的编剧应该参考电影的第一个三十年，也就是默片时代，那时的电影只有很少对话，甚至根本没有对白。当年的编剧们知道，观众不愿意来到电影院，只为了看到印在卡片上的大段对白被投射在银幕上。

当我每次读到靠说话来支撑的场景时，我常常建议作者去想象他的剧本是默片电影，然后让他努力用最少的语言去表达，因为，往往最好的口头交流并不是对话，而是沉默。

Chapter 10
动作与场景设置

"戏剧"（drama）一词源于希腊文，原意是"动作，行动"。

原理30：戏剧就是行为动作。

戏剧不是一群人围坐在一起聊天，无所事事地摆弄着大拇指，摇唇鼓舌高谈阔论。因此，编剧要确定每个场景的动作，这些动作能够最有效地推动故事发展和深入刻画人物角色，同时也要为这些动作设计最理想的场景设置。

原理31：任何行动都优于无行动；与剧本故事浑然一体的行动是最好的行动。

几年前，无可比拟的剧作家田纳西·威廉斯到UCLA戏剧影视学院给我们编剧专业的学生讲话。对于编剧来说，面对面见到田纳西·威廉斯就像进入一所宗教神学殿堂，与上帝进行问答。谈到人物塑造时，威廉斯说：“让他们倒立。让他们脱掉裤子。让他们做些什么事情——任何事情都成，但决不能什么都不做。”

尽管如此，最可取的行动是富有想象力的行动，它们不是随意的，而是与情境相宜，并与多方面的元素相互衬托，且进一步加强其目的。

剧本中的行动可以是泛泛的，也可以是具体的。

电影最强有力的特性就是它比任何其他媒介都更能再现真实经验和场景。摩天大楼着火在电影中看起来就像是摩天大楼真的着了火；在戏剧舞台上则只能暗示着了火。一艘远洋轮船撞上冰山在影片中看起来就像是轮船在海里真的撞上冰山；在舞台上却只能用各种线索来表现。

然而，电影最擅长的并不是再现真实，把宏大的场面表现得更为宏大；它更重要的能力是可以把很小的事物放大。它可以将私人的、隐秘的瞬间在大批观众面前呈现出来。此外，它达到这一目的的灵巧性是舞台剧或者任何其他形式的戏剧所不具备的。

20世纪60年代，一些最富人性、最勇敢的电影出现在捷克斯洛伐克。可悲的是，这个创作旺盛期突然被1968年8月的苏联入侵和占领瞬间阻断。这些电影中较为突出的有一部叫做《金发女郎之恋》，影片中有一幕场景把苦痛和滑稽搅揉在一起，格外令人感慨。

有两群分开的工人：一群男人，另一群是女人，他们都在偏远的喀尔巴阡山里的一处工厂做同一个项目。他们被带到共用的大厅里吃晚饭。就像所有大龄男女，男人女人相互渴望，所以彼此相见时，格外激动紧张。

镜头聚焦在一个男人身上，他在心烦意乱地摆弄手上的结婚戒指。出乎意料地，戒指突然在他的抚弄下从手指上滑落，“叮咚”一声滚落在地板上。男人是不小心把戒指弄掉了，还是下意识地打算向那些女人隐瞒他已经结婚的事实？

他趴到地板上去找那个戒指，摄影机也随之降低，跟着他从桌子底下爬过，经过一排排腿脚，寻找那个难以捉摸的滚动的箍圈。不久，他自己并不知道，那些腿和膝盖已不再是男人的，而是女人的。当他终于抓住那枚戒指，并得意洋洋地站起来时，他懊恼地发现，自己居然站在了一群女人中间，他试图隐瞒自己婚姻状况的对象正是这群妇女。

在这里只用了小小的身体动作就表达了巨大的情感，而且只有电影才能有如此合乎逻辑且精准的表述能力；在戏剧舞台上这一幕恐怕比一场蝗灾还要难以表现。

这是充分利用电影特性而达到不俗效果的典范。编剧创造了这个情节，充分利用了电影丰富的表现力。这富有独创力并令人耳目一新的表现手法正是我们对所有剧作家的要求。

反讽的是，这也使作家陷入了一个貌似自相矛盾的困境。详细的看得见的动作描写，常常被制片人和阅读者一扫而过或者直接跳过。不过，这并不能成为编剧偏爱编写太多对白而非真正由画面构成的剧本的原因，电影不是电台广播节目，而是塞满了行动的视觉实体。诀窍在于首先要挑选精致、适合电影故事的细节，然后再简洁地描述这些细节，不要浪费大量言语。

/ 静态状况 /

与剧本其他方面一样，场景设置应该和整个剧本一体化并流畅自然。它们应该是新颖、意想不到的，而不是凡俗常见，同时场景的地点要有助于表现对白和行动。把场景设置在美国国税局的税务审计处、教堂的忏悔室、健身房都可以。要避免用场景来掩饰一个事实：对白不是在衬托行动，而是在代替行动。要想把场景设计得非常巧妙，使电影热映一时，作家就要拥有更大的创作力和想象力。餐馆、酒吧、咖啡厅、汽车、晚餐桌，所有这些场景地点都应当明智地避免，再说一遍，除非它们对剧本的整体效应来说必不可缺。

电话

编剧们实在是过多地使用电话了。

他们把电话用在一部又一部电影中，让人物通过电话交谈来叙述故事情节，而不是把故事表演出来。作家要去构思行动，用行动构成故事的主要情节。这就是为什么表演者被称为“演员”，而不是“说话者”。当导演准备好要开拍一个镜头时，他是不是大叫“灯光，摄影机，开始说话”呢？ 不是。他不是要演员开始说话，而是要演员开始表演（Action！）。

匆忙、懒惰、缺乏想象力的编剧把电话作为一种简便方式，让演员通过打电话来描述故事情节，而不是用行动来表演。

有一位经验丰富的电视剧女演员评论说，演员最大的突破不是由于斯坦尼斯拉夫斯基的诞生，而是由于按键电话机的问世。她发誓说她右手的食指已经明显地缩短了，因为她在太多单调、缺乏想象力的场景中拨打了无数个电话。按键式电话的问世至少让她能比过去拨号拨得快多了，还省下了一大笔修指甲的钱。

如果你必须用到电话场景，就要使它特别，不落俗套；像《大西洋城》中那样和整个故事融为一体。影片中一个人鬼鬼祟祟地溜进电话厅，假装在拨号，但是很快挂断，把手放到电话上面，找到一个神秘包裹并夹在腋下，匆匆离去。几乎马上就有另一个人出现在电话亭，他好像也在寻找包裹，却惊愕地发现什么都没有。

这个电话场景根本没有对白！故事和角色的刻画都仅通过视觉图像和身体动作。这比观看演员拿着电话背诵对白要高明得多。

如果由于某种原因人物角色必须要打电话，那就要把它设计得别出心裁。举例说明，在1982年的喜剧片《金色年代》中有一个场景，年轻的主人公给他在布鲁克林的家里打电话，说将带一位举世闻名的大电影明星回家与他们共进晚餐。背景中，这个激动人心的消息引发了一片喧哗，很令人发笑。比如，姨妈想穿上她最漂亮的衣服，结果穿上了结婚礼服。这个造成疯狂的电话不仅仅滑稽可笑，虽然仅此一点就足以成为它在影片中存在的理由。（《金色年代》里我最欣赏的一句对白就是："在这个行当里，你不能显出一副天生具有幽默感的样子。"）更重要的是，它推动了剧情进展，同时增强了观众对电影人物的了解。

在《铁钩船长》中，成熟的彼得·潘已经成为电话的囚犯。他做任何一件事，和任何人交往，都是通过电话。在某一瞬间，他把电话扔到窗外的雪地上。电话在这里不是用来让演员叙述故事的行为，而是它本身成了行为的中心。

在一部由玛丽·泰勒·摩尔主演的电视剧试播集中，玛丽去寻求一份小报记者的工作，她的面试不断被电话铃声打断，编辑每次都马上接听电话。在第四次或第五次电话铃声又响起时，她耗尽了耐心，抓起电话，把它扔进了垃圾桶。她转身要走，但是编辑让她留下来。她的主动性和魄力给他留下深刻印象，所以当场雇佣了她。在这里，我们又一次看到，电话并不是用来代替行动，而是行动至关重要的一个组成部分。它推动了故事进展——玛丽被雇佣了，而且它揭示了主人公的个性：显而易见，视别人对她的尊重程度，她有自己的准则。

汽车

许多影片里，许多人在许多场景中无休止地开着汽车，这令我经常在想，为何不在电影院卖爆米花和牛奶巧克力的柜台上也摆上晕车药？

一个在汽车里的场景和其他任何场景一样，如果能够与整部电影融为一体并起到推动故事情节和刻画人物的作用，就是可以容忍的。然而，通常来讲，不出所料这仅仅是又一个用开车时的交谈、用车窗外风景掠过来代替真正的行为动作的简便办法。

聪明的作家会避免让电影人物驾车闲逛，并坐在车里聊天似的讲述故事情节。相反，他们会把开车场景融入整个故事，就像影片《第三类接触》中那样，由理查德·德莱福斯饰演的角色停下大货车去查看地图，一个不明飞行物在他身后发出光亮。他显然以为这是后面的汽车，就心不在焉地打手势示意让它开过，没想到，此“汽车”直接就从他卡车的顶上飞了过去。

餐馆和酒吧

在前面一节里我已经提醒作家要避免静态场景设置，我援引了酒吧和餐馆的例子，它们都属于要避免的情况。电影里充满了电话、汽车，出于同样的原因，电影里也充满了单调乏味的餐馆和酒吧场景。这样的背景提供给演员的是肤浅的表演方式——挥舞刀叉，搅拌饮料——说到底，这样的场景仍是通过对话而不是动作来讲述故事。

那个把按键式电话的出现誉为表演突破的女演员还发牢骚说，在她的职业生涯中，到目前为止，她已经调制了成千上万加仑的马提尼酒。再说一遍，这类动作根本不是行动，最多只是比行动大为逊色的近似物而已。它们并没有和故事及人物真正地交融在一起。作家显然试图掩盖一个事实：故事的发展不是用行动而是用对白来讲述的。

1988年的影片《一事无成》中有一个场景：一个曾经激进的学生在藏匿多年之后，和她的父亲安排了一次秘密会见。他们在哪里见面呢？在一个餐馆。他们在那里谈话时观众都打瞌睡了。难道就不能发挥点想象力多有一些行动吗？比如说，父亲开车进入洗车场，突然他的女儿出现了，穿着工作服正在擦他的挡风玻璃。

如果作家必须要把场景设置在餐馆中的话，那就要学习影片《狂热的偶像》中的处理方法。影片编剧爱德华·迪·洛伦佐塑造了一个哥哥，由演技精湛的雷·夏基饰演，在影片中他不愿意接受恶棍父亲的钱去开一家新公司。这两个人的冲突发生在餐馆，但这不是一家普通的餐馆。餐馆的老板是主人公的弟弟，“好”弟弟。父亲给他的弟弟财务资助，使弟弟得以开了这间餐厅。还有，夏基饰演的角色在影片开始时还在这个餐馆里当服务生，这些设计都提供了使场景和整个故事融为一体的线索。

夏基和观众看见父亲对弟弟辱骂虐待，就会明白主人公的紧张感，他担心自己接受父亲的金钱支持后会受到同样对待。角色和故事一下子得到了充分揭示。

电影《昨夜情深》里有一个场景发生在餐厅。这间餐厅年久失修，老旧破败。后来的故事是主人公接管了这个餐馆，把它装修一新，生意随之红火了起来。这变成了自我解放的途经，象征着他掌握了自己的生命。因此，发生在餐馆的场景是合适的，再说一次，这样的场景，就像这个餐馆本身，都是故事中不可分割的一部分，观众通过它对电影主人公进行了更进一步的了解。

《今晚大件事》里两兄弟开一家餐馆。还有，在《月色撩人》中，编剧们表明，在高明的编剧手中，餐厅不仅能够成为角色浑然天成的活动场所，就连平淡无奇的点菜都能变成情节的中心环节。

哥哥经营着餐馆，弟弟则是厨师。生意很冷清，空荡荡的餐厅里只有一对夫妻在点菜。女人坚持要意大利面和意大利调味饭。塔奇扮演的角色让她不要这样，他解释说，这两道菜都是主食；就好比点一份豌豆汤，再点一份鸡肉面条汤。但是女人态度坚决。塔奇把菜单拿给做厨师的弟弟，弟弟拒绝做两份主食。随后，两人争执了起来。这种手法巧妙地提供了一个商业和艺术之间发生冲突的隐喻。因此，场景设置在餐厅以及点菜的情节是合乎故事整体性的，因为它包含了冲突，同时还伸展了人物角色和故事情节。

这比只是让演员做着无聊的事情（挥舞刀叉），以掩饰他们其实只是在说话要高明得多。我们再一次看到了整体化的力量。只要能够有助于塑造人物并明显、清晰、真切地推动情节发展，那么，就没有什么场景是绝对不可以用的。

旅馆、公寓、办公室

一个可悲的现象是影片过多地把场景设置在旅馆、公寓和办公室中。当然，有时候这些场景的设置是必须的。室内电视连续剧的场景会设置在哪里呢？——肯定是在家里。然而，就像剧本创作的其他各方面一样，编剧要以整体化的眼光来考虑这样的场景。它们不仅仅应该是故事发生的地方，也应该成为故事伸展的载体和媒介物。

在UCLA电影系，有个编剧写了一部警匪动作片的剧本，其中有个场景是主人公——警督——和他的上司对质。在初稿中，这场戏被安排在上司的办公室。我让作者去想出一些可能的替代地点。她列出了至少一打，其中一个是在游泳池。

当然游泳池的环境肯定比办公室的环境更有趣。不过，如果演员仅仅是在漂亮的泳池边谈话，那也没什么特别的。场景最好能够以某种方式推动角色和故事情节。虽然游泳场的画面比办公室有趣，但它依旧不应该仅仅是老掉牙的情节换了新地方。

它应该使情节更为扩展。

新场景的选择迫使作者重新深入思考剧中人物的生活。她决定让上司按照医嘱增加锻炼，喜欢上了在午餐时间游泳。所以现在的情况就变成了上司在游泳池里来回地游，警督沿着泳池边跟着上司来回地走，边走边大声喊话，进行他们的交谈。

更切题的一点是，这个警督在从警初年利用业余时间写作，写了一本畅销小说。他本可以辞掉工作全职写作，但他选择继续保留他的警察工作，因为这是他小说素材的源泉。

然而，他的上司希望警督辞职。写作取得的成功为警督赢得了独立地位。他有足够的金钱，他吸引了媒体的关注。上级长官更难控制他。

上司在下面的池子里来回地游，警督在池边费力地追赶他。泳池里经氯化处理的水不断地溅到警督脚上穿的六百美元买的芭利牌鳄鱼皮鞋上，他懊恼地频频擦拭。这就让演员有事可做。而且，他做的不是随便什么事情，而是利用细节把故事和人物紧紧结合在一起。在这里，一方面，畅销书作家表示自己只是一名普通警察。另一方面，他能买得起六百美元的芭利牌鳄鱼皮鞋，无疑他的经济能力超越了普通警察。

这个泳池场景远比又一场办公室谈话有趣得多。除了有趣以外，它还凸显了上司不甘示弱的天性，他利用职位去羞辱警督，要求他容忍自己的怪癖。同样，它也暗示了警督不得不为了和上司融洽相处而耐心周旋。对白、动作还有场景在此联合成单一的实体，稳固地推动和串联着电影的所有元素。所有不同碎片混合成一个统一整体，这就是一部有价值的电影应该做到的。

让演员有事可做

把警督和上司安排在游泳池边不仅仅揭示了人物和剧情，它也给演员提供了表演肢体动作的空间。上司前后游动的同时大喘着气，一边气喘嘘嘘还一边说话。游泳池边的警督则有更丰富的机会来表现人物性格：在湿漉光滑的硬瓷砖地上奔走，躲避着水花溢溅，为了上司在喧闹中能听得清楚还要大声喊叫。

尽管仅凭这些并不能把一部糟糕的电影变好，但是它至少能把一部还说得过去的影片改得更好。只要作家们愿意去寻找、发现和拓展，就会发现有广阔而丰富的场景可供自己利用，这比重复陈旧、无新意和无聊的场景要强得多。

前面我提到过美国著名剧作家田纳西·威廉斯。在他的经典剧本《玫瑰纹身》中，有一个在旅馆房间里的场景，在那里安娜·麦兰妮饰演的角色和由伯特·兰卡斯特饰演的情人见面。不过，这个旅馆房间不是一个没有特色的旅馆房间，而是一个破旧、肮脏的鬼地方，墙边有一个小小的室内水槽。

麦兰妮在水槽里揉洗她的长袜，面部带有地中海人的痛苦和焦虑，用意大利人那种极使劲的方式把长袜拧干。这个行为是一种象征，象征着他们的关系像长袜一样被拧得极干。然后，她在房间拉了一根绳子，把长袜晾在上面。这个场景原本可能只是两个演员在一个沉闷、压抑的场景中相互说一些台词，却由此变成了集画面、声音和动作为一体的盛宴，把人物角色和故事天衣无缝地糅合到一体。

在20世纪80年代精彩的电视连续剧《波城杏话》的一集里，剧中三个演员同时乘坐一部电梯。他们互相试戴彼此的眼镜，评论着镜框造型，同时还讨论自己的近视程度。所有这些看起来很小的情节其实都意味深远。特别重要的是，那一集电视剧正好表现的是视力和眼盲的主题，因此，这一幕进一步证明了作者控制剧本整体艺术性的能力。

在《克莱默夫妇》里，我们看到了另一个由小见大的精彩例子。在克莱默太太离开家出走后的第一个早晨，父亲在他生命中第一次给儿子准备早餐。没什么大不了的，对吧？这些琐碎的家务小事被女性们夸张成了联邦案件。爸爸轻而易举就可以像妈妈一样快速地给儿子做一顿像样的早餐。牛奶加玉米片就算了，孩子想吃什么就吃什么。

儿子想吃什么呢？

法式吐司面包。

没问题。但是当父亲大步走进厨房后，他突然发现自己就像迷失在婆罗洲的丛林里。碗在哪里？鸡蛋在哪里？

面包、黄油、糖、牛奶都在哪里？搅拌器放在哪儿了？父亲没有找到合适的打蛋碗，就把面粉、鸡蛋和牛奶的混合物倒进了一个细高的平底玻璃杯里搅拌。

自然，面包没有做成功。

在自家厨房里，克莱默先生就像一个来自异邦的陌生人。作者在烤制法式面包这件平凡小事上投入了巨大的张力。它比最犀利的对白更为雄辩地阐述了主人公的性格特征。

在电影结尾处，当克莱默先生再次准备烤法式面包时，他已经很熟练地知道该如何做了。他把鸡蛋打进合适的不锈钢盆中，挥舞着锅碗瓢勺就像一个优雅的大厨。每天为儿子准备早餐这个日常工作表明了一个中年人的成熟。克莱默先生烤法式吐司面包的方式告诉了我们，他现在是一个真正的男人，一个真正的父亲。

在电视剧《扪心问诊》中有一集，前总裁沃尔特在一次企图自杀后被送到医院强制治疗，他对医生抱怨医院的种种问题。他把一个手工缝制的隔热垫扔到桌上，那东西就类似幼儿园小朋友的手工课作品。

沃尔特在接受“职业治疗”时制作了这个隔热垫。这个不起眼的小东西折射出巨大的情感意义，它具体地表现了他作为病人被关在一家精神病院的潦倒和羞辱。这些东西和所有行为动作使故事和人物被有效地推展了。

在影片《无耻混蛋》中，纳粹军官在被占领的法国寻找犹太人，他坐在一个农民家的饭桌前，对农夫进行实质上的问讯。这个军官给他的钢笔吸墨水的细节使这个场景显得更加动人。因为这个原本微不足道的动作展现了刽子手的优雅和细致，它与怀着满腔仇恨搜捕和杀害无辜者的任务形成了鲜明对比。

细小、平凡、日常的行为动作放大了电影的内涵，使之可以占满影厅的整个银幕，让观众获得满足。编剧需要努力发挥想象去寻找这些和故事紧密融合的细节，小大皆可，这些细节可以有效推动情节发展，并为故事中的人物涂上丰富色彩。

Chapter 11
格式

与编织一个有着精彩人物、犀利对白的好故事相比，给剧本安排合适专业的格式比系鞋带还容易。

不过，格式极为重要。首先，它体现了剧作家的专业水准。

原理32：如果你想让别人把你当成专业剧作家，先用专业作家的标准来要求自己。

第二，规范的格式使剧本容易阅读。电影剧本的易读性可以成为一种难以实现的品质。（这个章节的结尾提供了一个剧本片段样品，参看它可以使本章提到的很多概念易于被理解。）

前面指出，剧本的所有复杂因素都可以归结为仅有的两种信息：1.看到什么；2.听到什么。剧本的方方面面——故事、人物、动作、场景和所有其他事情——都来自画面和声音。

这就要求编剧把工作程序倒置过来。他想象出一些画面后，要用文字写下来，让读者阅读时在脑海里也真切看到作家脑海里的画面。

这可不是轻而易举的事。它的成功与否有赖于作家能否技巧高超地把这些想象的画面表达出来，只用声音和画面为读者展示角色的思想和感情。

欧内斯特·莱曼编剧的《西北偏北》里有一个著名场景，加里·格兰特随意地站在联合国大厦的大厅，突然，刚刚站在他旁边的陌生男人虚弱地瘫在他的手臂里，背上插了一把刀。格兰特本能地拔出了刀子，当然，就在此时，新闻记者的闪光灯频频亮起。

照片很快就出现在全国各大报纸头版——格兰特持刀抱着血淋淋的受害者，让格兰特看起来就是凶手。小说家可以很简单地写道，主人公意识到他自己看起来很像罪犯，然而，在电影里，这个意识只能用一组图像和声音的组合来表达：事件、动作、人物的面部表情、对话和音效。

格式事实上并不复杂，无非是把声音——主要是对白——放在一处，把图像——动作、场景——放在另一处。在专业的剧本格式里，对白占据较窄的空间，放在纸张中间呈柱状排列；场景描述部分占据较宽的空间，文字与页面两端对齐。

画面和声音的局限性要求编剧绝不能写人物“想到”“认识到”“回忆”，或“想起来”，或“思考”“盘算”等等，因为这些都是内在的心理过程，而剧本只可以用影像和声音来交流。

这种只能用画面传递信息的要求是剧作家比小说家面临更艰巨挑战的一个原因。有趣的是，许多编剧——还有不少电影专业人士——排斥此观念。这体现出好莱坞长期存在的自卑情结，把剧本的艺术创作视为低等形式。小说的读者能够控制阅读的速度，他们可以随意地放下或拿起书，可以跳过这部分或那部分，甚至全部跳过。他们也可以重复四十次地反复阅读喜欢的部分。然而，电影，对任何人来讲都是以每秒钟二十四格的速度放映，由于这个原因，它完全无法忍受和原谅拖沓跟啰嗦。

所幸的是，如果编剧忠实地遵守画面和声音限制，他们几乎可以不去在乎格式。他们可以随便写剧本，最后雇用打字员把正确的格式调好，或利用很多的合适的格式处理软件。事实上，昂贵的软件完全没有必要。比如编剧可以用一般的微软Word文字处理软件，设定几个功能：一种是宽格式（视觉动作），一种是窄格式（对白）。每一次对白和动作的替换都去重新设定宽窄幅度是不切实际的，微软的Word和很多其他软件需要敲击三十、四十甚至五十下去重新设定格式。

从来没有过正式规定的剧本格式。格式的不同取决于制片形式的不同：标准故事片，三台摄影机同时拍摄的同期声电视片还是纪录片。它们的形式也不同，作者可以巧妙地利用格式表现个人的风格和品位。

作为剧作家、教授和美国西部编剧协会的长期会员，我经常被人追问，什么是电影剧本格式，文字宽窄幅度和栏外空白应该固定多少？哪些词汇要大写或者小写，在什么位置写“未完待续”，是否要给场景编号，何时详细说明摄影机角度，以及许多其他疑问。

后文中我谈到了权威的问题，我不认为我的地位赋予了我这样的权威。剧作家可以选用任何读起来清晰明了的写作格式。没有理由去限制作家原始的创作能力，没有道理让作家由于创新而吃苦头，即便只在格式上创新。

因此，下面提到的所有规则和范例都不应该被认为是斩钉截铁、不容违反的，而只是聊作建议，仅供参考。我劝作家非但不要理会，还可以踩上一脚；作家要为自己的写作负责，只要作品清晰易读，采用任何一种合适的格式都是可取的。

/ 外观 /

封面

复制剧本的服务机构经常向客户提供一种剧本封面，用皮子封塑，饰有银色斑纹，标题烫金压花。

千万别要这种封面。

精美的封面看上去很蠢，有插图的封面则更是俗不可耐。只有封面和封底中间的内容才是重要的。

很多年前，我在纽约参加一个拍片计划并将剧本再次呈交给资深经纪人诺克斯·博格，我想知道究竟剧本外观应该是什么样子制片人才乐于接受，博格回答我："只要看上去像个作家写的就行。"

一部剧本初稿应该看起来像一部剧本初稿。它应该字迹清晰、格式正确，并不需要更多。当然，它不能看起来像一份自费印发的文件，意图作为文学作品向大众发行。在剧本的封面上大做噱头，只能说明作者对剧本内容缺乏自信。

什么应该出现在封面上呢？只有两个基本内容：片名和作者。如果剧本尚未提交给任何经纪人，还可以考虑写上联络信息： 邮政地址、电子信箱和电话号码。由于作者名字已经写在片名下面了，所以不必在联络信息部分重复。

我力劝作家们，在页面下方，删去任何有关日期和稿次的字样。我还力劝他们排除所有关于美国剧作家协会注册的信息。请不要误解，我是绝对建议剧本一定要在协会注册的。但是，没有必要在封面上告诉全世界作家已经注册，更不要登上注册号码。

截至本书写作之际，在WGA注册剧本的费用几十年来毫无变化：会员十美元，非会员二十美元。这本书里可以找到剧本注册的信息，也可以到编剧协会网站www.wga.org上点击“注册”。就像生活中很多别的事情一样，现在可以在网上完成剧本注册和在线付费。

制片人会假定剧本已经注册。如果在剧本封面上还表达这样的信息，会暴露出编剧没有经验和不入流。

原创剧本的作者没必要在封面或其他地方表明剧本是原创。同时，编剧也完全不必指出自己的剧本是个电影剧本。读者能看出它是个电影剧本——它有描述和对话，是不是？在封面的片名下印上“原创剧本由某人所著”的目的何在呢？如果作者不说这是一个剧本，难道读者会认为它是一个烤鸡沙拉三明治吗？如果封面上不写剧本改编自其他类型的作品，读者就会认为它是作者原创。

因此，即使电影剧本的封面也要讲究简洁。零乱的封面，上面有日期、稿次、注册号码和作者的地址电话，潜意识里会给人留下效率低的印象。如果干净的页面只写着片名和作者名，会显得简洁和质朴。你不需要写“此剧本由谁所著”，连“著”字都不必写。既然封面上写了片名和作者名，让读者自己去断定它们彼此间的关系吧。

也许这看起来只是旁枝末节，只是封面的注意事项而已。但实际上，对剧本而言，没有旁枝末节。所有细节都是整个电影的组成部分。删除剧本封面上不必要的文字与删除不必要的场景和不必要的对白，甚至删除剧本里不必要的角色都是紧密相关的。

这里有两个剧本封面样品，一个好，一个差。

本钱

伊克・沃肖

幸福快乐村

滑稽讽刺剧

伊克·沃肖

原创剧本

部分取材于真人真事

2009年7月11日第四次修订稿

伊克·沃肖

布法罗高速路

三层333号公寓

iwarshaw@authorsemail.net

固定电话 (666) 688-6688

办公电话 (888) 666-8888

手机 (999) 888-6666

母亲的电话 (688) 666-8886

母亲的手机 (677) 999-6666

mother@mothersemail.net

登记：美国西部编剧协会

987654321

数字：页码，稿次，日期，场景号

当然，编剧应该在剧本上标页码。但是，他不应该标明稿次、给场景编号，也不应该在任何地方—— 封面、扉页或别的地方—— 提及写作日期。

1.页码

首先，关于剧本页数，总数应该不超过专业剧本的限制。尽管多少会有些变化，一部典型剧本，每一页转变成银幕放映时间大约是一分钟。在好莱坞的黄金时代——1930年到1940年代——一次标准的电影放映包括新闻片、短片、卡通片、影片预告和不是一部而是两部完整的剧情片，当时的剧情片比现在的要短。很多故事片不超过一小时，七十五分钟到八十分钟的电影已经属于很长了。

如今看电影已经没有新闻片、短片和卡通片了。而且，连续放映两部故事片也不多见。因此，电影变长了，一百分钟或一百一十分钟的长度差不多是合适的。然而，太多电影比需要的长很多。《本杰明·巴顿奇事》放映时间差不多三个小时，时间足够读好几遍斯科特·菲茨杰拉德的原作。还有，《无耻混蛋》如果比影片的两个半小时缩短一小时，一定会是部更好的电影。

如果理想的电影长度是一百分钟，那么剧本就应该是一百页左右。

一般来说，所有艺术家都需要简练，用最少的语言来表达最多的意思是对他们的挑战。今天我被鼓励看一些九十四五页甚至八十八九页的剧本。当然，后者很少见。如果一个剧本不到八十页，那就会被看成是外行的作品。

一百二十页左右的剧本是适当长度的概念已经有很多年了，但是有经验的从业者认为太长。一百二十页的剧本已经显得冗长。当剧本达到一百三十页或更多时，剧本看起来已经失控，应该在呈送给经纪人和制片人之前大幅删节。我确实读过更长的有价值的剧本，但它们是例外。就像我们早就发现的一样，混淆例外和规矩会犯下大错。

和故事、人物、对白和主题这样高级的概念比起来，关于页码的讨论看起来似乎微不足道。然而，如果没有页数又谈何剧本呢？页码太多或者太少，都表明作者缺乏基本概念，不明白影片创作的限制和要求。

编剧们常常请我阅读他们的剧本。我从来不拒绝任何人。我对他们的第一个问题是：多少页？有一个人打电话来说他的剧本三百四十页；另一个则说他的剧本三十五页。这样的页码立刻会让读者产生强烈的直觉：这些剧本是业余的。没有经纪人或制片人会认真地考虑这样的剧本。

就是这样残酷，脱离常规的页数只能给剧本蒙上一层业余的光环。当然，页数本身并不能说明剧本好坏，但是它轻易地揭示了剧本可能很差。

电影公司或经纪公司的专业剧本阅读分析者当然会更喜欢读一百零五页的剧本而不是一百四十页的剧本。如果剧本稍短，他在读前就会喜欢它；当然，阅读后他会视剧本而改变想法，有时甚至只读第一页的三分之一。

但是至少他在阅读以前是喜欢它的。

与此相反，同一个读者看到一部一百四十页的剧本时，还没翻开第一页就已经厌恶它了。他把这样的剧本当成影响他吃午餐的障碍。的确，编剧不如把自己的作品看做是让这位读者暂时忘却电影厂餐厅的牛肉三明治的东西。

好的编剧会使读者忘记午餐。

例外也是有的。我过去的一个学生也是我的朋友，编剧兼导演亚历克斯·考克斯，他早年在UCLA读书的时候请我阅读他写的一个剧本，篇幅一百七十九页。在阅读以前，我以老师的口吻告诫亚历克斯，说不仅电影，在所有的艺术创作中都要尽量简练。我对他说，即使他请老师读，也不应该交这么长的剧本。

他解释说，他实在不知道哪个部分可以被删去。

我把他的剧本带在身上大约两个星期。终于有一天，我在城里各处有好几个约见，我决定利用约见的空隙时间来读这个剧本。没想到，当结束了第一个约见后，我读了剧本的开头几页，一下子就陷入了故事错综复杂、引人入胜的情节——与日后亚历克斯借以成名的松散、古怪的风格截然不同——我发现自己急切地渴望知道这个惊险的故事后来发生了什么，所以我取消了后面的约见。

最后，我不得不同意编剧的看法，实在无法删去剧本里任何一个镜头。

然而，任何编剧如果把自己的写作风格和工作方法建立在这样一个异常的基础之上无疑是自寻麻烦，他会把自己孤立在百分之九十九的经纪人和制片人之外。等他创作出轰动一时的热门影片，成为享誉世界的编剧之后，这样的剧本也最好不是他的第一个剧本，也许是第二个，那时候他就可以为所欲为，包括写过长的剧本。

值得一提的是，几十年过去了，尽管亚历克斯已经获得了很高的国际声誉，他那个一百七十九页的剧本至今仍未售出，也未付诸制作。

2.稿次

不管你的剧本写了多少稿，要视每一稿都是初稿。

也许一个剧本是制片人、电影厂或电视台委托和指定的工作，剧本的创作要遵守明确的合同规定—— 也就是说，有明确的修改和润色的截止日期。如果是这种情况，日期应该在封面标注。然而，如果是未知的写作，不管写多少稿，有多少修改和润色，要把每一稿都当做第一稿。

当然，每一部剧本无可避免地要写很多稿。我们后面的章节里还会讨论这个问题，不过我现在向你保证，没有一个编剧会坐下来期待自己的初稿完美无缺。这是从来没有发生过的事情。就好比女人肯定不会期待一下子生出个成年人，没有编剧指望自己的初稿会足够成熟，可以直接呈交给经纪人和制片人。

剧本一旦交出，无论审稿人如何委婉地表述他的反应，如果反应是负面的，他都不会再对后面的修改稿感兴趣。编剧们应该了解，没有一部投拍的电影和剧本初稿相同。这就意味着哪怕剧本很好，值得买，拍摄前它也会被一再修改。如果遭到退稿，编剧们应该学会答复："感谢你的关注和考虑。"如果你情绪激动地回复："我计划修改这里修改那里，这个暗喻什么，那个暗喻什么。这一稿我只是拟出基本的构思，我可以请你再看一次修改后的剧本吗？"那将是自取其辱。

如果剧本打算修改，它应该在被交给审稿人之前修改完毕。审稿人绝对有充足的理由问你："如果你计划重写，为何现在要让它来占用我的时间？"下次如果再遇到那个编剧的剧本，审稿人一定会三思而后行。

UCLA电影学院校友，著名编剧和导演大卫·凯普（作品有《蜘蛛侠》《侏罗纪公园》《世界大战》等）把他的成就归功于每部剧本不少于十七次的修改。所以，修改是剧本创作的代名词。但是，除了写第一稿，在剧本的任何地方都不要标明第几稿。坚持这个原则的最好办法就是，不要在封面写上初稿、第一稿、第一次修改稿之类的文字。

把这种稿次的文字统统删掉。

3.日期

作者是否应该在剧本上写上完成日期呢？

不应该。

再说一遍，这一条不适用于编剧受委托准确地履行合同条款的剧本。在其他情况下，除非编剧希望他的剧本立刻变得陈旧，否则他不应该写上完成日期。

有些作者认为，除非他们在剧本上写上标有年份的版权标记，否则将得不到版权法的保护。这显然是不正确的。很多编剧理解的剧本版权保护仅仅是剧本的注册。著作权本身在剧本完成之际就自动生效了。而且，与常见的想法相反，电影界没有什么剽窃问题。当然，偶尔也有发生，但是极少。创作出有价值的人物，编织出锋利的对白，构建出吸引人的故事——这些才是我们的问题。

一部标明日期的剧本自然表现了它的新旧，这就是为什么电影厂新拍完的电影用罗马数字来标注版权标志，这是为了让人比较难发现这部电影的年龄。电影公司希望他们的电影好像是新拍的；编剧也应该希望他们的剧本被感觉很新。

仅仅因为一部剧本是多年前写的，并不意味着它不会被卖掉。电影《不可饶恕》和《火线狙击》都获得了奥斯卡剧本提名，像它们一样，尽管为数很少，许多剧本在完成很多年甚至几十年以后才被拍摄出品。但是另一方面，好莱坞对于不是崭新的剧本有一种偏见。经纪人、制片人和他们的审稿人青睐新剧本，胜过已经流转好几圈的旧剧本。记住，就连一个只有几个月的新剧本都会被怀疑已经在经纪人和制片人手中传来传去。而且，每个编剧都希望让每个制片人相信，他是世界上第一个看到自己剧本的人。编剧何苦要告诉有可能购买他作品的制片人，此剧本已经被别家拒绝了呢？

除非你想眼睁睁地看着你的剧本在影视界立即变旧，否则请不要在上面注明写作日期。

4.场景

编剧应该在剧本里给场景编号吗？答案也是否定的。

对那些读过标明场景符号剧本的新编剧来说，听到这个答案可能很困惑。剧本在拍摄项目的进展过程中不断地改变形状：在剧本没有被卖掉和变成分镜头脚本以前是不编号的，分镜头脚本也就是电影正式开拍前的最后一稿剧本。付梓出版，或在网上、图书馆还有剧本代理机构看到的剧本一般不是包含主镜头的原始剧本，而是分镜头脚本。（关于主镜头剧本，我在这一章的后面部分还会讲到。）给场景标号很容易，剧本写完后秘书就可以做，写剧本的软件也可以完成此项工作。我想，许多新编剧之所以这样做，其原因与他们提到角度、镜头、特写、摇、推近、拉远这样的术语相同，以为这样可以显得他们的剧本很专业。

讽刺的是，效果恰恰相反，这使他们的剧本显得很不专业。

现在到处都是文字处理和编剧软件，很多编剧抱怨软件会自动给场景编号。我要提醒这样的作家，软件是为人服务的，而不是相反（见原理37）。如果需要，作家可以自己设定程序，关闭自动编号功能。

字体

电脑给编剧们提供了很大的方便，同时也让我们有许多方法可以自曝其短。运用花哨和奇特的字体写剧本就是暴露业余水准的一种稳妥方法。电影行业的标准做法是 Courier New，12号字体。

我曾经收到过一部剧本，每一页的字体都不一样。我问作者为什么那样做，她回答说，她连软件提供的十分之一的字体都没用到。

我担心读那个剧本会让我得脑癌。

我还收到过一个彩色打印的剧本，每个角色有一种特殊颜色，对白和动作也是。如果把这个剧本放入碎纸机处理后再倒到碗里，恐怕都能变成多种配料的早餐糊了。

电影可以是彩色的，但是电影剧本不行。

美术和插图

我桌子上常常出现画有插图的电影剧本，这是不对的。不要装饰你的剧本，单纯地写字就可以了。插图令人感到剧本文字不行，还需要别的方式帮助。

我读过一部剧本，写的是一位独特的美国艺术家。那个剧本写得不错，但是我觉得有缺陷，因为里面有主人公的许多彩色画作。我对作者说那些画挺好看，可是必须删除，它们就像闪烁的霓虹灯告示牌："太不专业！太不专业！太不专业！"

那个编剧坚持说，那些画作必须保留在剧本里。我从不和编剧争吵。

原理33："作者"一词源自"权威"；每一位作家都必须拥有自己的权威。

像所有作者一样，这位作者有权随心所欲，让他的剧本看起来是业余作品。

装订

我不会因为讨论像剧本装订这样琐碎的小事要向人道歉。一部装订得当的剧本也许并不一定是个动人故事，也许它人物平淡，对白乏味，但是在审读者没有读它之前至少看不出它不专业。而一部特殊装订的剧本，一眼就让人看到它的水准业余，审稿人可能连碰都不会碰它。

专业而标准的装订要求用铜插钉，即圆形的扣件带两个扁平钉腿，一边钉腿比另一边的稍长。用两个铜插钉，在剧本的左侧打圆洞，用力插入角钉穿过圆洞，在反面撇开两边的钉腿。

一定要注意插钉的尺寸。我收到过很多用劣质小插钉装订的剧本，我竟然笨到会翻开阅读，结果刚一翻开，内页就脱落了，这样的剧本数量之多令我吃惊。如果作者没办法用合适的铜插钉装订自己的剧本，你认为他能写出成功的故事人物和对白吗？如果你连简单的事情都做不好，还能做好复杂的事情吗？

正如许多其他关于剧本写作的议题一样，关于装订，有意义的不是要怎么做，而是不要怎么做。装订只要稍显离谱，就会迅速地给人提供一个信息：此编剧缺乏经验。我对编剧专业的学生们说，外表不重要。那意思是说，外表并非最重要，但它是此行业最最基本的方面。一切都取决于作家给审阅者留下的印象。

在读者没有打开第一页阅读第一个字之前，作家会给读者留下哪种印象呢？如果单凭感觉读者就知道这个剧本很笨拙，拿到手里很不方便，读起来很费劲，读者会期望编剧能把除此之外的其他事情做得恰到好处吗？

一个制片人曾经告诉我，如果她手里有两部剧本，但是只有时间读其中的一部，两个剧本如果一部用三个插钉装订，另一部用两个插钉，她会选两个插钉的剧本，因为这表明了剧本是专业标准。

这种挑剔是不是太过分了？

绝对。

但是，下列原则仍然值得不断重复：一部剧本的任何方面都和剧本的总体不能分割，哪怕是字体、封面装饰、封面用纸，乃至装订使用的插钉等等都体现了剧本的专业与否。

拼写和标点符号

今年是我在世界知名的最高学府任职的第四十个年头，我承认我是一位老学究。

说到底，作家从事这个行业的唯一利器是文字。所以关于标点符号、语法和拼写，没有一件是微不足道的。

排版错误、拼写错误、标点符号乱用、词汇贫乏和语法不规范，这些毛病说明了作者的粗心和不严谨，是有价值的艺术和工艺作品不共戴天的最大忌讳。我还从未见过任何一个台词对白机智闪光、角色刻画令人难忘的优秀剧本，在格式、拼写、语法和标点上却乱七八糟的。这些都是测量作家敬不敬业的因素。

重申一遍，如果一位作家连简单的事情都做不好，又怎么可能做好复杂的事情？

我必须坦白一句：我的拼字是世界上最差的。但是，我的剧本从来没有一个错字。

为什么能做到不出错呢？是因为我电脑里的拼写检查软件吗？

事实上，我避免运用任何电脑拼写检查软件。我还是费力地用着老方法，也就是查纸质字典，不只是查正确拼写，还同时学习近似的新词汇。拼写软件使作家失去了丰富自己词汇的机会。另外，很多拼写软件无法正确地识别错误用词。比如，没有软件可以告诉你“rent”打错了，打成了“rant”，或者“bold”打错成“cold”。

所以，在你身边放一本词典，既可以随时检查拼写，更重要的，又能丰富你的词汇，而词汇是你最重要、最有力的工具。

字母的大小写

编剧应该如何决定何时在名字或词汇前面用大写字母呢?

有很多久已确立的规则。当一个角色在剧本里第一次被介绍时,他的名字要全部大写。任何时候他的名字出现在他的对白之上时,也要全文大写。当读者在剧本里看到一个角色名字,从大小写就可以知道这个人物是否早先时候已经出现过。

之所以这样做还有一个技术上的原因,关系到制片经理(production manager)。

剧本格式在很大程度上是为了帮助制片经理把剧本变成包含具体细节的制片计划,比如拍摄日期。他要具体考虑到影片的费用,演员、道具、服装、音效等等一切和电影制作有关的细节。

这就是为什么(举例说明)合成音响效果也要大写。比如,如果一个场景里要开枪,制片经理就要告诉录音师制作音效或到资料馆寻找音响资料。大写的目的是提醒他,保证让他考虑到所有必须预先准备好的细节。

我们写作,当然不是为了制片经理,而是为了读者。但仍要遵守同样规则。影像和声音的所有微妙细节只有当电影被拍摄和剪辑后才能真正实现。在此以前,为了给读者提供一个可以想象的电影画面,把这些明白的提示从一般的描述中凸显出来是大有好处的。

用大写字母可以帮助达到这种效果。

读者扫一眼剧本场景,可以迅速知道哪些人物出了场,同时也了解基本的道具和声音效果,所有这些综合起来可以有效地烘托基本活动。如果有重要的、浑然一体的、推进情节发展和人物塑造的声音效果，要用大写字母标识出来，这不仅仅是为了制片经理，也是为了让读者能够看到。

潦草的格式会让制片经理很难决定拍摄时具体需要什么，让审稿者觉得很不专业。因为读者很难看明白剧本中的人物、事件、地点、时间还有原因等等，所以这种剧本可能永远都进不到制片经理的办公室。

在格式方面有很大的回旋余地。作家应该阅读尽可能多的剧本，这样可以看到各种技巧。然后他们应该选择适合自己的风格，综合成一种技巧，以帮助他们用尽可能清晰的方式讲述他们的故事。

以电子邮件方式提交

像我前面说过的，全美国甚至全世界编剧都把剧本送给我读。这不是一种负担，而是我的福气。有机会与有才能、有勇气的电影艺术家互动是上天对我的馈赠。我要求编剧们用传统邮寄的方式把他们剧本的电脑打印稿寄给我。

用电子邮件方式把剧本发送给经纪人或制片人是很放肆的。这就意味着编剧认为他们会在电脑上阅读他的作品，或是自己把他发来的剧本打印出来。虽然如此，现在以电子邮件方式提交剧本的情况越来越普遍了。当你从网络上发送剧本时，我认为一定要得到对方的同意。

有一点要记住，就算是电子邮件发送剧本，也不能忘记你的格式一定要妥当。有时候文件在传送时被压缩了，解压后可能无法复原剧本格式。那样的结果会使剧本显得不专业。为了防止这样的情况发生，选择PDF格式要比选择Word格式稳妥。

影院电影与电视片

很多影评人硬说，某些剧本尤其适合在电影院放映，而另一些则非常适合在电视里播出。

我谦恭地说："胡扯。"

同样是这些人，他们会郑重地举例说，像圣经史诗《马萨达》（Masada）这样的影片只能在富丽堂皇的影院里足球场大小的宽银幕上放映。事实上，在大屏幕家庭影院日益普及之前，《马萨达》在小银幕上放映的效果同样好。

他们还认为那种小题材、个人情感或家庭剧比如《克莱默夫妇》或《母女情深》，只适合在电视里播放。再说一次，他们说错了。这两部电影在电影院获得了异常的成功。

值得记住的是，只有两种不同影片。不是电影院影片和电视片，而是好影片和坏影片。正如本书在别处指出，每个伪知识分子都相信，如果他"发现"电视是平庸的，就可以保持他的精英地位。事实上这是一种势利。电视和别的创作形式大同小异，如同所有艺术一样，大部分作品都很失败；出色的作品是小部分，大部分都很一般。的确，有时候人们说，在新世纪里，有趣的电视比电影更多。首先，大电影公司的故事片独创性减低了。很多影片只是各种不同元素的组合。这个主题将在第三部分——如何对待编剧工作的商业事宜——里更全面地探讨。这里我们只要注意到一点，新电影一上映就已经老了：它不是前传就是续集，要不然就是重拍片或者是改编自别的文学形式。什么别的形式？也许是小说，但是在本书写作之际，也可能改编自游乐园的游玩项目、桌面游戏、电子和电脑游戏，或漫画书。

改编电影《X战警》《加勒比海盗》和《疯狂恋爱跑天下》等取得的成功不可否认。它们好像给观众提供了一个意料之中的东西，达到了观众的渴望。虽然如此，我还是恳求作家尽量扩展思路，创作新作品，别害怕承担风险。

编剧面临的挑战不是去满足，而是要超过观众的期望。我不希望只是期望得到满足，我希望看到令人惊喜的影片。

电视，特别是有线电视，似乎成了原创作品仅存的据点。所以，我绝不会劝阻编剧为电视写作。但是，我敦促作家千万不要在剧本的任何地方标明那是专门为电视写的。

我说的这些话看起来很矛盾，其实不然。编剧呈交剧本给经纪人或制片人时，没有必要说那是电影剧本或电视剧本。电影和电视的正常影片时间长度是差不多的。审读者考虑的能在大银幕放映的片子同样也合适在电视上播放。

值得高兴的是，反向的偏见并不存在。一部貌似可用于拍摄电影的剧本很容易被认为适合拍摄电视片。这就是作家要避免指定自己的剧本是电影或者电视剧本的充分理由。让审读者认为它是电影剧本吧，既然电影始终是长篇叙事最重要的形式。成功的电视编剧常常坚称自己在电视界惨淡经营，直到有一天可以挤进电影界写剧本。然而，电视编剧的报酬较高，一般来说，他们的待遇也比在电影界写剧情片好很多。

/ 内容 /

片名

千万不要低估电影剧本中片名的重要性。

有些人认为，如果你在开始写作之前还不知道剧本名字，那你动笔就太早了。我并非完全不同意这个观点，只是觉得这句话有些言过其实。

不过，这一条仍然很重要。合适的片名表明作者的写作主题鲜明，而且统筹了所有凝聚成整体剧本的各种元素。然而，经常会有作者在准备开始写作时并未确定剧本名字的情况。它可能在后来的写作过程中自动产生，也许采用的就是一句很好的台词。

最好的片名是出其不意的，精炼、直达主题。常见的方法是采用主人公的名字。让我们看几个莎士比亚戏剧的例子：《李尔王》《恺撒大帝》《麦克白》《查理三世》；看看古希腊经典剧作：《阿伽门农》《美狄亚》《俄狄浦斯王》，再看看电影：《蝙蝠侠》《教父》《巴顿将军》《毕业生》。

有两个被影评人评价为非常成功（我认为被高估）的电影取了非常不成功的片名（也是我的看法）。《老无所依》和《血色将至》，一个评论家称它们为“什么什么老人”和“什么什么血”。

一个好的片名必须能完整地放进一个句子里：“让我们去看……”

这表明，片名不能铺展得到处都是，不仅就电影银幕而言，从情感和理性上也一样。正如剧本格式诸多方面的情况相同，好的片名并不能替代苍白的影片人物和脆弱的故事情节。也像诸多的格式等问题一样，好片名只能减轻损害，并不能提高影片质量。

编剧经常会灵光一闪想出清晰简明的片名，但是寻找合适的片名也会成为难以决定的问题，试试这个，然后再试试另一个，看感觉如何，最后决定哪一个名字最合适。最好的影片名字都是自己出现的，就好像它们本来就在那里，盘旋在空气中，或者潜伏在剧本内页，等待被发掘出来。

关于人物列表、简介或选角建议

编剧在影视剧本的开头列上人物表，内行一看就知道他不熟悉影视写作。如果再列上选角建议，那就更糟糕了。尽管演员表在戏剧里是合适的，但它也不能代替由动作和台词塑造的剧中人物。

没有演员喜欢编剧用这种方式“帮助”自己了解片中人物。他更希望通过剧本中的行为和台词来了解角色。恰当地描述和介绍剧中人物的时机应该是在我们第一次在剧本里遇到他时，也就是观众在银幕上初次见到他的时候。即便如此，介绍也要简单明了。

在好几个我参加过的作家讨论会上，常会有一个偶尔写作的教授或老师建议编剧们在写作剧本之前先写出剧中人物的简单介绍。如果这个角色是棵树，那应该是棵什么树？如果她是根棒棒糖，那是什么样的棒棒糖？她打开收音机后要选哪个音乐台？如果她出现在一个特定的历史年代，应该是哪个年代？她的梦境是黑白还是彩色的？

在这种讨论会上，如果我很客气，就会撒谎并违心地认可这是有用的练习。事实上，我的意见正好相反。那些都是业余艺术爱好者浅薄的认识。它们不仅无用，还有害。它们让作者相信，人物存在于故事的上下文以外。但是，我已经指出过，人物是由于他们的动作和对白才活起来的。

毋庸置疑，英文戏剧文学里最丰满的人物是哈姆雷特。他的作者是如何描述这个人物的呢？三个词：1.丹麦；2.的；3.王子。根本没有一句话提到忧郁症。哈姆雷特这个人物何以具有了生命？是通过他做的事和他说的话。所有精彩的人物都应该由此具有生命。

只写主场景

即使是剧本里最简单的场景，放映在银幕上的时候，都可能包含很多不同的镜头。

比如说，一个间谍在一个热狗摊前和另一个同伙碰面，然后交换情报、付钱、短暂地交谈，然后一个间谍离开。在银幕上，可能先会出现一个热狗摊的广角全景镜头，然后是人物走近的侧角倒摄镜头，两个人接头的近景镜头，也许还有钱或文件的特写镜头。在他们的交谈过程中，可能会交替使用双镜头，表现双方，再加上各种过肩单人镜头——两个人物各以自己的视角看对方的面部特写镜头——说话、反应，等等。

另外，可能还需要一些周边人物和景象的切换镜头：小贩在热狗上涂抹芥末，铁板上烧烤的香肠，鸽子啄着地上的碎屑，另一个顾客在喝饮料，一个女乞丐用棍子拨弄垃圾，寻找瓶子和空饮料罐。

这些镜头给影片提供了色彩、细节和调子，但是如果编剧把所有这些零碎镜头单独都写出来，无异于拆自己的台。首先，与主镜头相比，对大量分镜头的琐碎描述会使剧本读起来十分困难。其次，把一个场景乃至整个剧本分解成单个镜头其实是剪辑师的任务。剪辑师享受编剧为他工作，就像编剧享受制片人的美甲师的表哥的邮差的牙医师润色他的剧本对白一样。

与描写一连串分散的画面相比，只写一个内容丰富的主场景更为可取。比如前面那个间谍的画面，编剧只需要写热狗摊全景，然后写一些必要的细节：人物、基本的动作和对话即可。

请注意：我经常主张编剧要尽可能多读他能找到的所有剧本。然而，如果他们这样做了，可能会发现有些不像是只写了主场景的剧本。所以，作家需要意识到那种剧本很可能是分镜头拍摄剧本，是为立即拍摄准备的，其中包含一些看起来好像不那么重要的细节。

编剧并不需要介入这种最后阶段的剧本准备工作。无论怎样，他都不应该把精力集中在分镜头剧本上面，而应该集中在案头剧本、只写主要场景的剧本上，集中在清晰描绘基本动作和对白的初期文字稿上，用足够的层次和丰富性来树立自己的风格。

近些年来，从各个渠道获得影视剧本的可能性越来越多。此外，剧本出版的数量也增多了。不过，读者应该明白，那些发表的剧本常常格式不对。例如，威廉·戈德曼的《冒险的电影业》（*Adventure in the Screen Trade*）一书里，就收录了他突破传统格式以及过度描述的《虎豹小霸王》剧本。戈德曼是畅销作家，还是著名编剧，人们阅读他写的剧本也许会比我们写的剧本更为仔细——他的剧本稍微有些不合常规并无大碍。纽约州立大学水牛城分校的布莱恩·亨德森教授的《普雷斯顿·斯特奇斯的五个电影剧本》（*Five Screenplays by Preston Sturges*）和《普雷斯顿·斯特奇斯的另外四个剧本》（*Four*

More Screenplays by Preston Sturges）中收录的剧本是斯特奇斯在打字机上打出的原稿，后两本书中含有丰富的专业格式例子可以拿来当做样本参考。

电影技术术语

和小说相比，和诗歌相比，即使是最优秀的电影剧本读起来也是件苦差事，因为从纯粹的意义上讲，电影剧本根本不是为阅读而写，而是为拍摄成电影而写的。把对话、描写、动作前后穿插、分成小段，以及无数零碎的镜头、角度、搭景等等，不可避免地让一个好剧本也变成了眼睛和脑子的负担。

每一位编剧都应该尽可能地让聪明的读者能够读懂他的剧本，可能的话，喜欢读他的剧本。为达到这个目的，那些特殊的电影技术用语——镜头、角度、特效、俯仰、摇、移动车、变焦镜头、摄影机各种各样的移动方式——都要避免，除极个别例外，为了故事和人物的演进不得不提到的时侯。

电影剧本的目的，一言以蔽之，是对读者演示编剧脑子里的电影。作者幻想出一部影片，把它用文字描述在纸上。读者阅读纸上的文字，最理想的情况是，这些文字让读者看到了作者脑海里想象出来的电影。那就是编剧的工作，不是件容易的事。

有一个常见的错误认知是：文字运用得越多，意思就写得越明白。实际上这和事实正相反。当作者不停啰嗦，没完没了地写了这个细节又写那个细节时，过多的废话会使动作变得不明确。一次日落就是一次日落。

在影片里，日落是平凡还是美丽要看拍摄那天的天气状况。如果作者在他的剧本里这样描写日落："落日镶嵌着琥珀的栗色，挑染一丝挥之不去的青色和暗紫"，摄制组不会等待拍摄剧本中描绘的日落。不管拍摄那天是什么天气，他们都会拍当天的日落。如果时间安排不得已，他们甚至可能去拍日出，然后在后期制作时反过来剪接，代替日落。

滥用语言的编剧不仅使他们的剧本难以阅读，给人的感觉更是读者不必在意他们的文字，因为其中包含一些明显自以为是的内容，在拍摄时必然会被舍弃。如果一个作家期望他的剧本得到密切关注，那他最好保证剧本中的每个细节都值得关注。

因此，千万不要为摄影师、剪辑师、灯光师、电工主管、场工领班或导演助理去写剧本，而是要为读者和电影观众写作。

特效——渐隐渐显、切换、叠化

编剧应该像删除无足轻重的音响效果那样把光学效果也从剧本中删掉。检验标准跟以往一样，要看整体情况。假如有些效果真正需要，如果缺了它，情节的加强、人物的丰满会被削弱，那么作家可以在剧本里保留它。否则应该被舍弃。

作者应该在场景之间写"切换至"吗？

不。

除了增加字数和页数，把"切换至"写到剧本里有什么意义呢？我曾读过一些剧本，如果把里面的"切换至"都去掉，剧本可以减少十页。

如果一个场景之后出现了另一个场景，场景中间没有“切换至”这个词，难道读者会认为作者的意图是波浪式渐隐，画面像浸溶在液体里那样由模糊渐渐变得清晰吗？难道读者会认为作者的意图是螺旋擦拭，在镜头拉近的同时造成令人眩晕的效果吗？

当然不会。如果在场景之间没有标明特殊效果的提示，读者自然就会假定是从前个场景切换至后个场景。他会理所当然地认为，前个场景的最后一格和新场景的第一格对缝拼接在一起。因此，把“切换至”写在剧本中完全没有必要。

正像我重复强调的，整体性高于一切。剧本里面经常出现这种情况，在一个地点时间里交叉发生好几场平行的戏，当故事发展到新的地点和时间时，也许可以用“切换至”来比较清楚地区分一段戏的结尾和另一段戏的开头。这是比较简易地告诉观众：我们在这个时间和地点的事情已经做完了，现在要到新的时间地点去做不同的事了。这是可行的。

但是记住，无论如何，那都是不常见的情况。

渐隐渐显和叠化与切换一样，也是不言自明，无需解释的。画面的渐显或淡入就是在银幕上缓慢地变清晰，一般都是从黑暗开始变起，不过从明亮、纯粹的雪白淡入也是可以的。叠化的意思是重叠隐显：前边的画面淡出时后面相接的画面淡入，早期电影创作称它为交错叠化（cross fade）。

在极少数情况下有足够理由强调这种特效时，要全部用大写字母标明。

传统上，叠化的意义和切换的意义相反，“叠化”表示前后两个相接的镜头中间有一段时光的流逝；“切换”则表明时间上后一个镜头紧接着前一个镜头。这是以前传统电影时代的情况。在过去二三十年里，电影观众们已经对电影语法很熟悉了，所以叠化也就很少需要。一般来讲，类似这样的效果都是出于审美目的，最好还是留给剪辑师去考虑。

在当今电影时代，渐隐渐显（淡入淡出）和叠化同样不再需要。往往画面的淡入淡出可能比切换要更合适和好看，但是这种决定权还是留给导演和剪辑师为好。

早期电影观众对电影的一些特性非常难以接受，但是现在却习以为常了。甚至一些画面的跳接（jump cut），甚至有些连续动作中的片段完全失去，观众也觉得没什么。

今天的观众不像过去那样需要知道很多信息。电影问世一百多年，现在的观众比过去的戏剧观众更懂得电影形式。他们比早期观众更容易明了电影故事情节。

我强烈地认为这种变化是由于过去五十年来在电视里播放了大量影片。权威影评家们都喜欢贬低电视的影响力，他们认为向那么多人长时间不分青红皂白地播放无数信息，使人们都麻木不仁了。

然而，和过去相比，看电视帮助观众学会了迅速了解和吸收大量信息。典型的电视节目包括开场片、预告（比如“11点钟放映电影片”），还有广告片，在某种意义上它们本身自成一档节目，每一段都有自己的解说词，包括开端、中间和结尾。有些是将要播出的节目预告，再加节目的一些片段，这些片段又不断地被别的内容打断。你对电视这种如暴风雪般的信息尽可以保留你的看法，但不可否认它们还是让观众准备好观看接下来的影片故事。要换作早年的观众，可能会觉得很烦乱。

因此，影视作家应该尽量少提供技术说明。

P.O.V.（主观镜头）

一个人透过双孔望远镜看到的事物的镜头，然后接一个手持望远镜观看的人，这就是一个典型的主观镜头。

P.O.V.是Point of View的缩写。写在剧本里是这样的：

外景　道路　哈里的P.O.V.

观众看到的路和哈里看到的路一模一样，镜头就是哈里的眼睛。

有一部根据雷蒙德·钱德勒（Raymond Chandler）的小说《湖上艳尸》改编的电影，从头到尾百分之百都用主观镜头拍摄，好像只站在一个人的视角。可以料想得到，电影开始很有趣，然而紧接着就变得异常乏味，任何技巧和效果的滥用都将会变成无聊花招。

对画面做简单描述时，应该避免运用主观镜头。

我曾经读过一个学生的剧本，描写人物坐在椅子里。镜头这样写道：

马丁　P.O.V. 椅子

这个问题非常有趣，如果真要按照编剧的要求来拍这个镜头，它在银幕上看起来会是什么样呢？因为它是指椅子的主观镜头，所以摄影机要降到最低，椅子看着马丁，如果椅子有眼睛能看见的话。

避免写“我们看到”和“我们听到”

如前所述，在剧本页边距宽的行文里——描述、动作、事情——这些信息是要用眼睛看到的。在剧本页边距窄的行文里——绝大部分是对白——这些信息是要用声音表达的。所以，对作家来说，写“我们看到”或“我们听到”是完全多余的话。在一个格式规范的剧本里，任何文字都必须清楚准确地表明是看到还是听到。

如果描写中涉及声音效果，只需要用大写字母表明即可。例如：一辆车发动机启动的声音，前面添上“我们听见”有什么意义呢？

只用现在时态

《火之战》描写的是万年以前的故事；《星球大战》则是发生在遥远的未来。但是，这两部电影都是在今天，此时此刻，在银幕上展开故事。这就是为什么编剧在讲故事时应该永远使用现在时态，不管电影故事发生在任何时代。读者一读到编剧写“过去发生了”，他马上就会知道这个编剧没有写剧本的基本知识。

剧作家迈克尔·科拉里教授，当年在UCLA选修高阶写作课时，写过一部剧本，开始是一群恐怖分子绑架了一名新闻记者，用布蒙住了他的头。接着是一连串在其他地方出现的人物和发生的事件。

然后，最终我们又看见了在匪徒巢穴里的被绑架者。剧本在这里标明，人质的“眼罩已经被揭开了”。

我批评（当然是非常和气地）作者使用过去式，而且（更和气地）让他改成“眼罩去掉。”

迈克尔很犹豫。那样改，观众会不会误认为是眼罩正在揭开（这不是作者的本意）呢？

我问迈克尔，“就算他们那样认为又怎样？那不是更好吗？为什么不能是‘正在把眼罩拿掉’，而非要写‘眼罩已经被拿掉’呢？正在拿掉眼罩不是可以跟早先的镜头连接得更为顺畅吗？剧本难道不是少了沉闷而多了生动吗？”

顺着这个思路想下去，作者马上想出了另一个构思。何不从人质的主观镜头来写呢？也就是说，画面拍摄时是把眼罩绑在摄影机的镜头上，然后把它拿掉，从观众的角度看，就像是从电影角色（人质）的眼睛上拿掉似的。

以我的观点来看，这样处理有点小题大做，会造成画面不需要的混乱。但尽管如此，它仍代表着一种创意和富有想象力的思维，是优秀的作家和作品应该体现的品质。用现在时态写剧本只是一个小小的规定，却激发了作者的想象力，这种才思泉涌的状态正是刺激作者构思别出心裁、想象力非凡的电影故事的必由之路。

闪回

陈词滥调之所以变成陈词滥调是因为它们有用。详细解释“闪回”在整部影片中的运用，达到作者在编剧时具有一定自觉意识的程度，必然大有益处，可惜没有必要。

不过闪回的手法仍然有它的用处。如果作者想用闪回，他应该认定，剧本在那个特殊点上，闪回是最有效率、最清楚的表达故事的方式。

理想的情况是，当决定使用闪回时，它应该巧妙地融入剧本格式，其效果与观众在电影院银幕上看到的完全一样。没有理由要在剧本里写“闪回”字样，读者读剧本时脑子里呈现出来的画面应该和电影拍成后观众在电影院里看到的画面相同。

在过去电影的黄金年代里，闪回段落常常以一个荡漾着微光的淡入叠化开始，似乎提示观众：我们正在渗入、滑入、流入过去的年代。但是面对今天的电影观众，这样的设计已经不再需要了。

再重复一次，理想的情况是，在剧本里写到的闪回应该和电影画面上看到的一丝不差。如果观众过一会儿才意识到这也许是过去发生的事情，编剧可以把观众这种不太明白的不确定性作为增加紧张度、吸引观众注意力的工具来加以利用。

但无论如何，这种效果在画面上要比在纸上看得更为清晰；被拍成电影的、视觉的信息比写在纸上的黑白文字要丰富多彩得多。这可能推翻了我先前关于在剧本上标示闪回的看法。也许编剧担心读者不能清楚地了解，所以有理由在页面上标明“闪回”的字样。这个镜头也许是这样的：

外景　谷仓　闪回

关键点始终是帮助读者，让他们读剧本时脑海里看到的故事和电影院里看到的影片故事是一样的。只要作者心里明白这是类似作弊的手段，他就被允许这样做。

作弊

重述一遍，给闪回标上“闪回”的标签是一种作弊。在纯粹的意义上，故事必须非常清楚而自然地表现出某一组特殊连续的画面是闪回。在页面里通篇标注“闪回”，而且加上一些画面效果提示，例如波浪形淡入，都是非常笨拙的方法，是对读者的填鸭式灌输。既然在剧院里的观众不需要这种方法——比如渐隐渐显的提示——就能看懂是闪回（现在的观众基本都可以看懂），那么读者在看到闪回的描写后难道会看不懂吗？

当然，问题是电影画面提供的信息比写在纸上的文字要多得多。所以编剧有时需要为读者提供一点小小的帮助。在电影里，这种帮助常常有“作弊”的性质。在生活里作弊是不道德的，在电影里却完全可以接受。任何电影就其本质而言，从某种意义上说，从头至尾就是一个精心设计的骗局。

因此，有时候，为了帮助读者明白写在纸上的故事，作者在这里或那里作个弊也无妨。例如，他可能会指明这个角色是那个人物的老板。他可能点明那两个女人是姐妹，一个男孩和一个男人是父子，虽然坐在电影院里的观众还没有准确地听出或看出这些信息。

只要不滥用，作弊是有帮助的。但如果作家太露骨、太频繁地作弊，那就是把读者当傻瓜了。这样做的结果是立刻让作家自己变成了蠢货。诀窍在于，要自然地，很有技巧地作弊，而且尽量少做。

作弊现象不仅在剧本里存在，也发生在摄影棚里。导演指导一个演员去“伪装”他的神态——把注意力不是放在和他对话的人脸上，而是对着东边或西边的一个位置——这样做拍出来的形象会更符合后期剪辑的要求。

归根到底，电影与所有艺术表达一样，应该揭示潜在的基本真理，揭示男人、女人还有宇宙的基本属性。讽刺的是，他们诚实地履行这神圣召唤的方式之一，是作弊。

温和地提醒

一种对编剧有用的作弊方式是时不时提醒读者前面读过的内容。

这是作弊，因为在理想的情况下，剧本里的内容展开的顺序应当和在银幕上看到的一样。然而，困难的存在是由于放映机里投影在银幕上的影像，加上同期声带，包含着丰富多彩的信息。而在剧本中的人物，只是白纸黑字而已—— 顶多就是一个名字加简单的描写。而且，在银幕上，同样一个人物，他还没有说话，甚至还没有任何动作，人们瞬间就会认出他是哪个影星。如果他先简单地露一下面，稍后再次出现，电影院里的观众不需要提醒就能记起他的身份。

不过，在剧本里，读者很可能需要一些帮助。即便是一个不知名的演员，他在电影院银幕上给观众提供的信息也远远多于读者在纸上读到的。一名女演员，哪怕默默无闻，在银幕上也拥有特定的神情，独特的嗓音，无精打采的站立姿势。如果她在电影刚开始时先简短地出现一下，然后过很长时间再出现，观众肯定比只在纸上读到同样情节的读者更容易记住她。

这就是为什么在剧本中加以提醒是适当的，告诉读者谁是谁，什么是什么。例如："简妮，我们前面看到的那个在洗衣店破坏自动贩卖机的女人……"严格地说这违反了写作规则，但为了方便剧本的阅读和理解，这种温和的提示是允许的。

蒙太奇

蒙太奇，就像闪回一样，很早以前就变成了电影的陈腔滥调，因为过分地使用而受到损害。不过，像闪回一样，它之所以被广泛运用是因为可以简便迅速地展示大量故事进展所必要的信息。

不过，与此同时，蒙太奇太经常被用来给缺乏厚度的影片充添分量。举例说明，在令人陶醉的影片《鸳鸯恋》中，有这样一长组蒙太奇镜头，一对年轻的恋人慢动作飘浮在开满野花的田野上，伴随着维瓦尔第的背景音乐。尽管画面非常优美，但因为这些镜头没有继续讲述故事和推动人物情节进展，很快就变得索然无味。它非但没有做到叙事简洁，反而产生了相反的效果。这样舒展画面的结果造成了观众也舒展身体，而且还打哈欠。

在精彩的影片《迷雾追魂》中，克林特·伊斯特伍德和他的前女友重归于好，懒洋洋地在风中穿过长满高草的田野，背景响着好听的爵士音乐，电影到这里突然停滞不前。就算是美丽的唐娜·米尔斯裸体在瀑布前嬉戏，也无法让观众不打瞌睡。作为导演，这一段是克林特在表述他对爵士乐的喜爱。唉，无论如何，由于它跟故事没什么关系，尽管它让克林特感到激动，可是观众却无感觉。自身刺激在我们现实的生活中是正常的，但它不会比做爱更为崇高和有意义。

作者在思考运用蒙太奇手段时，应该首先考虑尽可能完全避免使用，因为它会提醒观众，他们在看电影。观众想要的当然是忘记而不是记起自己在看电影。尽管他们知道电影是编的，但观众愿意假装是在看真实人物的真实情况。另外，编剧应该把蒙太奇当做能将复杂、连续场面简单化的一种电影处理工具来运用。

典型的例子是汽车追逐场景。《比弗利山警探》的开头是一场惊心动魄的底特律街头汽车追逐，在画面里，带拖车的大卡车正在相互追逐，还有警车追在后面。这样一段连续的影像，如果每一个镜头都描述，将需要写好几页纸。

在电影里看这段追逐情节可能挺有意思，但是在剧本里一个镜头一个镜头地读却很无聊。读者只想读主要行动和情节点：此次追逐的本质是什么？被追捕者是被抓还是成功逃脱？

在这种情况下，与其去描写各个镜头，卡车、警车，作者还不如简单地写一个镜头：追逐，然后列出这个镜头的显著特征。这样可以减少剧本里很多的页数，同时也减少剧本阅读时间。

很多年前我读过一部喜剧剧本初稿，里面有一段描写警车追逐，但追的不是卡车，而是一辆印有涡纹图案的嬉皮式风格改装校车。作家几乎对每一个镜头都有详尽的描写。在第二稿里他把这些镜头用蒙太奇的方式大大减少了：

外景 公路和高速公路 追逐

警车上警灯闪烁，警笛嘶叫，追逐着超速的校车。

——校车离开主路。

——一辆警车，尾随跟近，开进壕沟。

——第二辆警车轰然撞上了前一辆警车。

——校车安然无恙地驶入落日之中。

剧本以这样一种灵便的样式把十三页追逐的描写缩短到五分之一页，而且没有丢失任何必要信息。

剧本样本

我举一个标准的美国电影电视剧本格式的例子来结束这一章节。“INT”是interior的缩写，它的意思是内景；“EXT”是exterior的缩写，意指外景拍摄。

符号设置：#1 动作、事情；#2 对白；#3 插入说明；#4 角色名字。

#1 动作、事情
#2 对白
#3 插入说明
#4 角色名字

内景　办公室　夜晚

莫里斯和哈丽雅特在办公室收拾东西，准备关门去看演出。

两个青少年走了进来。

青少年一#1

我们可以赌一场乒乓球吗？

莫里斯

要30块押金。

青少年二#2

你开玩笑吧。

莫里斯

你们想不到我们一个季度赔多少钱。

两个青少年从口袋里掏钱的时候，纳吉拉夫妇气冲冲地闯了进来。

莫里斯（接着说）

（对纳吉拉先生）

你们又回赌场了。5分钟前你们
不是去演出了吗？

纳吉拉先生

我们拿到钱才会演下去。

莫里斯

你在说什么？杰基已经给过你们钱了。

哈丽雅特闪身进来。

哈丽雅特

对不起。杰基把钱给了我。等一下，
我回房间去取。

她跑出办公室。两个青少年还在从口袋里掏钱，一次掏出一个美元。

摘自安德鲁·伯格曼与理查德·沃尔特合著的《杰基·白鲑》

人物初次出场时一律大写。
对白之前的人物名称一律大写。
此后每次提到人物时都用小写。

Chapter 12

反馈：初稿意见的标注符号

秋天总是让我充满期待和兴奋。

我渴望迎接我们UCLA编剧专业的新生。如果说过去才是开始，那么短短几年后，他们将主宰电影和电视业；用不了多久，我们这些教授就会恳求他们为学校捐赠营运资金、奖学金以及一两个主席席位，我们将恳求他们在发表奥斯卡获奖感言时答谢我们的大学。由于他们之中太多人不仅仅成为电影电视编剧，而且成为影视制片人，所以我们偶尔还会请求他们给我们的学生签一两个电影或电视合约。然而，除去这些，最令我觉得欣慰的是，我的这些校内和校外的新编剧面对所有批评都持有接纳和开放的态度。

我所指的“批评”并不意味着那种贬义的挑剔和恶意的讽刺谴责。我所指的是创造性的分析，那种诚实和坦率的支持性评论，而不是破坏性攻击。作家需要具备这种素质和勇气，以面对各式各样的评论。

电影编剧和诗人画家不同，他们不是完全独立在创作。编剧是电影创作这个大家庭中的贡献者之一。鉴于电影是一个集体艺术，编剧工作会涉及更多的敷衍应酬，更大的迁就让步，在各方面都要比任何其他艺术面临更无奈的妥协。因此，我看到编剧们征求、欢迎并接受别人诚挚的支持性批评和建议，并致力于改善他们的工作，很是欣慰。

自然，总有例外。偶尔也有这样的情况，我只是向编剧指出一些小小的瑕疵，就会看到编剧眼中的神采顿时变得暗淡。他的眼睛还睁着，但是脑子已经关闭了。这样的态度不会伤害到老师，不会伤害制片人，不会伤害剧本编辑，而只会伤害作家自己。

当然，作家不应该盲目地把老师的指导意见记在带横格的黄色加长纸页上，然后迅速执行任何修改建议，不管这些建议是来自他们自己的教授还是制片人。相反，他们应该权衡、考虑、检查、评估和重新评估这些建议。如果他们像和我工作过的编剧们一样，他们将会同意一部分意见，否定一部分意见。

这正是编剧应该采取的态度，因为毕竟为剧本承担责任的不是别人，而是作家自己，不管这剧本是受到赞扬还是遭到批评。

私下里，我承认，我常常对某个作家的初稿感到失望。在这种情况下，我会掩饰自己的悲观情绪，用下划线强调剧本一些页码中可找到的任何优点——尽管很有限。无一例外，在阅读几个星期后的修订稿时，我会对剧本的改善既感到吃惊，又感到高兴。

有些东西在作家的脑子里会让他突然开窍，他本能地知道自己需要的是什么。他们的初稿在修订后彻底改变了我的预测。编剧们有令人不可置信的离奇能力去改进他们的脚本，一次次的改写使我和我这些在影视写作教育领域里奋斗的同事感到新奇和不可思议。

我从事艺术教育的楷模之一是20世纪传奇的大提琴演奏家帕布罗·卡萨尔斯。50年代晚期，我还是一个十几岁的孩子，有幸旁听过他精彩的授课。身为老师的帕布罗知道，在他可以教一位艺术家之前，必须先赢得对方的信任；这个意思是说，他必须首先让接受自己指导的艺术家拥有安全感。

帕布罗·卡萨尔斯没有在他的工作室外面挂“音乐课”的广告牌子。如果想得到指导，他的要求仅仅是：学生必须有才华，守纪律。当时在第一堂课上，我眼里的那些学生个个都显得像优秀的音乐大师。

可以想象得到，学生们第一次为他演奏时都相当紧张。他们拉琴时，卡萨尔斯会沉思地、有节奏地、慢慢地点头。当学生结束后，他会静静地在那里坐一会儿，好像是在深深地思考。最后，他开口了，带着浓重的欧洲口音，“很美。”他缓慢地点头，好像深受感染，然后再一次有力地说：“很美！”他用眼角的余光看到演奏者终于放松了肩膀。就在这个时候，他的脸上会浮现出兴奋的表情。他会轻声低语，仿佛事后才想起来似的：“如果你更注意音调、分句的处理，节奏、音色还有颤音……的话，也许会更美。”

我第一次看到他这样，还以为他的表现是自发的。然而，我观察了一次又一次之后，才发现这是一种有意识的、深思熟虑的技巧，旨在培养艺术家的自信心。他清楚地知道，如果在一开始他不能使学生有安全感，就无法指导他们。

这也体现了我们UCLA影视写作教学的方法和原则，我们永远从作品的优点入手把工作往前推进。必须承认，在最坏的情况下，我觉得自己就像是一位治疗烧伤病人的整形医生，仔细寻找仅存的几个尚好细胞，并开始移植。然而，这些细胞肯定是存在的，尽管你要奋力去挖掘。

这实在和太多的艺术教育相距甚远，后者持续地摧残学生的情感，毁灭他们的努力和期望。唉，有些艺术教育者似乎是靠压制学生的热情而事业兴旺。他们甚至表现对自己学生的嫉妒，尽管学生的成功才最能证明自己是高明的老师。

几十年的经验告诉我：一个一无所取、所有地方都过分渲染的、笨拙的、无重点的剧本初稿，可以通过痛苦的但不可避免的反复修改，变成一个有价值的完整剧本。

/ 请教和面对侮辱 /

聪明的作家懂得，真正的成功——就是保有持续的职业生涯——需要能够巧妙地应对批评，正如前文所说，忍受看似无穷无尽的重写。有了这个概念，作家——从完全业余到资深编剧——越来越多地向专业顾问请教，也就是在提交剧本前先请人阅读和分析，后者会在潜在的经纪人，或制片人，或电影公司执行经理发问之前向编剧提出各种刁钻的问题。

精明的好莱坞编剧们已经开始懂得，要卖掉一个原创电影剧本，或者取得一项委托写作任务——业内称为剧本加工协议（development deal）是多么困难的一件事，然而，把自己的剧本搬到银幕上则是更困难的。简言之，他们付了购买剧本的钱并不代表一定会把剧本投入拍摄。

我从事电影教育行业的时间足够长，亲眼看到很多作家横空出世又瞬间陨落。我认识一些作家，他们当年比我年轻，如今看起来却比我衰老。我目睹有些作家赢得大型写作项目的协议，甚至赚得了七位数字的稿酬，可是很多年过去了，仍然没有看见他们的剧本被拍摄过。

我还认识不少编剧，他们的作品已被拍成了电影，却从来没有被放映过。在好莱坞，如果你很成功，获得了进入上一层的权利，然而，这也可能仅仅是收获失望的权利而已。你写完剧本，可是卖不出去。它卖出去了，可是不能拍摄。它被拍摄了，可是不能放映。它终于放映了，可是却遭到影评人的批评，或者票房一败涂地。

这当然也是为什么越来越多的编剧明白，第一位阅读他们剧本的专业人士不应该是经纪人或制片人，而要是一位顾问——也就是一位有能力的剧本分析师的原因。

就像我已经指出的，就连手中握有委托写作协议的编剧也不例外。通常委托写作的安排会包括“初稿和一整套文稿”。初稿的意思谁都明白，“一整套文稿”是指初稿的两次修订版本。第一个修订版本常被称为：第一修定稿。第二个版本常被称为润色稿，大概是因为在这个阶段剧本只是需要一点儿最后的修饰、描画、烘托和微调吧。

当然，我从来不认识这样的作家：他被雇佣去润色另一个作家的剧本，他不认为这个工作是“改版重写”——在所有润色作家眼里，他都是要对初稿进行彻底翻新的。同样，我也从不认识这样的初稿作家：他的剧本被交到另一位作家手上润色，他不认为新作家只是简单地修改一些小小的瑕疵——几乎所有初稿作家都低估了润色所需的程度和深度。

通常，在剧本加工到一定阶段——大概在初稿和第一修订稿，或者在第一修订稿和润色稿之间，编剧在把剧本送到制片人手里之前，要请一位顾问先阅读剧本并给出意见，以便使编剧有更高的几率保住此项工作，提高剧本被拍成电影、在银幕上放映的可能性。

在过去很多年中，我做过不少此类电影剧本的顾问。有时候是作家直接找到我（独立作家或特约作家），还有的时候是作家的雇主（电影公司、制片公司或电视公司）。

一旦我认为该剧本还不错，值得鼓励，或者说我喜欢那个作家，愿意和他一起工作，那么我不仅会重读这个剧本，而且会仔细研究它。我会准备好蓝色铅笔，在剧本页边的空白处大量写下我的意见笔记。这是一个艰苦的过程。未加批注的页码可能寥寥无几，有些页码我的墨水比作家本人的还要多。

我不知道除了给作家提供具体而不是泛泛的批评意见，还有什么其他合作方式。我针对具体的、个别的、独特的剧本提出具体的、个别的、独特的问题。那些类似“再张扬一些”“稍微收敛一些”“爱情再明朗一些”“反派人物再丰满一些”，还有“对话紧凑一些”的建议对作者来说有何用处呢?

我用手潦草地把批注写在剧本最后一页和剧本每一页的空边上。我有必要翻译一下自己的批注，有时我对批注符号的说明要占到单倍行距二十至三十页的篇幅。这份说明之所以必要，有两个原因：第一，前面提到，我的字迹难以辨认（这我要归罪于苔丝迪梦娜·皮克雷尔，我在皇后区四年级的老师）；第二，我发明了一种自己的速记代码。我创造这套系统不是为了故作可爱、聪明或者神秘，也不是为了让作家迷惑或烦恼，而仅仅是因为它可以帮助我加快批阅速度。

下面列出来的就是我写在剧本上的批注符号。它们给我的批注做了分类，因此，也给我在剧本中最常看到的弱点以及优点做了分类。

Hwk? or See/Hear or Ink v. Light

“Hwk”是“How do we know?”（“我们怎么知道”）的简写。“See/hear”是我在问作者：“我们具体看到了什么？我们具体听见了什么？”“Ink v. light”的意思是文字与光影不同，也许在电影院，光影的信息被投射到银幕上时，观众很容易理解，但是用墨水写在页面上的文字，却令读者觉得混淆不清。

最近我分析了一个剧本，其中包含一段文字值得使用符号“Hwk?”或“See/hear”。编剧做了如下描述：“这个真相使夏琳感到伤心，使她想起母亲多年来对她的不闻不问，甚至公然虐待。”

对于剧本的读者来说，此类信息是很容易传达的。但是，坐在影院座位上的观众怎么才能看出这一点呢？观众看到的是什么？观众要看到和听到什么才能明白这个事实呢？

编剧需要不停地提醒自己，剧本只能表达两种类型的信息：视觉和听觉的信息。剧本所有的其他方面——故事、人物角色和所有一切——都只能依赖这两种类型的信息来表达。

这是电影写作的基本特点之一，它非常明显——就像埃德加·爱伦·坡的名篇《失窃的信》中的那封信——它明显到很容易被人视而不见。“Hwk”或者“See/hear”表面看起来也许只是对剧本技术上的小小批评，但事实上，它指出了作者对电影写作艺术和技巧在根本上的误解。

Ess. Det. Only or SIFYN

"ESS. Det. Only"的意思代表"essential details only（必不可少的细节）"，"SIFYN"的意思是"save it for your novel（留在你的小说里）"。我读过一个本子，其中有一段关于熟食店的特定场景。各种丰富多彩但不必要的细节都被描写到了：杯盘餐具的碰撞声，洗碗机的叮咚水声，服务员大声对厨师喊叫着客人点的菜肴，刺眼的荧光灯，可以看到街头行人走路的大片玻璃窗户。

更令人惊讶的是，作家甚至提供了以下信息："空气中弥漫着浓重的熏牛肉的香甜气味。"

这是电影。千真万确，电影中常常令人嗅到气味，但那种气味只是想象，而且从来不曾是五香熏牛肉的味道。所有这些细节描写都违反了电影写作原理，那就是"所有信息必须是必要的"。另外，它也违反了视觉、听觉的电影原理。

一个剧本里只应该包含这样的信息：如果把它删除，银幕上放映的画面和声带发出的声音给读者留下的印象会产生实质性的缺失。可接受的细节必须是符合整体性原则的。它们将故事向前推展，并且更进一步塑造人物。"整体性"在这里是"必不可少"的代名词。

我鼓励编剧们去模仿间谍领域的规则。间谍在一种"只知道你需要知道的"模式下运作，他们只得到为完成任务所必须要的信息。如果行动失败被捕，并遭受酷刑，他们也不可能透露不知道的信息。

编剧必须只描述必要的信息，否则读者将要忍受太多信息的折磨。读者看到这种写作风格时，很快就会意识到——有时是自然而然、下意识地——这位作家提供的信息过多，不需要过于仔细地阅读，因为这些多余的材料只是门面装饰，既不能伸展故事，亦不能增加人物分量。

让我们来想象一下，一个剧本要描述发生在纽约州北部哈德逊山谷一处开阔的乡间别墅的场景。夏日午后，人们在绿草茂盛的河岸边举行盛大的宴会，顺着斜坡下去就是粼粼的河水。

如果作家的稿酬以字数支付，他们仅靠描述这一幕场景就可以大赚一笔。他们可以写关于天气的细节，白云在明亮夏天的天空翻滚，阳光烁烁，透过摇曳颤抖的柳叶缝隙，温暖地洒在草地上。他们还可以为了增加稿酬而浪费时间和墨水，去详尽描写嘉宾和工作人员的服饰、美食、节日装饰、发型等。

你尽可以贬斥好莱坞；不是人人都喜欢贬斥主流的美国商业片吗？可是，毋庸置疑，大家都认为，好莱坞在服装、发型、灯光、布景设计、艺术指导等很多方面非常出色。如果编剧抛出各种不必要的信息，不仅会让剧本更难阅读，更糟糕的是，会侵入其他电影艺术合作者的专业领域。

因此，在我们描写哈德逊河谷的场景时，作家可以把语言浓缩为几个词：“草坪上正在举办豪华舞会”。

难道这些文字不足以让人精确地联想到上述画面吗？

在创作表达上有一个令人惊奇的现象——尤其是在电影剧本写作里——那就是文字越少，含义越清晰。简明的语言给画面、布景、故事和人物留出更大的空间。

原理34：少即是多。

Drekt/Akt

"Drekt"和"Akt"的意思是"direct"（导演）和"act"（表演）。

这个名称和前一个紧密相关，关注的是剧本中细节的必要性。具体说来，它指的是那些给演员或导演提供的提示并无必要。通常这类指令有："停顿"，或者更过分的，"停顿并若有所思"或"做深沉状"。一个笨蛋编剧会写："爱丽丝犹豫了片刻。她眺望大海，然后目光回到岸边，又转移到遥远的谷仓和干草棚。最后把目光落在翻倒的独轮手推车上，开始考虑她的生活。"

我无法想象观众会很激动地看一个演员"考虑"事情的画面，更不要说她所谓的什么生活。

"Drekt"和"Akt"这两个符号只是提醒编剧，不要试图导演电影或者替演员表演，"只"需写作即可。我给"只"字加了引号，因为"只"字在这句话里的地位完全不能与"写作"相提并论，它只是"写作"的修饰语而已。

$?

我经常在那些细小、琐碎、无关紧要的动作和对话旁边的留白处标注一个美元符号加一个问号。日常生活中充斥的礼貌寒暄——问候、招呼——在现实世界有适当的位置，然而，在电影的虚拟世界里，这些都十分无聊。

用这个符号的目的是为了提出这样的问题：这行台词或者这个动作是否足够特别，值得观众为此掏钱，更不用说付出他们的时间？这个美元符号一般会伴随类似这种台词出现："哎，你想喝杯咖啡吗？"或者是在类似这样的动作的页边，比如："格拉迪斯进入公寓，脱下帽子和外套，并把它们挂入壁柜。她走到厨房烧水，准备沏茶。"

让公寓里住满恐怖分子吧。

让衣柜里隐藏着小妖精和鬼魂吧。

让水变成工业氢氟酸吧。

让银幕上风云突变、冲突迭起、一波三折，紧张和压力始终不得释放，值得观众花钱去看吧。

S. or N.

"S. or N."的意思是"有或无。"

它的意思是建议编剧，如果要让角色说一句台词，那么台词必须是一句话。换句话说，它不能是呻吟，不能是哼哼哈哈，不能是喘息，不能听起来是嘟嘟囔囔、结结巴巴或口吃。

我可能会在有些典型的"对话"旁边标注"S. or N."符号，比如：

玛丽

啊哈……！

我给"对话"两个字加引号是因为这样一句对白完全不是对白。演员会用独特的方式发出这样的语气词，他们会在特定的场景和情况下自然地予以表达，而不是听从编剧最后一分钟抛出的吸气、咳嗽、鼻塞或打喷嚏等指令。

另一个典型的批注“S. or N.”符号的地方，是剧中的角色只说了半句话，什么意思都没包含。

例如：

玛丽

但是……我……我……只想知道……你……是不是……

简言之，“S. or N.”的意思是：你要么让人物角色说一句台词，要么不说台词。不能让他说半句话，或者从喉咙里发出声音。

3 Strikes（三振出局）

棒球是艰难的项目，但影视写作更为艰难。在棒球里，你被允许投球三次，三次都被捕手接到才会出局。然而，在剧本写作中，你三次接到球，才刚刚起步。

这到底意味着什么？

简单地说就是：相关信息——人物、行为或对话——被允许出现在剧本中之前，需要肯定地回答不是一个、两个，而是三个问题。这些问题是：1.这条信息有没有目的？2.如果有，这个目的有价值吗？3.如果有，这是达到这一目的的最好方式吗？

这只是强调整体性首要地位的另一种方式。我常常遇到这样的作家：我让他解释剧本中一个特殊细节的目的时，他回答说没有目的。作家也许会分辩说，比如，那是一种无形的“感觉”，它可以造成一种或美妙，或洒脱，或迷人，或时尚的浮泛感。

然而，事实上，只能也只有一个合法的标准去裁定剧本中的所有内容，那就是整体性。如果描述和对话的确向前推动了故事并扩展了人物性格，那就是有价值的。如果作家所谓的“目的”只是为了满足自己偶然的心血来潮，那就根本谈不上是目的。这类信息应该立即删除。

原理35：影视编剧最好的朋友是删除键。

实际上，即使那些信息有目的，也不一定必须在剧本中存在。由此导出第二个问题：这个目的有价值吗？

再重复一次，有价值的目的可以对故事及人物两者产生影响，起到引导、扩展和增强的作用。

例如，如果编剧的目的是建立场景情绪，我会反对这种目的。

原理36：“情绪”（Mood）反过来拼写是“厄运”（Doom）。

在剧本中涂抹大量情绪是十分容易的，但是它几乎取代不了任何故事和人物。以我之见，不仅作家不值得为营造气氛花费辛苦和才能，读者也无需花时间阅读。

确保一条信息完全应该出现在剧本中的最后一道关卡——三振出局的第三振——是提出以下问题：对白中的这句话和这个动作是不是达到目的的最好方式？

举例说明，影片《狮子王》的关键转折点在辛巴的父亲被大群惊慌失措、横冲直撞的野牛踩踏致死。这个画面有目的吗？绝对有。首先，父亲需要死去，这样，辛巴才可能继承他的位置。反面人物刀疤预谋的每一点滴都与此密切相关，辛巴要感到自己必须为父亲的死亡负责，尽管这其实不是他的责任。

因此，这个情节不仅有目的，而且是非常清晰和必要的。然而，我们仍然要问，被惊慌失措的野牛踩踏而死是达到这一目的的最好方式吗？

回答也是肯定的。

当然我们可以编造一整套其他方法来杀死父亲。他可以生病；他可以掉进洞穴，被猎人捕获；他可以在陡峭的悬崖上失足……可以有无穷无尽的方法把他杀死。

一群惊慌失措的野牛包含了如此精致的戏剧性，且极为巧妙地融入了刀疤复杂的阴谋，这不仅可以导致狮子王之死，同时还会使得辛巴认为父亲死亡的责任在辛巴自己。

这是一举三得。

作者可以由此展开下面的故事。

野牛可以把辛巴的父亲踩踏成肉酱。

要记住这个特别规则最重要的一点：如果只达到了一个或两个条件，那就如同没有达到。只有三个问题全部得到满意的解决，才能认定这是值得保留在剧本中的信息。

在电影《贫民窟的百万富翁》中，孟买警长和他的上司拘留并审讯贾马尔·马利克，他们甚至对贾马尔严刑逼供，只是为了确认一个如此卑微和没受过教育的人为何总是能正确回答电视节目主持人那些看起来无法回答的问题。

这个酷刑是否通过了三振出局的检验呢？

答案是肯定的。

首先，这里有一个目的：看他是否在撒谎。第二，这是一个有价值的目的吗？是的，因为这个情节最重要的部分是强调主人公低贱地位，被剥夺了所有机会，却有能力知道这些问题的答案。第三，这是达到目的的最好方法吗？答案也是肯定的。它不仅满足了剧情要求，彻底澄清作弊问题，而且还更进一步地表现了贾马尔所经受的摧残和压迫，不只是在电视智力竞赛中，同时也在这个贫穷并令人绝望的社会里。此外，严刑逼供达到了促使贾马尔揭示自己生活经历（他知晓答案的原因）的目的。

No Tt or DES

“No Tt”代表“不要像人猿泰山那样说话”。我很感激我的同事弗雷德·鲁宾发明了这种方式。“DES”代表“英语陈述句”。它表示作家应该坚持使用传统的句子结构，一个主语、一个谓语，还有一个宾语，而不是写半句话。作家们也许认为，在描述动作和场景时去掉虚词可以使句子更为简洁，所以他们经常这样做。比如，写类似这样的句字：“拿起枪。走到窗口。上膛。瞄准。”

这听起来太像“我，人猿泰山；你，简妮”了。所以我才会批注“Tt”符号。

如果只是少数几页，断句可以使人觉得俏皮、漂亮和诱人，但是没读几页，这些短语就会令人麻木和厌倦。作家的最高境界应该是使用普通的日常语言和句子结构，描述出非凡、动人、令人兴奋的动作和人物。

通常，用简单、熟练、标准、文法规范严谨的平淡句子表达，动作和人物才可能耀眼闪亮。用平淡的风格和语调叙述激情的动作和人物，两者的反差会把后者凸显出来，强化写作效果。

Notnot

我阅读电影剧本时经常感到困惑甚至糊涂，因为我读到的内容常常不是发生了什么——观众听到和看到了什么——而是既看不到也听不到的。

这常常发生在描述人物听到一句对白后答不出话来的时候。记住，没有答复也是一种答复。无言往往是最雄辩和最清晰的答复。

想象一下如果片中人物被问到一个问题时回答不出来或者拒绝回答，作家往往会这样描写："雪伦没有回答。"

如果雪伦回答了，她就回答了，这难道不是很明显吗？如果她回答了，剧本自然会在雪伦的名字下方写一行对白文字。"notnot"的意思很简单，表示作者应该描写发生了什么和说了什么，而不是没有发生的事和没有说的话。

几年前我读过一个电影剧本，其中有一个场景是一个角色盘问另一个角色，后者拒绝回答，始终保持沉默。

那个场景读起来是这样的：

哈维

回答我！

杰克

没反应。

哈维

我在等你的回答！

杰克

没反应。

我问作者是不是打算让杰克这个人物去说下面的台词："没反应。"他说当然不是。他只是为了表明哈维在质问杰克，而杰克保持沉默，拒绝回答问题。

我对他解释，如果杰克不回答，那么他就不回答。作者不需要让他说话，很简单，在纸上留下空白即可。

"你的意思是人物名下的对白栏什么都不写吗？"作者问。

"不是，"我说，"我的意思是不写角色名字，也没有对白。"

"那读者怎么知道杰克没有回答呢？"作者问。

"读者怎么知道杰克没有展开翅膀飞走？怎么知道杰克此刻没有在做变性手术，没有赢得印第安纳州第四选区的议员选举，又或者只是为了好玩，高唱比才的歌剧《卡门》？"

哈维和杰克之间的对白在纸上的只需如下表达即可：

哈维

回答我！我在等你回答！

请注意，这里没有“节奏”，或“停顿”，或插入语（例如“愤怒地”），或其他指导，也不必对导演和表演给予提示。

简单地说，剧本中没有发生的事就不要写进剧本中。编剧只需要提供说出来的话和做出来的行动，没说的话和没做的事就不要写上去。

这似乎是显而易见的废话。是，没错，但是如同很多其他明显的错误，它们常常被忽略。

这个问题不仅存在于对白，还存在于行动。举例说明，在上述剧本里，编剧也许还会写类似“杰克什么都没做”或者“杰克坐在那里一动不动”。如果杰克做了什么，那就准确地告诉我们他做了什么。不要准确地，甚至泛泛地告诉我们杰克什么都没做。

读者肯定有能力明白，写在剧本里的就是写在剧本里的。什么内容不在剧本里呢？上帝创造的其他一切事物。

Too Straight-Line（太直线化）

就在不久前，有一个涉及侵犯版权的案件，我作为专家证人被传唤，在法庭上作证。当时，对方律师问我，我所谓的“故事”一词的精确含义是什么？

唔，每个人都知道“故事”一词的意思是什么，我回答说。我对法官说，你不必是某个世界级高等教育机构的资深终身教授，也知道“故事”一词的意思。发生了这些事，那些事，然后又发生了什么事，等等。那就是故事。

肯定没有人可以否认，故事的本质就是一件事发生，紧跟着另一件，然后下一件，再下一件直至结束。当然，故事的内容远比这复杂。故事理想化的状态是有形状、有棱角，手法巧妙、交融无缝。它最后的成型不应该是一条简单平凡的直线，而应该是个圆。

如果原因之后很快产生了过于直接的结果，戏剧张力刚一提升便马上释放，一个问题适才提出就立刻得到解答，营造出压力就立刻泄掉，这时候，故事就会变得像一条直线。

在影片《雾水总统》中，编剧加里・罗斯为避免剧情太直线想出来各种方法。例如，有一个在总统豪华轿车里的镜头，主角戴夫假装自己是总统，很享受地瞄了一眼第一夫人的大腿。影片过了很长一段时间后，总统夫人告诉他，就在那个时刻她意识到他不是自己的丈夫，而是一个冒名的替代者。她解释说，自己的丈夫很久前就对她没有欲望了。

有一个有效的技巧可以避免“太直线化”，那就是把一个情节中断，在故事中拉开很远的距离之后再接续起来。一般来讲，如果换一位技巧不如罗斯高明的编剧，他可能会在下一幕就让第一夫人对戴夫的目光给出反应，甚至在同一镜头的下一分钟把谎言戳破。让第一夫人直接说：“所以，我知道你不是你声称的那个人。”

当然，那样处理也很戏剧化，手法也没有那么差劲、拙劣和糟糕，但远远达不到那种奇妙和激动人心的效果。通过把构成故事的诸多事件和情节混合糅杂，作者可以挑逗、引诱并吸引观众，让观众的情绪随着剧情发展一再起伏波动。

《贫民窟的百万富翁》为了避免“太直线化”就采取了在时间和空间上来回跳跃的手法。它没有简单地按照时间顺序描写发生了什么事件，相反，事件被打乱、混合并搅打成像泡沫一样，充满诱惑和魅力的细节。观众变成了参与者，努力把所有情节碎片拼凑在一起。

Checkerboarding （棋盘）

“Checkerboarding”只是表示剧本“太直线化”的另一种方式。故事要更像棋盘，比大富翁游戏画盘有更为丰富多变的形状。前一种的棋子可以前后左右上下来回跳，后者的棋子则只能按照同一方向和路线移动。

构思精巧的情节是在某个地方开始，转折去到另一个地方，再次转折，最后终于沿路径返回到早先开始的地方。换句话说，它并不像珍珠链串那么顺滑。

L.f.

棒球给影视编剧提供了许多可以借鉴的词汇（例如前面的三振出局规则）。

“L.f.”的意思是“left field （左外野，也有局外、外界的意思）”。这个批注符号的目的是指出故事情节的转折过于突兀，以致把故事扭成了一个和开始完全不同的电影。一个电影制片人曾经告诉我，他收到过一个剧本，故事讲一个年轻人为了接受高等职业教育而经历艰苦奋斗。年轻人克服了各种障碍：个人的、情感的、社会和环境的。然后，在剧本结尾处，令人极为意外地，他遇到了一场可怕的车祸，瘫痪收场。

一个如此高度紧张和重要的事件不能像传统的万圣节儿童游戏“钉上驴尾巴”那样随随便便放在故事结束处。电影似乎突然之间变成了另一部电影。比如，在一部电影里，一个被领养的女孩寻找她的亲生母亲。影片放映了一个半小时之后，火星人落到了她家后院，经过时光通道把她送回了1955年的布鲁克林，那里正在举行世界棒球大赛，约翰尼·波德雷斯在最后一场赛事中击退扬基队。

我不是要和你争论火星人绑架了一个女人能不能拍成一部精彩的电影，只是绑架是一个故事；而领养/寻找是另一个故事。坚实的叙述技巧要体现相互连接的感觉，每一个事件都和其他事情牵扯钩挂。“L.f.”太多的话，会使故事生出奇怪的枝节，形成难看的样貌，令人觉得莫名其妙。

在《百万美元宝贝》中，拳击手和她的教练发生争执，争执的问题关于性别，关于她是否可以成为职业拳击手。突然，影片在放映到最后二十多分钟时，她瘫痪了。现在一个全新的电影出现了，讲述一个全新的问题：安乐死。教练是否应该与她合作，协助她自杀？

这里有两个潜在的精彩故事，但却是两个故事。作家应该每部电影选择一个故事描述，而不是选了一个，然后，仿佛凭空从“左外野”又飞来一个完全不相干的故事。

Conk

“Conk”代表“concrete（具体）”的意思。托马斯·凯恩的《牛津写作指导》中提供了一个关于具体性的极具启发性的观点。凯恩认为最好的写作不是抽象、普通或一般的，而是具体的。

凯恩提供了一个例子。“湖被各种建筑物品围绕”，他把这个泛泛的劣质描述和具体的高明描述比较了一下：“环绕在湖泊四周的是一座摇摇晃晃的木结构船库，一个码头和一间小木屋。”后面那个具体的描述肯定优于前一个。

在影视剧本的写作里——在所有写作里——具体是最重要的元素之一。例如，不要把电影背景，或者一个场景简单地安排在中西部的一个小城镇，如“斯普林菲尔德，俄亥俄州”。泛泛地描写一个小城的模糊感觉，会稀释剧本效果。如果采用具体的方式，哪怕作家描写的地方根本不存在，读者也会享受阅读，觉得那是真的。

不要说某个电影人物身穿很贵的衣服，要直接说穿什么牌子的衣服。甚至可以自己创造出一个牌子，没人会就这个问题质疑你。描写一个男人穿着“双排扣的巧克力棕色的阿玛尼西装和马格利牌鳄鱼皮鞋”，远比含糊地写他穿着“时髦、有品位、昂贵的衣服”更有效果。

当然，诀窍是不要疯狂地添加多余的语言。具体的美在于，仅仅几个字，作者就可以营造出强烈的冲击力，并使描述富于质感，丰满充实。

这个规则也适用于在剧本中对人物角色的动作描述。例如，在二年级的教室里，与其描述学童们“在从事各种活动”，不如说他们在“把冰棒棍粘在一起，用手指画画儿，用剪刀把彩纸剪成魔术灯笼”。

Mstrso

“Mstrso”是“master scenes only（只写主场景）”的缩写。

如果一个人阅读过很多电影剧本——就像我敦促作家们去做的那样——他必须明白，很有可能他正在读的那个剧本不是一个前期脚本，而是一个分镜头拍摄剧本。分镜头拍摄剧本会被广泛发放，因为许多分门别类的艺术家和技师们，还有电影公司的各个部门——演员、道具、剪辑、音响、摄影、广告、宣传以及更多的地方，都需要剧本。一旦电影上映、发行，且最终授权国外、DVD、有线电视、互联网等发行，制作公司将丢弃剧本。有些幸存下来的本子最终会出现在书店和剧本供应商的邮购目录里。

要记住，以出售为目的的电影剧本和最后的分镜头拍摄剧本是有很大区别的。后者不可避免地会包含一些为技术人员提供的信息——摄影角度和其他类似数据——只会阻碍读者阅读和吸收故事的速度。

当一部电影实际开拍后，一个典型场景都会从不同的角度拍很多遍，每个镜头中的演员人数各有不同。最终，剪辑师会把所有这些镜头先后有次序地进行剪辑和排列，附上技术名称，这些名称是针对摄影师、剪辑师、剧本总监和导演的，但是却使剧本很难阅读。

如果我在一个剧本里看到大量的“双镜头”“广角”和“特写”，我一般会在剧本页面的边上批注“mastro”，以告诉作者只需描述整个大场景面貌，别被细节淹没。

Prez

这个问题在前面章节里已经讨论过了——“Prez”代表的是“现

在时态”。

在电影剧本里，所有动作的描述都要采用现在时态，即使它们的时代背景被安排在过去或者是将来。例如，《2001太空漫游》的故事开始时发生在一千多年前，然后进入不太遥远的将来。然而，整部电影在银幕上展开，表现的都是此时此刻。

《本杰明·巴顿奇事》在时间和空间上跳来跳去，但是剧本从头至尾是以现在时态描述的。编剧不应该尝试描述将要发生什么或刚刚发生了什么，而应该只描述此刻发生了什么。有些读者也许会觉得这只是个小问题，但事实上，它代表了影视剧本写作的一个最基本的原理。

有些作家坚持认为，在表述一些特定行为的特定含义时，不可避免地要使用过去时态。比如《雾水总统》中有一个场景：我们返回了房间，刚才满满一屋子人的房间，现在几乎是空的。作家会问，如果不写过去时态的“每个人都离开了房间”，要怎么描述后一种情形呢?

《雾水总统》的编剧加里·罗斯完全知道如何描述。他让弗兰克·兰格拉饰演的反面人物登场，这是一个政治哈巴狗，卑劣的权力贩子。他站在一个挤满人的房间，大家都在看电视里戴夫的演讲。镜头切换到戴夫在国会前的“现场”演讲，他正在揭发兰格拉这个权力掮客，揭露他的卑劣勾当和犯罪行为。

现在把镜头切回到兰格拉演的这个人物角色。他还在那个房间里同样的位置，可是房间里除了他自己，已经空无一人。作者不需要写，“每个人都离开了房间”。罗斯只需要写：“房间是空的”，或者“人物角色独自一人在屋里”。我们不必说明过去发生了什么，而要说明什么正在发生。别对读者耳语，别告诉读者背景信息，那样做是背叛编剧的写作规则。相反，我们只做必须做的：精准地告诉剧本读者必要的信息，使之和观众在电影院银幕上看到的一模一样。

这样的改动要贯穿整个影片，它不是一件小事，而是重大且极其有益的改进。这种写作方法可以使重点更为突出，传递给剧本的读者一个信息：编剧是一名富有经验的专业人士。此外，它会使叙述变得紧凑。

Novry

这几个字母合在一起的意思是“谈不上‘非常’”（not very），表示几乎没有任何借口在剧本叙述中使用“very（非常）”这个词。也许在对白中有机会出现“非常”，但这种情况也相当罕见。

几乎每个词，如果在前面加上“非常”，都可以换成另外一个更恰当的词。例如，如果有人在电影中跑得“非常快”，我们可以说他狂跑、急奔、飞跑、疾走、冲刺。如果有人“非常害怕”，我们可以说他恐惧、吓呆、颤抖、战栗、慌乱、出汗、麻木、瘫软、惊恐。如果天气“非常冷”，那么可以说清冷、寒冷还有冰冷。

再说一遍，“非常”可以偶然地用在对话中。我记得多年前走在纽约第七十大道西街上，有一个女人离我半条街远，她迎面朝我走来，手里牵了一只大狮子狗。狗突然挣脱颈圈皮带，冲向我跳了起来，它前爪扑到我的胸前，还要舔我的脸。而这位女士不知道，我是一个狗痴，一见到狗就会乐疯。我抚摸着狮子狗，逗弄它，直到主人赶上来，重新把狗链子戴好。

“非常友好的狗。”我说。

“非常。”主人回答，声音带着尴尬和歉意。

这两句对白可能不会赢得奥斯卡，但在合适的场景中可以成为合适的对话。然而尽管如此，这也是个例外。

马克·吐温说过，作家应该每次把“非常”这个词换作“该死的”。因为他那个时代的编辑会不容分说地删除“该死的”这个词。当然，马克·吐温是在告诉作家要避免使用“非常”。如果他拥有一台电脑，肯定会建议作家启用全局搜索来删除和替换所有的“非常”。

Punch

纯粹出于礼貌，我参加了朋友——来自夏威夷大学的史蒂文·戈尔兹伯里教授主持的诗歌研讨会。我问自己，参加这种破烂的诗歌研讨会对我有什么好处呢？事实上，在史蒂文的指导下，我学到了一堂无价的课程，不仅是关于影视写作，而且是所有形式的写作。也许戈尔兹伯里给我的最有益的建议是鼓励作家在考虑每一个句子时，都把它当成一个笑话，而且要记住，笑话总是以一个关键词结束。

这对为了对白和描述绞尽脑汁的编剧是很有用的。《教父》里，老柯里昂没有说：“他无法拒绝我要向他开出的条件。”这句话里的关键词必然是“拒绝”，那里就是戏剧性所在的地方。那是最有力的词，蕴含了最强的压力。这句台词以关键词结束后，成为电影史上的一句经典台词：“我会开出一个条件，让他无法拒绝。”

同理，《甜心先生》中有一句难忘的台词“you had me at ‘hello’”（第一次见面你就拥有了我）。这个句子远比“When you said ‘hello,’ you had me.（你向我问好的时候，你就拥有了我）”效果要好。这句话的关键词是“hello”，表面上看这个词无关紧要，中规中矩，是个日常用语，但是这样运用它就充满了浪漫。同样，还是在这部电影里，“让我赚大钱（show me the money）”比其他句型比如“钱是我希望你让我赚到的东西”更为有力。在这句话里，关键词很显然是“钱”。

Xpltlang

这个符号看起来有点儿像中国边远城市的名字，但事实上它表示“要斟酌用词（exploit language）”。意思很简单，就是作家应该利用所有可用的工具来讲述故事，描写人物和他们的行动——也就是撰写剧本。

作家的第一个和最后一个工具是：语言。

每当我潦草地在剧本边上的空白处写上“xpltlang”时，我指的是请作者选择特别的词汇。也就是说，作者必须对他使用的词汇进行选择。例如，我受够了作家滥用“令人难以置信（incredible）”这个词，他们胡乱地到处使用这个词。天气令人难以置信，风景令人难以置信，音乐令人难以置信，高温令人难以置信，这个令人难以置信，那个令人难以置信，别的还是令人难以置信。

过度使用“令人难以置信”才真正令人难以置信。

为什么不用惊人、奇异、荒谬、美妙、奇妙、不可思议、非凡、灿烂、令人震惊、神奇、迷人、深远、深沉、显著、不同凡响……这才只是几个简单例子？如果作家不懂得斟酌用词以达到最好效果，如果我们不去保护语言，谁来做这项工作？

Drma / Do

正如我前面提到的，“戏剧”这个词来源于希腊语，意思是“做”，不是“说”。

打开电视，搜寻所有频道：在电视剧和电视电影中你肯定会看到太多的对话。

电影首先是一种视觉媒介，因此，用画面比用语言表达效果好得多。作家只要让他们创造的电影角色摆脱雷同、乏味、单调的场景——餐馆、酒吧、汽车、起居室、饭厅——这些容易沦为台词背诵场合的地方，把他们放在全新的场地以呈现动作和行动即可。

例如，在影片《冰血暴》中，威廉·梅西饰演的主人公试图安排绑架自己的妻子，勒索赎金。在影片前面部分，他为此与被雇佣的凶手会面，场景设置在酒吧，梅西简单地跟对方讲了他的绑架计划和目的。这样的场面无疑可以被处理得更富创造力、想象力、挑战性，并且以行动为主。仅仅依赖对话来推进故事情节，简单地讲，就是懒惰。

这并不意味着所有场面都必须发生在地震中，在燃烧的摩天大楼里，在排兵布阵的战场上，或是在远洋轮船承载着大批乘客艰难行驶在漂浮着冰山的海面上；也不必所有行动都体现英雄气概。如果作家训练有素、技艺娴熟，用简单和普通的日常行为就可以表达很强的效果。

UCLA的一位作家创作了一部电影短片，描述一对男女从在同一个办公室工作开始，然后相识相恋最终结婚的故事。在初稿中，这两个人是在饮水机前相遇的。

我觉得这个地点无法制造出行动，只可能发生对话。所以请作者列出了一些可能的替代地点。在她众多的地点里，有一个是停车场。

修改稿中，女人到停车场准备开车去参加一个重要会议。然而，这时她发现自己的车胎扁了。在她换轮胎时男人正好走过，主动表示愿意帮忙。女人觉得这个姿态很无理，难道他认为女人换不了一只轮胎吗？

“女权运动就是这么回事儿吗？”他问道，“女人们辛苦奋斗争取权利，难道就是为了让她们的姐妹在盛装打扮，准备去参加一个重要的商务会议时，损坏修剪完美的指甲，撕破长筒袜，把蓝色雪佛兰科迈罗汽车右后轮的螺母卸下来吗？”

在这个也算普通的地点——停车场，演员们不仅仅是用对话表达他们的冲突和情绪，也用行动把冲突表演了出来。他们的角力不仅体现在情绪上，也同时体现在身体上。两人一起用千斤顶托起汽车，卸下轮毂盖，从后备厢里把备用轮胎取出换上。

与接待区或饮水机旁的地点相比，谁还看不出来地下室停车场的地点明显更胜一筹？前者只能对话，后者可以实施行动。

MoomPIX

这个名称和前面的“drma/do”密切相关。

我在纽约市长大，纽约口音“moving pictures”（电影）的发音是“moom pitches”。为了简短，我把“pitches”简化为“PIX”。这个符号的意思很简单，表示电影是一门使用眼睛多于使用耳朵的艺术。它还表示，无论什么电影，画面不能是静态的，而要是动态的；不能一动不动、迟缓疲沓，而应该跳动、反弹、噼里啪拉，不断向前滚动。

在影片《射月》中，我们看到演员静静地坐在海滩上思考他的命运。观众有权看到比一个男人独自沉思更为精彩的画面，哪怕那个男人是演技精湛的杰出演员阿尔伯特·芬尼。

在太多电影里，我们看到演员坐在那里用交谈和背诵台词的方式讲故事。但是，真正意义上的电影应该是给人看而不是给人听的。此外，观众看到的画面不应该静态、枯止、呆板无力，而是要充满动作、紧张和压力，这些要素正是戏剧性表达的根本所在。

正是它们才使故事有了戏剧性。

戏剧界有这样一句话：人们看戏散场后不会赞叹舞台布景，观众看电影散场后不会赞叹拍摄技巧。光有漂亮的画面不够，它们必须和动作对话融合一体；就如同电影的其他因素一样，要不断推进故事和人物的进展。

我和大家一样也喜欢精美的幻灯片，但是，有价值的电影不是幻灯片。

Cue the pigeon!（难弄的道具）

虽然电影与梦境、幻想和想象大有关系，但它实际上是一种极其务实的产业。不仅要把故事想象出来，要写下来，还要实实在在地制作出来。

传奇导演弗兰克·卡普拉在他的自传《片名前的名字》中告诉我们他在默片时代当导演助理时的工作情形。他的导演要求在海边拍一个天空飞满了海鸥的镜头。卡普拉很聪明，他把鱼饵撒向大海，吸引了一大群海鸥扑啦啦飞过来。

他为自己的成就感到骄傲。

然而，他的老板却不满意。导演从摄影机的取景器里看完画面以后，要求海鸥必须“一次飞一只”。

让鸟儿飞起来本来就不容易，卡普拉做到了却还不够，还必须让它们飞成一行。

问题的关键是，剧本里的一切都必须是可以被拍摄的。如果不是最后一定会在电影中出现的镜头，就不应该写在剧本中。电影剧本不是电影的替代，而应该是使梦想在银幕上实现的可行的指南。

我有一次读过一个剧本，是在公园里的场景，作者指出“一只鸽子落在一条长椅上”。如果这部电影叫《杀人鸽的来袭》，是一部讲述一群疯狂的鸽子为害和毁灭人类的恐怖片，那么把鸽子的特效镜头加到影片当中肯定是适当的。

然而作家不可以只是为了好玩儿就把一只活鸽子添加到电影里，就像他不能把一只鸽子扔进洗衣机和他的内衣和袜子一起洗涤一样。想让一只鸽子出现在你的电影里吗？那你必须请一位驯鸽人训练和控制这个小东西，让它做它该做的事情，不要做不该做的事。此外，防止虐待动物协会的工作人员也必须出现在拍摄现场。

这要耗费大量时间。

也要花费大量金钱。

另一方面，如果作者的意图仅仅是让鸽子增强画面效果，那么出来的效果未必和他想要的相同。读者看到这样的剧本也许会认为，编剧在敷衍了事，根本没有打算让剧本中的所有细节都转变成电影中的画面。

这样的描写除了让读者觉得他不必认真阅读手头的剧本外，还会得到什么结果呢？难道这是作者期待的吗？当然不是。聪明的作家期待恰好相反的结果。他们会努力使读者相信，剧本中的每一个小细节都非常重要，都在传递重要信息，它们不仅推动情节、表现人物，同时还是爽利、有趣、悲伤，或者令人眼花缭乱的。

作者应当确保剧本中的每个细节、每条声音和视觉信息，都是不可或缺的。采用这种方法，作者可以吸引读者并留下深刻印象，从长远来看，这是作者找到代理公司、成功售出剧本及延长职业生涯的必由之路。

Fmpmt!

这个缩写词可能看起来像是喷嚏没打出来或长吁一口气表示不赞成，但事实上它代表了以下意思：Find and Make your Point and Move your Tale!（发现并说明要点，继续讲述后面的故事。）

这个符号通常会批注在冗长的描述或拙劣的、需要大幅删节的对话旁边。例如：

琳达

这个问题我已经想了很长的时间了，哈瑞，我终于明白了我们之间真正是没有希望的。你知道为什么吗？因为你总是只想你自己，你心里完全没有给别的人留下任何空间。所以你如何能期待快乐呢？我

> 不知道每天早晨你刮胡子的时候怎么受得了你镜子里的脸。我只知道我已经厌倦了这段婚姻，烦得要掉眼泪，我连一分钟都忍受不了。

这段话只是没完没了地漫谈下去。所有意思都包含在最后一句当中：“我已经厌倦了这段婚姻，连一分钟都忍受不了。”

这里的关键是：作者要找到这个要点！他必须说明这个要点，让故事继续向前发展。他必须把围绕这个要点的其他对话统统删除。否则，简洁的对话就变成了不必要的喋喋不休。切割、去掉、修剪、删除是提升戏剧性的做法。

“Fmpmt!”不仅适用于对话，也适用于场景和动作描述。我常常阅读到这样的文字：“哈瑞把手放在门把手上，犹豫片刻，慢慢地扭动它。他深吸一口气，注视着琳达，把门慢慢地打开。他先迈出他的左脚，然后迈出他的右脚。现在，随着最后的一声响，他关上了身后的门，离开了琳达，离开了房子，离开了他过去在这里度过的生活，那是他自己的、个人的一段历史，那段历史曾经属于他，属于与他共同生活的人们，如今断然割裂了。”

作者用一百多个词去述说一件只用两个词就可以表述的事：1.哈瑞；2.离开了。

可能连两个词都嫌太多。看到这种错误，我会在编剧的剧本页边批注“fmpmt!”。类似的错误往往与违反了“drekt / akt”原则有关，作家无需替代导演或表演，只写发生了什么即可。

Payoff? and Aha!（有什么用？ ／啊哈！ ）

这个特别的标记通常与涉及整体性的问题有关。我再三强调，一个健全的剧本是浑然一体的，剧本中每个细节都恰到好处，每个元素都有它的目的。

这就是为什么当我在剧本中看到一段特别的对话或描写时，它们一般出现在剧本的前面部分，我会在旁边标注“payoff?（有什么用？ ）”。这个记号简单来讲是为了把这个伏笔正式加以记录，并提醒我自己，也提醒作者，最终这个细节要再次提及并给予交代。由于语言在剧本中不能为了自身，而必须是为了故事和人物才存在，因此有些意思必须依靠情节和人物的编织才能显示出来。

因此，作家必须做出特别的努力，消除多余的、古怪的、不必要的、浪费时间的、不够醒目的词语。

当这个细节被澄清—— 如果它果然被澄清时，我会在空白处标上“Aha!（啊哈！ ）”，表示作者设法完成了这个任务。创立一个有价值的伏笔是非常艰难的，而在自己的脑子里和读者或观众的脑子里跟踪和记住这个伏笔则是更加艰难的事情。

在杰出的剧本《不一样的本能》的开始，由约翰·特拉沃尔塔饰演的主角乔治清晨从床上一跃而起，撞上一个手工制作的柳条椅。我们很快发现他家里摆满了这种椅子。

在剧本的这段描写旁边，很有必要写上“payoff? ”标记。

稍后，我们知道了一个女人——蕾丝，制作了这些椅子，乔治不可救药地被她吸引，一直在悄悄地购买这种椅子。这里我们可以写上一个重重的“Aha! ”，表示作者设法埋下了伏笔，然后给出了交代。剧中的人物刻画得以加深，故事继续推进。

在影片的后面部分，乔治经过一片田野，突然感到一阵头晕恶心，这种感觉很快消退。这时候也应该在剧本边上做一个“payoff? ”的标记。稍后，迪佩戈告诉我们，这种不适感与地震断层有关，表示乔治能预测地震。

这时就可以批注一个“Aha! ”，表示作者做到了前后呼应。

作者没有让“payoff? ”很快遇到“Aha! ”，而是晚些时候才给出解释，体现了作者“棋盘”式的谋篇布局能力，有助于避免情节“太直白”。我们看到，没有哪个因素是自成一体的，它们都必须成为整体的一部分。

Clue／Hands（线索／手）

作者们一般都喜欢抱怨，尤其是抱怨白痴的故事编辑把他们珍贵、富有诗意的篇章搞毁了。然而，根据我自己的经验，我对制片公司的高管和编辑们的慷慨和细心很感激，我和他们一起努力服务于剧本，使它变得更好。

举个例子，很多年前在华纳兄弟电影公司，我和某位故事编辑一起改编我的第一部小说。我常在对白中写“不管怎样”“除了”或“顺便说一下”这样的词语。

每当我这样做时，这个故事编辑就会在我的剧本旁边诙谐地注上谴责：“‘除此以外’，理查德显然忘记了我们每星期付给他五千美元，是请他塑造、雕琢、斟酌、修改和润色对话，使之自然流畅，值得花钱去听。他没有把工作做好，因为他使用了粗糙的惯用语，例如

'不管怎样''顺便''除了'。"

当我在一段原本精彩的对话的上下文中看到这类词汇时，我马上会在页边的空白处标注"clue/hands"，表示我已经发现了证据——一个线索——表明作者建立了一点必要的信息，然后把它和另一个信息用无力的"除此以外""不管怎样"或类似的语言连接起来。换句话说，我看见作者自己冒出来指引方向，并迫使对话成型。

我经常和一位作家朋友去看电影。每当他听到这类对话时，就开始在空气里做打字的动作，就好像表明他可以听到作家在电脑键盘上打字的声音。

伟大的电影艺术和技巧应该是，从始至终，作者是隐形的。对白应该听起来非常自然轻松。此外，它听起来不应该是作家在几年、几个月前的创作，而应该是影片人物角色此时此刻即兴说出来的。而我们一听见"顺便"或"除此以外"，就会想起电影是作家写的。

Too On-the-Nose（过分浅白）

当某些事情太过——过于直白并且潜台词不足时——它就被称为"too on-the-nose（过分浅白）"。换句话说，电影不光追求表达，还追求含蓄。

在过誉的影片《逃离拉斯维加斯》中，为了表明主角是一个名誉扫地、不光彩的人——你猜他是什么职业？编剧——作者把他描绘成一个酗酒的人。观众看到他大步走在超市，购买了满满一购物车的酒。整个影片的多处地方都看到他直接拿起酒瓶子痛饮，大口呕吐，然后倒在地上不省人事。这就是过分浅白的表现。主人公性格的一个重要特征——酗酒——不是含蓄而是露骨地，不是用潜台词而是外在直白地表达出来。

与之相比，《失去的周末》对酗酒的处理方法就高明多了。片中主角雷·米兰德是个瘾君子，他的酗酒不是用就着瓶口啜饮表现，而是他偷偷溜到窗前，打开窗户并拉动一根绳子，拉到最后，我们看到一个隐藏的酒瓶。

我们甚至不需要看到他喝一口,就能意识到他是个无可救药的酒鬼。

写作手法非常含蓄而不是过于直白的精彩例子出现在我前面提到的那个被监禁的作家给我寄来的剧本里。在他剧本的中段，故事主人公暴跳如雷，熄灯后在牢房中点了火，最后被送去单独监禁。为了描写他在单人牢房里被关押几周之后的孤独，作家完全可以让他背诵一段雄辩的独白，评论他自己支离破碎、断断续续的人生往事。唉，如果这样，就实在是太浅白了。

作者没有那样做。他编造了一个场景，主人公和一只老鼠交上了朋友。主人公把面包屑捏成豌豆大小，抛给老鼠——这是他唯一接触的另一个温血的生命。这难道不比那些富有诗意滔滔不绝的言语更能表达他的伤心愧疚和孤立困境，更为雄辩、更令人动容、更富艺术性和戏剧性吗？

后来，负责送饭的犯人把面包和水送到这间单人牢房。他敲了敲门，透过栅栏悄声说道："讨厌，是我，面条。你还好吗？""讨厌"不说他不好，不说他很难过。他说："当然，我好得很，再好没有了。这里可是地中海俱乐部啊。"

这段话把轻描淡写、夸张、嘲讽和讽刺全部融为一体。表面上说的是一回事，但事实上是截然相反的另一回事，人物角色的孤独如此深刻地在剧本读者和电影观众的面前呈现了出来。

这句话说多少遍都不嫌多：作家最好用暗示而不是明示的表达方法。明示是把信息全部放在那里，由观众观察和理解。暗示则是诱惑和吸引观众参与互动。暗示的信息活跃在所有有价值的艺术品应该活跃的地方：观察者的脑海中。这是最有效的创作表达形式，因为这让观众不单单是冷静的旁观者，而是成为自愿的参与者和合作者。

4 v. 6

这两个数字是概数，中间加上一个“v.”，代表“相对比较（versus）”的意思。我阅读剧本时，经常发现很多矫揉造作过分渲染的词汇，为了点明这个问题我会标明词汇的数字，分成两组，哪些是需要的，哪些是不需要的，然后把两组数字间加上一个“v.”。

这个符号对对话和描述都适用。

在前一节“fmpmt!”里我引用了一个过度描写的例子，编剧使用了九十七个词，但其实两个词就可以完成了：1.哈瑞；2.离开。这种情况就可以用以下符号来标注：95 v. 2。它意味着我们在只需要两个词汇的地方浪费了九十五个单词。

当然，这是一个夸张的例子。那再来看一个一般的例子，比如说在十个词的句子里浪费了四个词，那么标记就是“6 v. 4”。有些人可能会抗议说，这是相对来讲很小的事情。浪费了四个词，那有什么大不了的？问题是，如果以这种比例削减，那一部一百一十页的剧本将会减少五十六页。

我们再次看到，在剧本里一些特定的失误看起来也许很微小，但这些错误永远都不是孤立的，它们是整体影片的一部分。改变对文字语言的态度可以使剧本阅读变得愉快和甜美，可以使得剧本读起来有滋有味。

NoFX

电影术语所用的“FX”是指“特效（effects）”的意思。

不过在这里，这一符号并不是指电影特效——淡入淡出、叠化、螺旋擦拭、变形、银幕变绿等——而是牵扯到电脑和打印机的效果，比如中对齐、右边距的调整、斜体字、加粗黑体，以及相关的文字处理功能。虽然电脑为作家提供了丰富的新功能，但它同时也给错误和缺失创造了很多机会。

原理37：电影剧本软件应该为编剧服务，而不是相反。

我建议编剧们避免使用文字处理程序和编剧软件的各种花哨功能。“右对齐应当更显整洁，外观上更有序，因此更好阅读”，这听起来似乎合乎逻辑。

然而，在实践中情况恰恰相反。研究表明，同样的文字，右对齐的比右边不对齐的读起来要慢。

除此以外，作家还有更好的理由避免任何打印效果。剧本应该呈现出简单地在打字机上打出来的样子。这并不是说不能用电脑或激光打印机；只是要求剧本看起来要冷静和平淡，还有专业。

剧本中出现花哨的电脑图文——例如使用黑体字表示重点——就会造成类似插图的负担。再重复一次，如同在格式一节中讲到过的，我读过各种附有彩色画作、素描和照片的剧本。不幸的是，所有这些华丽的彩色图画都发出一个明确的信号：作者不是一名富有经验的专业影视作家。

潜意识里（也许是刻意地），花哨的图案对读者表明，文字本身不足以表达故事、描绘人物和创作对话，还需要额外吸引人注意的手段——最新的电子附加功能——来帮助作者表达和加强他的意思。

Clok

电影虽然不会动，时钟却一直在走。“Clok”（有时这个标志被画成一个小圆圈，里面有双手，旁边加一个问号）表示提出一个问题：剧本中这段情节会在电影银幕上占有多少时间？

太多编剧似乎没有意识到这个最基本的影视作品创作原则。太多的剧本里充满无所事事的场景，人物和事件闲散地待在那里，看起来只是孤立存在，而不是紧密连接，推动故事进展和刻画表达人物。

原理38：电影是运动的。

我前面已经描述过剧本中的一个段落，一个女人走进公寓，把外套脱下挂在衣架上，然后到厨房给自己泡了一杯茶，换上了舒适的鞋子，然后又继续了很长这类事情，最后，给别人拨电话。

为什么要把这些平淡无聊的细节写在剧本中？“我想设定基

调，”编剧也许会解释说，“我想给观众留出喘息的间隙。”

原理39：喘息是在电影结束之后。在电影放映时观众不寻求喘息，而是寻求屏住呼吸。

在这种情况下，我一定会询问：这种所谓的喘息究竟要耗费多长时间？

作者通常会这么说：“不长，也许只有几分钟。”

我会请作者和我一起安静地坐着——不看手表，也不默数数字——让他实际感受不是两分钟，而只是一分钟的时间。事实上，我们连一分钟都坐不了，顶多只能坚持半分钟。然而，半分钟已经足以让人觉得漫长而且尴尬。什么都不做，只是静静坐在那里，哪怕只有短短的三十秒，作家也会感到难为情，坐立不安，浑身冒汗，恨不得死去。

半分钟过去后，我会问：“如果缺乏戏剧性，哪怕只有一分钟也会给人造成滞重感，发现了这一点你感到吃惊吗？”作者必然都会回答，他惊讶地发现，一分钟的时间会这么长，长得让人无法忍受。当我再告诉他那不是一分钟，只是几十秒时，作者才会意识到自己以后要更明智地安排剧本里的时间。

100min18mos

说到分钟，理想的电影剧本一般在一百分钟左右。

从剧本到影片上映最短需要十八个月的时间，在这十八个月里，电影可以制作完成。最近几十年，影片的长度变得越来越长，实在是太长了。

太多的电影长度超过了两个小时，更别提超过一百分钟了。这也是导演有能力（自我）毁灭的明证。无论是斯科塞斯、科波拉、奥利弗·斯通、保罗·托马斯·安德森、科恩兄弟，还是斯派克·李，当然还有黑泽明，或陈凯歌，或贝纳多·贝托鲁奇，都并非不屑于拍摄长度超过合适的亚里士多德式结束点的影片——让影片结束在该结束的地方。

然而在太多电影中，导演拒绝离开舞台。

电影里常常充斥着无关紧要的事件，浪费宝贵的时间，却又没有刻画人物和讲述故事。如果结尾拉得很长，或者毫无意义的日常活动占据了剧本中的时间，我很可能就会在旁边的页边潦草地批注“100min18mos”（一百分钟十八个月）的符号。

如果编剧是有史以来最幸运的编剧；如果剧本完成后第二天就立刻被代理传播；如果制片人拿到剧本喜出望外，立刻筹备开拍，那么它可能会在十八个月之后出现在银幕上。当然，这是指在最高、最优、最有利的情况下。

我们称之为：最理想情况。

因此，每一个剧本的编剧在写作每一个细节和对话的时候都要问自己一个客观的问题：如果十八个月后我终于让观众看到了我的一百分钟的作品，银幕上的每一分钟是否都有价值？我想让观众看一个女人换上舒适的鞋子和给自己沏好一杯茶吗？我想让他们听影片中的人物无关紧要地闲聊吗？

尽管沏一杯茶和把衣服挂在架子上，在其本身而言是“有意义的”，但是从戏剧性的角度来讲它们什么都不是，因为它们不符合电影的整体性原则，不具备情感冲击力，没有扩展故事和深化人物角色。

除非茶壶烧开漕出水来，严重烫伤某人，或衣橱里发现了连环杀手案件最新的受害者腐烂的血肉淋漓的尸体，否则，这些沏茶挂衣服的动作都是在浪费时间、精力、墨水和胶片。

Eye/Eye （眼／眼）

有时候我粗糙地把它画成表示两个眼球的图形。它建议作者，剧本中此处应该加强特定冲突，出场人物间的利益和相互竞争要特别强调，要有足够的力度来表现冲突到了针锋相对的程度。

举例，在查兹·帕尔明特瑞的《布朗克斯的故事》一片中，一群骑摩托车的流氓粗鲁地进入了一家酒吧，这家酒吧是当地社区中心大家闲来聚会的中心，由本地黑社会老大经营。老大很礼貌地请这些摩托车手离开。

领头的摩托车手没有特殊敌意的反应，他说他和伙伴们只是想喝几瓶啤酒，然后会很高兴地离开。由于他以尊重的态度提出请求，所以得到了老板的默许，并指示酒保为这些家伙服务。

如果这一幕继续这样发展下去，我就会在页边批注两只眼睛的符号，表示在影片中，人物友好平静地达成理性的共识是毫无趣味的，作者最好为此刻注入某种尖锐的冲突。

然而，查兹·帕尔明特瑞是一个太有写作技巧的编剧，他根本不需要这样的建议。影片瞬间就出现了真正新颖的身体和情绪上的强烈冲突，最后以“地狱天使”被追赶和被教训结束。啤酒洒得到处都是，人们拳打脚踢，互相猛撞头部，停在外面的摩托车被砸得七拧八歪散了架，螺钉螺母还有金属碎片散了一地。

另一部电影的编剧应该向帕尔明特瑞学习。《梦幻成真》的编剧菲尔·奥尔登·罗宾森写道，主人公听到脑子里神秘的声音，决定按照这声音的指示毁掉老家门前的玉米田，并在此地修建一座棒球体育场。当他面对妻子宣布他的计划时，妻子很聪明地回答：“亲爱的，我知道你的计划听起来很疯狂，但是我们爱你，不管你做什么我们都支持，无论它是多么滑稽。”

正是这类的东西，让我不得不给他一个“eye / eye”。如果妻子不是温顺地默许，而是愤怒地抗议，难道不会使场面更具有冲突和张力，更富于戏剧性吗？

如果她不说：“嗨，这听起来奇怪，但只要是你想要的，我们就会支持你。”而是争吵：“你疯了吗？你把我们从大城市带到这个偏远荒凉的地方，我们也跟随你来了。现在我们终于在这里定居，安稳了下来，而你却心血来潮，就因为你幻想和爸爸打棒球，像个幼稚地显示男子气概的青少年，不仅要毁掉我们的玉米田，还要毁掉我们的生活。别把我们算进去！我们对你的自大、独裁和自私再也不能忍受一分钟了。”

我并不是说我建议的对话是完美的。但与妻子原来的对白相比，这种态度是不是可能使场景更有戏剧化的活力？妻子愉快地同意丈夫的愿望，顺从他的而不是自己的梦想，这可能满足了男作者理想化、浪漫化的婚姻构想，但它是否表现了最高和最强烈的戏剧性呢？

在剧本的这场戏里，我在页边奖励罗宾逊一个“eye / eye”标记。

1 or o.

在页边标注“1 or o.”的意思是“这个或那个（one of the other）”。这通常使用在剧本的细微之处—— 例如，在一句对白中。不过，在某种情况下，它也可以用于一整场戏。

比如，如果对话是这样的：“不是，绝对不是。”在这样句子的旁边，我也许会写下“1 or o.”。当然，它的意思是指，这两个短句选一句就足够了；为什么要两句都写？冗余只会使作家浪费时间，浪费注意力和墨水。

“不是”的意思就是“绝对不是”。

“绝对不是”的意思就是“不是”。

为什么同样的意思要说两次，或者更糟，三次？有时我甚至看到比三次还多。在这种情况下，我会在每一个重复处的旁边标记——1、2、3、4等一连串数字，以帮助作者精确地发现他自己重复了多少次。

就像对剧本别处的批评一样，大多数作家对于你指出他的重复是心存感激的。他们宁愿这个毛病被他的老师、他的作家同事指出来，而不是被经纪人、制片人或电影公司高管指出。他们希望这有助于自己达成交易——如果上帝愿意——有助于剧本拍成电影。

尽管如此，偶尔还是会有作家看到“1 or o.”的批注后表示抗议，他们会说重复的目的是为了强调。“不是，绝对不是”，作者会争辩说，这样的说法比只说一个短句更显示强调，并且更有力也更固执。

然而，效果其实恰恰相反。重复如果不能同时起到刻画人物和推展故事的作用——仅仅复述已经表达过的意思——就非但不能增强，反而会削弱戏剧效果。

我常常把前后呼应的好剧本与设计精美的汽车仪表板进行比较。它的每一个键，每一个旋钮，每一个开关都必须满足某种功能。如果一个按钮没有目的，只为了感觉、视觉或声音效果——比如，清脆的咔哒声——那么它设计得就很糟糕。

与此相同，两个开关执行一样的功能就如同其中一个开关没有功能。无谓重复的按钮代表了设计失败，因为前者的存在使后者变得没有意义。

同样的道理也可以作为删减修改剧本的依据，可以针对一句对白，或者如前说述，也可以针对一整场戏。类似这样的重复实在是太普遍了，不只是在糟糕的电影中，就是在精彩的影片中也常常出现。甚至在如此有价值的《辛德勒的名单》的电影剧本里，都免不了让我在页边上批注“1 or o.”的标记。

在《辛德勒的名单》的一个场景中，有一个年轻女囚犯被子弹射中头部而死亡。它简洁地刻画了纳粹残酷、堕落和迫害的本性。但是，这场戏后不久，我们又看见集中营的指挥官在他可以俯瞰营地的阳台上玩耍一把枪，瞄准囚犯随机射杀，为了好玩儿。

当然，这个可怕的场面和形象肯定会唤起观众的情绪反应。但是，它不能只为自己独立存在；它应该是整个电影的一个部分。在类似场景已经传递出相同信息的情况下，这个场景没有表达全新的意思。重复无法激发观众的感受，只会导致观众麻木。纳粹主义的恐怖不在于精神错乱的疯子滥杀无辜，而在于原本理智、清醒、正常的普通公民——数以百万人——冷漠、愉快地容忍这种恶行，更糟糕的是，他们还急切地拥护这种恶行。

时间过长且笨拙的影片《岁月惊涛》在开始后不久有一个场景，有自杀倾向的女儿亲眼目睹了不可思议的场面：父亲拒绝暂停观看电视节目以祝贺孩子生日，这引发了想象不到的暴力冲突，混乱中儿子用猎枪把电视屏幕打碎。

在后面的一个场景中，女儿又被三个抢劫犯强奸。

后面那场戏的戏剧性强吗？它本身的确是非常强的。然而，在泛泛的背景之下叙述类似情节，效果就分散并消弱了。紧张感没有被加强，反而减轻。减轻张力无疑是和我们有价值、健康、完整统一的剧本需求正好相反的。

正如前面所指出的，如果作家已经把某种信息传达给了观众，就没必要让电影中的某个角色再重复告诉另一个角色。

只选择一个。

选择这个或选择那个，不要两个都选择。

'Veen

“'veen”是“convenient（方便）”的缩写。

我读剧本时经常发现，情节中的某些方面似乎只是为了给编剧一人提供方便。尽管影视写作的本质是独来独往的，但成功的电影编剧永远都不会独自一人；在某种意义上来说，他不仅要和整个电影创作大家庭的其他艺术家和技师合作，甚至要和最后观看影片的观众合作。影片最终拍摄完成，不是为了编剧而是为了观众方便。

在影片《桃色交易》里，丈夫急需用钱，就把他的新娘租给一个有钱的男人共度周末。新娘爱上了那个家伙。为什么？因为他很有吸引力？因为他很有钱？

她爱上他的唯一理由是，剧本就是这么写的。这样的设计只是为了编剧自己方便，如果作者不在这个情节中有出人意料的转折，就没有多少故事性可言。

然而，记住，剧本写作是为了观众方便而不是为了编剧自己方便。即使是事件发展得不流畅，它们也必须看起来是流畅的。轶事，构成故事的那些偶然的素材不能为了方便作者而看起来像是被一个个安排好了似的。它们必须看起来是自发、自然、顺理成章地展开的。

虽然深入分析和考察之后就会发现，电影中没有什么是自发、自然、顺理成章的，但上述结论依然成立。

“Bw! Cyc!”

这个无法发音的批注符号是表示李尔王在风暴中呼喊的一句台词：“Blow, wind! Crack your cheeks!”（吹吧！风啊！吹破你的脸颊，猛烈地吹吧！）

我会在软弱、平庸、寡淡、无力、呆板或无关紧要的对白旁的页边上写下这个符号。通常这样的对话都是消磨时间和礼节性的寒暄，只应该在现实生活中发生，而不应发生在电影里——“你好，最近如何？”“很好，你呢？”“太好了！来杯咖啡怎么样？”

缺乏想象力的段落也许可以传递情节的些许信息，却不能深入刻画人物。作者写这样的对话，是让剧中人物把故事讲出来，而不是用行动加以表现。“我去停车场找珍妮，但是她不在那里。我等了一会儿，然后又在附近转了一下，看是否能看到她。最后我放弃，就回家了。”

我会在这样的对白旁边批注“Bw! Cyc!”，表示作者尽管不可能媲美莎士比亚，但是至少应该去努力试试。大声、骄傲、诗意的对话要比像熏鲑鱼一样软绵绵、虚弱的对话强得多。

还有一个更简单的方式来表达这个基本原理：电影的对白应该是值得听的。它应该光彩夺目、火花四溅，让我们笑、让我们哭，把我们吓得半死，甚至使我们反感憎恶，但是绝不应该使我们厌烦。

当然，它还必须扩展人物和推进故事。老师、顾问、经纪人和制片人提出这些对白的高要求是很容易的，但作家要去实现它却难之又难。然而，这正是作家收取酬劳的方式。

2bxpo

每个剧本故事都会有一个称作背景的故事：影片人物和他们在电影故事发生以前的生活。例如，在《午夜牛郎》最开始的画面中，德州的洗碗工乔·巴克脱掉围裙，准备乘坐公交车去往堕落的纽约城。

很显然在这一刻之前乔有一种生活。他出生了，无论他遭受了多少磨难，总之在影片开端处他正在从事洗碗工的卑微工作，也许他受过什么很差的教育，让他认为纽约城里有些性饥渴的女性渴望和像乔这样浑身肌肉，穿着皮夹克的男人做爱。

有时需要给观众展示一些这样的信息；但通常不用。在前一种情况下，聪明的做法是快速地交代这些信息。

因此，“2bxpo”代表“too-brazen exposition（过分展现）”，这个符号不仅适用于电影开始阶段的背景信息展示，也适用于后面的场景。

/ 结论 /

下面提供了一个剧本初稿前面几页的样本，这是我在UCLA影视写作课一个学生的作业，剧本的名字是《河边》。剧本页面两边的标记是我提供给作者尼尔・吉米尼兹的。它们给重新修改剧本提供了一个具体的草稿意见标注样本。

河边

尼尔·吉米尼兹

外景 河流 刚刚破晓

AKT/ DREKT SIFYN! 提姆，12岁，站在人行桥上俯瞰着河流，勇敢地面对寒冷、黑暗的早晨。他手里拿着一个玩具娃娃。（盯着下面急速流淌的河水 9 v. 7）。

昏暗，孤独的黎明光线像对景象施了迟缓的、梦幻般的咒语，提姆一动不动的站姿进一步加强了这种感觉。

他把玩具娃娃扔到桥下。我们看见它穿过空气，缓慢下落，我们透过湍急的河水声听见远处有人的声音。提姆的目光落在远处河边的悬崖上。

悬崖边可以辨认出两个人影，一个躺着，一个坐着。躺着的人好像是裸体。

PREZ. 我们再次经历迟缓的咒语，只是这次，不仅仅是光线引起的。（光本身已经变慢），明显是由优雅摆动的树叶和有催眠作用的扬尘引起。坐着的人影发出来自远方的叫喊，声音回响并消散而去。

玩具娃娃撞到水面上发出（非常）明显的“扑通”一声，镜头转向……

novry

内景 金的房间 拂晓

金，6岁，睁开眼睛，好像被玩具娃娃的“扑通”声惊醒似的。她半睡半醒，我们透过她挥之不去的噩梦看到她的房间：黑暗的空间无限延伸，窗帘不祥地挂着，阴影在危险地移动。

hwk? 一个黑影出现在门口。黑影慢慢靠近，但是金无法移动，她像瘫痪似的。她

see/hear? 尖叫着，声音越来越大，黑影继续走近最终抓住了她。我们迅速从噩梦中恢

~~复过来因为那是~~

麦特，金17岁大的“瘾君子”哥哥，走过来安抚她。如~~果不是他使歇斯底里的金迅速冷静下来，我们可能会担心麦特在金的房间里出现不是好事。片刻后，~~玛德琳，金35岁的妈妈，出现在门口，她穿着破烂的晨衣，衣服像她的眼神一样黯淡无光。

麦特

金，平静下来，没事的。

金

她死了，她死了……

外景　河流

玩具娃娃以正常速度朝下游方向漂浮，在背景里~~（我们看到）~~提姆骑上自行车，走了。

"merely" ~~镜头跟着娃娃近距离拍摄，在我们前面~~

~~everything~~ in the wide margins "we see"

~~镜头摇至~~早些时候看到的悬崖，**萨姆森·图雷特**，一个大块头，肌肉发达的青年，坐在悬崖边上，吸着大麻。他又发出一声叫喊。

在他身后~~（我们看见）~~ lies 那个裸体的人影。她已经死了，身上盖着树叶、树枝还有泥土。~~她的眼睛大睁着，好像盯着萨姆森直到吸完大麻。~~

外景　萨克拉门托　大街

萨姆森开着过时的车漫游在荒凉的大街上。偶然有一个上班族从他身边闪过。

内景　便利商店

提姆在商店的一角玩着电子游戏。
萨姆森走进商店，从架子上抓起一瓶啤酒把它放到柜台上。他和收银员相视一瞥。
收银员怀疑地看着萨姆森，指了指一块标牌，上面写着：**购买含酒精饮品需身份证件。**

萨姆森
我把身份证落在家里了。

收银员
那对不起了。

收银员走过去拿啤酒，但是萨姆森先把它抓在手里。~~提姆在商店角落里看着这场小小的冲突，他走~~到饮料区。

收银员
把它给我，谢谢。

萨姆森
别这么较真。

收银员

放开啤酒。

hwk? 提姆从架子上又取了一瓶啤酒。这时他（注意到）商店的监控器就在他头上。他看着探头（我们看见）他直直盯着收银员肩膀上方的显示屏。

AKT/DREKT "MERELY"

提姆张望着确保他没有被监控器拍到，在监控器里现在他背朝我们。他把啤酒放进外套口袋里然后走出了商店。

萨姆森和收银员仍在对峙中。最终萨姆森屈服然后转身离开。

外景 便利商店

提姆

提姆在萨姆森车前等候着。萨姆森从商店里走出来，然后上车，很快注意到副驾驶座上放着的啤酒。他看着提姆。

AKT/DREKT "MERELY"

提姆

不用客气。

NOTNOT

萨姆森就没客气，他打开了啤酒。

提姆 （接着说）

今早我看见你了。

萨姆森

是吗?

~~他吞了一口啤酒。停顿了一下。~~ AKT/DREKT

提姆

有毒品吗?

萨姆森

没有。

SEE? HEAR? AKT/DREKT "MERELY"

~~又一次停顿。提姆开始不安起来。他没有打动萨姆森，像他希望的那样。~~

萨姆森伸出手打开副驾驶边的车门。

萨姆森

~~上车。~~我知道从哪儿能弄来一些。

DREKT/AKT

提姆~~犹豫了，然后开始~~把他的自行车放到汽车后座上。

内景 萨姆森的汽车 早上

萨姆森　　　　　　　　　　　　提姆

~~萨姆森~~开车在空荡荡的大街闲逛，~~提姆~~看着他开车，~~他的眼神中充满了崇拜。~~ AKT/DREKT

Part Two

技巧

Craft

Chapter 13
写作习惯

当作家汤米·汤普森应邀给作家们提供一个最重要的忠告时，他回答道：不管你还要做什么别的事情，每天都要把衣服穿好。一个作家可能犯的最致命的错误，汤普森说，就是一整天穿着睡衣坐在屋里。

汤普森没有谈论灵感，他没有提到语法和拼写，他也没有说起收集素材或者设计人物、对话或情节的任何技巧。这并不是因为他觉得这些事情不重要，而是他明白，如果作家不首先遵守写作习惯，那么其他一切都无从谈起。

就像我已经提出过的，作家大部分都是挑剔、过分讲究的一类人。同样，我还断言他们没有一个人真正喜欢写作。

因此，期望作家总是有写作欲望是不智之举。与其说他们想写，不如说他们只是在写而已。无论好坏——大概两者兼有之——写作必须成为一种根深蒂固的例行程序，除非要进行另外的写作，否则这种程序是不能动摇的。如果没有坚持写作的习惯，那么对故事结构的自信，对人物塑造的透彻理解，倾听对白的敏锐耳朵，狡猾的商业头脑等，就都没有用武之地。

/ 想法 /

在写作中最被高估的东西就是想法。

我遇到的大多数人都至少有一个可以拍成电影的绝妙主意，人们似乎永远渴望把这些想法与作家分享。但往往，职业作家并不需要其他人的主意；他们自己有足够的想法。想法和主意，哪怕是其中最好的，也仍然仅仅是想法和主意，它们本身是无用的。想法的价值所在是要进行构思并把它书写下来，要通过人物和精彩的对话来把它变成故事，用这个故事吸引和保持观众一百分钟的注意力。

作家写作剧本时面对的难题不是去发现一个主意，而是摒弃他已有的主意，只留下一个，一个他愿意投入成百上千、也许上万个小时搜肠刮肚、苦苦思索的主意。

想法出现在奇特的地方、奇特的时刻。作家在现实生活中看到瞬间发生的事件；它可能是宏伟壮观的—— 房子着大火，但更可能是平凡的小事：一个储户和银行出纳员吵架、一个修女在路边换汽车轮胎。

不管是什么事件，作者可能都会发现自己经常不由自主地在琢磨这一事件或想法。它令作者回忆起自己生活中的什么情景，作者可能会用某种方法把这些零碎的想法和虚构的事件真真假假地串在一起。最终，也许作者能感觉到这可以成为一个三段结构故事。

E.L.多克特罗在采访中讲述了《拉格泰姆时代》的创作过程。当时他非常抑郁，思维荒芜匮乏，脑子里空白一片，根本无任何概念自己要写什么，他在书房里漫无目的地来回踱步。他家住在纽约州的新罗谢尔。

很长时间以后，他发现自己的脸绝望地紧紧贴靠在墙上。极度沮丧之下，他决定写一写那堵墙。

他想象着他写作时的那堵墙，那堵墙属于的那栋房子，然后吃力地回溯那栋房屋是在20世纪初建造的。很快，他开始描述20世纪初的城市新罗谢尔，虚构了一个故事，里面有那个时代第一流的人物和丰富多彩的活动。他还不知道接下来会发生什么，就已经在写《格拉泰姆时代》了。

关于原创电影剧本，很多作家都是在把想法酝酿了一年或更长时间后，才终于坐下来把它写成了剧本。几乎所有的主意、想法、点子，哪怕很差，最后都可以变成一个好的电影剧本。事实上，我刚开始从事电影写作的时候——那时我还是南加州大学电影学院的学生——制片人就经常接洽并雇用我，让我把他们的想法变成一个剧本。在这种情况下，我最大的挣扎就是记住不要告诉制片人我认为他的想法有多棒，直到他自己亲口对我这样说。

作为一个渴望成功和羽翼未丰的学生作家来说，我不会告诉那些愿意付数千美元给我（一个无名作家）的制片人，他的想法引不起我的兴趣。我承认，有些时候我也承接一些我认为不佳的点子和想法，或至少会表现出比实际更多的热情。把一些平庸的想法编写成坚实的剧本，不仅能满足我的雇主，也能满足我自己。

我以前的学生汤姆·穆斯卡与另一位作家拉蒙·门内德兹合写了一部我非常喜欢的电影：《为人师表》。它讲述了教师杰米·埃斯卡兰特的真实故事，他在贫困的洛杉矶东部加菲尔高中，成功地教会了工人家庭和低收入的拉美裔高中学生们微积分，让孩子们都通过了美国教育考试服务中心举办的微积分考试。

当普林斯顿教育考试服务中心的职员们看到所有这些底层的拉丁裔年轻人都通过了微积分测试时，他们立刻认为，唯一的可能就是这些学生作弊，并坚持要求重考一遍。他们特别派来了一组人现场监督考试，并把每一个学生都放在一个单独的房间，以防作弊。

复试的结果竟然是相同的：孩子们都出色地通过了微积分考试。

汤姆对我说："你想象一下我向好莱坞推销这部电影时是什么情形。最高潮的地方是孩子们参加数学考试。"然后，他停顿了一下，又补充说："两次考试。"

原理40：再好的想法对于电影来说也仅仅是一个想法。

如果想法不错，剩下的是辛劳、汗水、构思、人物创作、场景设置、对话和所有一切——简而言之，就是写作。

/ 写作障碍 /

当作家的一个念头在脑海中酝酿了数月——经常甚至是数年——之后，他可能会想，或许想法已经成熟，是时候动笔了。可是，他一动笔就卡了壳，根本无从入手。或者他顺利地开了个头，写了很多页，突然写不下去。

一个作家如果真正想开始写作，就必须首先抛弃那种享受写作的天真想法。享受是观众的事。享受是后来的事。写作没有乐趣，写完才会有乐趣。

作家如果在思路淤塞时无所事事，坐在那里等待灵感出现，期待脑海中闪现深刻洞察，那他们只会永远处于僵滞不前、自我鄙视的状态。如何治愈呢？很简单，动笔写。不管写得好、坏还是苍白。只要把字写在纸上就行。如果一天过去，作者磨磨蹭蹭地只写了两页、三页或四页纸，哪怕只有一页或一页半，而且那些写下来的字只是稍稍有用；即便作家以这样的速度写作——甚至周末休息——也可以每年写出三到四部像样的电影剧本。

原理41：写作障碍是写作的自然状态。

写作障碍是一个骗局。障碍是写作的自然状态，它源于对写作的不成熟的认识，以为写作应该很容易，文思就像尼加拉瓜瀑布那样汹涌而来，或者即使不是尼加拉瓜瀑布，也至少应该像乡村里的潺潺小溪。

多年以来，职业作家提出了很多对付写作障碍的方法，如：改变写作地点，改变工作时间，不用电脑改用毡头墨水笔和超大号线装素描簿。

其实，唯一能治疗写作障碍的灵丹妙药还是继续写。救赎的方法是学会不逃避，学会接受一切创作活动中必不可少的抵触心理。

当新作家对我抱怨说，他们感到遭遇了极大挫折，我会对他们说，我很高兴听到这句话，因为对我来说这是个信号，说明他正在经历真正的作家都会有的真实经历。

作家没有想写才写的权利。化解写作障碍的方法就是，稳稳地坐在椅子里，手指放在键盘上，而且不要离开，每天坚持敲打几个小时。

/ 工作方法 /

写作是一项孤独的事业，它要求作家找到自己独特的方法，自己安排每天的作息和进度。

刚开始写作时，我观察其他作家的方法，用来提示我的方法是正确还是错误。我有两个南加州大学电影系的同学已经成为一对相当成功的写作搭档，多年以来，我一直批评自己没有遵循他们设计出来的时间表。他们八点整开始趴在桌前，一直写到十二点半，中间完全不停顿，中午花三十分钟吃午餐，永远是同样的午餐：金枪鱼，不加蛋黄酱，只是挤上一点儿柠檬汁——然后整个下午继续工作，不闲扯，只是埋头写作，一直写到五点半。

由于衰老日渐一日地加紧侵临到我身上，我现在更容易对自己的怪癖和本能投降。从理智上说，我更希望能够在明亮的清晨起床，马上坐到我忠实、温暖、发光的电脑屏幕面前，启动控制键，开始富有成效地写作，心无杂念地一直写到中午十二点甚至一点半，然后结束一天的工作。但是，我其实很少能在一点或两点前在电脑前坐下来，而且经常要再过几个小时以后才真正开始写作，然后一直工作到晚上。

对我来说，这一直就是我的写作时间，我一直按照这种方式工作。如果说过去才是开始，那么今后仍将如此。经过这么多年来的习惯，我终于屈服于这个时间表，也终于意识到这是属于我自己的节奏，没有必要去改变和抵制它。

作家要允许自己采取任何形式的工作方法。有些人工作缓慢、稳定，每天坚持，日复一日。另一些人磨磨蹭蹭不动笔，直到发现一天快过去了，才突然跳起，开始疯狂地写作，手指在键盘上飞快地敲击。

还有些作家从晚上开始写作并通宵工作。另外一些作家前几个月一字未写，然后把自己锁在车库，或一间小木屋，或汽车旅馆，然后无休止地昼夜写作，中间只是胡乱打几个盹，直到工作最终完成。

一些作家以花费的时间来衡量工作量，另一些以页数衡量。但不管怎样，写作—— 故事、语言、灵感、人物、艺术、技巧—— 首先要用页数来计算。当你写作时，会出现第一页，接着是第二页，跟上来是第三页，一直延续下去。也许这样形容不够浪漫，但对职业作家来说，这就是现实。只有通过这种计算方式，我们才可以在截止期限前完成写作。

太多作家把最后截止期限视为他们的大敌。

原理42：最后截止期限是作家的朋友。

在我UCLA的剧本写作课上，常常在学期结束前两三个星期的时候，会有学生来找我，请求推延剧本完成并呈交的最后截止时间。学生会解释说，他无法按时完成，否则就必须仓促拼凑，粗制滥造。我告诉他：那就仓促地拼凑，粗制滥造吧。压力会产生钻石。拼凑和粘贴会让作家挣脱锁链，让作家在语言和事件叙述上追求精炼，使剧本精炼饱满。

原理43：不要让精益求精变成拦路虎。

不应该惧怕最后的截止期限日，而应该欢迎它。没有任何剧本是完美的，磨洋工不会使剧本变得更好。事实上，延长时间经常会使剧本变得不自然且笨拙。如果时间太宽裕，作家通常会过分思考他们的故事，使之失去自发和原始色彩。

一般来说，剧本写作的时间长度取决于最后截稿期限——自我设定的，或是制片人所允许的日期。

写作习惯和工作方法是个人和独立的，如同写作本身一样，每个作家都要找到自己的方法和时间表，而不是遵循别人所制定的权威准则。与其指导作家如何去工作，不如告诉作家只要工作就好。

/ 写作地点 /

在关于写作的许多神话中，有一个就是作家憎恨被打扰。

事实上，职业作家活着就是为了被打扰。如果一个作家不是常常被打扰，那么他很快会发现自己在编写冗长的购物清单，清洁指甲，反复阅读分类栏中狗的丢失广告，或者浏览色情网站。

我本人喜欢打电话询问犹他州滑雪场的情况，甚至在暑季的八月里。

森林中远离人烟的小屋——几千米内没有邻居，除了鸟儿的鸣叫和汩汩的溪流无任何打扰——那是新手的梦想，却是职业作家的噩梦。如果在那样一个环境里，真正的作家很快就会发疯。

某位世界著名的数学家在机场休息室完成了他最佳的理论分析。他即使不搭飞机也会去机场，只是坐下来，拿出笔在零碎的纸条上飞快地记下各种笔记和公式，纸条放在膝盖上随时可能掉落。他发现，熙熙攘攘、嘈杂喧闹的人流反倒使他感到安宁，好像正是因为这种焦虑和混乱，使他更集中精力。

在洛杉矶，作家很容易离群索居。我们独自在书房写作，有时几天甚至几个星期不出家门；我们独自驾驶汽车出行，很少接触戏剧中最根本的资源：人。

这是另一个我为自己成为UCLA社区一员而非常高兴的重要原因。在校园里人们步行走路，相互交谈，大家彼此招呼，闲谈无关紧要的小事，偶尔也深刻一下。这所大学给作家提供了上层建筑的支持；给他实践机会，让他去练习诸如与人打招呼这等神奇的事情。“嗨，你好吗？很高兴见到你。我吗？我很好，谢谢。”这看起来似乎是很小的事情，但是对于往往不善于社交的作家来说，它提供了与人交流的机会。值得指出的是，我有时会碰见过去的学生——已经功成名就的作家们——他们躲在UCLA的图书馆里，或是校园咖啡厅里写作，尽管他们有大电影厂的高级办公室，有马里布海边的豪华度假别墅。

必须生活在洛杉机和纽约才能从事剧本写作交易吗？

不是。

正如第十七章“剧本销售策略”里会讲到的，跟经纪人和制片人联络的最好方式不是本人亲自见面，甚至最好不要打电话，而是通过美国邮局投递或发送电子邮件。作家，尤其是没有经验的作家，最好不要试图亲口向制片人游说，以赢得写作合同，而是应该写好一个剧本，然后再写一个，接着再写。

的确，作家如果特别渴望专门编写电视连续剧，他必须住在洛杉矶，因为洛杉矶碰巧是电视剧创作的大本营。情景喜剧和连续剧制片人往往与职业作家签订很多片子合约，这些人员要定期开会。另外，每次在向电视网推销这些剧目时，都要进行口头推销，作家必须住在本地才方便参加每一次的投标会议。

虽然如此，我还是认识一些作家住在远离洛杉矶的地方，每次把他们写完的文稿用PDF格式通过电子邮箱发给制片人。作家在哪里写作没有他写什么重要。

/ 大纲与梗概 /

为了能创作一部完整、持续、从开头到结尾都吸引观众的剧本，作者在开始写作之前，需要有一个计划。

这种计划的其中一种形式为大纲。

应该记住，大纲并不是故事梗概或简介。梗概根本不值一提，因为它让作家恐惧，这种心理情有可原。我从来没见过任何一个作家梦想写梗概的。梗概剥夺了剧本写作的乐趣。梗概的意思就是用现在时态简单地描述电影的故事情节。梗概是丰满起来的大纲，并且把它变成了淡而无味的散文形式。

当作家把完成剧本和剧本梗概一起提交时，制片人只会阅读梗概而不会阅读剧本。如果一个作家，特别是新手，提交的是一个尚未完成的剧本梗概，经纪人或制片人不会给予它很大的重视，因为无论梗概多么精彩，它仍然无法证明此作家可以完成一个剧本。在罕见的情况下无名作家可以卖掉剧本梗概，而知名作家则往往受雇兢兢业业地写剧本。

编剧最好完全不考虑剧本梗概，而是专心致志地把全部精力放在剧本写作上。为了达到这个目的，这里有必要再说一遍，作家在开始写剧本之前要先写一个提纲。

从很多方面来说，写剧本提纲甚至比写剧本还难，因为如果说写作有什么乐趣的话，那就是遵循精心编制的大纲写下去。在这个过程中，作家第一次真正和他创作的电影人物相遇，倾听他们的对话，一次又一次惊讶于他们玩的把戏。更重要的是，当作家每天完成一定的写作页数，把它们加到前面完成的一摞稿纸上时，他会感到一种满足，知道自己很快就会完成初稿，他手里就会有一个本子，可以“砰”地一声放在桌子上。谁也不能把一个主意、一个想法、一个概念砰地扔在桌上。只有一大沓稿纸可以。

从另一方面来说，创建一个有用的大纲需要大量时间，而完成的结果却仅仅是宝贵的几页纸；作者享受不到稿纸越摞越高的愉快憧憬。写大纲就好比用水桶来盛蒸汽。在大纲里，编剧只是记下一些行动的痕迹，人物的模糊形象，一些隐约的想法，大量未确定的内容。

根据大纲这些模模糊糊的元素，他要把它们雕刻成坚实且生动的故事，引诱、迷惑和奴役观众。撰写大纲是影视写作中最艰巨和最令人沮丧的阶段，还有什么奇怪的？

但是，总体来讲，它也是最必要的。

有一个至今还令人尊敬但基本上已经江郎才尽的美国剧作家不久前透露，在他早期的职业生涯中，总是精心地撰写详细的大纲，但是最近——大概是因为他的经验太丰富了——他只是坐下来，从零开始写他的戏剧。不幸的是，他现在的作品准确地体现了他现在的写作方式：零散的、随意的、脱节的、杂乱无章的；此剧作家显然不再在乎他的剧本，观众也不再在乎他。

电影编剧史蒂文·德·索萨（创作了《虎胆龙威》及许多其他影片）告诉我，他喜欢写初稿时完全不拘一格。这是一个草稿，以闪电般的速度完成，不注意拼写、语法等。他试图把所有和故事有关的内容都尽可能地写下来。

这种形式的草稿必然太长，也许一百六十页，甚至更多。索萨写完后把初稿放在抽屉里，几个月不去碰它。最后，把它拿出来，再读一遍。可想而知，他读到的一半都是“垃圾”。这让他兴奋，因为他知道另一半非常有希望变成一个剧本。他现在知道了这个剧本讲的是什么故事，谁是真正的主角，许多问题也有了答案。

如果这种工作方式对索萨有用，可能也对你有用。重要的是尝试，尝试其他方法，找到适合你的写作方式。

大纲意味着构建故事线索的大致结构，列出一系列场景，记录各种事件，由轶事和插曲共同构成故事的骨干架构。大纲需要尽可能多的细节，这样作者（而不是别人）可以完全地了解他的故事。当然这也可能导致大纲过于专注细节，以至于代替了剧本本身。在这种情况下，剧本就有可能显得机械、冷漠、衔接不善。这些细节也可能会被安排得有条不紊，但是整体缺乏热情和灵魂。

写大纲的挑战在于要把细节尽可能写得丰富，但同时也要给写作留出不断创新的空间。大纲还应该包括一些具体的对白。

大纲应该作为一个初步指南。如果在实际的写作过程中，一个更好的点子在编剧脑海里突然跳跃出来，那就应该把它立刻抓住。

在草拟大纲的过程中，编剧会出现一种感觉，就是自己已经准备好了；当这种感觉出现时，他大概是真的准备好了。然而在写作中，如同在生活中一样，没有一个状态是百分之百准备好的。

编剧可能犯的一个最大错误是偏离了大纲轮廓，又试图把它和大纲拉近。

原理44：大纲是过去时；剧本是现在时。

在剧本创作过程中不要约束自己的想象力，编剧应该做的是：给自己松绑，让故事自由发展。让思维天马行空地漫游，时刻对惊喜保持开放，这是在写作过程中不可避免一定会出现的。经过验证、万无一失的老套往往令人厌烦，极其沉闷。不要扼杀自己的想象力，不要试图把偏离轨道的故事拉回来，使之符合陈旧老套的观念。真正的问题不是偏离，而是遵循轨道。

/ 场景卡片 /

另一个规划剧本的技巧就是使用场景卡片。场景卡片和大纲并不是相互排斥的方法，编剧可以把它们两个合在一起使用。

场景卡片，顾名思义，就是一张上面有编号的索引卡片，卡片上记有它在整部影片所有场景中的位置和排序，某个场景的设置，此场景中出现的主要角色，还有一两句话的动作简要说明。

很多作家认为，与传统大纲相比，标有序列号的场景卡片更便于使用。比如说，场景卡片很易于尝试变换场景顺序，可以把它们换来换去。场景卡片给编剧提供了一种对故事进行真实操作的感觉。

有时候，编剧知道特定场景需要出现在剧本的特定地方，但是他也许不能确切知道如何处理这个场景，应该包含什么动作，哪些人物应该介入。这时使用场景卡片就可以很方便地大致描绘出各种情景，保留它们，直到后面更多的上下文使内容变得清晰后，判断出哪一个镜头卡片最合适，哪里是准确插入的位置。

使用场景卡片还很易于进行实验，而实验正是电影写作—— 尤其是剧情编织的本质所在。

一部普通影片大约包含六十个场景，虽然这取决于编剧如何对场景进行定义。一位作家的一个场景可能是另一位作家的一组连续场景；另一位作家的一组场景可能是下一位作家的一个镜头。以我自己的标准来说，场景应该是在一个地点发生的一连串行动，有它自己清楚的开端、中间和结尾。它既可以简短如《教父》里的那段情节，那个人早晨醒来时发现他得过奖的赛马的头颅血淋淋地放在他的床上：

睡觉，醒来，恐惧。也可以复杂得像《桂河大桥》的结尾处，先是亚历克斯自豪地看着他建造完工的大桥，之后转向被抛弃的炸药引爆器，然后是火车隆隆地朝大桥驶来。他疯狂地冲向炸药包，扑到它旁边，摧毁了他亲手制造的杰作—— 大桥，因为在那一瞬间，他认识到了它的罪恶。

原理45：电影中的每个场景都自成为一部迷你电影，具有它自己的开端、中间和结束。

场景卡片特别有利于协助编剧保持故事的完整性。作家有时对某些部分不太有把握，那么他应该先跳过这个问题并继续向前移动，以便找到关键情节点和其他重要时刻。他要能够接受不确定的存在并继续创作。

场景卡片之于作家，就如同未完成的影片之于电影剪辑师，尤其当有些拍好的胶片还没有从洗印厂送交时。剪辑师们会运用一种叫作嵌入的方法，就是用一段空白胶片暂时插入，来代替空缺镜头，直到真正拍摄好的胶片冲印完成。

利用场景卡片写作的编剧也可以以类似手段嵌入；他们可以插入一张空白卡片，或者卡片上只写一些简短建议。如此一来，就可以继续推进工作，而不至于阻滞于细节问题。电影制作过程中的细节问题是无穷无尽的。

如前所述，作家可以把大纲和场景卡片的技巧合在一起使用。编剧从精心构造剧本大纲开始写作。先不准备场景卡片，直接遵循大纲去写剧本的第一稿。然后，当遇到麻烦时（在剧本写到三分之二、中间部分快要结束的时候，几乎总会遇到麻烦），他重新回到初稿开头，花一个上午或者一整天的时间，把故事编成一连串场景卡片，就像这个故事尚不存在，从头构思。他已写完多少，就做多少场景卡片。把故事变成可以握在手中的又脆又硬的卡片，这么做有时会提供必要的动力，让故事冲破封锁，到达结尾。

/ 修改 /

在完成了计划、大纲、场景卡片，并写完了剧本初稿后，终于可以修改了。

而且，改完了还要改。

原理46：真正的写作，特别是电影写作，是修改。

没有一个作家坐下来开始写一部新剧本时会这样想：我要一次就把它写得十全十美。当然，我可以写得慢一点儿。是的，我可以审慎思考再往前进展，但是我今天写下的文字就是定稿，永远不再改变。

过去、未来、永远，都不可能如此。

有时学生会告诉我他强烈反对大纲，他更愿意去写一个毫无计划、长篇大论、散漫无拘束的初稿。他承认自己无法完全确定故事应该如何展开，但是除此以外他找不到任何别的方法去写作。如果他强烈地感觉非要这样做，那么我就鼓励他开始。如果他得到的是一个杂乱无章、庞大、笨拙、不知所云的草稿，他可以利用它来起草大纲，并通过大幅修改，最终使故事变得引人入胜。

不管作家有何怪癖，他终究无法逃避修改的必然。无论作家采取什么写作技巧，最终他还是要修改。修改是写作必不可少的自然属性，作家们甚至会发现在他们的剧本被拍成电影并放映多年以后，他们还会在脑海里修改剧本中的画面。

因此，过度修改是可能发生的。一个剧本被一而再、再而三地修改，直到它的生机丧失殆尽。我怀疑这种着魔似的修改大概是起因于作者不愿意放手把自己的剧本交出去。有一件事情是确定的，剧本在没有最后完成并送交别人阅读之前，没有人会批评剧本。但是作者最终必须做出选择。

说得更具体一点儿，许多作家倾向于每天从头修改写过的草稿，这很成问题。这样做会导致剧本开头像黄铜一样闪亮光滑，而到了后端，不仅不会显得紧凑，反而越来越松散。

明智的作家会避免每天都从头开始。

广受敬仰的导演弗朗西斯·科波拉也是一流编剧，他有一个严格的修改规则：每写完一页，他就把它字面朝下翻过去放好。写完第二页，再把它字面朝下放在第一页上面。作家应该以这样的方式写完他的整个剧本。换句话说，按照科波拉的规则，在你没有全部完成剧本初稿时不要修改，不管初稿写得多么糟糕笨拙。

晚些时候，你会修改的。

根据我自己的感受和我认识的很多职业作家的习惯，这种强迫的规则对我来说太残酷了。许多作家每天坐下来开始工作，做的第一件事情就是修改前一天写完的文字。当然，他们明智地克制自己不去看前面的东西。修改了昨天的文字，他们就可以开始写今天新的一页。明天他们将修改今天的文字，并再写相同页数的文字。作家可以以这种方式大致完成较为像样的初稿。

当然，对很多作家来说，只修改昨天的文字然后开始今天的写作是很困难的，甚至根本不可能。但是对以前写作的东西过分关注，会阻碍作家让故事继续进展，破坏了一气呵成的势头。

也许修改最难的地方在于满足制片人的特殊要求。毕竟，大多数编剧都清楚知道，制片人可能为他们的剧本支付金钱，但谁也不能保证剧本会被实际投拍。因此，他们都百依百顺地按制片人的意思修改，错误地以为，这也许能提高剧本被拍摄的可能性。

有些制片人无疑非常善于帮助作家把脉。然而，可悲的是，太多的管理人员要求作家去做某种修改，那些修改甚至连他们自己——要求修改的制片人——也不认为是值得的。

关于这一点，编剧应该警惕好莱坞的一种现象，它被称为“消防栓效应”。它的意思是每位制片人和每位制片助理都想对剧本提一点儿意见，也就是说，在剧本上做一个记号，这样以后他们就可以宣称这个那个是他建议的，电影靠他才取得了成功。这就是为什么制片人有时要求修改，尽管他们自己都知道这是不明智的。他们常常恐惧地认为，如果只是祝贺和夸奖编剧的作品，会显得自己缺乏洞察力和创造力。制片人读完剧本后直接说“很好，我们开拍吧”，是需要勇气的。

有时候制片人边看剧本边提建议。剧本基本上是不错的，但是可以更好，如果把人物换成亚美尼亚人；故事改为发生在将来（或过去，或现在）；地点从俄亥俄州换成拉脱维亚，或土星的第七个月亮。

由于作家太盼望把自己的剧本从纸稿搬上银幕，渴望取悦，便急不可待地表示同意。亚美尼亚人？当然，人物就应该是亚美尼亚人。我今天下午就为您把他们统统换成亚美尼亚人。将来？妙极了！拉脱维亚？太完美了！

然而，问题是这样的配合不会提高剧本被拍摄的机会。实际上，它降低了剧本被投拍的可能性，因为制片人潜意识里希望作家捍卫自己在剧本中的创造性选择。制片人付给编剧很高的稿酬，编剧必须是一个好作家，必须有很好的理由解释剧本中发生的一切。如果作家心甘情愿地接受对剧本的全面修改，那么他对自己作品所负的责任体现在哪里？多久之后他又会满不在乎地放弃他今天热切渴望的写作任务？他到底是编剧还是速记？

这个问题怎么解决？我建议作者采取的方法是一句话：好，但是……好，我们可以把故事发生的地点改为拉脱维亚，但是那样我们就会丢掉了这个、那个和很多别的东西。好，我们可以让人物变成亚美尼亚人，但是我们如何解释这个转折、那个转折和其他别的转折呢？没问题，我们可以让故事发生在过去，或将来，但是我们必须改写原稿中曾经出彩的方方面面的内容。

尽管作家不应该对剧本抱持坚决不容修改的态度，但也不能没有骨气。不知你有没有意识到，制片人欣赏的是那些勇于捍卫自己剧本的作者。

这就是为什么作家采用我称之为真话策略的上述做法是明智的。

诚实地回应制片人的问题和建议，这是最好的方法。

/ 实验 /

如果作家把创作剧本——其实是创造性表达的所有方面——看成一次精细复杂的实验，那么面对修改，就会比较容易适应。

几年前我给一家电影公司写喜剧。完成初稿后，我和导演见面，讨论如何修改。在对剧本中喜欢的地方表示赞赏后，他提出了几个地方要进行修改。当他具体指出要修改的内容时，我恭顺地在他有意见的位置做了记号，删除了他希望删除的段落。

几分钟后他抬头问道："你不准备和我争辩吗？"

我告诉他，只要我不同意他的观点时，马上就会跟他争辩。

原理47：作家的成熟不仅仅意味着要学会删舍；还要学会乐于删舍。

我们继续审阅剧本初稿，终于到了彼此意见分歧的地方，我们几乎打起架来。然而，由于我们彼此对对方萌生的勉强敬意，他并没有为了要求改变而要求改变；我并不想假装同意那些我并不同意的修改，也没有捍卫我认为站不住脚的段落。如同一切合作，个人的自我意识必须服从于集体的自我意识，它为整体项目所拥有。

编剧如何能果断地确定一句对话、一个角色、一点动作，或剧本别的方面是值得保留还是应当丢弃呢？两种选择往往都有其道理。

正如我反复指出的，答案永远只有一个：是否构成整体。如果这句对白、这个角色、这个行动使故事有所推进，它就应当在剧本中保留。然而，当做者不能完全确定这些因素是否构成整体时，应该怎么做呢？

这里有一条非常有用的规定来自一个不相干的地方——美国联邦农业部。公民打开一罐腌制食品，如果发现存在可疑现象如泡沫、臭味、变色、发霉等时，该怎么办呢？如果是沙门氏菌，哪怕品尝一点点，都会导致一个健康的成年人罹患重病。事实证明肉毒杆菌中毒也是致命的。

所以美国农业部发布了一条法规。这不仅适用于腌制水果和蔬菜，也同样适用于写作。

原理48：只要有疑问，就把它扔掉。

显然，保留好的、对故事绝对必要的材料，比如使剧本浑然一体的部分，这不会造成问题。同样，明显多余的东西，它们的取舍也不是问题，好作家会干脆利落地把它们删除。只有介于二者中间的内容会让我们陷入苦恼。美国农业部的法规正好解决了这个问题：只要有怀疑，不确定该不该在剧本中保留的内容，统统丢弃。

有时候作家会为剧本中一个特定元素的取舍而痛苦犹豫，这时他可以拿一张白纸，在中间画一条线，把所有正面的理由写在线的一边，负面的理由写在另一边，由此产生的结果可以清楚地告诉作家是应该保留还是删除。

也许有很多支持理由，且只有一个删除理由。然而，这个单一的理由太重要了，只要一个存在就足以把它删去。例如，如果这个唯一的理由是，这个元素的存在会减慢故事的前进速度。

所有使故事拖沓的东西都该被丢进垃圾桶。

作家不能站在剧本之外，理智地提前盘算什么可行，什么不可行。他们必须卷起袖子来亲身实验。如果某些东西最后被剔除了——一个角色、一个场景、一段对话——它并不表明实验失败。

与之相反，证实了一些东西是需要被摒弃的，意味着实验取得了另一种成功。

实验是为了确定一个特殊的结果，为了学习，为了发现一些精确的信息。爱迪生为发明灯泡的灯丝尝试过各种实验，从人类的头发到缝纫线，直到他偶然发现钨丝—— 真空里的钨丝—— 最后得以成功。证明人类头发不能做灯丝的实验失败了吗？恰恰相反，这个实验是完全成功的，因为爱迪生发现了他需要知道的事，那就是，人类的头发不是他这个发明所需要的，因此，还必须继续研究。

影视剧本写作没有什么不同。如果作家在尝试后最终把某些东西删除，这个实验仍然被认为是成功的。作家确定了他的需求。

/ 感恩与态度 /

这本书认为写作是一种奇妙的自我发现过程—— 常常也是痛苦

的旅程。对自我身份的了解对作家来说是至关重要的。既然最终他们描写的是自己，那么，更清晰、更强烈的自我当然应有助于创作更清晰、更坚实的剧本。

然而，作家需要考虑的是两个身份，而不是一个。

首先，有一个艺术性、创造性的自我。他编写剧本，在剧本中（至少在他的脑子里）“表演”，不仅饰演主角，而且饰演所有其他角色。

第二，还有一个专业的自我。这个自我是作家／企业家，负责任的专业编剧，他欣然接受这项艰巨的竞争激烈的任务——精明地贩卖梦想，慎重宽容。他要平静地面对美国电影电视界——以污秽混乱为标志的行业。

原理49：作家的工作是把自己装入其他人的头脑和身体里，并像他们一样思考和行动。

当然，作家在创作每个剧本中的每个人物时都是如此。作家在与娱乐界的“人物”打交道时也是如此：经纪人、经理、制片人、故事编辑、剧本加工管理者、律师、电影公司和电视网的副总裁们。

就像我重复强调的，电影不是关于现实而是关于感觉的。与所有艺术家相同，编剧也充满激情地体验着灵魂深处的真情实感。他们常常振奋、狂喜，也常常沉沦、抑郁和绝望。

这个领域充满了挫折和失望，每个作家都必须接受。更重要的是，他们必须对此加以揣摩，把它们作为创作表达的源泉。

不过，痴迷于心痛和愤怒，排斥自我肯定和治疗肯定不利于成就成功的写作生涯。事实上，一味沉沦可能使有前途的作家断送职业生涯。作家的最大敌人往往是他们自己。好莱坞不需要去摧毁作家，作家完全有能力毁灭自己，而且常常是以非凡的气度和沉着的方式毁灭自己。这种情况不仅发生在缺乏经验的作家身上，也发生在薪酬最高、备受尊重的专业作家身上。

与其把精力浪费在创作不可避免地带来的挫折沮丧中，作家更应当引导疏泄那股力量，把它用在有利的地方，为他的工作充电，使它万众瞩目，辉煌绚烂，使它具有超出自己想象的力量。

/ 把愤怒留在剧本中 /

在UCLA的电影学院和世界各地——在影视写作的研讨课、讲座、会议、课程和讲习班上——我被问到关于电影写作的各种问题：故事、人物、对话、经纪人、包装、合同、佣金、定金，还有更多。有时这些问题会涉及我读过的一些剧本。不管问题是什么，我总是尽力而为，尽可能准确回答，效果往往好坏参半。

然而，有两个问题我拒绝回答。事实上，它们是同一个问题广义和狭义的两个版本：

（一）我具备成为作家的条件吗？

（二）这个剧本值得我修改还是应该放弃？

除了作者本人，无人可以决定他是否具备成为作家的条件。我遇见过一些作家，他们在早期并没有显示出这方面的天才，但随着时间推移，他们积累的创作力达到临界点，终于开创了惊人的事业之路。

有时我读的剧本看起来一点儿希望都没有，但是经过多次修改，突然如水晶闪烁，并取得了巨大成功。

对于一位作家（或作家兼教育家）来说，告诉别人他的剧本一无是处，应该抛弃，简直太容易了。他也许还会简单地建议：为什么不把努力放在更好的本子上呢？及时终止，减少损失吧。从中吸取经验，就把它当作宝贵的实践。

一方面，作家可能在剧本上投入了大量的时间、辛劳和才华，更不要说艺术家驻留在每个创造性表达中的灵魂和精神。谁知道呢，这一切很可能在新一轮修改稿中集中体现。

另一方面，作家很可能是在浪费自己的时间，在为本该放弃的作品呕心沥血。作家来回折腾同样的老材料也许是错的。我知道有些作家在十多年里没完没了地把同一个剧本修改了几十遍。

因此，一位作家告诉另一位作家应该放弃某个故事，是很简单的事情；同样，他也可以漫不经心地告诉后者要坚持下去。此外，建议后者坚持与建议后者放弃，同样不可取。

那么，谁来决定呢？

显然，这个选择的责任全权落在作家自己手里，而且他还要接受一切后果。毕竟，最后要由他来承担这个沉重的任务：艰苦地重写应该放弃的剧本，或者心情沉重地放弃一个也许再修改一遍就会大放光彩的剧本。为了成功，更不用说为了保持理智，作家不仅要学会忍耐，而且要欣然接受这种挣扎。我遇到过少数作家，他们对自己和身边的人如此愤愤不平，如此迁怒，如此极度悲观和藐视，以致我不得不极力克制自己的冲动：建议他们尽可能赶快离开电影圈，离得越远越好。

我记得有一位作家，是所有新作家所羡慕的。他有一个受人尊敬的经纪人，这个经纪人渴望代理他写的一个剧本。问题是，作品早期的草稿是他和另一位编剧合作写的。后来两个人出现争吵，彼此之间留下了嫌隙。对这个剧本继续加工需要征求另一位作家的同意，因为后者仍然拥有一部分版权。“那个贪婪的混蛋想要百分之二十五的版权，外加影片编剧署名要同时有他的名字。”这位作家对我抱怨。

我问他为什么觉得不公平。

“我不怀疑他有权分享此片的编剧称号，”他很不情愿地说道，“但是以他所做的工作来看，我不认为他有权要求超过百分之十五的份额。”

“这就是你们之间的纠纷？”我问，“你认为他应该得到百分之十五，他想要百分之二十五？那就给他百分之二十。这和你认为的合理已经很接近了。你还要考虑，不论他占的比例大小，由于将来各种可能性都会发生，也许这百分之二十最后什么都没得到。现在你有一个经纪人渴望去宣传你的剧本，即使最后没有卖掉，你也会开始在这个圈子里建立声誉，走上职业生涯。”

作者提出抗议：“我宁愿这个剧本流产，也比看到这个家伙得到百分之二十五要好。”

我尽自己最大的耐心对他解释说，他不仅仅是一个傻瓜，而且是一个该死的蠢蛋。因为口头协议的那五个百分点只是一个幻影，甚至不存在，他宁愿温暖舒适地享受愤怒，也不肯面对真实状况。

愤怒在我们的生活里占有一席之地。有时候愤怒是完全应该的；如果我们永远不生气，就形同死去。甚至特蕾莎修女有时也会生气。愤怒是自然的，完全符合人性，在有些情况下甚至是有用的、富有成效的人类情感。它可以刺激作家完成必要的工作，可以是剧本情感引擎的一个部分，可以推动剧本进展。然而，愤怒绝对不可以是性格的主导体。作者—— 特别是艺术家—— 需要的是完全相反的性格：积极、弥合，还有爱。

作家要把激情留在剧本中。他们应把能量投入到剧本创作的情节、人物及所有其他的艺术、技巧中去，而不是浪费在憎恨经纪人，辱骂导演，嫌恶演员、制片人、高管和其他合作者身上。

我曾经将一个非常优秀的剧本推荐给了一个制片人，他把剧本退给作者，并写了一封退稿信，其中有一段无害但具有误导性的关于对白的批评："……偶尔略显做作。"

制片人的意见是否正确是一个观点问题，重要的是制片人做了什么：他花了时间、注意力，关注了作家和他的剧本。此作者回复了一封情绪激烈的信谴责这个带侮辱性的评论，并诅咒制片人和他的公司入地狱。

发这么大的脾气能达到什么目的呢？如果作家把自己凌驾在作品和他对陌生人的判断之上，他如何能指望在如此困难和竞争激烈的影视写作领域得到成功呢？

我可以告诉你愤怒回应的结果之一：我再也不会把这个编剧推荐给任何其他制片人。我看到的是，如果他得不到自己想要的反应，就会暴跳如雷，给人留下很可怕的印象。他的行为不仅影响了别人对他、还会影响到别人对我的看法，尽管我只是尝试尽我的力量支持他而已。

作家有能力把初稿变成一个有潜力的剧本，和作家有能力与制片人融洽合作，是天差地别的两件事。如果作家写出了一个优秀剧本，但是一听到别人建议也许剧本中女孩的衣服应该是绿色，他就会突如其来地雷霆震怒，因为剧本中清楚地写明是红色，那么他显然不具备与制片人合作的能力。

我过去的一个学生，现在的朋友，编剧格雷戈里·维尔登把它称为“红衣/绿衣综合征”。

“绿色？绿色的衣服？难道你是白痴吗？这是我听到过的最愚蠢的话！绿色！我写了‘红色’的衣服！休想篡改我的剧本！休想到处横行霸道，用你沾满泥浆和血斑的皮靴在我的创作上任意践踏！”

像这样的作家会在有机会烧毁周边的人之前先把自己烧死，甚至他还来不及火起来就已经把自己烧死了。他们的视野只限于自己的心痛和沮丧，除此以外什么都看不到。他们不懂电影电视这个专业的圈子实际上很小，你在烧毁桥梁的同时也烧毁了你前面的道路。

我经常在工作中担任制片人的角色，在几家电影制作公司里监督指导剧本的加工过程。我记得当年，我为某位作家赢得了一份撰写家庭喜剧片的丰厚合同。高管们委托我担任此项目的监护人，在适当的时候恩威并用、软硬兼施，督促作家顺利完成该项目的剧本加工过程。

这些电影制片公司的高管们准备放手让作家去编写完整的剧本——那正是编剧的愿望——只是他们要维护自己的面子，要“改进”作者撰写的大纲。这是电影公司高管的常规做法：假装自己参与了创作，实际上没有（参看前面我们谈到过的“消防栓效应”）。有经验的作家在这种时候通常会迎合制片人的伎俩，可能在后者担忧的一个无关紧要的问题上做出让步。

会议召开时跟以往一样，是戏谑和应对自如的，先是无目的地闲聊一些体育赛事（“那个球赛真精彩！”），直到最后开始所谓对脚本的讨论。“现在请记住，”公司高管对编剧说，“再加强主人公的部分。”

显然，他们想要的只是一个简单的点头，一个常见的安慰，然后他们会欣然批准作家的写作大纲。作家这时只需要把头一点，假装理解就行了。一分钟以后，这些高管甚至都不记得我们曾经开过会，更不用说都讨论了些什么。

然而，作者没有点头附和，没有低声和气地说一些无关紧要的话表示同意，而是头上冒汗地抗议：“加强？你的意思是什么？”

“你不懂‘加强’的意思吗？”他们问他，“有力、明确、坚决，不妥协。坚定，有担当。一个有信念、有主见的人，一个不多话的男人，一个不轻易动摇的家伙。一个不轻浮的个性。胆大、胸毛茂密、有生命力。懂了吗？”

作家没有恭敬地表示他懂了，而是结结巴巴地说：“没懂。”

会议的时间一拖再拖，那些穿西装的与会者对这个穿牛仔裤的作家和他的剧本越来越表示不安。实际上最后我不得不把他搀扶出会议室，并对公司高管们说，明天下午再来开会，把剩下的事情谈完。

在随后的会议上，我们马上就赢得了继续工作的批准。原因是，在做出死亡威胁的条件下，我迫使作者同意只要我一看他，他就点头表示同意，否则完全不要说话，除非我摸我的左耳垂。

/ 作为受害者的作家 /

太多在电影或电视圈里取得成功的作家相信，他们生下来就有权得到工作；他们期望这个饭碗永远不会失去。他们开始依赖有担保的钱—— 此部分钱被称为“预付款”，而常常停止去做每一个作家必须做的事情：去思索、把握机会，继续创作并不保证能卖掉的作品。作家们需要懂得，当行动—— 剧本写作—— 无法逆转地与结果（美元）挂钩时，它的必然结果将是沮丧和失望。

我曾和一位名声很大的作家有过一段谈话。他是一部票房空前成功的大片的编剧，在世界各地有超过十亿观众看过他的电影。

然而，几十年之后，他连舔一舔盘子的工作机会都没有了。他罕见地向我坦白承认，有两个原因断送了他的职业生涯。第一，在辉煌的成功之后，他变得狂妄自大起来，解除了与在他辛苦奋斗时期忠实地为他的剧本打拼的经纪人的合约，屈服于明星云集的大代理公司的诱惑，与之迅速签下合约，此后人家就把他放在了一边，完全忽略了他。

除此以外，他不再继续开发新的写作机会。他发了福，在签电视写作合同时胃口也变大了。电视合同都是有预付款的，资金雄厚的制作人有时在编剧尚未动笔之前就会预先支付一笔很可观的稿酬。

我以前有个学生已经凭借一部广受好评的喜剧取得了令人吃惊的成功，他告诉我，现在他最大的挣扎就是避免分心—— 放弃高酬金的合同和优厚的剧本加工合同，它们不太可能变成真正的电影——而是每天必须写出三页纸的自由创作草稿。

这才是所有作家——不管有无经验——都必须做的正事。他们必须写剧本，不管有没有合同，作家必须写作。他们不会坐等别人吩咐自己做什么，他们不会沦为电影公司、电视网乃至大学的奴隶，他们主宰自己的生活和命运。达到这种境界的不二法门是继续创作，无论什么题材。这样才是成功的作家，才能事业之树常青不败。

如果你处在我的位置，就会看到有太多作家像流星一样辉耀明亮，但迅速熄灭。维持此职业的饭票是自发地、持续不断地、试探性地写作。

如果他们忙于写作，就没有时间去哀叹命运，为自己感到难过，让自己沉湎于自怜，思考毁灭自己、毁灭电影公司以及公司老板和老板的保姆。

一个成功作家的态度是不停地写！

如果作家能很幸运地赚得写剧本的钱，他应该把这些钱的大部分节省和储存起来，以用于那些没有写作合同和收入的“空当”时间。

他应该利用空当期去做三件事情：写、写、写。

他应该为自己被这个行业虐待而心怀感激。远远比虐待更糟的是无视：那是一种噬咬人心、让人空虚失落的恐惧。

/ 满足感 /

作家永远都不要期望满足。

来看看《纽约时报》的一篇报道。一位富有朝气的老绅士，长着一头浓密白发，提着一个小手提箱走进了现代艺术博物馆。他搭乘电梯上了二楼，然后沿着走廊来到一幅巨大的抽象派油画前，那是博物馆的永久收藏品，在那里已经悬挂了四十多年的时间。

他把手提箱放在地上，打开，拿出一小瓶松节油，又拿出一瓶亚麻油，以及各种颜料管、几支画笔、一块调色板。他在调色板上挤满了五颜六色的颜料。

当然，这时博物馆的警卫人员已经被惊动。两个穿制服的警员悄悄地靠近他身后。当他举起刷子刚要伸向油画时，警员们一跃而起，上前抓住他并给他戴上了手铐。他们告诉他：第一，他被捕了；第二，他有权保持沉默；第三，如果他选择说话，他的每句话都将被当作呈堂证供。

他只是一个劲地抗议，自称他就是面前这幅挂了几十年的油画的作者，国际著名艺术家。保安们不予理会，把他押送到附近辖区的警局，大约一个多小时后，他叫来一名同事，后者证实了嫌疑人说的确实是事实，他就是那位画家。

似乎一星期前他来博物馆参观过，仔细看了自己的画作，觉得某个角落需要稍加修饰。

这标志着他是一位真正的艺术家！

他的声名财富早已远超于他的梦想，但他仍然对自己的作品不满意。他仍然想要重写——这个例子里是重画——他前半生创作的一幅知名的、受人景仰的作品。

我在一次写作会议上遇到了一位著名剧作家，他正在把一部畅销小说改编成电影剧本，恰巧，那本小说的作者也出席了这次会议。后者住在西北部一个边远的地方。编剧告诉我他前往小说作者的家，在那里住了几天，和他一起讨论小说的改编事宜。

他注意到小说作者的桌子上放着那本小说，书页空白处密密麻麻写满了笔记。他问作者是否在准备再版。作者回答不是，接着解释，修改只是为了自己。他希望让那本书——已经是成功的畅销书，赢得了赚钱的改编成电影的合同并终将拍成一部热映电影——能够真正变成最好的作品，哪怕只是为他自己。

电影编剧、画家和各式各样的艺术创作者都应该放弃寻求满足。如果他们希望保持哪怕是表面上的头脑清醒，就必须学会接受失调、纷争，接受舆论对自己和自己作品的毁誉不一。

必要时，栽个跟头也无妨，但你应该欣喜，栽跟头的是你自己，不是别人。要为你拥有能量和精神——更不用说勇气——而心怀感激，你将再次飙升，升到有可能再次坠落的高度。

Chapter 14

情感

电影是表达情感的。

当然，电影包含的层面要多很多，但情感是最基本和最重要的东西。此外，观众并不是一定要感到快乐。使他们惊恐，让他们哭泣，令他们愤怒吧；他们会排队买票去看你的电影。人类经常需要体验强烈的情感，只有这样才能证明我们还活着。就像不运动会使肌肉萎缩，感觉也是一样的。

把电影院当作感官的健身房吧。这个舞台不是为平静和逻辑、为智识和理性准备的，而是为激情准备的。

在《人类的攀升》一书中，数学家和哲学家布洛诺夫斯基颇有洞见，他提出了电影性质和起源的一种假设。在西班牙阿尔塔米拉洞穴的墙壁上，布满了原始绘画，布洛诺斯基指出，这些洞穴并不是住所。部落并不住在这些洞穴中，而是常常回到这里来庆祝那些墙上的画作。

这些画的主题是当地的各种动物，特别是像野牛之类的动物，它们是人类的猎物。部落的生存依赖于狩猎的成功；野牛给人类提供了蛋白质、动物皮毛，让人类可以遮体御寒。

然而，野牛远远要比任何一个单独的洞穴人都庞大凶猛。它们还生有抵御天敌的头角，有可以轻松践踏人类的四蹄。布洛诺夫斯基询问，为何单薄弱小的人类可以征服比他们更强悍、更庞大、更迅猛的动物呢？

他们的优势在于人类独有的特殊本领：开动脑筋相互合作并制定策略的能力。他们会悄悄地逆风接近野牛，然后包围它们。接着，在最恰当的时刻，把野牛逼向其他同伴手持长矛等待的方向。

面对一群疯狂的野牛时，一般人会怎么样？就算是手持长矛，他自然的反应也是恐慌和狂奔逃跑。

猎人们需要学习如何控制和克服恐慌。他们要训练掌握自己的情绪，在野牛奔来时不会逃离而是共同坚守阵地。洞穴为猎人提供了一个演练自己感情的地方。那是一个没有风险的安全舞台，让猎人们去体验激烈的、可怕的情绪。

进入洞穴要经过曲曲弯弯的通道，昏暗中壁画看不清楚，他们用燃烧油脂的火把来照明。火把的闪烁和电影放映机的闪烁非常相像，他们看到的画面必然是运动的。其实，墙上的野牛被画成有很多腿，仿佛是为了表现奔跑。

在某种意义上，这些壁画就是动画片的前身，这些洞穴就是最早的电影院，只是少了爆米花和免费停车场。

猎人在洞穴里可以安全地体会实际打猎时的情绪。此后，在他们打猎时，回顾洞穴里的感受，使他们能镇定地控制自然和本能的反应：恐慌。洞穴和壁上的图画给他们提供了机会，去模拟体验真正狩猎时的惊恐，因此，他们可以被训练成能够冷静地坚守阵地，而不是丢盔弃甲飞一样地逃跑，能跑多快就跑多快。

奔窜的野牛对现代男女并不构成很大的危险。我们面临的真正危险是什么？恐怖主义？谋杀？从日常意义上来说，我们生活中真正最大的危险是汽车。仅1945年一年，死于车祸的美国人就比第二次世界大战期间死亡人数的总和多十倍。

你还会对电影里充斥车祸感到奇怪吗？

除了汽车残骸，还有什么别的事物威胁到我们平静的生活？犯罪、疾病、战争，破碎的心，破碎的家庭。

这些不正是电影没完没了地表现的内容吗？再重申一遍，电影院是原始洞穴的现代版，电影是现实生活的模拟物，它使现代男女可以排练自己的情绪感受，在完全安全的环境里体验绝望和痛苦。

因此，电影所提供的东西比单纯的快乐要多得多，尽管优秀的影片也提供快乐。如同洞穴人一样，我们的生存取决于控制痛苦情绪的能力。如果电影艺术能够为我们做到这一点，那么电影之于我们的精神和灵魂，就像食品之于我们的血肉之躯一样，关乎根本，不可或缺。文化艺术表现力的被剥夺必定会使心灵变形扭曲，就像饥荒使儿童身体畸形一样。

如铁般的事实是，我们在日常生活中体验更多的是乏味而不是痛苦的折磨。我们每天要做无数琐碎杂事。可悲的是，大多数人在大多数时间里所经历的主要感觉根本算不上感觉，而是没感觉：空洞、厌倦。如果艺术的宗旨首先是与感觉有关，那么艺术家是感觉最强烈的一群人，就不足为奇了。当他们感觉很差时，会极度沮丧，甚至自杀；

当他们感觉良好时，会欣喜若狂。

编剧应该欣然接受电影写作的本质：它是感觉的工作。

/ 自我 /

如同本书前言部分的断言，作家们都厌恶写作；每天都要面对发光的电脑屏幕和空白的页面，这样的前景让我们充满恐惧。孤独工作的人，一天又一天地挤在自己小小的书房里，挖掘自己的感觉，推销自己的情绪，兜售自己的梦想，很容易养成固执和尖刻的性格。以幻想为职业不是没有危害，其中最严重的问题是他们日渐减少了区分电影和现实的能力。

在最近的一次晚餐会上，当我讲述一些惊险巧妙的轶事时，我的妻子打断我，她是实际事件的参与者，她大声说："事情不是那样的。"

我没有为她打断我精彩的讲述而愤怒地掀翻桌子，而是耐心地、委婉地说，我只是为了把故事讲得更好而修饰了一下。

"选择性地添油加醋和纯粹的幻想，"她说，"是两码事。"

"纯粹的幻想是我的饭碗，"我固执地说，"我用它支付房租。那是我的工作。"

"你现在不在工作，"她说，"你在和朋友们一起吃饭。"

我沉浸在自己智商更胜一筹的甜蜜幻觉里，默默地沉思着外行永远无法理解的一件事：对于作家来说，和朋友们一起吃饭是工作；躺在阳光下是工作；上厕所是工作；连睡觉和做梦都是工作。据说威廉·福克纳和第一任妻子之所以离婚，就是因为她无法理解，当威廉看起来悠闲地盯着窗外时，实际上是在努力地工作。

从事如此宏伟工作的人们，在社交技能方面可能遭遇尴尬，还有什么可奇怪的？

所有职业作家每天都要面对这种困境。然而，对编剧来说，问题更是成倍地复杂化。例如，小说家和诗人，可以享受完全受自己控制的写作。他们的作品永远都是自己的作品，没有人会介入到艺术家和艺术之间，无人会来“改善”或“调整”他们的作品，没有人会参与进来使作品“更为充实饱满”或“温和收敛”，他们自己承受所有荣与辱。和影视编剧不同，戏剧作家在很大程度上也拥有自己作品的版权，剧本在他们的指导下进行修改，他们在每周的彩排中也常常出现。

没有剧作家的同意，剧本中的任何一句台词都不可以改变。这和电影编剧的情形相差甚远，当剧本被拍成电影时，有时编剧会被禁止进入拍摄现场。

这就有了一个问题：看门人和编剧之间有何区别？

答：看门人被允许留在片场。

剧本被无情地改写，大概改写十多次，甚至在剧本根本不会被拍摄的情况下，也会被改得面目全非。因此，编剧有更多承受苦难的机会，这样特殊的工作环境不容易吸引平和、正常、成熟个性的人们。

若干年前，我在UCLA的长期合作伙伴哈尔·阿克曼教授被介绍给影视编剧大师朱利叶斯·J.爱泼斯坦，爱泼斯坦有很多作品，其中包括《卡萨布兰卡》。

“噢，爱泼斯坦先生，”阿克曼敬畏地抑住呼吸，“见到您我非常激动。我和我所有电影界的朋友都希望在我们的生命中，能有一次，像您一样创作出《卡萨布兰卡》那样流传千古的作品。”

爱泼斯坦有没有说“非常谢谢你”或“你太客气了”呢？

没有。

相反，他说：“《卡萨布兰卡》是很烂的。既然你提起来，我来告诉你卡萨布兰卡的事情。你知道故事结尾时克劳德·雷恩告诉鲍嘉关于美好友谊的那段话吗？事实上，剧本原来是另一个意思，我花了很多时间创作了很多细节，加上一段对白，整个故事的感染力会更强，但是鲍嘉不干，他有自己的想法—— 你说这是你要用的演员吗？还有导演柯蒂斯，他在别处也按自己的意思修改了剧本—— 你说这是你要用的导演吗？甚至连我自己的经纪人也公然背叛了我—— 你说这是你要用的经纪人吗？如果不是他们串谋一气把我的故事改得乱七八糟，我告诉你，如果电影按照我和我兄弟菲利普写的原始剧本来拍，要比这个好太多了。”

这就是你看到的专业编剧。他无法接受一个简单的恭维，而是趁机大发牢骚。为什么发牢骚？因为制片人、经纪人、导演、演员毁了他多年前的作品。他们到底毁了哪部作品？《卡萨布兰卡》。

哦，上帝，请你让人像毁掉《卡萨布兰卡》那样毁掉我的作品吧。

威廉·戈德曼是另一位富有并备受尊重和赞誉的小说、非小说和影视剧三栖作家（他的作品包括《虎豹小霸王》《总统班底》《霹雳钻》《公主新娘》等），他在报刊杂志上毫不顾忌地公开抱怨他的剧本一次又一次地遭受不公正对待。

在戈德曼非常有价值的著作《银幕交易历险记》（Adventure in

the Screen Trade）里，他叙述了自己编写电影剧本的经历。所有编剧——无论老将或新秀——都应该人手一本。尽管书中提出许多真知灼见，但也大量描绘了陷入困境的作家本人如何遭受电影圈里著名和无名人士的虐待与侮辱。他跟达斯汀·霍夫曼为几部影片合作时，霍夫曼是粗鲁无礼的。更糟糕的是，罗伯特·雷德福甚至拒绝把家里的电话号码告诉他。

戈德曼感叹地说，他不能拿起电话直接打给雷德福，而必须通过雷德福的秘书！这样对待身为文坛巨匠的戈德曼，是有点儿令人反感，但是值得这么大动肝火，在回忆录中大书特书吗？

再重申一次，这并不意味着，自我意识对创作有价值的艺术作品没有用处。

例如，想一想我已故的音乐家父亲，他是某著名交响乐团的演奏者，有辉煌的事业，参加过数百次制作成唱片的演奏会。若干年前，他出版一张独奏CD。当CD寄到我们家时，正巧被我心爱的，但是身心疲惫的叔叔莫里斯看到了。

“你爸爸出的CD吗？”

“你知道他已经录制了几百张了。”我说。

“独奏？”

“他是一个贝斯手，”我说，好像亲爱的莫里斯叔叔不知道似的，“他是低音和贝斯手界的改革者和斗士。这个CD是他为贝斯争取尊重所做的宣传活动的一部分，贝斯不仅仅是交响乐的背景，它作为旋律乐器自有它的价值。”

“他录制这个CD赚钱吗？”

“钱？”这个CD是高度实验性质的，而不是面向大众市场。“我怀疑它卖不到白金销量，”我说，借用了一句畅销CD的业务行话，“也许它能打平，或者得到一点儿小小的酬金。”

“我懂了，”莫里斯叔叔说，“它只是自我表现罢了。”

我有点儿吃惊，这个宣判似乎带有明显贬义。然后，在一瞬间我听到自己说：“对，一点儿不错，就是自我表现。”

我平生第一次领悟到，自我意识是多么深切地构成了艺术的一部分。当然，艺术远远超出单独的自我意识，但不可回避的事实是，创造性的表达涉及——事实上是需要——自我意识的强烈参与。

很多年前，在合同谈判期间，一位演员朋友参加了演员工会关于影片的演员表排序问题会议。演员表排序指的是演员姓名出现在银幕上的方式：涉及字体大小、出现在银幕上的时间长度、名字是单独出现还是跟他人并列等。

经过几小时的争吵、辩论、调和，突然一个与会者站了起来，大叫：“演员表！太荒谬了！谁的名字出现在哪里？在片名上面还是下面？什么字体？真可笑！除了自我意识，这什么都不是！”

另一个人慢慢地站起来。

“你可以拿性命担保，这就是自我意识，”他说，“为什么我要为自我意识道歉呢？”他的眼睛扫视了房间里所有的人，“银幕上出现的是我们的脸面，我们的血肉之躯。我们争吵的是我们仅有的、唯一的发言权。为什么我们不应该满足自己的自我意识？”

事实上，编剧和演员相似，演职员表涉及的意义远比单纯的自我意识更为复杂。

它还涉及钱。

首先，电影演员及导演编剧等的字幕排列反映了每个人在娱乐业的专业地位。大多数情况下，观众除了肯定关心演员名单以外，毫不关心是谁写的电影，不在乎谁是灯光师，谁是道具员。

更直截了当地说，影片字幕表按照合同规定关系到编剧的经济报酬。即使是两个名字用“和”而不是“&”这个符号相连的这么小的差别，也意味着百万美元的差别。例如，两个作家的名字用“&”连接，就被认为是一个组，是单独的单位，每个作家得到一半收益，而作家名字中间以“和”隔开，情形就不同了。

这里的目的并不是澄清关于演职员表排列顺序的细微差别，我只是认为编剧有权保护他们的自我。每位编写剧本、期盼与观众分享自己的梦想、期待观众花钱买票参与分享的作家，他们的自我和自尊都应该受到妥善保护。

/ 批评 /

很多年前，我和另一个喜剧作家合作为纽约的一个制片人撰写剧本。我们龟缩在纽约上西城的一个小公寓里，像奴隶一样地写作、修改，直到拿出一个像样的初稿。当时还没有电脑，我们的剪贴方式是名副其实的剪切和粘贴：把纸页上写好的段落剪成碎片，再用胶水粘贴成一个连贯剧本。

我们带着那份唯一的手稿去复印店复印，途中路过一家四川菜馆，决定下车先吃点儿东西。当我们狼吞虎咽地吃完甜酸鱿鱼回到车上时，赫然发现我们的车被盗砸，装剧本的公文包不见了。

“千万不要慌。”我说，话一出口我们俩都慌了。

我们盲目地四处寻找垃圾桶，把它们翻倒在地上，疯狂地查看每条排水沟，希望盗贼把公文包和剧本随手抛弃在附近不远的地方。

过了一会儿，我说：“等等。我们必须做一下角色扮演。”

“你以为现在是做西海岸花之子参禅练习的时候吗？你的大脑已经在加州被阳光烘烤得太久了，我们现在的任务是找到剧本。”我的纽约伙伴抗议说。

“不，”我说，“我们必须想象自己是个瘾君子，毒瘾上来，需要赶快吸一口。他路过我们的汽车，看到了里面的公文包。在他看来，里面装的只会是首饰和现金。所以他打碎玻璃，偷走了公文包。他看起来不是那种提公文包的人士，所以他肯定会在附近找个巷子隐藏起来，查看公文包里的战利品。”我三百六十度地转了一圈，扫了一下四周环境。“那里！”我说，发现街道那边几百米处的两座大楼中间有一条小巷子，“剧本就在那个巷子里。”

我们跑到了那个巷口。

果然，往里走到阴影处我们发现了被撕破遗弃的公文包，还有从它里面散落出来的纸页。当时我站在路边气都喘不过来，我的伙伴走到胡同深处，过一会儿翻着剧本走出来了。

“你是怎么知道的？”他边说边仔细盯着那些纸页，“这家伙还写了评论。”他假装眯眼在看一封并不存在的信，并大声朗读出来：“缺乏平行结构。对白生硬。人物性格平淡。”

当然，我的伙伴是在开玩笑。然而，事实上，谈到电影，每个人都是评论家。

这是编剧必须承受的一个负担。不仅仅要忍受，他们还必须欢迎批评，寻找并征求批评。最后，也是最重要的，他们必须改变批评，把起初显得消极和具有破坏性的批评转化为有用的东西。批评是电影写作的一个组成部分；作家必须随时接受批评，必须用它来提高自己的写作水平，必须用它来改造、重塑自己的剧本。

事实上，任何作家在完成初稿时都希望听到的是：它是完美的、精彩的、生动的、永恒的。如果缺少这样的回应就会绝望，信心就会受到猛烈打击。

重申一遍，电影写作的目的首先而且最重要的是挑起强烈的激情和感觉。如前所述，人们被这样的影片吸引，不可避免地会感受到强烈的情绪体验。如果说普通人听到批评会遭受伤害，那么对作家来说，批评就是难以忍受的折磨。

缺乏经验的作家通常以为——错误地认为——一旦他们成为成熟的艺术家，取得成功后，批评自然就停止了。谁敢批评一个有地位、受人尊敬的作家？

答案当然是：每个人都敢批评这样的作家。作家越成功，他的作品发行得越广，他就越可能成为专家们批评的目标。

更糟糕的是，一个作家越成功，公众和艺术界的同事们（竞争对手们）对他的嫉妒心就越强。

作家在对待批评的时候什么是最重要的呢？他不仅仅要礼貌地对待不合适的、无礼的，甚至愚蠢透顶的批评，也要对偶尔的、也许只是只言片语有用的批评保持开放心态。

每天像奴隶一样坐在电脑前的我，为了舒缓关节和大脑，有时去游泳。最近有一天，我披着毛巾走进更衣室，一个年轻人朝我走来。“喜欢游泳吗？”他的问话里不知为何带有一股怨气。

“是的，谢谢。”我嘟囔着。他继续盯着我。我听到自己问他：“你呢？”

“我？”他回答，“我怎么能游泳？我是救生员，我必须坐在那里看着你。你知道吗？我不喜欢你游泳的样子。”

我没有向校园警卫投诉这个怪人，而是问他：“你是什么意思？”

“首先你的手臂划水不够完全，太短了，影响了它充分发挥伸展力。第二，你的头入水太低。第三……” 他不管不顾地继续数落着我在水里的所有毛病。尽管他的态度不够得体，但是他淡淡的言语里，令人感到了一定的权威性。

第二天，我在泳池里尝试了他的建议。

我不能说感觉很好，恰恰相反，改变我习惯的姿势让我觉得别扭。然而，当我游了一个来回后看墙上的挂钟，发现这种姿势大幅缩减了所花的时间。显然，我的游泳技术得到了改善。这提供了一个例证，所有人—— 游泳的人、作家—— 都需要对批评持开放态度，不管在开始时它听起来是多么令人不悦，不管它多么粗鲁、苛刻，甚至没用。

多年前，我的经纪人对我刚写好的剧本初稿提出了一个（我当时认为）尤其没有价值的建议。我没有说这是我听说过的最愚蠢的想法，而是以非常客气的口吻回答，我一定会仔细思考他的建议。其实我当时心里想的是：“你如此放肆，你只不过是个经纪人，根本不该提任何建议。我才是作家，”我心里想但嘴里没有说，“你只是个推销员。”

此后的几星期，我都默默沉浸在这个经纪人侮辱我的感觉之中。接下来的几个星期，我反复修改剧本。倏然，灵光乍现，我想出了一个绝妙的点子，把故事中一连串的小瑕疵统统解决了。沐浴在极大的自我满足中后，我忽然感到了谦卑，意识到这一切仅仅是因为我考虑了经纪人的建议。我这么做不是对他让步，而是纯粹为了能写出更棒的东西。

作家需要尊重批评。尊重并不意味着接受，对批评保持开放态度和不分青红皂白地同意任何建议是不同的。

愚蠢、消极、嫉妒、破坏性和诽谤的批评绝不是作家会遇到的唯一问题。对作品的肯定也会是个问题，因为听到赞赏比听到批评和轻蔑的意见会使人高兴得多，所以赞赏也可能是致命的，从赞美到以恩人自居只有一步之差。更何况，艺术家都期盼听到赞赏。

在我第一本小说出版时，一位喜欢背后说坏话的、让人发疯的大学同事不断地前来向我索书。显然，他不愿意自己去书店买一本。我言不由衷地对他说哪天借给他一本，但迟迟未兑现。最后终于有一天，他没有预约突然来到我的办公室，发现有一本在书架上，于是拿起来就跑了。

我以为这只不过是少了一本原本可以送给亲朋好友的书。

没想到，第二天他来到我的办公室把书还给了我，说读完了。他对此书大唱赞歌：“故事丰满，人物有血有肉，语言充满诗意，甜美动人，妙趣横生。”我突然感觉好像过去低估了这个家伙，他完全不是那么坏的人。是不是我误判了他的鉴赏力，他的品位？在两秒钟内，我变成了他的仆人，仅仅因为他声称喜欢我的书，直到今天我都是他的崇拜者，只因我感谢他。

/ 退稿和心痛 /

一般来讲，剧本写作的完成带来的不是喜悦而是绝望。

这是由两个原因造成的。第一，作家日复一日地辛苦工作，他知道自己要做的事情就是：写剧本。当剧本写完后，他突然茫然无措，常会陷入一种恐慌状态。所幸的是，这种状态终会过去。可悲的是，随之而来的是一种深深的、灰暗的失望和沮丧。

第二，就像已经讨论过的一样，直到剧本完成以前，不存在被别人批评和拒绝的可能性。即使最优秀的剧本也会遭到很多负面评论。没有人必须排队等着别人对自己的作品吹毛求疵，挑鼻子挑眼。而现在，过了宽限期，我们有几种应对方法。其中最重要的是，在短暂的歇息之后，作家应该把注意力转移到他的下一个项目上去。写作永远是作家最好的自我保护措施，与其坐在电话旁无止境地等待经纪人或制片人的回话，吃饭时食不甘味愁肠百结，不如重新投入艰难的写作。

此外，作家必须要学会让自己陷入低潮一段时间。编剧的巨大优势是，他也许要忍受多次被退稿，但他只需要一次被接受即可。有些剧本年复一年，到处被人拒绝，然而最后终于卖出，被拍成电影，最后取得票房大成功，这样的故事不胜枚举，奥利弗·斯通被高度赞扬的影片《野战排》就是一个例子。斯通当时已经拥有声名，但是，他的《野战排》剧本在好莱坞兜售了十年才被拍成电影。

因此，无论作家多么有声望，多么成功，也没有谁会不被拒绝和退稿，与其对此保持“明智”态度，保持理性和开朗态度，也许更应该允许自己有几天蜷缩起来郁郁寡欢，愁眉不展。

在遭到拒绝和退稿后，作家不应该浪费时间和精力去捍卫自己的作品。剧本本身具备最好的自辩能力。一旦被否决，与其和对方尖锐地争执自己是对的，对方是错的，与其讨论重新修改的可能性，作家更应该学会简单地回答：“谢谢您的时间、关注和考虑。”

然后，他应该把自己的剧本投向别处。

多年前我试写了一个剧本，提供给第一个经纪人时就被拒绝了。我询问—— 愚蠢地—— 他认为本子里到底缺少了什么，他说觉得故事单薄，人物空洞，对白业余，场景和设置缺乏想象力，主题无价值，事件和插曲雷同且呆板。

我板着脸对他说：“所以你对它持保留态度吗？”

“不，”这位毫无幽默感的经纪人说，“我一点儿也不喜欢这个剧本。我认为它是一个非常、非常糟糕的电影剧本。”

奇怪的是，我开始喜欢这种交流。我跟他说不必在意我的感觉，如果他对这个剧本很悲观，可以直说，我保证自己能受得了。

我现在能够很高兴地提起这段经历，是因为我当时拿起剧本直接穿过马路（日落大道），把它交给了另一家经纪事务所。一名经纪人读了剧本后，第二天早上就打电话通知我说希望能够代理我的剧本。仅几个星期后，他就拿到了一个制片人支付的定金，后者渴望买到版权。

如果剧本经历了一系列退稿，尤其是批评意见普遍一致的话，作家可能就要把剧本放置一段时间，然后重新研究，考虑修改，或者干脆放弃这个剧本。每个有经验的作家手里都会有写完的剧本——包括那些已经被卖掉，甚至拍成电影的剧本。如今，当他又成长后，他不会再把那些剧本给别人看。作家需要学会如何放弃剧本，学会不要把注意力放在自己的过去，而要放在现在和将来。如果作家很成功，有时候他脱手的本子可能会被一个或其他几个作家改写。

在这本书的很多地方，我们用大量篇幅讨论过修改的必要性。这个过程是极端艰苦的。改写自己的作品已经很痛苦，被别人改写则更加痛苦。不过，这个环节是电影写作的属性，作家要学会接受它。

许多制片人让另一个编剧或另一组编剧去修改一个剧本，只是因为他们不知道除此之外该做些什么。他们可能认为原创作家“才智已尽，再无可写”，也可能认为雇佣和解雇作家是他们在分配完停车位之后仅余的本职工作。

且不谈痛苦与否，事实上，剧本被修改意味着一种特权。当制片厂雇佣作家来改写你的剧本时，你可能认为这说明他们对你的作品不满意，但实际上它可能意味着相反的事情。就个人而言，我反对许多制片人奉若至宝的一条观念——剧本写作时投入两个人，或三个，或四五个人的智慧要比一个人更好。也许设计烤面包机、轮胎或茶叶袋时用很多人会比较好，但电影写作是主观的工作。客观适用于其他行业，并不适用于艺术。

然而，当一个制片厂视某个项目无药可救时，他会为减少损失而丢弃剧本。当他雇佣更多作家时，就会花更多的钱，这表明剧本不是没希望而是很有希望。

在UCLA有一个研究陶瓷的教授，他会要求新生在完成他们的第一件作品并被教授和同学评分之后，把作品扔到墙上摔碎。

原理50：艺术是痛的。

这里的目的是向学生灌输一种健康的观念：艺术家和他们创作的艺术品之间要保持一段距离。艺术家的作品，就像他的孩子一样，是他自己的，因他而生，跟他相像，它各方面都与他本人类似。然而，虽然如此，艺术是艺术，艺术家是艺术家。概念看起来也许显而易见，但是对艺术家来说，这种区别可能难以接受。

如果说作家很难把自己和作品分开，那么请你想想演员。编剧在剧本被拒绝时也许会感到痛苦，但他们的剧本仍然是他们的剧本。如果一个演员被拒绝，那么他的声音、相貌、神气，他走路的姿势，他的血肉之躯都被判定为存在缺憾。

原理51：有另一组人——演员，他们受到的伤害比作家更深。

疼痛是创作的一个重要方面——一个不可避免的方面。创作性表达，正如布洛诺夫斯基所断言的那样，是人类独有的。它源自人类可以娴熟地把未来形象化，预见将来，把我们头脑里的幻想用画面的形式表现出来，或绘在洞穴岩壁上，或放映在电影银幕上。

Chapter 15
疯狂的艺术

至今我已经教了四十年的书。

然而，如果从幼儿园算起的话，可能我当学生的时间仍然要比当教授的时间更长。

不可思议的是，我仍能清楚地记得进入校门接受正规教育的第一个小时，那是在皇后区阳光坡第十一公立学校。在1950年那个晚秋的星期一，我学到了电影剧本创作最重要的一课。

我们幼儿园的老师叫柯瑞萌小姐，很胖，缺少爱心，在那幢本杰明·哈里森时代的破旧楼房里工作，她本人也像那楼房一样老朽。她按照学生的花名册叫喊我们的名字，会读错几乎每个名字的发音，她让我们四十个小朋友挨个说出爸爸是做什么工作的。

当然，她对妈妈做什么工作没有兴趣。在那个年代里，妈妈一般不外出工作。因此，我们滔滔不绝地说出父亲的职业。这不仅给我们提供了了解其他同学的机会，也让我们想到了将来要学什么。比如，一个孩子的父亲是电工，这引起了关于奇妙的电的讨论，电是一种新奇和了不起的现象，它既能煮开麦片粥，也能冻冰棍。另一个同学的父亲是水管工，于是话题又转移到美国都市的水和垃圾处理上。

终于轮到了我回答。我自报家门，说我父亲是个音乐家。

“不对，不对，”柯瑞萌小姐说得很耐心，忍不住差点儿做了个鬼脸，“我们不是在谈爱好，我们不是谈论父亲们的嗜好，不是谈球赛、娱乐、晚上或周末的消遣，我们谈论的是职业。你明白我说的‘职业’是什么意思吗？”

“意思是你靠什么赚钱。”阿尔图罗·道格斯提诺叫道。他的脸永远保持半露齿的笑，有点儿傻乎乎的，同学们很快就给他取了个绰号叫“疯狂艺术”。

“不要叫！”柯瑞萌小姐大声说。她又问我：“你听得懂我们说‘职业’是什么意思吗？”

“意思是你靠什么赚钱。”我说。

“正确，”柯瑞萌小姐点头赞许，“那么告诉我们你父亲从事什么职业？”

“音乐家。”我又回答了一遍。

“他靠音乐赚钱吗？”她嗤之以鼻。她肯定在想，不管她多么辛苦地教学，总是有学生达不到最基本的能力去理解简单的事情，这样的学生是教育者的包袱。“他靠演奏音乐赚钱吗？”

“是的。”

她好像突然有点儿明白过来，“你的意思是音乐家？职业音乐家？你父亲在婚礼、舞会、犹太人的成年礼上演奏？”

“他读大学的时候常常在那些地方参加演奏会。”我表示首肯。成长在一个音乐家的家庭，我对演奏会之类的术语很熟悉，我不认为那是术语，我认为它们是普通的日常英语。

“那么，他现在确切地说是做什么工作？”柯瑞萌小姐问，把重音放在“现在”上，语调严厉，一字一句地从牙缝里挤出来。

“他在阿尔图罗·托斯卡尼尼（Arturo Toscanini）那里和NBC交响乐团演奏。”

她稍稍睁大了眼睛。“这太令人吃惊了。”柯瑞萌小姐承认，但是，显得有点儿勉强。然后，在20世纪50年代纽约闷热的九月里，我上幼儿园的第一天，她对我进行了我平生遭遇过的最为严酷的质问。

尽管，表面上听起来或许没有什么。

老师眯起眼睛问：“他演奏什么乐器？”

“贝斯。”我回答。

“什么？”她身子往后缩了一下，鼻子皱起，眼睛眯得更细，仿佛闻到一个温湿、刺鼻的闷屁，“他演奏什么？”

“贝斯。”我又说了一遍。

“那是什么？你的意思究竟是什么？”

“贝斯，”我耸耸肩膀说，“有时它被称为低音贝斯或低音提琴，有时候叫作双低音提琴，我甚至听见过有人叫它低音大提琴，音乐家称它为贝斯。它的形状就像是一个巨大的小提琴，因为它太大了，所以演奏者不能把它夹在下巴下面。表演者要站在它的身后演奏。”我知道这些不是因为早熟，虽然我可能有点早熟。我了解它的原因就如同电工的孩子知道电流表和电压表的区别，水管工的孩子知道六角扳手和管型扳手的区别一样。

“停一下，年轻人，”柯瑞萌小姐兴奋地说，“它就像一个巨大的小提琴？”她的手在空气中比划了一个大的小提琴的形状。

我点点头。

“而且它立在地板上？”

“是的。”

“演奏者站在它的身后？”

“对。”

老师似乎满意得要溢出来。她缄默了一会儿，宣布“那个乐器叫作大提琴”。为了确定我能听懂，她又一字一顿地重复了一遍她自己的话“Chell”（注：她拼错了大提琴cello）。过了一会儿，她补充说：“哦。”

“它很像大提琴，”我承认，“和小提琴相比，贝斯更接近大提琴。”我说，使劲点头。

“放在地板上？”柯瑞萌小姐说。

“是的。”

“演奏家在它的后面？”

“对。”

我可以看见老师的不耐烦现在已经渐渐变成了愤怒。“那个乐器，”她说得更加慢了，“称为‘大提琴’。”在那个星期一早上，甚至一个五岁的孩子都可以看到，真理和理性是不可能获胜的。

我选择了一个新的策略。我说了一句我这一生中说过的最聪明的话。我看着柯瑞萌小姐的眼睛，说：“好吧，它是一个大提琴。”

我从来没有怀疑过我是正确的，她是错的。我也从来没有怀疑过我亲爱的父亲演奏的是另外的乐器。我只是从来不曾认为，对于那些红褐色、弯曲雕刻、木质光亮，摆在我家已经过于拥挤的公寓里各个角落的庞然大物，居然只有柯瑞萌小姐一个人知道它的真实名字。

那一天，我学到了生活、艺术和电影写作的一条基本原理。

原理52：握有权力的人不懂他们在说什么。更糟糕的是，他们不想知道。

在有机会扩展知识、了解真相的时候，权威人士不是乐于学习，而是可能拒绝学习新东西。如果你知难不退，他们的嘲笑会迅速变成愤怒。

所以，虽然我一辈子蔑视权威，许多年后我自己却披上了权威人物的外衣，这是多大的讽刺。人们害怕告诉我对于某部影片的真实想法，因为担心自己说的“不对”，就好像好片和烂片之分由权威决定，观众必须服从似的。

要永远记住，教授的猜测也只是猜测，专家的意见也只是意见。

/ 马尾、羊肠和电影写作 /

我说过，我父亲是个音乐家，他靠演奏贝斯维生。

一个贝斯手的工作到底是什么呢？它要用到内脏。不是随便的内脏，而是羊的肠子，用来制作低音提琴的弦。这还不够，它的弓是由马尾制作的。

因此，一个专业的贝斯手从狭义上说，是靠用马尾摩擦羊肠讨生活，日复一日，年复一年，他用马尾在羊肠上锯来锯去。

这个行为本身，听起来足够令法庭的精神病专家断定为有病。这对任何人来说不都是滑稽可笑、极其乖张的行为吗，遑论一个自称艺术家的人？

如果只看表面，我们认为行为人十分愚蠢，事情就完了。可是事情还没有完，这只是开始。演奏家不仅仅是用马尾锯羊肠，还要像人们料想的那样发出声响。在这种情况下，你也许可以十拿九稳地打赌，它发出的声音应该是刺耳和丑陋的。

如果演奏者声称，羊肠和马尾在出色的从业者手中会发出如此美丽、甜蜜、迷人、令人叹服的声音，为此人们会绕着圈子排成四行，连排几天，忍耐大雪、雨夹雪、大雨、冰雹等恶劣天气和乞丐的纠缠，会为了在房间里听几小时这个声音甚至花费数百美元，会怎么样呢？我们会不会认为说话者达到了临床上精神错乱的地步？

那正是天才的、训练有素的专业贝斯手所做的事情。他用马鬃摩擦羊肠，使后者振动。他用这个表演来让听众把钱放入他的口袋，再购买食物放入孩子们的口中。

这很疯狂。

是的，所有创作性表达都很疯狂。

原理53：艺术不是聪明的，它是愚蠢的。创作作为一种职业不是明智理性的，而是癫狂怪异、愚笨痴顽到无以复加的地步。

创作性的表达不是符合逻辑、周到、理性和负责任的；而是不遵循逻辑、不合理、狂躁和不负责任的，尤其是成年男女执着于这项活动时。

那么电影写作和其他艺术有什么不同吗？

有。它更疯狂。

梦境的回忆，还有那些梦本身和电影写作有相似之处。每个人都做梦，我们常常告诉别人自己做的梦。

设想朋友希望对你讲他做了什么梦，但是在讲之前有两个条件。第一，他要你注意听，不是几秒或几分钟，而是两个小时。

就凭这一点，你不会觉得你的朋友精神状况出现问题了吗？

如果他在描述他的梦之前还要求你，比如说，花十五美元去得到听他讲述的权利呢？

你会不会在他面前大笑？

你是否会叫医护人员？

你是不是强烈地认为他应该在静脉点滴中添加精神病患者使用的碳酸锂？

然而，这正是每个编剧编写每个剧本时所做的事。他编排、设计、安排和重新调整自己的梦，他不仅期望观众们忍受这些梦，而且还要把注意力放在这些梦上。

不是一点点钱的问题。

创作性表达是一种古怪的行为，是人类独有的事业。根据我们断定，老虎和癞蛤蟆都不会幻想，只有人类自己有专业的幻想职业。难怪这样的生命和这样的生活如此充满虔诚和希望，还有什么比以讲故事来换取喂养妻儿、支付房租的所需，来得更荣耀呢？

当它奏效时，当它能够达到其目的时，对创作者和观众们来说，影视写作是一种高贵的、滋养的和有治疗功效的努力。然而，它可以是任何东西，但却不是合理的。事实上，它是丰富的荒谬。因此，大概任何艺术家最具有破坏力的错误是试图计划并精密计算的理性和谨慎，因为理性和谨慎是对飞行员和工程师的要求，而不是对电影编剧的要求。

/ 你相信魔法吗？ /

先前我们讨论了乐器。现在让我们验查这样一件乐器，斯特拉迪瓦里琴。

感谢医学影像技术的进步，现在克隆一把斯特拉迪瓦里琴是可能的。毕竟，小提琴琴体构造于有机质的木材。使用磁共振成像、电子发射断层扫描技术和电脑分析，科学家能精确掌握斯特拉迪瓦里琴的内部和外部尺寸以及质量维度，而无需拆散宝贵的乐器，实现了过去不可能完成的任务。

这些技术允许科学家去准确推测电脑模型，使他们能够严格按照确切尺寸复制原型。此外，制作“新” 斯特拉迪瓦里琴也可以寻找同一年代的细木，可以保证所使用的材料在各个方面相同。而且，由于有了光谱分析，化学家们能够精确复制当年斯特拉迪瓦里兄弟造琴时所使用的胶水和油漆。

真正的斯特拉迪瓦里琴和克隆的斯特拉迪瓦里琴唯一的不同是，后者音色很差。

什么理由可以解释这个结果？

很显然，人们在克隆的时候，把它们的魔法排除在外了。

原理54：艺术家可能犯的最严重的错误是，把魔法排除在外。

关于影视写作的好书、启迪性的研讨会、设计精良的学习课程等都大有用处，这是肯定的。但是，它们都无法取代魔法。

作家可以制定策略和利用电脑，可以理智地计划、盘算和分析，但是最终，我们要抛开这一切，只是蹒跚地到处乱走，盲目地跌跌撞撞地往前闯，摔倒了再爬起来，继续向前。

那也是疯狂的艺术创作之路。

有时候我们寻来寻去都未得到魔法，我们要把所有书籍、方案和软件都搁在一边，更加努力地在键盘上敲击。

我们可能发现，它就在触手可及的地方。

/ 电影院就像教堂 /

为什么会有这么多糟糕的电影？

首先，就像我在别处争论的一样，我认为它们并没有那么糟糕。

电影也和任何其他艺术表达一样有好有坏。如果说大多数电影都缺乏优点，那么，大多数绘画、文学、雕塑、音乐、蜡染、流苏、混凝纸设计、面包块、碎肝脏，以及诸多尚未问世的创作形式也是一样。

尽管如此，一个问题始终存在：为什么电影很差？毕竟，编剧可以阅读大量相关书籍，可以在国内外参加各种研讨会，可以申请进入无数高等教育机构选择就读影视写作的艺术硕士学位课程。

他可以和有经验的顾问合作，甚至和两三个或一个名符其实的顾问小组合作。

值得注意的是，他可以想花多长时间就花多长时间。作家可以写作，还可以修改，再修改，接着继续修改，可以无止境地修改下去，直到它变成一个扎实完整的剧本。

尽管如此，还是有太多的电影不值得我们花费时间、精力去观看和思考，更不要说值得花费我们的美元。

问：为什么？

答：我不知道。

当然，这样的答案是绝不允许在高等教育机构中出现的。在划拨研究经费的董事会面前承认一个问题没有答案，他们会很不高兴，更不用说决定在学术期刊上发表什么文章的编辑委员会了。作为一所世界最高等学术教育机构的成员，这么多年来，我学会了一条最重要的知识：学者、艺术家和观众最终寻求的不是答案，而是问题。

原理55：聪明的问题不提供答案，而是产生进一步的问题。

这里提出的问题——为什么有这么多糟糕的电影？——特别耐人

寻味。

因为它不是向电影写作教育者提出的问题,而是向上帝提出的问题。

为什么全知、全能的宇宙统治者创造了这个世界,又让它充满饥荒、火灾、洪水和喋喋不休的脱口秀节目?换句话说,为什么完美的上帝创造出了一个不完美的宇宙?

这个问题本质上是个宗教问题。为什么不应该这样?归根结底,电影也是一个深具宗教性的产业。影片在电影院里上映,电影院在很多方面类似于教堂、清真寺、道场、寺庙、犹太会堂。观众坐在排成行的椅子或凳子上,他们观看着一小群人在前面富有哲思地、自命不凡地说教和表演。

人们去看电影就和去教堂的原因相同,我们寻求和探索现实生活里困惑我们的难题。我们渴求了解神秘事物,消除错误认识,解决环绕在我们周边的难题和让我们吃惊的谜语。

因此,电影并不单纯只是装饰性的小花边,而是现代人类经验的一个基本组成部分。

我们已去世的UCLA同事诺曼·卡森斯博士并不是第一个懂得精神和灵魂是和血肉、骨骼紧密相连的人。这不是单纯的比喻。前文提到,卡森斯在诊断出罹患绝症后,利用观看喜剧片后大笑,特别是马科斯兄弟的经典喜剧片,延长了生命。医生预告他仅仅能活几个星期、几个月,但是他多活了很多年。电影和电视能够覆盖全球几十亿人口,艺术作品治愈心灵和身体创伤的事例比专业的医疗军团多得多。

我前面提到,创作性表达—— 艺术—— 是人类独有的。海狸不做这种事,白蚁、浮游生物或者是磷虾也不做。

只有人类做。

人类如果不从事创作性表达—— 作为创造者，作为观察者—— 就无异于会走路、说话、呼吸、出汗的行尸走肉。他们错过了释放天性的机会，他们逃避自己和其他人类大家庭成员在精神上的融合和交流，这种融合和交流是创作性表达的本质所在。

他们错过了整个画面。

Part Three

商业运作

Business

Chapter 16
合作与协作

如果不是有照片为证，我会希望整件事情是20世纪60年代后期我吃了迷魂药幻想出来的。事实上，那是在1967年的秋天，当时我还是南加州大学电影系的学生，我给最厉害的教授杰里・刘易斯当助教。

他教一门导演课程。

我和杰里・刘易斯那温暖和奇特的关系简直就可以单独写一本书。鉴于此处的目的，我只简单地说，几年后他给了我一个无法拒绝的职位：在他最后一部大电影公司拍摄的影片中担任对白导演。

因为杰里・刘易斯喜欢和运动员明星交往，他挑选了洛杉矶道奇棒球队的几名队员做演员，其中最重要的是中外野手和队长威利・戴维斯。

当时戴维斯正处在鼎盛时期，他二十九岁，正在享受事业上最辉煌的阶段，而且有人认为他是队里最好的球员。

他也是一个拒签合同的球员。

在自由球员时代之前，队员被严格限制他们的选择；那时他们必须接受管理公司开出的任何条件，不能跳槽到其他球队。球员唯一的谈判筹码是威胁赛季罢赛。

确实，在冬天电影的拍摄期间，威利·戴维斯明确地威胁说，那个球季他将不出场。一天早上，我在开车去电影公司的路上听见晨间新闻报道，戴维斯终于和道奇棒球队签订了合同。我在片场碰到他，问："合同签了多少钱？"

他回答说："五万美元。"

即使算上通货膨胀，这位最出名球队里的超级明星、最棒的击球手和中外野手接受的收入也十分菲薄，其金额仅相当于当今重要球员经纪人收入的一小部分。

那部电影的道具管理员一年也能挣那么多钱。不管怎么算，对于一个在竞争极其残酷的行业处于佼佼者地位的人来说，他得到的报酬是微不足道的。

当然，很多人肯定会说光靠打球就赚五万美元也不算少了。我强力地反对这种看法。比如，我烦透了那些评论员，他们天天说约翰尼·卡森"只不过"是主持了一档电视脱口秀节目，他赚的钱太多了。

那个无关紧要的脱口秀节目给国家广播公司（NBC）赚了上亿美元。这个节目在全世界联合播出的收入总和超过十亿。

约翰尼·卡森个人对这个谈话节目是不是有突出贡献？国家广播公司当然这么认为，以至于他们最终同意在合同中把约翰尼的名字和节目连在一起。原先的节目是约翰尼·卡森主持的《今夜秀》（The Tonight Show），现在改为《约翰尼·卡森主持的今夜秀》（The Tonight Show Starring Johnny Carson）。即使是约翰尼某个晚上不在，临时换上客座主持人（有时候是杰里·刘易斯）主持一次或一个星期，这个节目还是被称为《约翰尼·卡森主持的今夜秀》。

事实上，卡森不再只是电视网的一个雇员，而变成了这个节目的股东之一，分享此节目利润。他不再只是为老板工作来换取薪水，而是自己变成了老板。

专业运动员的情况与之相同。

感谢自由经纪人制度，体育明星的命运不再掌握在他们的老板手里；取而代之的是明星请经纪人为自己签约，他们的收入不再局限于工资，而是整个行业的一部分收益。刚开始球队老板会埋怨说，这样做会使这项运动破产，并就这个问题发起了痛苦的公众争论。然而事实却是球队的利润直线上升，如此安排让各方均从中获利。

看到这里，读者有理由发问，为什么一本探讨影视写作的著作要提到这个问题？答案是：它说明了不仅电影业，还有电视和新媒体在新世纪里也存在一种健康的发展趋势。

在新世纪里，过去黑白分明的界限现在变得交融、模糊、重叠、合并，比如，部落和部落之间、奴隶主和奴隶之间、劳工和管理层之间、北方和南方之间、东部和西部之间、租客和房东之间、男人和女人之间、资本主义和共产主义之间、商业和艺术之间。从前很清楚的地域边界出现裂缝，渗入到彼此的领域，最终边界完全消失了。

古老的、熟悉的、适意的、值得信赖的差别已不复存在，让位于全新的奇特现象，影视业就是一个典型代表。

/ 劳工 管理层 /

我们已经看到，职业体育中，老板和运动员之间的界限已经很大程度上模糊不清了，企业界也日益形成这种趋势。现在，在各类公司上班的工作者都被形容为：工作者—所有者（worker-owner）。实际上，员工成为本公司股东的情况越来越兴盛了。

一个律师不仅仅为律师事务所工作；如果工作一段时间后通过检验，他／她将成为合伙人，享有全部权利并承担全部责任。大学教授不再简单地为学校工作，一旦他们通过严格的资格审查成为终身教授，就会积极参与学校管理，制定和执行方针、政策和程序。

劳动者与管理层的结合再没有比影视界体现得更为明显的了。在电影界——有些方面电视业界更为突出——劳方就是资方，越来越多剧作家同时兼任自己剧本的制片人。

作家中一个常见的误解——也是一般人的误解——就是，为了保护自己的剧本，编剧还必须自己当导演。我认识几位编剧积累了足够的影响力，获得导演自己剧本的权力，结果却把剧本糟蹋得一塌糊涂。更可怕的是，当编剧自己掌控所有拍片事宜时，他不能再为拖延拍摄日程和超支而埋怨别人。

只有一件事情比请一个蠢导演来糟蹋你的剧本来得更坏，那就是你自己糟蹋你的剧本。

也许这种给予导演过多赞誉的情况正在减少。比如说，乔治·卢卡斯在导演完《星球大战》之后，差不多二十年再也没有导过其他影片。然而，谁会怀疑由他设计和出品的电影没有铸刻他的特殊标志，体现他非凡的艺术感受力和独特的审美趣味呢?

常常有人问我，用那么高的价钱——经常是几百万美元——去雇佣一个名编剧写本子是不是会觉得不妥？我的回答永远是：不。毕竟，我是一个作家，也是一个写作教授。我为什么会反对作家用他们的劳动换取巨额金钱呢?

别人也许会问：这不是违反了作家不应以金钱为首要考虑因素来激发写作的基本原理吗？这是不是玷污了用心灵吸引观众进入电影院的光明的精神呢？关于艺术、创造力、梦想、发明、想象、向往的种种梦幻，会不会迷失在一大堆钞票里呢?

我还是会再说一次，我一点儿都不为作家获取高额报酬而感到不安。我坚定地认为，我们应该获得尽可能多的稿酬，说服甚至在某种程度上强迫电影公司来支付我们。

关于最近提高编剧报酬的事宜，我感到最欣慰的是它体现了编剧，而不是导演，才是电影的第一个真正的创作艺术者。当然，作家们早就知道这一点。过去几十年中，编剧的稿酬十分微薄。毕竟，钱隐喻地代表了一切。此外，钱是一个带有数字的比喻。在目前的情况下，金钱象征了一种尊重的程度。

不过，酬金问题可能会让作者分心。

原理56：电影剧本的创作不是关于电影业，而电影业却和电影剧本的创作相关。

美元宣布，好莱坞终于明白了一个道理：没有好剧本，电影就不可能赚到钱。靠影片特效做不到，靠电影明星做不到，灯光、布景设计、艺术指导或者服装师、化妆师都做不到。成功首先而且主要通过故事来实现。

故事是作家的领域。所以，编剧越来越多地发现，自己不是制片人的雇员，而是制片人的合伙人。

/ 现实 虚拟 /

我们生活在信息泛滥的时代。各种符号和标识像雨点一样洒在我们身上，争先恐后地试图吸引我们的注意。例如，一个男人在公共厕所里，可能会发现瓷质便池上方与眼睛持平处竟然就是广告的位置。越来越多地代替纸质宣传品的是数字屏幕。同样的情形还出现在加油站，你进熟食店去买一个熏牛肉三明治，可能会看到自己被平面屏幕包围，它们在播出新闻、体育比赛、喋喋不休的政治评论等。

有时候，我们很难辨别画面本身和它们声称所表达的意思是真是假。

在洛杉矶拥有“仿制”手枪是违法的。这些手枪看起来和真枪一模一样，但是不能发射，偶尔它们会在犯罪案件中被使用。受害者看见罪犯挥舞着一支9毫米格洛克手枪的逼真模型时，最好认为它是真的，并乖乖就范。

然而，拥有真枪，可以发射子弹，造成伤残和死亡的枪支却是合法的。我提出这点并不是要参与支持枪支管制辩论，而只是为了证明现实和幻想正在日渐重叠。

由于我每天和这么多的作家、代理商和制片人打交道，所以我能得到美国和世界的第一手消息，这是我的荣幸，同时也成为了我的负担。作家经常送来剧本请我阅读，代理商和制片人常常来找我寻求编剧和剧本。

几年前，我接到一个管理公司打来的电话，他们代理一个重量级职业拳击手。由于他的拳击事业正在下滑，他们在想办法让他转行从事表演。他们让我留意是否有动作／冒险片，适合他开展电影生涯。不过有一个条件，拳击手希望为美国青少年树立正面榜样，他不愿意在银幕上被塑造成打伤别人的形象。

一个拳击手怎么会让管理公司给电影教授打电话寻找表演工作，而不是在现实生活中用他的拳头把对手的脸打破，并且全心全意地希望把对手打昏？可是，他画了一条分界线，他不愿意在电影中打拳击，只愿意模拟拳击。

思想自由和言论自由是一对双胞胎。即使是集权社会也不能控制公民选择思考什么。可控制的不是思想，而是思想的表达。寻求加强审查的人们不会在街上游行，拉开写着“控制思想刻不容缓！！！”的标语。相反，他们会呼吁“只对那些事实‘证明’具有‘破坏性’的表达进行聪明、合理、明智、豁达、负责任的限制”。

这仅仅是混淆真实与虚拟界限的又一个例子，混淆现象存在于电影界，也存在于整个社会。

/ 合作 协作 竞争 /

通常，表面上看起来的竞争其实是合作或协作的另一种形式。

想一想奥林匹克的各项比赛。

奥运会表面上完全是对抗。哪个体育项目不是一方选手要击败另一方选手？哪个项目结束时不是必须清楚地分出胜负？

一场实力悬殊的强壮对手战胜弱小对手的竞赛远不如一对实力相当的对手彼此竞争有吸引力。对手使我们强大，竞赛队伍中的成员彼此需要，他们的差异与他们的共同点相比微不足道。

除别的事情以外，作家应该把创作性表达视为体育竞赛，它需要敏锐的头脑、迅速的反应，还有强壮和健康的身体，以支撑自己的才华。

我是一个对游泳上瘾的人，如果不每天游泳我就无法写作，无法睡觉，甚至无法呼吸。所以，在奥林匹克运动会的比赛项目里我对水上项目最感兴趣。我在观看2008年北京夏季奥林匹克运动会的游泳比赛时，突然觉得那与其说是比赛，不如说更像是合作和协作。

仅仅为了举办奥运会就需要大量人员参与。要选择场地，要建造场馆，要培训、招募、任命许多官员，包括评审、管理者、记时员、教练、裁判以及各项目助理，更别提还要有庞大的运动员群体参与。

再说一遍，竞赛可以被认为是另一种形式的合作。

/ 终结逆境 /

电影是最高贵、最优雅的竞争典范，这种竞争是正面的、富有创造力的，且需要通力协作。

除了电影，还有哪个行业能具有如此纷繁多样的艺术家与技师？它包含以下一系列人员：会计、律师、监制、发行商、参展商等，他们构成一个由大量人员组成的大家庭，紧密结合在一起共同参与创作。理想的情况是，每位参与者不是为自己而是为集体尊严——即整部影片而感到高兴。

简言之，电影并不是一项对抗性的事业。事实上，它比任何其他事业都更能为有志男女们提供载体。这个载体重共生而非离析，重创造性而非单调乏味。

那么这对编剧究竟有什么意义？

这意味着编剧不应参与表演、导演、摄影或剪辑电影的工作，也不应做美工、置景的工作，编剧不必为剧中的角色挑选演员。

编剧应该做的仅是写作。

编剧不应抑制而是要鼓励参与者发挥创作力。是的，参与者可能毁了电影。可是，他们也完全有可能让电影大放光彩，超出编剧预料，令他欣喜若狂。

我们由此得出一条剧本写作原理。

原理57：好编剧只充当引路人，然后让开路。

我在公开演讲以及UCLA的授课过程中，极力宣扬三条具有鼓动性的原则的好处，尽管这并不是大多数人期待从一位年长的、任职于世界级高等教育中心的终身教授口中听到的。

原则一，要接近尽可能多的观众。

相比创造电影的艺术家们，电影更是为了观众而制作的。他们不必像热映影片那样接近广大观众，不过如果他们能做到，当然不是坏事。然而确凿的是，他们的观众面必须广，不能仅局限于编剧的家人和朋友。

原则二，可以睁着眼睛说瞎话。重要的不是事件，而是感情。

在以上两条原则的基础上再补充两条。

原理58：布尔乔亚式、中产阶级的价值观是全世界的希望。

当人们为衣食住行挣扎的时候，就没有艺术的位置。这些最基本的物质条件被满足后，各种艺术才能兴旺昌盛。

原理59：最明智的对策，最有见识的道路，对任何人来说，不是离析而是同化。

例如人们经常抱怨，几乎不可能买到一辆完全由美国生产的汽车。每一辆汽车都包含着各个大洲许多国家和地区制造的零部件。

人们不应为这个事实感到悲伤，而应该欢迎它的到来。世界各地的人们团结一致，致力于共同的事业，生产同一件产品并力求达到同一目标，这又有何错呢？

知道你的归属很好，但是这不能取代我们与周围人之间的互相交流和相互作用。当前的潮流—— 孤立人类经验，为丧失名誉的种族隔离推波助澜，使我们的存在呈割据态势—— 只是沧海一粟。未来的全景不论是好是坏，都会发生。

那会是天堂还是地狱？

对，是天堂还是地狱取决于谁看待它，在哪儿，什么时间。一旦失去熟悉的东西，人们会感到悲哀。陌生的、未知领域就其本性而言是可怕的，有时也很危险。

学习、保护、保存那些构成人类遗产珍贵部分的非凡事物是一回事，颠倒历史、反向运行又是另一回事。

马歇尔·麦克卢汉，杰出的加拿大思想家，多年前提出：印刷机的发明最终使工业革命成为可能。经验被粉碎成零星的碎片和标志，这正是印刷机对语言所造成的影响，最终不可避免地把我们引导到装配线和大规模生产的道路上去。印刷的书本成为最早大批生产的产品。

这个进程在电影业也引发了共鸣。电影使全世界分享经验成为可能，并不可避免地为发掘地球村的真相给予了帮助。电影是这种变化的工具，同时它本身也体现着这种变化。

除了电影行业，再没有其他地方能拥有如此多样化的合作者，并创作出如此完整、出奇一致的作品。我们中有些人足够幸运、足够疯狂才得以投身于这项计划的制定—— 即剧本创作中。我们所履行的职责不是来自于制片厂负责人的指派，而要来自于与我们同在的上帝，它不仅是电影、也是生活自身的原动力。

Chapter 17
剧本销售策略

在一所广受尊敬的高等学府教授如此竞争激烈的课程，使我有机会和电影写作专业的很多最聪明、最敏锐的学生密切接触。他们带来了才华、纪律、语言技巧——写作实力的总和——但他们也带来了唯一的弱点：商业意识浓厚，精明过头。由此犯下的一个错误就是，他们总想追赶潮流。

/ 避免追赶潮流 /

在UCLA高阶写作课的第一节课上，每个学生都要概述自己将在这堂课中写作的剧本。我永远不会忘记这堂课，有个学生要写一个父亲与儿子的故事；另一个学生要写一个艺术家在内战结束后到西部去的故事；还有一个学生的故事是关于一群精力旺盛的青少年到外太空旅行。只能说有些想法比另一些听起来较好，表面上看没有哪个是不可行的。

接着，下一个学生在没有提供丝毫细节的情况下，轻率地宣布，他打算写一个故事，这个故事会和“（某个电影公司）新一届执行团队正在寻求的影片”紧密相关。可悲的是，这个家伙表情极其严肃。就像大学名校里太多学习剧本创作的有好莱坞癖的学生一样，他每天沉迷于关于电影的商业出版物、网站，还有博客，试图去推测电影公司的决策、人事，更可怕的是，推测目前的潮流。

如果真的有什么失败秘诀的话，那就是臆测和追赶潮流；这就是为什么每当我看见我的学生们读这些东西时，都会把它们没收。当然，商业出版物和网站有它们存在的目的和用处，尽管大部分内容都不过是公关宣传部门在散播甜密的谎言，发布一些谁假装正在进行什么项目的消息。

编剧企图用正在流行的题材来吸引经纪人或高管时往往为时已晚。昨天的潮流到了今天就已经过时。这一季的时尚，不管它是什么，早在两年前就必须要在生产线上了。

原理60：拥抱最新潮流为时已晚，正因为它是最新潮流。

具有可爱的讽刺意味的是，即使是在邪恶的好莱坞，作家可以采取的最明智的方法，就是笨拙地、不顾一切地追寻他的内心世界，讲述他最个人的独特经历。轻佻善变的编剧追赶潮流，无疑是因为追赶潮流看起来似乎最为保险。然而，事实上，电影写作无保险可言。

原理61：艺术家采用的最危险的策略，就是寻求保险。聪明的作家不是逃避风险，而是拥抱风险。

为了抓住观众，作家必须冒险。面对推销自己的幻想所固有的艰巨挑战，他们必须迎难而上。所有编剧，尤其是无名的新编剧，都要有应对一种可能性的思想准备：也许他们的辛苦写作得不到任何实际结果。如前所述，成功的作家不是试图逃避风险，而是一头扎进风险之中。

写得好的剧本，即使没有售出，也会有多种用途。作者可以用它作为样本来寻求代理；他可以把它交给制作公司来申请资金——以剧本加工协议的方式——根据另一个想法撰写另一个剧本；他还有可能得到修改别人剧本的机会。好剧本使作家能保持他的写作习惯，以再次面对可怕风险。

原理62：最聪明的营销策略是拿出好剧本。

/ 代理 /

每位编剧在他的一生中至少应该有过一次拜访电影公司故事部的经历。从地板到天花板，沿着墙壁四周，以六乘十六的进深摆满了剧本，成千上万的剧本，数十百万的剧本。这些剧本中的百分之九十九都未被售出，即便极少数剧本果真售出，其中绝大部分也没有实际投拍。

编剧如何让他的剧本不被淹没在这片汪洋大海之中而送到有权力拍摄电影的人手中呢？他应该寻求一位经纪人，还是直接将剧本寄到电影公司呢？

答案是：两者皆可。他可以寻求一位经纪人，也可以直接把剧本提交到电影制作公司。

然而，把剧本直接送到电影公司向来都是不明智的。通常，把一个剧本未经请求直接寄给电影制片厂，它会被原封不动地退回，没有人拆开阅读过。电影厂这样做的目的是保护他们不陷入讨厌的剽窃诉讼官司。理论上，他们无法成功地剽窃没有读过的剧本。

正如前面讨论过的，作家必须换位思考，站在对方的角度思考问题。想象一下制片人收到了作家本人直接寄来、而不是经纪人交给他的剧本，他会怎么想呢？他会猜想是否编剧试图寻找一位或多位经纪人，可是遭到了他们的拒绝？不然他为何要自己提交呢？在这种情况下，剧本还未被阅读就隐约笼罩了一层被舍弃的失败阴影。这就是应该找经纪人提交你的脚本而不是自己提交的理由。

艺术家寻找委托基于一个古老观念，其中有些合理，有些不合理，创作型的灵魂——诗人、画家、作家、作曲家——他们的感情太过敏感，不适合沉湎在世俗的金钱事务当中。古老的理论是，他们必须不惜一切避免脆弱的自我受到挫伤，而自我正是他们的创造力赖以存活的根本。

然而，事实上，作家应该把自己看作劳动者，劳动者要宣布命运掌控在自己手上。不管一位作家是多么高尚和心地善良，他可能犯的最致命错误是认为自己置身于竞争之外。

尽管如此，为了使艺术家能够一边创作艺术，同时又能支付房租，长期以来，出现了一群代表艺术家利益的经纪人和中间商。这些人有商业头脑，从他们卖出作品的酬金中得到一定百分比的金钱。

一方面，艺术家在潜心创作的同时可能缺乏时间和精力去商业场上周旋和厮杀。另一方面，他们大概不具备商业头脑去精确算计和谈判关于比率、版权、修改、重播和追加酬金等诸多问题。表面看来，剧本销售和加工的业务往来似乎很简单：制片人同意支付编剧一定数量的金钱来换取他所写的剧本。

不过，付多少钱呢？是否付预付款呢？全部一共付多少呢？片子开始拍摄时会不会有奖金呢？这笔奖金的合理金额是多少？作家要先提供大纲给制片人批准吗？重写和修订的部分如何计算呢？制片人有权在写作期间解雇作家并雇佣他人吗？而且如果这种情形发生（确实经常发生）的话，银幕上的编剧应该写谁的名字呢？

如果影片在电视或网上播出或发行光盘，作家会得到多少钱呢？如果在电视上重播呢？如果播出三百四十七次呢？国外版权如何计算？续集呢？还有制片商对作家后续项目的优先购买权应如何处理？

显然，在这些领域里作家需要专家的支持。经纪人必须能够提供这些帮助。

多年前，我曾犯了一个错误，就是阅读我自己的合同。我说“错误”的意思是因为阅读一份合同会让作家误以为他理解了合同。当然，我没有这样的误解，该合同即使是用纳瓦霍语（Novajo）写的，对我来说也一样。

从合同第一页的注释就可以看出它复杂而晦涩的程度。除了工资，我的经纪人还协商争取到几个“点”，即电影净利润的百分比。在短语“净利润”的旁边是一个星号，在这一页底部是另一个星号并附有解释：“净利润的定义请参阅附录A。”

我需要说明，《附录A》本身比整个合同要长很多倍。

为了获取一种个人权利完全得到保护的感觉（有时候是一种错觉），寻求经纪人——可能还要寻求律师或经理——是必要的。

/ 与经纪人接洽 /

作家往往不善于与人交往，但还是应该学会一些社交礼仪，这不仅在职场，在生活中也可终身受用。

1.发信礼仪

尽管我上面说了很多，但是有位独立开设影视写作课程的指导教师认为，只是写一封聪明的询问信去试图赢得代理和经纪人是荒谬的。他说编剧必须精心培植错综复杂的联盟，参加各种电影研讨会和行业活动，建立关系，在时尚的演艺餐厅和酒吧出没，认识影视界的关键人物。他声称他之所以说那个可怕的谎言，是因为作家们喜欢听。

讽刺的是，编剧最不爱听的，就是找到一个经纪人可以让推销剧本变得容易。也许是经纪人有问题，而不是询问信不妥当，或更糟的是剧本有问题，这么想可以给作者更大的安慰。

与其操心制定精明的计划以赢得经纪人的合同来代理你的剧本，

作家更应该担心自己写的剧本是不是值得请有实力的经纪人去推销。事实上，经纪人急切地渴望新作者的剧本。我在UCLA的办公室每个星期都会收到关于新作家和新剧本的索求，如果我不能提供他们新的作品，这些来电来函者会非常生气。

如果代理很难找到，如果他们不愿意考虑代理新的作家，那么如何解释我收到的这些电话、传真、电子邮件，还有推特（Twitter）、脸书（Facebook）和我的空间（MySpace）的留言呢？甚至有人亲自登门，拒绝离开，直到从我这里拿到剧本，可以交给他们的老板才肯罢休。

有一次，至少六个经纪人——他们都来自好莱坞公认最强大且名声显赫的代理公司——突然像特种部队发起袭击一样（我发誓有看见他们腰带上绑着手榴弹）出现在我的办公室，要求我提供新作家的剧本。我还见过经纪人不请自来地出现在影视写作颁奖礼上，手上拿着准备好的文件，当新作家进门时就把他们签下来。

重要的，再说一次，是写作本身。想找到一位经纪人，作家仅仅需要写一封机智、简洁、聪明的询问信。我在后文提供了一封示范信，这封信不仅使一位无名作家的剧本得到了被阅读的机会，而且此剧本被拍成了电影，不仅是普通电影，还拍成了系列电影。

这就证明，如果询问信写得合体，那么代理机构会邀请作家提交剧本。这样一来，一个主动发送的剧本就变成了被请求发送的剧本

编剧常常对我抱怨，说他们尝试过这种方法但是失败了。他们说，自己发了询问信给很多代理经纪人，但是并没有得到剧本提交邀请；他们的请求要么被直接拒绝，更经常的是，要么被忽略。

每当我听到这样的故事时，都会要求作家把他的询问信读给我听。几乎每一次，问题的症结都一目了然：询问信写得太糟糕。大多数信中都包含了太多作者信息，更多的时候，包含了太多剧本信息。

不过，有一位作家给我读了他的信，坦率地说，它给我的印象是完美的。我无论如何也想不通有哪位经纪人——几十几百位经纪人——会拒绝考虑他的剧本。我们共同仔细思考他的困境，沉默良久，作者突然低声自语："也许是因为剧情简介。"

"什么？"我问。

"简介。"他又说了一遍。

"你把剧情简介连同你的信一起寄去了吗？"如果作家在信中附带了剧本梗概，那么经纪人会阅读梗概。

不是有些经纪人或经纪公司会要求提交简介吗？

如果他们要求，要写得非常短。把简介当作一种预告片，当作即将上映的新片预映，专用来引诱经纪人，使他们想知道此剧本更多的内容。在这种情况下，你提供的剧本信息越多，经纪人想阅读剧本的可能性就越小。

如果一位经纪人坚持要求提供剧本简介，你写的时候要用双倍行距，不要超过一页纸，不要在你的简介里描写故事和人物细节。你的目的是诱使经纪人自己去剧本中发现那些东西。

这种询问信的"写作方式"最近经过测试，效果非常好。一位教授影视写作的指导老师在一个主要城市——离好莱坞数千里以外的地方——两所大学的电影系进行了一项调查。四个影视写作班的学生写了询问信，并把它们未经许可寄到了编剧协会刊登的几家被选作样本的正规经纪公司。

不过，在寄信之前，它们必须经由教师和全体学生批准通过。这些信件被仔细检查，目的是既要措辞简洁，又要诱惑读者。它们在课堂上被全体通过后才寄给经纪人。

实验结果“成功”率（指对方收到信后做出友好反应——邀请作者提交剧本的比例）：96%。如果询问信写得得体有效，在没有任何推荐信或“业内关系”的情况下，96%的经纪人同意阅读剧本。此外，这其中大量的经纪人本来在编剧协会的刊物中明确指出，他们不接受作者寄来的剧本。

记住，他们并没有同意代理剧本，而仅仅同意考虑。一旦经纪人同意考虑一个剧本，剩下的就取决于剧本本身的好坏，他会据此决定是代理它，还是相反：拒绝。

既然编剧们不愿意相信经纪人愿意考虑他们的剧本，他们会认为经纪人喜欢自己剧本的可能性就更小了。就好像经纪人每天早上醒来的目的就是伤害编剧的心，伤害越多编剧的心越好似的。

当然，事实完全相反。难道还有什么可吃惊的吗？

难道任何人在读剧本时不是更希望能喜欢它而不是讨厌它吗？难道经纪人不是都觊觎代理有希望的新作家，更不用说卖掉剧本赚取佣金吗？

这是一个如此明显的事实，可是人们对此却视而不见。它抨击了认为经纪人都是怀疑论者的无稽之谈，即以为经纪人的最大快乐就是粉碎作家的梦想，浇灭他们的希望，打压他们的士气。其实事实正好相反，代理商真正想要的是对他们所读的剧本肃然起敬。作家们要懂得艺术家和经纪人之间的关系——与电影创作家族里所有成员的关系一样——不是对抗，而是合作。作家和经纪人不是对立的。双方需要的是同样的东西：一个有市场的剧本。

重申一遍，最简单、最有效、最直接的获取经纪人关注的方式是写一封标准的询问信。今天我坚持此论点比任何时候都更加坚定。

不要在寄信或寄剧本时要求收到回执，有时这样做会导致邮局或送信人留给收件人一个取货通知单，请他亲自到邮局去取邮件。如果经纪人在邮局排了长长的队，发现收到的只是一位作家请求提交剧本的询问信或剧本本身，他／她会非常恼火。好吧，它会给经纪人留下深刻印象，但不是明智的作家所寻求的那种印象。

另外，提交剧本时注意避免采用任何特殊或花哨的方式是明智的做法。最近我收到了一个大箱子，打开一看，里面除了装满防震泡沫，其他什么都没有。我检查了所有的泡沫，终于发现了一个小小的幸运饼干。掰开一看，"幸运"的消息是（大概是我幸运）一个新作家的新剧本正在创作中。

我承认我很恼火，它让我浪费时间在包装泡沫中搜寻，心想是不是有重要的东西丢失了。此外，让我加倍恼火的是，我不得不跑到楼下大厅，把这一堆东西丢进垃圾箱。翻找和倒垃圾占用了很多时间吗？没有。不过，它们所占用的时间——每一分每一秒——都被浪费了；作者完全没有达到目的，只是给潜在读者留下了很不佳的印象。

我听说过的最荒唐的剧本提交方式，是一名特殊信使搬了一个巨大的箱子到经纪人的办公室。箱子里面有一个鸟笼，鸟笼里是一个剧本和一只活蹦乱跳的鸟：一只信鸽。

鸽腿上绑着一只小皮袋。贴在笼子上的纸条写着说明：经纪人看完剧本后，请在纸条上的“是”或“否”旁边打勾，然后把纸条塞在皮袋子里，将信鸽从窗户放出。估计，这只鸟会把通知带给发送者。

唉，然而，剧本放在笼底，小鸟已经对它进行了评论：上面斑斑点点布满了鸟粪。

2.电话礼仪

然而，无论什么情况，作者仍旧最好给经纪人写信而不是打电话。事实上，编剧过分使用电话了。他们在一部又一部的电影中让剧中人物通过电话交谈来叙述故事，而不是把故事表演出来。

编剧还有一种滥用电话的形式：打电话给经纪人。即使是最勤恳的经纪人，也处理不了这么大量的电话。不过，他可以处理信件。这就是为什么作家应该写信给经纪人，而不是拨打他们的电话号码。

不过，在极少数适合给经纪人或制片人打电话的情况下，也应该遵守一些简单的规矩。

绝不要打电话询问是否收到了寄出的剧本。

我已经提到寄信要求回执是一个错误。相反，编剧可以提供一个贴好邮票的明信片，并在上面写好自己的地址，请经纪人在收到剧本后把明信片丢进信筒。不过，我认为这样做也是错误的，因为这看起来很低档，使人感觉非专业。

那么如何知道自己的剧本是否已经被对方收到了呢？

首先，你要确定收件地址完全正确。同时，要把收信人的名字拼写得完全正确。如果我的名字被拼错了，我在乎吗？

我不在乎。

但是，别人也许会视名字的拼写错误为不礼貌的行为，并且非常生气。更糟糕的是，这可能会被视作剧本写得马马虎虎的证据。如果地址是当前正确的地址，所有的细节都很规范，字迹清晰，那么它肯定会被送到。当然，有例外存在，但那只是：例外。

另外，在好莱坞要谨记，你的第一印象是唯一的印象。因此，你必须确定，提供的剧本真正做到了万无一失。

永远不要打电话告诉某人不要读你最近提交的剧本，因为剧本寄出后又被修改了。这样的电话无一例外在读者刚刚读完剧本时打来。既然剧本需要修改，当初就不应该提交。

近年来，由于借助文字处理软件，没有了独立的第一稿、第二稿和第三稿，作者可以在同一稿中不断修改、演变。编剧上午十点给我的剧本，到了下午两点钟就又出现了新的修改稿。

我有时接到作家的电话，他们告诉我，我会收到修改后的第8、18、22至25、61、73至78页和109页。这些修改稿还附带着一个请求，当然，作者请我重新审阅。

只有一个合适的理由让你可以打电话打扰经纪人或制片人，那就是回复他打给你的电话。如果你给他/她的电话答录机留言，要遵循一条重要原则，开始留言时要报出你的名字和电话号码。

要养成留下你电话号码的习惯，即使你确定对方已经有了你的电话号码。

如果你对这个小技巧不以为然，请记住它隐含了你对接收信息者的尊重，你希望对方给你回电话。首先，也许他是在很远的地方给你打电话，没有随身携带他那有十磅重的通讯录。要感谢新的科技，过去那些卡片式的通讯录现在都输入了手机，或黑莓，或其他个人电子档案里，里面不仅有每个人的地址电话，甚至有血型发型，不仅是活着的人，甚至查理曼大帝时代的人物信息都可以存储在里面。不过，与其让别人回你的电话存在一点儿困难，何不给他提供一些便利呢？冗余也许不适合存在于戏剧性的叙述中，但在我们的生活里它常常是有用的。

即使我不希望他回我的电话——例如，我只是告知了一些对方索要的信息——我也会先报出我的名字，然后说出类似以下留言："不需要给我回电话，但是，如果你方便的话，如果你有任何问题或建议，我的电话号码是……"

如果你必须留言，尽量保持简短。

这样的沟通方式表达了作者对接听人的尊重和体谅，作家留下的信息是贴切和有用的，而不是语无伦次的漫谈。

必须注意，你自己的电话语音机的问候语一定要简洁明确。

一个鼓乐齐鸣却伴着末日来临般的戏剧化的复杂留言问候，可能在第一次听到时觉得好笑——只有第一次——以后每次听见都会令人厌恶之至，它在浪费打电话人的时间。

有些人不愿意在他的电话答录机留言问候语中说出自己的名字，那没关系。但是，让打电话进来的人知道他们拨打了正确的电话号码是很有用的。

在你电话录音留言的问候语中，一定要记住留下自己的名字和电话号码，包括地区号，这样打电话的人会知道他们是否找对了人。

现在区号普遍存在。甚至最近打本地电话时也要拨十一位数字的电话号码，还不包括分机。很多人，比如我自己，需要通过一个机构的总机转到外线，所以就要多拨打另外一个号码。

也许你只是给街对面的人打电话，可是加起来也要拨十四位以上的数字。在这种情况下，难道有谁不明白这会让人多么容易拨错号码吗？

因此，让打电话的人准确地知道他拨的号码是否正确是很有用的。如果有人寻求我的帮助，但是我给他回电话时，他的语音留言没有提供任何姓名和号码的线索，我就无法确定录音的主人是不是我要找的对象，这种感觉实在令人沮丧，并彻底使人抓狂。

还要牢记的是，电话语音留言目前已成为我们文化中的一部分。现在已经不需要告知对方，“您接通的是语音留言机，我现在正在另一个电话上，或者暂时离开座位，您的电话对我们来讲很重要，我们将尽快给您回话”等熟悉内容，也不需要提示打电话的人等到“哔”的声音后再留言。

当然，谈论电话语音答录机的前提是作家拥有这种设备。对我个人而言，如果我试图回电话但是那边无人接听，我就不会再打。如果电话那边是忙音，我也不会再打。一个作家如果希望别人回电话，他必须随时可以被找到，哪怕他很忙。因此，他不仅要有电话答录机，而且要有呼叫等待功能。聪明的作家期望的不是难以被找到，而是容易被找到。

比这些更重要的是，要牢记，最好的电话礼仪也不如按照老派的方法写一封信更为有效、体贴和聪明。

这些规矩可能看起来是琐碎，甚至是愚蠢的，我希望它们不用说你也能明白。说到底，它们应该源自常识。把这种规矩运用在实践中，不仅对你的专业，而且对你个人都有利。比如，如果作家的电话礼仪很差，就会给别人留下不好的印象。在影视写作领域如同其他创作领域一样，印象是整个游戏的代名词。

3.寻找经纪人的万无一失法

如果说，赢得经纪人的关注，最终使他代理你的剧本很困难的话，那么在电视方面获得代理则要困难得多。作家写询问信寻找电影剧本的经纪人是相对容易的，寻找电视方面的代理则十分棘手。

太多的作家——就像太多的影评人——对电视表现出自命不凡的态度。在高等院校的特定角落，人们谈到电视时要压低声音，甚至只用“T字母”来指代。

事实上，电视与所有创作性表达——电影、戏剧、舞蹈、音乐、绘画、雕塑、文学——有一个共同点，它们大多数都是粗陋的，只有一小部分作品确实非常优秀。我所谓“有价值”的意思是它们的品质能吸引观众的注意力，使他们激动、烦乱、沮丧和惊恐，使他们再三回味，让他们大笑，让他们哭泣。

我很同意近年来《纽约时报》上刊登的一篇文章，它指出当今电视播出的大部分故事片都比电影院的电影更有趣。在本书写作期间，大电影制片厂没有去探索和寻找激动人心的新创意，而是回收从前的老电影，拍摄续集、前传，或对那些有版权的陈芝麻烂谷子进行重拍。这些故事和角色不可避免地会重复那些奇怪的汽车追逐、火球爆炸和枪击等特殊效果。

几年前编剧协会进行罢工时，我被安排在一家电影公司的大门口，在那里我遇到了过去南加州大学的一位老同学，编写动作片／冒险片的高手约翰·米利厄斯（代表作有《现代启示录》等）。挥舞着醒目的用荧光粉涂写着“罢工”字样的牌子，我们在位于伯班克的国家广播公司大门口来回游行。几名游客注意到我们扛着的罢工标语牌，就走过来问道：“你们是作家吗？”

我们点头。

“你们怎么进入电视界呢？”

“你应该这样问，”约翰说，“‘你怎么离开电视界？’”

事实上，在对待编剧方面，电视台付费是最为慷慨的。比如说，一个顶级剧本的价格可以达到四百万美元，而且编剧很少只拿到这个金额。想一想创作和撰写电视连续剧《家族的诞生》的加里·大卫·哥德伯格吧，他的剧本赚取了上千万美元。乔·埃斯特哈斯卖出了一份四页纸长的《一夜情》梗概，扣除通货膨胀因素，他得到了七八百万美元。此外，马特·格罗宁和詹姆斯·布鲁克斯由于撰写《辛普森一家》而分别获得了几百万美元。

影视业可以创造的财富最高可达数亿美元：包括录制和出版的版税收入，以及电视追加酬金。举例说明，在一个典型的播出季，一集电视剧会在黄金时段至少重播一次，几乎肯定要重播两次。在这种情况下，每次重播都会付给作者100%的追加报酬；也就是说，节目每播出一次，他就收到一笔与节目首播时相同金额的酬劳。如果事情到此结束，以任何标准来看，收益都可谓丰厚了。可是还没有完，这才刚刚开始。在其后的季节，作者会继续收到追加报酬，只不过越来越少。但是，如果节目被出售给多家媒体，尽管每次播出时的付费越来越少，但由于播出的渠道大大增多，总金额会骤然猛增。

最好的一点是，作家什么都不必做就获取了这些金钱。那些追加酬劳会在他有生之年源源不断地交给他——此后交给他的继承人——它们都来自他以前完成的作品。

因此，一般来讲，作家在电视台获取的金钱远远超过电影公司。不同合作者共同创作的一部有足够集数的电视连续剧，如果能够实现联合播出，那么他们可以分享超过十亿美元的收入。

一部热门电视连续剧得到的报酬，相当于《星球大战》《外星人》和《侏罗纪公园》等几个电影的收入总和。可能还不止，还可以再加上《蝙蝠侠：黑暗骑士》《飞屋环游记》和另一个或另外几个《变形金刚》之类的电影。

就像这里列举的令人眼花缭乱的薪酬一样，电视台在别的方面对待编剧的态度也远比电影厂好。这应该在意料之中，因为电视编剧在编剧协会的成员中占大多数，在规章制度的制定上自然会青睐于他们。

例如，电影编剧在投标会上可能被要求就某个方案多次回来参加后续讨论。事实上，他可能会一再被邀请回来开会，没有次数限制，也没有酬金。

一些作家可能会认为这是一种鼓励和对他们的奉承，但是开会的新鲜劲很快就会过去，最后变成了被人家无偿地挖掘脑力劳动成果。

而在电视方面，第一次竞标会议之后，如果制片人想进一步讨论此事，他必须至少支付编剧协会规定的薪水。最近规定的薪水在一万美元左右——那只是为了两到三页双倍行距的大纲。

除了钱以外，电视——特别是有线电视——一般来讲，其勇气远超过很多大电影公司出品的好莱坞主流商业片。对我来说，《黑道家族》的任何一集都比新上映的电影更让我注意，更值得我花时间去看。例如，HBO是一家愿意——甚至渴望——聘请人才的电视台，他们对大卫·蔡斯——《黑道家族》的创作者可以放手不管，听凭他做他想要做的事。在介绍他这部不因时间流逝而褪色的电视剧时——故事中也充满了具有喜剧色彩的时刻——蔡斯不需要忍受十几个电影公司的副总裁看他时的眼神，这眼神压迫他，使他发疯，告诉他什么可以做，什么不可以做。

前面我提到我电影学院的同学约翰·米利厄斯。尽管几十年来他在电影动作片和探险片方面取得了巨大成功，但是从各方面来说，他最大的胜利是为HBO创作了电视连续剧《罗马 (Rome)》（米利厄斯为共同创作者）。可是他却表示，不要进入电视界，而要离开电视界。

UCLA的校友丹伦·斯达认为，在他的电视剧集，其中包括《欲望都市》和《飞越情海》里的创意和实验机会远比主流商业电影和免费电视网要多得多。

难怪电视圈里竞争残酷。在过去的十年中，电视市场中自由作家大量消失的事实加剧了残酷的程度。那些努力进入了圈子并持续成功的作家都是在卖掉几集电视剧后，几乎无一例外地成为某些节目的长期雇员。这导致了自由创作工作的进一步萎缩，因为固定作家承担了越来越多的写作任务。

好消息是：这个问题有一个解决方案。

作家在电视经纪人处遇到阻力时，可以采取另一种策略：给编剧写信。给哪些编剧写？给自己希望进入的那个电视连续剧节目的编剧写。

怎样找到这些编剧的名字呢？从电视节目上抄下来。看快速移动的电视剧演职员表，如果它移动的速度太快，用你的DVR把电视剧录制下来，然后利用画面暂停功能，就可以有充裕的时间来读他们的名字了。

有了编剧的名字，如何找到他的地址呢？

所有电影和电视作家都有同样的地址：

美国编剧协会（转）会员部

洛杉矶，西部协会，三街西 7000号

邮编：CA 90048

信该怎么写呢？首先，他应该称赞编剧（称赞别人的才能是永远不会错的），你要发明一些舒适的、尊重的、自信的开场白。例如：

亲爱的（作家的名字），

我可能比任何人看的电视节目都要多，但每次当我看到一个特殊的节目时，都会觉得所有花费的时间都是值得的。您的电视连续剧（电视剧的名字）改变了我的一生。

接下来，赞美编剧作品的一些特殊优点。

我特别记得（人物名字）和（人物名字）就（某件事情）的争

论。当她告诉他（某句对白），他回答（某句对白）时，我差点儿从懒人躺椅上掉下来。我把遥控器掉在了地上（我的雪瑞纳犬马上把它衔了起来）。

在那短暂的本来纯属消遣的半个小时中，您敏锐和准确地表现了对人性深刻的见解。我对（某个）问题的看法永远改变了。

不要说你自己是一个作家，也不要表示你希望他阅读你的作品或把你介绍给他自己的或其他的经纪人，为此你愿效犬马之劳。相反，要不露锋芒地询问该作家有什么样的工作习惯，即使你明知道工作习惯虽然因人而异，却都很平凡。

我一直很想知道像您这样天才的、训练有素的艺术家用什么方法工作。例如，我很好奇，不知道您是用铅笔在黄色的笔记簿上写作还是用电脑写作。

当然我无权请您回答这样的问题；我承认这和我无关，而且，您肯定在忙着创作更加耀眼的作品。

因此，我不会再浪费您的时间。我只想告诉您，我永远对您心存感激，因为您曾使我万分感动。我向您表示祝贺，并再一次感谢您把您的思想变成礼物送给了我和世界各地数以百万计的观众。

真诚的

（你的名字）

我敢向你保证两件事：1.今晚太阳会从西边落下；2.作家会答复你的来信。

作家肯定会回信，原因有两个。先说第二个原因：

原理63：每一个成功的作家——没有例外——开始时都是毫无经验和名气的。

甚至那些冷酷无情、铁石心肠的资深老手也很难忘却早年打拼的日子。他会急于对某个吸引他的、真诚的、最重要的是持尊敬态度的、初出茅庐的写作者提供支持。

然而，几乎每位有经验的作家都愿意提供帮助，最主要是出于以下原因：

原理64：每一个作家都将寻找借口去避免做此刻摆在他面前必须完成的工作。

所以作家马上就会给你回信，这是他逃避眼前任务的绝好借口。这是一件一箭双雕的事：他既可以拖延工作，又有机会自觉（不是没有道理）是个好人，有爱心，心地宽厚。

试问你自己：如果你是一个成功的作家，收到这样的信，你会不会回复？

你当然会。

我有一个关系密切的老朋友，他现在是一位极成功的编剧和导演。他告诉我，当年他是一个默默无名的刚从大学毕业的学生，每天面对紧张烦琐的日常工作。他写了一封表示欣赏的信——其实就是一封粉丝来信——给著名的小说家、散文家、诗人、评论家约翰·厄普代克，赞扬他最新的作品。

他在星期一把信发出，星期四就收到了厄普代克亲笔写的九页纸回信。毫无疑问，这是说明厄普代克性格慷慨的有力证据。不过，你也可以肯定，就连厄普代克也随时都想逃避当时摆在他办公桌上的任何写作项目。

我建议在草拟信件的样本里，称赞完作家后，不要询问深刻的文学问题，而是问一些作家个人的写作习惯。作家们愿意和完全陌生的人讨论这个问题吗？

你拦都拦不住。

而且一说起来就说个没完。

作家们渴望有机会显摆，他们喜欢津津乐道自己独特的怪癖：他们使用的二号纸的含浆率是多少，铅笔芯的软硬度是几号，喜欢什么牌子的混合烘焙咖啡，以使他们在乏味的写作中保持清醒。

在影片《出头人》中，伍迪·艾伦饰演一个酒保，他偷偷地帮助列入黑名单的作家们当"出头人"，这些作家无法用自己的真名工作，因为他们在政治上失了宠。伍迪饰演的人物把他的名字借给别的作家，然后把支付的酬金再转交给真正的作者。

他的女友用他的（她以为是他的）作品测试他。可以理解，他永远保持沉默，他表示自己不喜欢讨论这个问题。"我不懂，"女朋友感叹说，"一般来说，你无法制止作家没完没了地谈论自己的作品。"

我表示赞同。

一旦作家给你回了信，你就要给他回信表示感谢，也许再问一两个无关紧要的问题。最终，等你与他建立了一定的关系时，你可以小心翼翼地、冒昧地询问他是否愿意读你的剧本。你可以大致这样写：

……

最后，我想让您知道，由于您的启发，我写了一集的剧本。

一直没有告诉您，是因为我不想让您误解，以为我是为了请您帮我介绍经纪人（例如，你的经纪人），我的作品实在太差，是业余水准，我只想告诉您，您的创作是如何影响了对您满心感激的广大观众中的一员。

我保证两件事情：1.太阳将在东方升起；2.作家会自愿地把你的剧本交给他的经纪人，或至少把它推荐给另一位经纪人，甚至一位制作人。

即使他认为你的剧本太臭，他也还是会这样做。他大概是想对你表示，也对他自己表示——他有能力使你的剧本被别人阅读。但是无论他的动机如何，你成功与否，最终又回过头来取决于一件事，也是唯一的事：剧本。

因此，你要让它值得被阅读。

/ 冒险 /

如果作家在没有收到任何金钱承诺而只是希望收到报酬的情况下开始写一个剧本，那他就是在冒险。他只是在寻求机会——推测——剧本能够卖出。

这是作家免费写作的委婉说法。

尽管基本规则之一是作家要以专业人士的标准要求自己，冒险却可能是作家可以采用的最巧妙的策略。它几乎是每位作家走上成功的创作生涯的起始点。这是因为直到作家证明他可以写——通过作品——之前，没有人会雇用他。一旦他写了一个剧本，这个剧本百分之百都是他的。

如果剧本写得很糟糕，没有人愿意买，或者剧本写得很好，可是仍然无人想买，那么，作家可以坐下来，再冒一次险。

更重要的是，在这之后，他还可以继续冒险。

几乎可以肯定，没有一位经纪人会为无名作家服务，但是如果经纪人觉得剧本不错，他可能会去争抢这位无名作家的现有剧本。这是因为尽管作家没名气，剧本却不然。一旦被写好，它就存在了，它所有出彩（或不出彩）的段落都写在了纸上。人们可以把它拿在手中，可以“砰”地一声把它摔在桌子上。

更重要的是，人们可以阅读它。

通过阅读，人们可以爱它、恨它，或者二者兼而有之。人们不需要再推测它，因为它明明白白地放在那里，全世界都可以看到。它也许最终会给作者带来喜悦，为他找到经纪人。但是还有一种很大的可能性，就是它只带来烦扰。

/ 好莱坞噩梦 /

在电影和电视业，作家从来都不需要排队等候他该承受的那份痛苦。

可以肯定的是，好莱坞充满了关于艺术家被残酷欺骗、虐待和侮辱的黑暗故事。那都算是好的，比欺骗和虐待更为糟糕的是无人问津，比粗暴的批评更令人无比痛苦的是打哈欠，是伴随着忽略而来的空洞沉默。

不幸的是，好莱坞太多的噩梦是真实的。不过，有些普遍观点事实上是错误的，其中之一是：剧本——甚至剧本的构思点子——都是偷来的。

现在，通常大型电影制片公司的拍片预算大约会在千万美元以上。此外，为拍电影投入资金才仅仅是开始，余下的制片成本还包括上千万的宣传、广告和印刷费用。影片《阿凡达》的制作发行据说耗资五亿美元。

所以显而易见的是，没有一家电影公司会投资那么多钱，拍摄一部剧本版权得不到保证的电影。为了避免支出一百万甚至三四百万的剧本费用，而去冒着接到法庭传票、禁令和遭到诉讼的风险，是毫无意义的。

尽管如此，偶尔还是会发生剧本被偷的事情，但这是极个别的。更常见的是，有编剧申诉，一些写着别人名字的电影实际上是根据他自己的脚本写的。在电影公司拍摄的影片中，比如说，一个男孩和一个女孩坠入爱河，分手，然后又复合，在他的剧本里也发生了相似的事件。

除了剽窃以外还能有别的解释吗？

为何这么多人似乎认为自己的想法遭到了剽窃呢？大概是他们误解了想法的价值。他们没有意识到想法只是想法——短暂的、未成形的闪念，或对事件泛泛的洞察、零散的观念和见解。

我有个朋友是肾脏科医生（你可以去查一下），他最近兴奋得发着抖告诉我，他有“一个很棒的电影故事”。他向我保证，剩下的只是要“把它写下来”。

我差点儿克制不住要对他说：“我有一个肾脏移植的好主意，剩下的只是要做手术。”

这本书中多次阐述过，想法是廉价的。有价值的是，把想法用细节创作出来，不仅要把它想出来，还要把它写下来。

新作家常常犹豫不肯出示他们的剧本，生怕它会被剽窃。但是新作家最好的方法其实是跑到大家面前去“炫耀”自己的作品。即使读者也许没有给予编剧需要的答复，但作家的名字已经在业内人士的眼前掠过。作家开始确立了自己的身份，他当前正活跃在市场上。

作家可以采用一个简单的预防措施，就是在美国编剧协会注册他们的剧本。剧本注册可以亲自去做，或通过老式的美国邮政局或电子邮件。如果作家不是编剧协会的成员，办理注册的费用是二十美元。编剧协会注册办公室接受剧本的复印件或电子文档，把它们存档。必要时（这个几率小之又小，远低于百分之一），协会将在法庭上作证，在哪天的哪个时刻他们收到了那份存在争论的剧本材料。然后，由法院对材料进行研究并裁决剽窃是否成立。作家应该操心的事情太多了，不必担心那些无需担心的事。人物角色、对话、故事是值得担忧的问题，但剽窃不是。

/ 坚定信念 /

比起经纪人、律师、私人经理人、附有净利润定义的复杂合同，作家最需要的是信念。撰写剧本需要信念，完成剧本并进入市场以后，作家也需要保持信念。他们必须能够承受一定的不确定性。

如果没有坚定的信念，即使是精心准备的、每个细节都考虑周详的合同也毫无意义。即使那些大电影厂规模已经相当可观，通常也仅仅是更大的集团的众多齿轮中的一个。凭借其庞大的法律工作人员和无限的资源，它可以不费吹灰之力使作家卷入无休无止的、代价昂贵的法律程序之中。

前段时间，一位知名作家与制片厂签订了一份条件优厚的参与电影利润分配的合同。他写的这部电影获取了巨大成功，赚得了几亿美元利润。然而，这个编剧，除了开始得到的那笔剧本费用以外，从未见过一分钱的所谓“净利润”，净利润的分成应当远远高于他收到的剧本费。

在他自己的会计师对电影公司的账目进行了昂贵的审计之后，作者对电影公司提起了诉讼。

在电视采访中，电影公司的负责人捍卫他们公司的立场，他告诉记者说那个编剧已经获得了撰写电影剧本的数十万酬金。他问道，哪里写着编剧还可以分享电影利润？我渴望能听到记者回答说："你们公司和他谈判后签订的合同里写明有这一条。"可是那位记者却保持沉默。这是不是因为那家电影公司碰巧也是记者所在的电视台的老板呢？

电影公司的负责人继续向编剧进行挑战。该编剧聘请了好莱坞最有名的律师，不是吗？律师们为他拟定了娱乐界有史以来最长、最严密的合同。"那就让他强迫他们去执行合同吧。"负责人建议，所有当事人可以法庭上见，但要在下个世纪。

这件事对新手编剧有什么启迪？很简单，他们应该把经纪人、律师、权利、合同条款和利润提成抛在脑后，至少在编写剧本期间不要操心这些事。他们为把剧本写好已经够忙的了，没空操心这些事情。

一旦他们写出了一部有价值的剧本，他们可以通过雇佣有能力的专业人员去为他们担心这些细节。无疑他们要不断地面对剧本可能卖不出去的现实，他们还要认识到，即使剧本成功售出，合同中规定的权利也可能得不到始终如一的捍卫。作家们——不管成功与否——最好时时做好心碎的心理准备。如果他们需要始终如一的诚实结算和不打折扣的公平对待才能保持心智健全，那么他们应该放弃影视界的淘金梦，去邮政局找一份送信的工作。

/ 获得经纪人/

许多经纪人的事业之路是从经纪机构的收发室起步的，这是远近闻名的说法。

规则一般是这样的，当你需要一位经纪人时，你根本就找不到；相反，当你不需要的时候，经纪人会在你的门口排队等候，恳求你让他来代理。当然，这可能有点儿夸张，但也只是有一点儿夸张。经纪人不是恶魔，他们只是人。他们可能是好人，但他们也是忙人。

我有一位作家朋友，过去几年中他至少换了一打的经纪人，他对我说，最后他终于找到了一位令他满意的代理者。这位朋友吹嘘说，这位经纪人一周给他打好几次电话，只是聊天和询问情况怎么样了。不过，坦率地说，我提醒作家要防范这种有时间闲聊的经纪人。一位聪明的作家希望他的代理四处搜寻赚钱的机会，而不是有时间去谈论天气、道奇棒球队或湖人队的新闻。经纪人和他的客户变成真正亲密的朋友当然可以，不过很少见。这种关系中最重要的不是私人感情，而是专业服务。

经纪人本质上可以给客户实际提供两种类型的服务：为他找到和签订专业的委托写作合同，以及替他卖掉原创剧本。对大多数作家来说，尤其是新作家，事实上经纪人只提供其中的一项服务，就是：贩卖他们的原创剧本。

由于第一种服务比较容易说明，我们先来谈它。没有代表作的作家，更不要说没有现成样品或可展示的剧本的作家，在南加州是没有任何机会签订委托写作合同的，没有机会得到收取报酬的写作工作。

这就是为什么试图用一个口头故事，或者甚至撰写一个所谓的情节大纲来寻找委托，基本上是浪费时间。

然而，我有一位老朋友，他曾经是一位英文教授，有一天进城来找我，给我看了一个电视连续剧的计划，并征求我的意见，他应该如何做。

“把它放进抽屉里，”我建议，“没有电影厂或电视台会从一个无名作家手里买一个计划。”

“难道电视台对新点子不感兴趣吗？”他问道。

“你看电视吗？”我回答，“你看他们有像对新点子感兴趣的样子吗？”

我给我的朋友泼凉水说，即使他把计划送给制片人看，它也会被原封不动地退回，肯定没有人会读的。

“如果他们对新点子不感兴趣，”他继续道，“那他们感兴趣的是什么?”

“人。”我告诉他。

“什么样的人？”

“以前写过电视剧的人，那些人的节目去年播出过。电视台不愿意冒险去接受也许会做出平庸节目的无名作家，他们想要的是确定能做出平庸节目的作家。”

“这些人的作品去年拍成了片子，”我的朋友固执地说，“但是他们每个人在生命中都有过没有作品问世的时候。”

我告诉他，作为一位没写过剧本的作家，他应该做的是先试写一部故事片长度的标准剧本，然后以接受电视台的写作任务作为热身，积累宝贵的实践经验。

他无视我的建议，盲目地把他的计划寄给了一家著名的电视制作公司。

两个星期后，他们买下了这个项目。

我之所以提到这件事情，是因为我应该提醒各位，这本书中的每条建议都可能被证明是错误的。尽管如此，我还是站在我的立场上：如果你想找到一位经纪人，就要拿着一个剧本去冒险。

既然几乎可以确定，一个未经许可盲目送到电影厂的剧本不会被拆开阅读，而是会被原封不动地退回，那么很容易得出结论，在电影圈里，没有多少人渴望甚至愿意去读一位新作家的作品。

没有什么比这更远离真相了。第一，如前所述，作家直接把自己的作品提交给潜在的购买者可能是一个错误，他最好请一位经纪人来为他做这样的事情。虽然锲而不舍终归是有好处的，但是寻找代理是简单的程序。

美国西部编剧协会（www.wga.org）每个月会定期出版以及在网络上更新旗下的经纪公司的名单。这份名单包含了数百家正规经纪代理机构的联系方式。有些经纪公司只有一位经纪人，大多数公司有数名经纪人，还有的公司里有十几位经纪人。总体来说，这份名单给作家提供了大约上千名经纪人的信息。

名单上的经纪人都有各州颁发的执照，并遵守与编剧工会谈判所达成的契约。换句话说，这个清单上的机构都具有合法性。这并不是说所有这些代理经纪人都一定能够满足每一位作家；它的意思只是，作家不应该去和那些不在名单上的经纪人打交道。

读了这份名单之后，你可以看到有些经纪人明确地表示，他们不接受未经请求提交的作家作品，除非推荐作家的人是他们认识的。另外一些经纪人的申明正好相反，他们欢迎第一次写剧本的作家提交作品。

这等于什么都没说。作家基本上可以不理会这些申明。如果他们采用下列方法，应该很容易找到经纪人考虑自己的剧本。

首先，请允许我提一个建议，我在本章前面部分涉及过，那就是：不要用电话去寻找代理。

我过去有一位学生，她现在是很红火的剧作家和影视编剧。在她打拼的日子里，她在一名超级经纪人那里找到了一份兼职工作。有一天，经纪人秘书不在公司，他要求这位学生在他去吃午饭时替他接听电话。

他回来后，问她是否有人打来电话。

她递给他一份电话记录，她接听了一百零四个电话；这仅仅是在午餐那么短的时间里打来的。

如果上面有史蒂文·斯皮尔伯格的名字，你可以料定经纪人马上就会回电话。如果是一个普通人的电话（约翰或简），经纪人肯定不会回电话。任何人都不可能每天回成千上百个电话。

好莱坞无疑是个为电话疯狂的地方，人们念念不忘电话沟通的各种规矩。谁给谁打电话了？谁的秘书给谁的秘书打电话了？谁先拿起电话？电话在电影电视写作领域扮演的重要角色是不容低估的。对经纪人来说，电话尤其是一种重要工具。它不仅是工具，还是武器。某位重要经纪人明确地把它比喻为刺刀。

20世纪90年代，武器库里又增加了电子邮件。

那么你如何获得请经纪人考虑你剧本的机会呢？你不是一位作家吗？写一封信或发一封电子邮件。

还是那位在午餐时间里接到一百零四个电话的超级经纪人，除了非常小的一部分外，他通常对大部分电话不予理会，却会回复他收到的所有邮件和大部分电子邮件。

为什么会是这样？

如前所述，作家的工作是钻进人物的大脑和身体，让自己像他们一样思考和行动。显然，这条规则对作家剧本里的人物是成立的。它对作家生活中的人物，包括职场交接的人物也成立。因此，你要钻进经纪人的大脑和身体，像他一样思考和行动。

经纪人天生都是工作狂。无论你喜不喜欢他们，他们都非常努力地在工作。如果哪天他们感到异常懒惰，推迟了早上到达办公室的时间，也就最晚会推迟到六点半，电话会奇迹般地安静三十分钟（直到东海岸的电话打进来），这三十分钟是他们赶紧处理遗留事务的时间。这就是对作家来说最重要的，因为它是代理们阅读邮件的机会。

经纪人会快速阅读昨天收到的信件，抓起电话答录机，大声给出答复。原本需要十五分钟的电话交谈被压缩为简短的九秒钟。

那么电子邮件呢？你可以尝试，试一试没有坏处。正如经纪人畏惧电话留言的重负一样，近年来他们也开始畏惧铺天盖地的电子邮件。由于这个原因，老派、复古，用墨水在纸上写信的方式会显得与众不同。如果和电子邮件的内容相同，寄信的方式可能会更快地引起注意。

甚至一位无名作家、完全新手的来信都会瞬间获得注意。如果它是一封蹩脚的信，为表示尊重，经纪人会指示秘书给作者回复一封正式的“我们不看未经邀请寄来的剧本”的回信。然而，如果它是一封充满智慧的信，经纪人几乎肯定会答复并邀请作家发来他的剧本。

显然，这封称为询问信的措辞是至关重要的。

作者必须意识到这封信是第一次对他是否有写作能力的证明。这是无比小心谨慎地锻炼写作的开始，它是你表现体谅和理解的地方，别人会因此留下对你的印象。

要牢记一点，这封信必须简单明了、有效、直接。

最重要的是：不要随信附上剧本。

这封信应该看起来写得很快，甚至是随意写就的，但实际上作者大概需要花好几个小时仔细地把它写得滴水不漏。不过好的方面是，这封信一旦完成，就可以被复制并一再使用，发给每一位经纪人。

这并不是说它可以是一封致“尊敬的负责人”式的格式信件。尽管作家最终可能会把同一封信寄给众多经纪人，但信里绝对不能暴露这一点。

为了让这封信看起来是私人的，在开头写上经纪人的姓名是必要的。你是写给经纪人，而不是写给经纪公司。假定没有什么特殊理由，你想写信给“退隐艺术家经纪公司”（Regressive Artists Agency），你如何知道该写给谁呢？

在这里，我要稍稍违背我提出的不能打电话的禁令。你可以打电话到经纪公司总机，询问那里的经纪人的名字。如果他们让你碰壁，如果他们拒绝向你透露经纪人的名字，那么你就挂断电话，然后再打过去，随便说一个名字，比如，“请给我转巴里·斯坦先生。”总机一般会说：“我们这里没有巴里·斯坦这个人，但有一个哈利·斯坦伯格。你是要找他吗？”这样做是为了让总机告诉你一个经纪人的名字，你不用和那位经纪人说话，得到名字就可以了。你要礼貌地把电话挂断，然后准备写一封别人无法拒绝的询问信。

几年前，UCLA的一名学生在课堂上递给我一个剧本，我只看了半页就知道剧本很出色。我把我那支臭名昭著的蓝色铅笔放到一边，开始读那个剧本，只是为了好玩。当读了一半的时候，我给一位非常厉害的独立经纪人拨了电话，这位经纪人代理过威廉·戈德曼和他的《虎豹小霸王》剧本，还有罗伯特·唐尼和他的剧本《唐人街》。

他接我电话是因为他知道，如果他不接，我就会给其他经纪人打电话。“戴上你的石棉手套，”我告诉他，“这个剧本实在是太火了，会把你烧成三度烧伤。”我问他是否要我把剧本给他送过去，他说：“不要。”

经纪人拒绝考虑我推荐的剧本，这实在是极端不寻常的。我一反常态地说不出话来。电话里沉默了一会儿，这位经纪人对我说：“你说‘送来’的意思是通过加州大学洛杉矶分校的邮局作为优先邮件寄来吗？那样需要两个星期才能收到——如果能收到的话。你坐在那里别动，我现在就让信使去取。”

二十分钟后，有人敲我办公室的门。我把剧本交给信使。第二天，经纪人打电话给我，说他不准备推销这个剧本。他说剧本虽然是一流的，但是主题并不特别吸引他。他坚持说，这和剧本及作者无关。他解释说他自己是个挑剔的老人，仅接受某类题材的剧本。他继续对我说，然而他丝毫不怀疑那个作家和剧本会找到合适的经纪人，而且将帮助他走上写作生涯，他的电影也会取得成功。

在我的帮助下，这位作家拟好了下面的询问信。

尊敬的拉斯法格先生：

我是一个加州大学洛杉矶分校编剧写作专业的艺术硕士研究生。

我写了一部电影剧本《幽灵家族》，它是一个动作/冒险的故事，发生在当代纽约和公元9世纪的苏格兰。

我可以把剧本寄给您，供您考虑吗？

诚挚的×××

注意第一段——只有一句话——作者在介绍自己时既简短又引人入胜。

接下来的下一段，还是只有一个句子，基本上没有介绍剧本，除了表达作品的背景和风格以外几乎再没有别的内容。谁会拒绝阅读一个发生在当代纽约和公元9世纪苏格兰的动作/冒险剧本呢，更何况他又是正在就读一所世界最著名的高等电影学院的作家，该学校培养了众多影视编剧人才，仅史蒂文·斯皮尔伯格一个导演就至少拍摄了这所学院十多位作家的作品？

按照我的指导，他把信寄给了编剧协会名单上的多家正规经纪公司，每一家公司都给了他积极的回音。现在他的剧本不再是“未经许可”，而是突然变成应别人的请求寄去。

所有经纪机构都表示，他们愿意代理他的剧本。作家任意地选择了一家——并不是特别有名的公司——后者立即把他的剧本卖给了某大制片厂。我在课堂上给了这个学生一个“A”，二十世纪福克斯公司给了他四百万美元（扣除通货膨胀因素）。

大家都可以看见，作者用他的剧本取得了两个好结果。

很清楚，在询问信中自我介绍是世界电影最高学府的学生，正在学习高阶剧本写作课是有帮助的。对于绝大多数无法以此资格自夸的作者，又该怎么办呢？

下面是相同的主题稍加变化的例子。

亲爱的拉斯法格先生，

我是俄亥俄州代顿（Dayton）市的一名缓刑监督官，我写了一部剧本，片名为《孤注一掷》（Bottom Dollar）。

这是一部柔情喜剧片，讲述一个擅离职守的水兵寻找他失踪已久的父亲的故事。

我可以把剧本寄给您，供您考虑吗？

真诚的×××

请注意，最后一段和前面的例子是完全相同的。它只透露了作家的些许信息，足以令对方感兴趣即可。除去剧本名字，它只极其简短地描述了剧本。

这是无经验的作家常常陷入困境的地方，他们都太迫切地想告诉别人他们剧本的内容。实际上他们应该做的是恰恰相反，他们应该逗弄经纪人，引起对方想知道更多的欲望。

让对方想知道更多的方法是说得越少越好。

你提供的细节越多，被枪毙的可能性就越大。这就是为什么千万不要随信附上剧情简介或是故事梗概的原因。如果你提供了简介，那么经纪人就会阅读简介而不是完整剧本。如果经纪人要求提供简介，我在讨论梗概部分已经谈过，要写得越短越好。经纪人虽然迫不及待地想发现新的天才，更不用说赚取大量佣金，但是他们永远有无数的剧本应接不暇，所以也总会找借口避免阅读新剧本。

即使如此，一封写得出色的询问信十有八九会赢得经纪人对作家发出剧本邀请。再重复一遍，用这种方法，一部未经邀请的剧本会变成一部应经纪人邀请的剧本。

经纪人给予答复、同意考虑剧本之后，作家可以寄出剧本并附一封短信。这第二封信只表示应经纪人之邀寄出剧本即可。

在我们结束本节之前，请允许我再出示一封没有经纪人会拒绝的询问信样本。

尊敬的拉斯法格先生，

在2004年1月4日，当我走进我的公寓的时候，发现我的未婚妻正在和我的室友做爱。她被铐在床头的栏杆上，胸部涂满了蜂蜜。

有谁认为经纪人——或任何人看到这些后会不继续往下读呢？

不幸的是，发现他们的事情却导致了我被捕入狱。六年之后，我还没有从这个案子中摆脱出来。不过你知道，人们所说的柠檬和柠檬水不是一回事。

这封信接着写道，这是作家写好的一部剧本的故事。经纪人读完这样的信后马上就要求他提供剧本，还有什么奇怪的吗？

记住重点：找到你个人的某种独特经历，即使不那么穷凶极恶，也至少要找到剧本故事的某个诱惑之处。用两三句话写一封老式的信，你就会得到你想要的回复。不过，请记住，除非作家对自己的剧本信心十足，否则，所有这些都毫无意义。

那么发送电子邮件好不好呢？

电子邮件也可以，但是记住，很多专业人士，尤其是文学经纪人，每天会收到成百上千封电子邮件，它们很容易会被作为垃圾邮件处理掉。由于越来越少的作家邮寄在纸上写的信件，所以这样做才会引人注目。

原理65：引人注目是最重要的。

经纪人：合同和法律

一旦编剧成功地获得了经纪人的代理，是否会出现经纪人不能忠诚地为委托人服务的情况呢？

这是极有可能的。不过，也不值得为此失眠。

最糟糕的事情应该是作家想摆脱经纪人独立，可是经纪人却不愿意让他／她离开。这种情况只发生在客户赚取可观的收入时，此时经纪人不愿意放手。

这种情况是例外，很少发生。

即使在这种不寻常的情况下，作家继续保留自己已经开始讨厌的经纪人，也仍然会得到很好的保护。首先，美国法律规定，电影电视经纪人的佣金被限制在百分之十。我从来没听说过任何一位经纪人收取少于百分之十的佣金，但是根据法律，他们也不能收取更高费用。不过，文学经理人和律师也许会收费高一些。有的时候，当作家的职业生涯一旦真正地展开，他的剧本供不应求时，他也许可以聘请文学经理人和律师，所有佣金费用加起来也许是一笔很大的支出。

然而，佣金只意味着：一旦原创剧本售出后，或是写作任务按照合同完成，酬金真正到手之后，经纪人可以从总收入中抽取一个百分比例。因此，作家不需要从自己的口袋里拿出钱来。经纪人在收到作家的酬劳后先把自己的那部分佣金扣下，余下的交给作家。

作家不应该付给经纪人任何钱，经纪人也不应该仅仅为了考虑代理作家的剧本而向作家收取任何费用。有信誉的经纪人不会要求先付定金。

除了限定的百分之十佣金以外，法律还规定经纪人和客户之间的合同为九十天，除非双方签有诚意雇佣协议。这意味着，如果经纪人在三个月里未能给作家提供专业写作的工作或卖掉他的剧本，即使是作家和代理机构签订了为期两年的合约，作家也可以与他中途自由解约。

经纪人对作家最常见的虐待不是虐待，而是忽视。

代理合同

很多作家和经纪人的合同是口头合同。奇怪的是，新作家很容易感到失望，如果他们没有与经纪人签订一份书面合同，没有被经纪人“签”下。

但其实合同并不是必须的。虽说签订这样的合同没什么错，但也没必要非得强迫经纪人在纸上签字，毕竟这样的合同主要保护的是经纪人的权益。

这种合同和雇佣合同相差甚远。雇佣和代理相反，就雇佣关系而言，合同是至关重要的。

尖酸的作家认为，经纪人就如同内衣：不管你是否需要，每年都应该更换。这种说法当然伤害了很多在编剧领域里能干又忠实的经纪人。不过，值得指出的是，虽然在你一生的职业生涯中只选择一位代理会值得称道，但事实上，客户和代理经常分手，而且通常彼此和和气气，不存芥蒂。

到我写这本书为止，在我的一生中，在小说、非小说和影视写作方面我至少有过一打以上的经纪人，其中有些人我连他们的名字都忘记了（公平地讲，我忘记的那些人也肯定都忘记了我）。在所有这些经纪人中间，我只和其中的三分之一签过纸质合同。并不是我不愿意和经纪公司签合同，但是如果要我选择，我更希望不签书面合约。当经纪人坚持要签时，我当然会毫不犹豫地签字。我为什么不签呢？合同并没有多大意义，因为最重要的条款——佣金——是由法律强制规定的。

同样，对作家也有类似的保护，作家在拿到任何合同之前，提交剧本时必须签署文件，把剧本的处置权（release）交给经纪人。

处置权

没有代理的作家，为了把剧本拿给别人看，是否应该签署一份委托处置协议？

是的。

委托处置是一个法律文件但没有实际效用。律师坚持认为，它可以保护影片制作公司不至于受到剽窃诉讼的滋扰，不过这个论点基本上不成立。

签署委托处置合同表示，作家明白，也许有些剧本中的设计和概念与他自己提交的剧本相似。假如将来和另一制片人项目的著作权发生争议，作家保证不起诉，而是寻求仲裁解决。

电影制片厂的委托处置协议长短不一，有的不足一页，有的六到八页，用微体字体密密麻麻地写满了看不懂的有关甲方权利的法律术语。最宽大的条款是，作家认可内容相似的作品可能存在。最苛刻的条款是，如果制作公司和作家之间为此剧本产生冲突，公司拥有唯一的自行决定权，以决定作品是否被剽窃。

大型演艺公司的律师们向我保证，在法庭上没有任何法官相信作家会仅仅为了让电影公司考虑他的剧本而放弃自己对剧本的权利。因此，在实际情况中，签署委托处置权不具备任何意义。无论文件如何措辞，作者没有放弃他打官司的权利，电影公司也不拥有剽窃他剧本的权利。

既然它们毫无意义，为什么电影制作公司、电影厂和电视台要提供这样的委托文件让作家签署呢？我猜测有两个原因。第一，如同任何公共官僚行政单位和大公司一样，律师希望确保他们对公司尽到了责任，在各方面仔细地保护了雇主的利益，做到了万无一失。第二，我还认为他们希望借此吓唬那些把点子看得太重的作家，不要动辄打官司。

此前一般的规定是，由经纪人提交作品给电影厂的作家们无须签署委托处置文件。不过，近来这条规定好像在改变；越来越多的公司要求，即使剧本由经纪人提交，作家也要签署委托处置文件。

作家无需为委托处置协议操心。虽然许多公司明白地拒绝阅读未签署委托处置协议的剧本，但是鉴于此类协议并无害处，所以尽可以在上面签字。最终它可能导向剧本售出，或者作家获得委托写作任务。

版权和消防栓的效果

如果一个作家得到了收取酬劳的写作工作——根据制片人的想法写一个剧本，或者是修改别人的剧本，或者为电影公司把一部小说改编为剧本——这都被归类为“雇佣写作”，作家不拥有他写作内容的版权。如果他不是剧本的原创作者，那么他仅仅是公司花钱雇佣的参与者，制片人付给他金钱，作家提供才能，最主要的是完成辛苦活。

作为一位雇佣作家，尤其是一位报酬丰厚的受雇作家，是一种可敬的身份。如果创作原始剧本——新作家几乎都不可避免地要从自由创作开始——作者会自动拥有剧本的版权。只要他写的原创作品不是对其他作品的加工，那么原创作家就拥有全部版权。

许多作家——以及许多业余爱好者——对版权的性质有所误解。

他们所理解的“版权”——去华盛顿国会图书馆版权局（Copyright Office of the Library of Congress）进行注册——其实没有必要。事实上，作品创作完成之际，版权便自动生效。

遗憾的是，历史上作家可能犯的最可怕错误就是放弃电影版权，把它从自己手里交到制片人手里。小说的版权归小说家所有，戏剧的版权归剧作家所有，剧本的版权却不归编剧所有，而归拍摄电影的电影公司所有。每个成功的编剧在他的职业生涯中，都会经历五味杂陈的时刻：当原创剧本被卖给电影厂换取酬金时，作者被要求签署一份版权转让文件，从此，剧本版权不再属于作者，而是归电影厂所有。作者感觉到甜蜜，因为这代表他成功了；作者同时感到酸楚，因为作家失去了很多。

现在你们阅读的这本书我拥有百分之百的版权，我和我亲爱的出版商签订了协议，授权他们出版这本书。然而，在这本书里谈到的那些剧本的版权却不属于创作它们的作者，而是属于拍摄它们的制片商。

这两者之间有何区别呢？

区别很多。其中最突出的区别是，如果没有征得作者同意，戏剧和小说一个字都不能改动或重写，出版商无权单方面决定另请一个或一组作家对原稿进行改动。然而，在好莱坞，即使是收入很高并声誉卓越的编剧也常常会突然发现自己被排斥在外，而制片方聘请了新的人来改写自己的作品，接着，又会有下一拨新受聘的作家来改写前一批编剧修改过的本子。

只有极少数制片人有勇气在看完编剧的原始剧本后宣布可以拍摄，拖延是为了保险起见。如同我已经争辩过的，寻求安全其实是在自招危险。一部剧本被重新改写十几遍并不是不寻常的事，最后一稿的剧本和原始剧本十分接近也很常见。故事在开始和中间的修改过程中会远离原始剧本，但是到了最后阶段，又会回归原作样貌。

另外，我前面提到过“消防栓效果”，它的意思是每一个制片人和每一个重新修改剧本的作家都必须在剧本上滴几滴墨水，也就是，他必须刻下一点儿自己的印记，以便将来邀功。

付定金、购买和转手

如果电影剧本已经售出却没有被拍成电影（大型制片厂每出品一部影片平均至少要购买十五部剧本），有一些方法可以把剧本的权利归还给作家和进行转手。多年前编剧工会为作家协商争取到了自动归还的条款，条款按照一个复杂公式就时间和金钱进行计算。实际上，如果七年间剧本未能被拍摄成电影，作者有两个月的“窗口”期，在这段时间里，他／她可以考虑退回剧本款，并拿回版权。然后，如果他能找到新的买家，就可以有权将剧本再出售给其他人。

不过，作家通常都希望避免转手。

专业作家一旦写出一部原创剧本，都会虔诚地希望能够把它卖掉，最理想的是找到某个愿意撒钱的人，这种情况被简单地描述为“购买”。这和购买别的东西没什么不同，比如说一辆汽车、一件大衣、一包口香糖。他们有钱，你有货品，他们给你钱，你给他们货品。

但是毫无疑问，为拍摄购买原始剧本不可避免地比上述情况要复杂得多。通常在剧本实际开拍后会给编剧奖金。如果电影赚取了一定利润，或是它拍了一个或更多续集，或引发附属产品的生产，如玩具、衬衫、海报、咖啡杯等，作家可以分到一点儿嘉赏。这些额外的好处不是相互排斥和一次性的；上述结局圆满的任何组合都会使一个技巧高超、才华横溢，更不要说幸运的作家变得富有。举一个例子，《星球大战》附属权利的利润，远远超过纯粹的电影票销售，尽管它的票房收入碰巧也破了纪录。

剧本如果转手，则二次售出的可能性会由于转手的事实而大大减小。你推销的是别家公司拒绝出品的东西，即使对方可能对它进行过大量投资。因此，很大程度上，转手的项目更类似于零售业所谓的“减价商品”。

尽管如此，还是有很多剧本转手之后最终被挖掘出来并正式出品。

有关归还的规定体现了编剧和制片人的一个共识，即一部剧本事实上和一辆车、一件大衣、一包口香糖是不同的。如果制片人无法把剧本拍成电影，那可能并不意味着结束，而仅仅是开始。作者有权到别的电影公司推销自己的作品。

人们可能料想最初的剧本购买者不会反对这种做法，实际上他应该欢迎这么做，因为他可以把购买剧本的费用拿回来。然而，事实上，很多制片人很不愿意看到别的制片人去拍摄曾经属于自己的项目。在好莱坞这个行业中，面子就是一切，如果制片人无力把自己的剧本拍摄成电影，而被别人拍摄了并取得成功，这会使他绝望并颜面扫地。

然而，与支付定金相比，直接购买原始剧本是罕见的。定金的成本远远低于直接购买剧本的费用，它类似于租用权。支付定金以后，他能够像已经购买了剧本一样对待它。制片人赢得了在指定期限内以预定价格购买原始剧本的权利。制片人如果不愿意冒险投入几十万甚至几百万美元购买某个剧本，作家可能愿意允许他支付较低的费用，在一定时间内拥有该剧本。

对编剧来说，这样的安排可能是大有好处的。首先，作者可能已经亲自或通过经纪人努力寻找过买家。就绝大多数剧本的情况而言，他们的努力都是徒劳的。在几位潜在的买主直接拒绝购买剧本之后，经纪人或编剧不愿意再拿它在好莱坞四处兜售，这相当于最后得出结论：无人想买这个剧本。

然而，也许会有一位制片人觉得大概通过适当“打包”（关于这点后面会详述），把剧本与合适的导演和一两位大牌明星打包，或者进行一些修改，或者出于其他什么理由，这个剧本至少暂时值得购买，然后再看能否拍成电影，在这种情况下，他就会支付定金。

通常定金费用算在购买费用里，会在最后的付款中扣除。条款是可以调整的，也许是六个月或一年，规定某个价格。根据制片人的考虑，它可以被延长，延长期的价格有所调整。每方面的细节都有讨价还价的余地。

比支付定金更重要的一件事是：一旦制片人获得了剧本，他就可以投入时间和精力，把剧本送到有能力把它拍成电影的机构去进行展示，如广播电视网、有线电视，当然还有电影厂。他还可以把剧本送给导演和演员们看，这样一来，也许能成功地把剧本搬到银幕上。即使他失败，作者的名字和写作能力也在各个机构得到了宣传，这大大有助于为作者建立声誉。作者可以有根有据地说，某家公司购买过自己的剧本，哪怕时间很短，付费很少。编剧本人的专业地位得到承认，而在这之前，人们会认为他是业余作者。

相比较而言，有资深制片人花钱花力在职业圈子里帮你兜售剧本（不管他付给你的定金多么少），也比编剧本人或编剧的经纪人去做同样的事情要声誉好听得多。它证明除了作家自己和他的经纪人——他们两个有明显的既得利益——以外，还有人认为他的剧本值得与观众见面。

举一个例子，UCLA的一名学生收取定金把一部喜剧片卖给了一位知名制片人，由于这位制片人制作过多部热门影片，所以剧本被很快送到各制片厂的最高层进行审阅。尽管没有一家制片厂觉得剧本适合拍摄，但是他们对作者的写作才能颇感兴趣。

制片人最终也未成功地使剧本得到拍摄，于是退出，听任定金到期后版权归还作者，这也是绝大多数剧本预付定金后的命运。不过，由于此剧本被某家公司阅读，作者在这家公司赢得了平生第一个付费写作合同：改写另一位作家的剧本。该公司每星期支付他一万美元，至少六个星期，只需要修改别人已经写出来的剧本。

对于第一份工作来说，这不算很差。

后来，他的改写工作从六个星期增加到八个星期，他不仅把八万美元酬劳装入了口袋，还在之前获得了租让原创剧本的定金。这位作家，除了现金收入外，还大大提高了知名度，而且，他完全可能最终再次出售这个剧本。

除了以上所有好处，可以料想到的是，作家同时还找到了经纪人。既然一位大制片厂的制作人愿意以每周一万美元的薪酬来雇佣一位新作家，那么愿意代理他的经纪人会在他家的门口排队，任他挑选。这位作家的选择很明智，直到现在，他的事业都非常繁荣。他在暑期有一部大电影厂制作的新片上映，他还在圣诞节上映了一部圣诞影片，取得了巨大成功，就电影收入而言，那年的圣诞节碰巧相当暗淡。

即使他最终找不到制片人购买自己的剧本，也永远有机会找到其他制片人愿意再次为剧本支付定金。我有一位朋友，十五年前给一位大制片厂的制片人写了一个剧本，他还没有写完，这位制片人就被电影公司解雇了。公司履行合同，付给了作家全部欠款，并立刻把此项目转手，我的朋友再次拥有了剧本所有权。

当然，他希望剧本能被拍摄成电影，但是他没有值得的理由去抱怨。制片厂付给了他合同里规定的所有款项，而且他仍然拥有剧本的版权。在后来的十年里，他凭借同一个剧本六次收到定金，并在他正感到失望时终于被另外一家电影公司购买了剧本的全部版权。我说失望，是因为这些年来他已经习惯了出租剧本版权。他渐渐把定金视为一种年金，它们加在一起达到了可观的数目。

最终，没想到这个新电影公司的管理层换了人，剧本又一次转手，版权再次返回作家手中。那么，这个剧本事实上被两次卖掉，收取过甚至不止六七次定金，最后作家仍然拥有剧本版权，它还可以被卖掉——或收取定金——相同的情况甚至还可能继续发生。

作家有时几乎不收取定金就把剧本交给制片人。不是完全不收取定金，其实是象征性地收费一美元。因为法律规定，买卖双方要有某种形式的实际交换才能构成真正的买卖协议。

为什么作家会愿意只收取一美元，或不为自己的剧本收取定金呢？因为制片人也许可以成功地把剧本拍成电影，在这种情况下，作者会得到大量酬金。显然，作家可能不愿意让第一个阅读他剧本的人支付定金把它暂时拥有，作家的处女作还未给别人看过，他希望至少能得到一些不同的建议和意见，然后才会考虑同意收取少量定金把剧本租出去，而不是把剧本以较高的价格售出。

如果一切努力都宣告失败，如果收了定金的剧本没有产生任何结果，对作者也没有伤害。他仍然保有自己剧本的全部版权，在有生之年可以继续为它寻找市场。有很多剧本在好莱坞流转多年，最后才终于被拍成电影。

这又一次证明，对作家来说，最珍贵的东西是耐心。随着时间推移，一个被淘汰的剧本可能最终会成为打包策划的一部分而获得新生。

/ 打包策划 /

你也许认为一部电影就是一部电影，但它不是。用好莱坞现在的说法，电影实际上是一个打包策划。你也许以为作家是作家，演员是演员，导演是导演，但他们不是。演员——特别是明星——是一个元素。同样，在策划拍片的时候，导演也不是导演，他是另一个元素。同样，你可能觉得电影剧本是一个电影剧本，但它不是。

剧本是个载体。

直到20世纪40年代后期，电影公司一直拥有自己的电影院，自己的编剧、演员和导演。这些艺术家不能像现在一样拍完这部片子或那部片子，从这家制片厂跳到那家制片厂，他们不是自由工作者。相反，他们是隶属于具体电影公司的工作人员，由公司把拍摄某部影片的任务派给他们。

在这种情况下，有些艺术家抱怨说，他们只不过就是奴隶。但奴隶从来没有被付过这么多钱，受到那么高的待遇。另外，感谢制片厂制度的规定，他们享受相互的友谊和支持，这与当今行业中的作家们截然不同，当今的作家名副其实是在孤军奋战，他们把自己隔离在家中小小的办公室里，通过电话和电子邮件联络剧本事宜，本身永远不必直接与任何其他人类接触，过着孤独的生活。

这种情况使作家与故事的最大源泉——周围的人们——相互隔绝。

现在，每个电影公司都有所谓的“作家楼”，在好莱坞的“黄金时代”那曾是作家们的办公室，而现在这些办公室都改变为其他用途，通常租给独立制片公司使用。过去，按照传统，各个电影厂的餐厅都有一张桌子，供作家们每天一起吃午餐时使用。作家们也在这张桌子上召开非正式的情节构思会议，彼此互通灵感、激荡脑筋、锤炼对白，共同商议各方面的工作，从角色的特殊癖好到一些故事结构基本问题。

在那些时期，电影厂决定拍一部影片，把工作分配给各位艺术家，然后他们共同完成影片拍摄。然而今天的情况和当时大不相同，一部电影的形成取决于把卖座的各种元素综合起来，找到载体，形成可以找到投资方的一揽子交易。

一个元素，如果影片可以靠它保证电影院的上座率，就会被认为是卖座元素。卖座元素的例子之一是大明星。然而，卖座元素是在不断变化的。在本书写作之际，史蒂文·斯皮尔伯格仍是一个名声卓越的卖座元素例子。斯皮尔伯格的影片可以保证能赚获巨大利润，这是公认的。如果史蒂文想根据鲜果生活牌男式内裤上的洗涤标签（不能漂白，烘干）来拍一部电影，它也一定会稳赚不赔。

卖座元素观点的根本依据是观众一定会买票观看一部包含卖座元素的影片，这种看法其实是极端错误的，是彻头彻尾的自欺欺人。我们以史蒂文·斯皮尔伯格为例，他虽然执导过多部有史以来最为成功的商业电影，但也拍摄过票房一败涂地的片子，如：《铁钩船长》《直到永远》和《人工智能》。

影片票房的成功与否不是靠卖座元素或精心设计、代价昂贵的营销宣传，而是靠口口相传——观众的口碑和向他人的推荐。没有一位“卖座”的巨星没有经历过影片失败，没有一位编剧、制片人、导演或演员没有创作过失败作品，以乔治·卢卡斯的名字冠名也挽救不了影片《天降神兵》的失败命运。

原理66：电影票房成功的唯一因素是：口碑。

因此，记住这一点是有益的，所谓卖座元素的作用并不是它能使观众蜂拥而至，而是银行愿意对它投资。银行信任度，如果就本季度仅有的几个卖座元素来说还算是好消息的话，对普通电影而言可就不是什么值得高兴的事了。

打包策略，对编剧和观众来讲也都不是好消息。打包策略的真正原因是，首先，可以付得起他们经纪人的佣金，不仅仅是一个或另一个元素，而是所有元素的总金额。第二个原因是制片厂的行政高管们可以在影片万一失败时推卸责任以保护自己—— 失败不仅可能发生，而且很可能发生。

如果影片失败，只要影片中包含卖座元素，那么制片人就不用为损失了公司几十万美元担责任。当一个像彼得·古博（Peter Guber）那样的知名制片人制作声名狼藉的影片《夜都迷情》时，如果电影成功了，他是英雄；如果失败了，他可以解释说："那不是我的错。我用了布莱恩·德·帕尔玛当导演。剧本由名编剧迈克尔·克里斯托弗改编自汤姆·沃尔夫的畅销小说，演员是布鲁斯·威利斯、汤姆·汉克斯、梅兰尼·格里菲斯和摩根·弗里曼，他们都是处于巅峰时期的大明星。这不是我的错，是他们的错。"

因此，卖座元素存在的原因是为了推卸责任。

不幸的是，今天有太多这样的电影，在太多情况下只是在为预计的失败精心准备、设计免责策略。他们不是去开发创新，而是搜索大量卖座元素，把它们拼凑到载体当中，一旦票房表现不佳，就可以以此来作为对公司股东的投拍解释，哪怕还没到失败的时候。难怪会有这么多陈旧乏味的影片。

对作家来说这意味着什么呢？

首先，单纯提交剧本——哪怕它很优秀——给潜在的购买者，特别是提交给大制片厂和电影制作公司，一般来说卖掉的可能性很小，被拍摄的机会则更小。

然而，从实际情况来讲，这对编剧来说没什么影响。我们仍然需要尽力创作最新颖的原创剧本，同时必须准备好去和经纪人打交道，应对打包策略，尤其是处理剧本定金事宜，因为卖座元素的组装通常就发生在制片方支付定金阶段。

这给作者提出了额外的理由去塑造深刻、丰满、生动的影片人物，这样那些卖座明星才会愿意饰演。不过，另一方面，创作有价值的角色本身正是用心写作的一条基本要求。

编剧是否应该选择一个热衷打包的经纪人呢？这个策略胜负难料。有影响力的大型打包代理机构喜欢不仅仅代理剧本，还代理导演和演员，因为可以同时收取多份佣金。

从作家的立场来看，选用这样的经纪人既有优势又有弱点。也许经纪公司恰好有一个适合打包的票房元素，那么剧本就有更大机会被卖掉和被拍摄。然而，永远都存在另一种可能性，那就是其中的一个或另一个票房元素会在制片开始前脱离整体包装。碰到这种情况，项目就会黄了。现在经纪公司大概只剩下一部剧本，有哪个大经纪公司会只为出售剧本的微薄佣金而卖力呢？

这就是为什么作家，特别是新作家们，可能还是选择小的独立的经纪代理公司为好，那里会有积极的经纪人，他们目标明确，为了把剧本拍成电影，会和电视制片人或电影制片厂的高管们面对面地接触。另外，在庞大而著名的经纪公司，小小的独立作者很容易在穿梭往来的演员、导演、大作家中被忽略掉。

多年来我自己的作品曾被大公司和小公司都代理过。与大公司签约后，我经常被安排和制片人见面，竞标争取一些特殊的付费写作任务。在等候室里，我能看到同一经纪人的六七个客户，都被他派遣来这里，跟我竞争同一个工作。

大概最理想的折中方法是找一位老经纪公司的新经纪人，当他和潜在的购买者接触时，大家知道他是合法正规的。此外，他会为建立自己的业绩而努力工作，而他获得业绩的方式必须是通过建立客户业绩。

在UCLA我经常收到老牌经纪公司里面新经纪人的电话，他们在急切地寻找客户。我把我们最好和最聪明的作家推荐给他们，在很短的时间里他们就会取得很大的成绩。然而，他们的负荷很快满员，他们牢固地树立了声誉，只剩下有限的时间用于新艺术家身上。

大经纪公司吞噬小经纪人的成果。“为什么我要在一位无名作家身上花费力气？我可以简单地把那些被小经纪公司捧出来、已经建立声望的作家抢过来。”这是一位有威望的大经纪公司的代理在给我们学生上课时说的话。制片人阿瑟·梅耶也是USC电影学院受尊敬的教授，他曾经评论说，好莱坞的问题不在于人们偷窃，而在于他们偷窃却不受惩罚。

然而，作家应该注意一条关于忠诚的重要警告。在一次作家研讨会上，在酒店的酒吧，一个曾经在好莱坞获得空前票房成功的作家向我忏悔，他多年来都找不到写作的工作，完全是由于当年他没有善待自己的经纪人。我前面曾提到过这位作家，他之所以建立声望，完全是他原来的独立经纪人煞费苦心地为他拼斗的结果。然而，当他一鸣惊人后，那些极具威望的大经纪公司就在他耳边唱起美妙而迷惑人的歌声，对他说，他现在是著名编剧，需要更大的经纪人。

他们不打招呼就把他放到了非正式、不要紧的“轮流作业”名单中去。也就是说，他曾经是原来经纪人的大客户，但是在这里他仅仅是一大群超级编剧中的一员。他们把他放到“轮流作业”的第二梯队，不是被推荐给最好的公司，而是被打发到第二流的电影公司。两三个月后，由于不温不火的反应，他们把他放在了“忽略”名单中，停止为他安排与制片人和电影公司高管的见面竞标，甚至拒绝接听和回复他的电话。

这并不是异常现象，不幸的是，这是好莱坞的常规。

他夹着尾巴回到原先的代理面前。“现在你没工作了，想让我再重新建立你的职业生涯。难道你认为，如果我能再次让你火起来，你就可以再次把我抛弃，投奔大公司吗？谢谢，不必了。”她告诉他。

谨记教训：要善待那些在你的事业上升期时帮助过你的人，你会在下滑的路上再次遇到他们。不管你青睐的事业之路是瞄准低成本独立电影，还是主流大片，待人要殷勤有礼，这条规则永远适用。

/ 编剧工会 /

主流电影业是一家工会企业。

在这个行业中，为了谈判工资和工作条件等事项，美国编剧工会会代表美国电影和电视界的作家们。它有两个分部，一个在纽约，一个在洛杉矶。尽管各大电视网和电影制片厂，以及合法的独立制片公司都同意只雇用工会成员，但是没有一个潜在的雇主会仅仅因为对方不是编剧工会成员而拒绝他。乍看起来这似乎自相矛盾，其实不然。一旦他的第一部剧本被卖掉，或是他得到了第一个付费写作合同，那么作者就会同意加入工会。

因此，和新的演员、导演、剪辑师、摄影师、木工、电工，还有化妆师和服装师相比，新编剧会捷足先登。这是因为任何人只要获得了电影公司签署的付费写作合同，编剧工会就会接收他成为新会员。

此外，每家合法的电影公司都签署了协议，遵守工会制定的标准和实践要求。一旦电影公司雇用了一名作家，他们要立即通知工会。工会将检查他们的花名册，如果作家不是工会成员，他很快就会被邀请加入。工会永远都不会建议电影公司雇用已经是工会成员的作家，它只是欢迎新成员的加入。这个“欢迎”伴随着昂贵的新会员入会费。20世纪70年代我加入工会时的会费是两百美元，现在的费用已经涨到两千五百美元。加入工会后，会员每年还需缴纳一百美元或剧本成交费用的百分之一点五，以较高者为准。对于费用和信用的详细解释，请访问网站www.wga.org。

编剧找工作的经历和别的艺术家大不相同，比如说剪辑师。如果电影公司对某位新剪辑师印象深刻并渴望雇用他，他们不能直接这么做。剪辑师工会查核他们的花名册，如果发现新剪辑师不是工会成员，就会要求制片人更换，先雇用目前没有工作的工会在编剪辑。

新编剧在获得第一份写作任务以后，可能不希望为工会之类的事情操心。然而，编剧工会对保障作家获取公平和标准的报酬以及认可仍然至关重要。编剧的权利只有在这个机构的代表下，经过长年的英勇斗争，克服资金实力雄厚且往往极其蛮横的抵制才能得到保障。

编剧工会出现以前，在电影银幕上显示演职人员名单都是凭制片人的一时冲动。制片人可以（而且经常）任意把自己的配偶、兄弟姐妹、子女、朋友，甚至狗的名字列为编剧。而从半个世纪前开始，银幕上的编剧名单完全由编剧工会决定。此外，编剧的名字是否在银幕上显现、以何种形式显现，已经不再是一件小事。对于作家来说，除了有单纯地对情绪和心理的影响，银幕署名更关系到钱的问题。

因此，对作家来说，由美国编剧工会代表是个双赢的局面，即使对还不属于工会的新人作家也是如此。这些新作家受到工会的全面保护，尽管他还不是成员，没有付会费。最重要的是，他们在出售剧本或者受雇写作时不会因为尚未加入工会而受到歧视。当然，他们在剧本被卖掉或第一次签订付费写作合同后，会立即加入工会，支付入会费并预期今后每年会定期收到催缴会费的账单。缴费金额有一个上限。当到达一定的数目后，当年就不用再付更多的钱。

与一切技术和商业上的考虑相同，作家不用担心如何加入工会，而是应该集中精力创作出最好的剧本。因为，写出最好的剧本就是进入工会的途径。

/ 守门人理论 /

由于电影电视产业是如此竞争激烈，如此享有盛名，如此富有魅力，所以这个行业的底层工作人员通常是劳累过度却薪水微薄。为了有机会进入如此生机勃勃、（有时候）创造力旺盛的竞技场，他们愿意忍受各式各样的虐待。办公室工作人员，尤其是接待员、秘书、文员，甚至门卫更是如此。

令人吃惊的是，这些受虐待的人通常也是掌握实权的人。

要想与影视界高层主管取得联系——无论是通过电话或是电子邮件，你如果粗暴地对待这些人，就可能犯了严重的错误，有两个原因。

第一，在文明社会里，一个有教养的成年人践踏他人是完全不可接受的行为。第二，这些底层工作人员通常握有远超出他们职位的关键影响力。

20世纪60年代末，当我还是南加州大学电影系的一名学生时，曾短暂地为一家大型电影制片厂担任剧本写作顾问。很快，我的老板把这个电影厂经营得一塌糊涂，并遭到了解雇。当然，他立刻又被另一家大电影公司雇佣，在第二家公司工作了很多年，直到又把那家公司经营垮台。在他担任第二家公司的高管时，我想找他推销我写好的一个剧本。接电话的是他的秘书，我以罔顾他人的态度在电话里想跳过秘书直接和他说话。秘书犹豫了一下，听出了我的声音，说出我的名字。她竟然是这位老板过去在前一家公司时雇用的那位秘书，是我很熟悉的一位女士，她是有能力把我的剧本放在老板桌子材料堆最上面的那个人。

她原谅了我的失礼，对我很宽容，并给予了我不配得到的关注。她立刻安排把我的剧本送到了老板手里。

老板立即阅读了剧本，并马上拒绝了它。

然而，这个教训我一直牢记在心。由于我对这位秘书很熟悉——而且她格外宽容——才收拾了我的恶劣态度造成的残局。因此，做一个体面并受人尊敬的人是会收到回报的，哪怕是在电影行业。经纪人和制片人的秘书们和审稿人经常会遭到来自上下两头的责难。意思就是，老板对他们大吼大叫，那些试图找到他们老板的人也对他们大吼大叫。这也许可以解释为什么他们会为善待自己的人提供方便。这群被虐待的人经常都是能够影响重要人物关注哪些事务的关键人士。

要把他们变成你的盟友。

当你的电话被接听时，你要非常精确地询问对方的名字，把它记下来，以便下一次通话时查找，和他／她闲聊两句。这些人习惯了被人呼来喝去，因此，一个正在努力奋斗的作家如果对他们表示尊重，他们会想方设法为他提供帮助。记住，在书信联络时，是他们打开信件或者电子邮件，并决定哪些事情重要，值得老板注意。而且，就我们这里讨论的目的而言，他们还决定什么是不重要的。因此，在和他们的老板通信时记得对他们表示问候，不失为一个好主意。

好莱坞和其他地方一样，只有当你对别人好的时候，别人才会对你好，你的自我利益才能得到保障。这是成为严肃的专业人员所不可缺少的一部分。

/ 专业水准 /

业余爱好者和专业作家的区别在于，前者是免费写作，而后者以写作换取报酬。

当然，在业余作家和业余水准之间有一个显著区别。一个训练有素、才华横溢的业余作家可能比某个专业作家写得更好，而某个专业作家也许只是业余水平。专业作家不一定比业余作家水平高，仅是比业余作家得到更多报酬。既然编剧不需要为成功地实现与观众的交流而道歉，他也就不需要为收取酬劳而道歉。

在UCLA戏剧电影电视学院，我的电话经常响起，都是制片人要寻找一些“聪明、有好奇心、没经验、有创新精神而不是停滞不前、还没有养成整个好莱坞那种漫天要价习惯的编剧”。

来电者的真正用意是，他在寻求愿意免费写作的作家。

当我询问他愿意付多少钱时，通常电话那端会感到吃惊并沉默不语，我手中的电话筒好像瞬间变得冰冷。最后那边的声音会无一例外地嘟哝说，他们能提供给新作家的远不止是金钱。他们声称会给作家提供接洽电影厂和结识经纪人的机会；他们提供一笔几乎万事俱备的交易——仅仅需要“充实”一下想法（写作的委婉说法），他们保证说这个剧本基本上可以“自动写完”。

我的同事哈尔·阿科曼每次都打趣说：“既然剧本可以自动写完，它为什么不自动拍成电影呢？”

当我见到制片人，他告诉我说剧本会“自动写完”时，我就伸手拿出一支铅笔和一本黄色纸簿。我把铅笔举起来，然后笔尖碰到页面。然后，我小心翼翼地、轻轻地松开握着铅笔的手，好像我期待它自动书写似的。

到目前为止，每次只要我放开铅笔，它只会滑落下去。

这个结果让我有理由对制片人说，“看起来这又是一个不会自动书写的剧本，实际上需要请作家来写。”

“整个故事的架子都建好了。”许多这些以食物链最低层为食的制片人这样对我说，有些作家居然对他们信以为真。“人物是现成的，剩下的就是给他们构想一些偶然的小插曲，编几句对话放进人物嘴里。你要做的事情就是把这些点连起来。剧本不需要再写什么，只是把文字改变成剧本格式就行了。”

我建议他们雇佣一个打字员——花费不会超过每小时十五到二十美元。而且，既然剧本已经全部"成型"，制片人显然可以口述剧本。打字员花一天的时间就可以全部打出来，大约只花一百或一百五十美元就够了。至于剧本的格式，如果打字员不会处理，还有很多价格适中的文字处理软件，瞬间就可以将文字转化为剧本格式。

这些自封的制片人无不哼哼唧唧，最后不情愿地勉强承认，也许还有打字员做不了的一些事情，例如，动作、场景设置、冲突、主题等。而且，说实话，他们请不起打字员，因为他们连一百美元都没有。我问他们，哪一部电影，哪怕只有几百万美元投资——在本书写作之际这是超低预算——要求过作家免费写剧本吗？

"如果他们要进入这个行业，学生们必须冒险。"打电话的人或礼貌或不礼貌地对我说。

我解释说，我的学生一直都在冒险自行创作。不同的是他们拥有自己产品百分之百的版权，何苦要花时间、精力和才能为你的项目工作，而你还不能保证给他们任何补偿？

作家永远不应该承受必须向制片人索取酬金的耻辱。奥斯卡·王尔德有一句名言："业余爱好者谈论艺术；艺术家则谈论钱。"

正如前面所指出的，作家永远不应该介入自己并不完全拥有版权的自行创作项目。他们绝对不能让自己上当被骗，比如说，把一部戏剧、一本小说或者他不拥有原创版权的其他形式的文字改编成电影剧本。他们也不应该为从前和未来的制片人修改别人的电影剧本，期望最终会获得金钱和名声。

自封的制片人喜欢对天真的新作家许下各种让他的姓名出现在银

幕上的诺言。然而，每个合法的制片人都知道，每个作家也都应该知道的是，银幕上的编剧名字全部是由美国编剧工会按照精心设计的制度、经过专家团的秘密仲裁决定的。

如果制片人违反任何“协议”条款，或者更有可能的是，如果电影根本没有拍摄，那么作家甚至不能把自己的劳动成果拿到别的市场上去卖，因为他并不拥有它。

金钱和写作的关系时而甜蜜时而苦涩的悖论在于，制片人被要求付给作家的薪酬越高，他就越会珍惜作家的创作。这是一个自我实现的预言，它源自在好莱坞到处弥漫的自恋心态：我花的钱越多，作品的价值就越高。既然作家的价码这么贵，他／她的作品一定非常好。像我这么狡猾、有品位、艺术鉴赏力非同一般的制片人怎么可能把现金付给一个骗子呢？

这种心态反过来也成立。既然作家愿意免费为制片人工作，那么制片人就会认为自己在作家身上花钱是不值得的。既然作家自己都认为他的写作一文不值，制片人为什么要认为它值钱？

新作家们往往认为，如果他们要求支付报酬，将会被嘲笑和蔑视。但是，恰恰相反，作家越是自信地坚持要求支付报酬，他和他的工作就越会得到制片人更大的尊重。

显然，严肃的专业作家不应该和制片人进行这类有关金钱的讨论，他应该让制片人和自己的经纪人联络。如果一个合法的制片人有诚意雇用一名作家，他应该不是不情愿，而是渴望和作家的代理联系。

如果作家得到一个付费写作合同，但是他却没有经纪人，那该怎么办？

我倒是希望所有作家都能遇到这个问题。作家在拿到认真严肃的雇佣写作合同时，应该不难找到经纪人。事实上，如果这份合同来自正规且受人尊敬的公司，那么经纪人会在他的家门口排成长队，任他挑选。这是由于经纪人懒得花费时间精力，一家一家地跑电视台、电影厂和制片公司为作家争取写作任务。另一方面，没有经纪人会拒绝一位从街上走来、手中握有合同的作家。

无人会推掉送上门来的生意。

作家可以估计，甚至料想，经纪人能够谈判达成至少比自己赢得的报酬高百分之十的合同，这笔钱足够支付经纪人的佣金。

/ 最后一句关于经纪人的话 /

经纪人也是人。

经纪人和客户之间的关系存在着根本性的困难，从多方面来说，它是一个典型的双重挟制。我想这在很大程度上是由于一个事实：出售一部真正优秀的、独辟蹊径且大胆创新的剧本是不需要任何销售技巧的。

所以经纪人在推销剧本时故意贬低剧本的质量是很正常的符合人性的表现。他希望剧本好，又不希望它太好，因为如果剧本太好了，他还有什么工作可做呢？难道他只是个贩卖货品的中间人吗？剧本写得越好，经纪人的精明干练、能力不凡就越显不出来。因此，从心理上说，他轻视每位客户的作品质量，这么做以一种奇特的方式符合他的既得利益。

这种情况已经造成了足够的尴尬，然而，还有另一个挟制，同样不可调和。

作家和经纪人都会告诉你，是客户雇佣经纪人，而不是反过来。

然而，经纪人和谁一起打网球并懒洋洋地躺在桑拿房里呢？和客户吗？很少。更常见的是，经纪人经常与管理层往来应酬——制片人、公司高管、制片厂工作狂、电视网管理者。那是必须的，也是每位客户最应该希望的，因为，正如威利·萨顿被问及为何抢银行时给出的回答，因为那里有钱。

我认为，如果经纪人代理的不是客户，而是客户手里特定的作品，那么经纪人和客户之间的一个明显冲突就可能迅速消除。

通常，即使开始只代理一个剧本，经纪人也会逐渐代理作家的全部作品，这些作品中，经纪人对有些作品会有极大的热情，对另一些则没有。勉强的代理对经纪人和客户都是不公平的。经纪人和客户都应该有权撤销对这个或那个作品的代理，也许可以让经纪人享有优先选择权。换句话说，他应该先于他人有机会代理一个特定的剧本。然而，他也有权拒绝代理它。

从很多方面讲，经纪人都是一群很不快乐的人，他们足以唤起作家们的同情心。就好比服务员在厨房会受到训斥（尽管他并没有点菜），同时又会被食客训斥（尽管并不是他烧的菜），经纪人要为作家剧本的缺点受电影电视制片人的气，同时他们还要受作家的气，因为作家会为了制片人（经常提出的）不合理要求而责怪他们。

即使是经纪人，也需要爱。

Part Four

电影全景

The whole picture

一个案例研究：

“那个和我们一起上电影学院的家伙”

电话铃响的时候，没有哪位作家会不接。

1971年4月的一个晚上，我正匆匆忙忙赶往特罗巴多会所去听东海岸音乐家朋友们的演出，电话铃响了。听到铃响，我又跑回家，电话是我在南加州大学的校友加里·库尔茨打来的。

“我正在制作乔治的新电影，”加里开门见山地告诉我，“他刚刚从法国打电话过来，他希望你能来写他的剧本。我们和电影制片厂联美公司达成了一万美元的剧本加工合约，如果你同意写，那些钱就都是你的。”

1971年的1万美元相当于今天的20万或25万美元。不过，当时，就算这么大的数目对我来讲也不是那么有吸引力。我正掀起了为好莱坞创作的第一轮热潮，接连写了四部大制片公司出品的故事片，另外还担任着杰里·刘易斯最后一部大制作的对白导演。虽不是日进斗金，但是我赚到的钱比我需要的多得多。

我不用问也知道“乔治”是谁，尽管当时他还尚未被广大观众熟知。他的第一部故事片《五百年后》（即《THX 1138》）上映以后悄无声息，但是他在学生时期创作的该片原始版本《电子迷宫THX 11384 EB》，那奇特的独创性已经引起了电影专业学生的交口称赞。那部长约十五分钟的短片向所有头上长眼的人证明，乔治·卢卡斯是个电影天才。

他最后的学生毕业作品《皇帝》是他在南加大的告别演出，那是一个诡异的、古灵精怪的、非凡的准纪录片，内容是向电台主持人鲍勃·哈德森（Bob Hudson）致敬。这部电影代表了乔治和我当年一起在电影学院合作的情况。在他的要求下，我去到了南加大电影系简陋的摄影棚，和我们的同学约翰·米利厄斯一道，给剧中号称活跃在美洲中部丛林里的恐怖分子们配音，那些镜头其实都是在电影系不起眼的暗室门外竹丛杂生的院子里拍摄的。

到了乔治·卢卡斯计划拍摄那部20世纪50年代青少年摇滚电影，也就是加里打电话给我的时候，我已经在电影学院的校友中由于十分熟悉20世纪50年代末和60年代初的流行音乐而小有名气。我在一部学生电影《理查德·森的逆转》中饰演一个角色，那部影片充斥20世纪60年代干巴巴的政治说教，即使影片编剧和导演比尔·菲尔普斯都不知道它的主题是在表现什么。

《理查德·森的逆转》表现了当时流行的解放与革命主题，是20世纪60年代末期一部典型的弱智浅薄、夸张变形的作品，手法很不成熟。乔治对我说，电影中最大的亮点是我坐在一座房子的楼梯间，翻找已经老旧的45转黑胶摇滚唱片，并即兴点评唱片的曲调、标签和演唱者。我不记得菲尔普斯的剧本是怎么写的，不过我记得我把剧本丢开，在他的鼓励下，表演时想到什么就即兴说什么。

《理查德·森的逆转》恐怕是第一部表现20世纪50年代流行文化的影片。当时20世纪50年代的事情仍然太新，太贴近当下，不能像乔治现在计划拍摄的新电影那样具备历史探究和怀旧的情怀。所以当我得知乔治希望我来为他写这部影片的剧本时，我非常激动。

当时我自己已经写了一部20世纪50年代关于青少年、怀旧、成长影片的剧本大纲，片名为《巴里和帮派》， 它在好莱坞受到了很多鼓励。然而，如同多萝西·帕克那句名言，"好莱坞是个鼓励也会让你致死的地方"。尽管《巴里和帮派》获得了无数赞美，我却一直无法从任何制片人那里挤出哪怕五分钱去继续创作它。

我问加里，乔治和联美公司的这部影片是否有了名字。他说："《美国风情画》。"

"美国什么？"我问。

加里解释说那只是个暂用名。

"很好。"我说。这个名字似乎代表了乔治嫌恶的一切。"这个电影名太艺术化，太欧洲化，人们永远不会买票去看。"我对加里说。还有比这更大错特错的预测吗？《美国风情画》的票房滚滚而来，后来成了历史上最赚钱的影片之一。

加里告诉我，除了乔治以外，每个人都很讨厌这个电影名字。"我不喜欢它，"他说，"你不喜欢它，威拉德和葛洛莉亚都不喜欢它。"

"威拉德（Willard Huyck）和葛洛莉亚·赫依克（Gloria Huyck）？"

"他们俩是乔治的第一编剧人选，他们草拟了几个简短的大纲。联美公司的法律部门坚持要求要有写在纸上的剧本，然后才能签订剧本加工合同。现在威拉德和葛洛莉亚自己的电影突然有了消息，那是一个低成本惊悚片，片名是《二次降临》（Second Coming）。剧本是他们俩共同创作的，由威拉德导演。所以他们现在没时间写《美国风情画》了，不管乔治最后给它取什么名字。”

20世纪60年代中后期的神奇年代是南加州大学电影系的鼎盛时期，我很荣幸地跻身在一些最有创意、充满想象力并训练有素的年轻艺术家中间，未来几十年他们将在很大程度上主导好莱坞的电影业。我个人认为，没有谁比威拉德·赫依克更有才气。他的十分钟黑白侦探片《混乱街头》（Down These Mean Streets）是一部黑色电影，它至今仍然是我看过的最优秀的学生电影。事实上，它被列入到我最喜欢的影片之中。

在电话里，加里·库尔茨向我解释说，乔治和他新结婚的妻子玛西亚，正在欧洲背包旅行，他们最后会到达法国，在戛纳参加电影节，并在国际市场上宣传他的故事片《五百年后》。乔治预计会在几个星期后返回洛杉矶，在这之前他无法讨论有关《美国风情画》的剧本事宜。与此同时，加里会给我提供所有有用的剧本背景资料。

第二天早上，我和加里见了面，竭力劝他放弃《美国风情画》，不仅放弃这个片名，而且放弃整个项目。我递给他我的剧本《巴里和帮派》的大纲，并谦虚地向他表示，它从各方面都远远超过乔治·卢卡斯对那部青春片的任何想法。加里一脸严肃，平静地对我解释道，不管是好是坏，乔治想做他自己的电影。故事将发生在一个晚上，从日落到黎明，地点在他长大的加里福尼亚州中部的一个城市。

加里递给我两个文件夹，一个文件夹中有四到五页纸，另一个文件夹中大概有八页纸。这些是威拉德和葛洛莉亚为了满足联美电影公司法律部的要求写的，他们必须至少有一些写在纸上的文字才能签订合同。加里对我说不必看这些简介，这只是为了走形式，它们对剧本完全没有影响。

接着，加里又递给我一份美国最具权威的音乐杂志《公告牌》（Billboard）十年间评选出来的排名前十位的专辑名单。“在乔治不在的这几个星期里，”我对加里说，“我会花时间听那个时期的音乐，寻找一些灵感，为和他会面做好准备。我会从威拉德他们那儿尽可能多地了解乔治对剧本的计划。然后，当他回城后，我会和他坐下来，一起写这个剧本。”

加里说不能这样。他表示，最至关重要的是，当乔治从欧洲回来的时候，我一定要把剧本的草稿完成。“我无法保证在两周内写好一个剧本，”我告诉他，“如果你要求快，那就找别人写。如果你想要好，那我就是你的编剧。”

加里告诉我尽可能写得越多越好，越快越好。乔治已经拖了太长的时间，电影公司有些等不及了。我们必须把剧本草稿完成，这让我有所顾虑。我告诉加里，一个像乔治这样的导演，不会接过递给他的剧本就到摄影棚里开拍，他肯定要密切地参与写作。

加里同意我的想法。为了解决这个问题，他解释道，我们之间的合作应该分两步走。他先付给我七千五百美元的初稿费，再付给我两千五百美元的修改费。这样，当乔治回城时我就可以交给他一个完整的初稿，然后我们俩再一起重新修改。乔治在和我一起写第二稿的过程中，可以把他所需要的任何内容加进去。

“我还是希望等到乔治回来后再开始写作，”我说，“等两个星期会有什么区别吗？”

加里对我说，当乔治回来时把剧本放在他面前，可以督促他赶快行动起来，着手解决一些重要的创作性选择，这是每部电影的核心问题，尤其是在早期阶段。这样的计划给我的感觉是不够稳妥。“我还是建议你放弃这个该死的本子，拍《巴里和帮派》吧。”我半开玩笑地对加里说。

我邀请威拉德和葛洛莉亚到我家吃晚餐，他们俩对自己的电影《二次降临》非常兴致勃勃。关于卢卡斯的项目，他们表示那是适合我写的剧本，我应该写。他们还说，他们得出这个结论是因为听乔治对他们说过一些话。

他们说，当他们第一次讨论《美国风情画》时，乔治说，他希望影片能够捕捉到《理查德·森的逆转》里我和米利厄斯谈论唱片的那场戏的感觉。虽然威拉德和葛洛莉亚没有看过《理查德·森的逆转》，但他们告诉我妻子和我，乔治说他就是要找到那个场景中的精神，青少年的成长、摇滚乐、20世纪50年代的怀旧之情。他们再一次重申了加里对我说过的那番话，不用理会他们写的那两份剧情简介。

第二天早晨吃完早餐后，我从桌子前面站起来，走了三步进入我的书房，在我的爱马仕3000手动打字机前坐下，插入一张纸，打下了“美国风情画（暂用题目）”。到了晚上，我写好了十四页纸。第二天我又写了一整天，然后接着每天工作，直到整个周末和下个星期，总共写了九天。我吃惊地发现，我写完了一部剧本初稿。

编写《美国风情画》的难点在于满足乔治的愿望，捕捉到青春期那种典型的没有目标、隔膜疏离和格格不入的感觉。这个难题必须解决，虽然故事本身并非没有目标、隔膜疏离和格格不入。

调和两种截然对立的品质——表面是无目的的游荡，实则有其内在的方向和目的——实在是个大难题，它的解决颇费周折。实际上，在这部电影被搬上银幕之前，来自两家电影公司的四位作家为了完成这个任务，写了超过一打的修改稿。

此外，这部电影展现了如同创作一部大合唱般的特殊挑战，电影的注意力分散在很多人物身上，同时它又刻画了一个清晰的主角，具有鲜明的主导地位和独特视角。

我很满意听从制片人加里·库尔茨的安排，写好了草稿，然后乔治和我可以在我的初稿基础上进行修改。

在电影的开始，根据这个初稿，片中人物罗恩·霍华德想跟他的女友分手，因为第二天早上他和朋友查理德·德赖弗斯要离开他们那个肮脏无聊的家乡，去大城市闯荡。然而，霍华德不仅没有和女友分手，却订婚了。

“订婚？”德赖弗斯抗议。

“我们的原计划不会改变。”霍华德安慰他。然而，后来，当他到女朋友家和她告别时，最终却变成开车到内华达结婚。

场景里包括了赤袜舞会；寻找开雷鸟汽车的神秘女孩；“癞蛤蟆”特里（Terry the Toad）租车和随后汽车被毁坏（被低估的查尔斯·马丁·史密斯的精湛饰演）；“癞蛤蟆”没有成年身份证却试图去买酒；那家酒品专卖店后来遭到抢劫；与电台音乐主持人交接，还有一大堆其他内容，其中一些留在了最后的电影中，有些被删除了。

由于他们对我说不用理睬前面写过的剧情简介，所以我没有采用短程加速赛车作为高潮，而是写了一场几个小青年的撞车比赛作为高潮。这个游戏起因于青春片的里程碑之作《无因的反叛》，孩子驾驶自己的车向对面孩子驾驶的车迎头疾驶，在相撞之前，谁先胆怯将方向盘转开，谁就是胆小鬼，就输了。

乔治后来说："我们长大时从来没有玩过这种游戏，我们只玩过赛车。"

当然要按他的意思修改，但对我来说斗车比赛车更合适。我承认大部分美国人显然十分痴迷短程赛车，不过，它令我厌烦到流泪。我是一个在纽约市长大的孩子，又怎么知道斗车和赛车呢？我们没车，我们有脚，我们有自行车，我们有地铁。

以我的观点来看，斗车不仅会有更好的戏剧效果，同时也是一个恰当的隐喻，象征着如火如荼的政治和文化冷战，那正是电影年代的真实背景。艾森豪威尔的第一任国务卿约翰·福斯特·杜勒斯甚至给它取了个名字，叫作：战争边缘政策（brinkmanship）。对立双方都把对方逼到濒临毁灭的边缘，看谁先眨眼，谁就输了。这样的核外交政策就如同是青少年的"斗车"游戏。

面对《美国风情画》在评论界和票房取得的巨大成功，现在还来争论这个问题是给自己拆台。不过即使电影最后的赛车场面非常成功——我认为确实如此，我仍然相信在电影里，重要的不是现实生活中真正发生了什么，而是什么能构成最强的戏剧性。

难道乔治期待我在剧本初稿里忠实地记录发生在加利福尼亚中部莫德斯托的青少年生活中的一点一滴吗？你可以认为斗车事件是一个

陈腔滥调的创作选择，但是你不能责骂我没有精确地描绘加利福尼亚中产阶级生活的具体细节。我唯一的错误是同意在乔治从国外回来之前独自一人先写了初稿，否则他可以和我一起磋商和合作。

据说，我初稿中关于荷尔蒙旺盛的青少年偶尔沉迷于性悸动方面的描写也冒犯了乔治，他批评说这些使剧本缺乏品位。

鉴于卢卡斯在电影业取得的巨大成就和他在公众以及流行文化中的巨大影响力，我认为他的影响力是完全正面和滋养心灵的，我们无疑应当考察一下他自己的性行为，当然不是要刺探他的个人隐私——即便乔治·卢卡斯也保有隐私权，而是考察一下他在电影中对性的表现。

卢卡斯最性感的电影是什么？这么长时间过去了，他最性感的电影仍然是在南加州大学当学生时拍摄的短片《皇帝》。镜头这里那里出现了一些诱人的、有着丰唇的年轻女性，她们娇嗔地撅嘴、叹息，表明她们对“美丽的鲍勃”胡德森皇帝有着不可抑制的渴望。

第二天早晨，当我把打好、剪贴、手写修改、夹着回形针、用胶带封好的初稿送到加里·库尔茨的办公室去时，乔治还在大洋彼岸。加里把剧本拷贝了一份，然后把原稿送到了乔治的办公室。乔治应该在本周晚些时候回到好莱坞，然后他会在周末阅读此剧本初稿。

第二天早上，加里打电话给我并称赞了初稿，他说我做了他们需要的一切，他告诉我这个初稿精确提供了电影所要求的基础。等乔治过几天回来后，我们将开始工作，一起修改并撰写第二稿，联美电影公司将会给我们的拍摄制作开绿灯。

星期一早上，电话铃响了，拿起话筒前我已经知道是谁打来的电话。从乔治平淡的语气中我立刻知道他并不同意加里的看法。那天早晨的电话中，他没有说任何负面的话，但也没有肯定任何东西。事实上，他对我写的剧本初稿什么都没说。相反，他建议我们面谈。我给了他我家的地址，二十分钟后，他来到了我家。

“你这里真不错。”他说，冷冷地环视着我们温馨、不太大的平房。我们心神不安，有一句没一句地谈论我们电影学院的同学们，谈论天气，讲述他在戛纳电影节的经历。令人难以置信的是，他没有对我的初稿和我发表一句评论，更令人不可思议的是，他没有问任何问题。当然，事后回想起来，他的意思好像是，我已经明白，如果他觉得剧本有任何优点，他一定已经说了。

如今我非常娴熟地掌握了拒绝的艺术，可是当年在接下去的整个星期我都欺骗自己，使自己相信，那仅仅是乔治古怪的待人接事风格。毫无疑问，过不了几天我们就会一起坐下来写修改稿。到那时，我们会对剧本真正展开实质性的讨论。然而，在那个星期一，他的态度、他的语气，还有他非常、非常少的话语，似乎表现出他想自己重写一个剧本。

我指出他应该已经明确知道的一件事情，按照合同，我还欠他第二稿，同时联美电影公司也还欠我两千五百美元。我随时准备与他合作。不过，在越来越不投机的谈话快结束以前，他好像希望我能给他提供好莱坞所谓的“解约”。

以我作为职业作家的经验，我经历过几十次付费写作，都顺利地收到了报酬。这些写作任务中有正式出版的书籍，既有小说也有非小说；有为各大电影公司和独立制片人所写的故事片电影剧本；有为三大电视台写的黄金时段播出的电视连续剧；还有修改润色他人剧本，以及为报纸和杂志撰写文章的零星工作。此外，我还写了十多部短片：大公司的企业形象宣传片和政治宣传片，电视广告片、行业宣传片、政府公益宣传片，提供信息和指导的教育片、旅游片，甚至还包括一个精心设计、报酬优厚的企业幻灯片项目。

在所有这些项目中，我只遇到四次有人试图不支付合同中规定的全额款项。不过令人高兴的是，每次我都最终成功地得到了应获取的报酬。如同所有自由职业作家一样，我对金钱的问题非常敏感。不知能否拿到应得酬劳的这种疑虑，会不可避免地损害作家和他雇主之间的关系。很少有比制片人背弃付款条约更令我感到烦扰的事情。

同样，我也很同情乔治的窘境。他告诉我他没有钱，他两年前执导华纳兄弟《五百年后》的总报酬是一万五千美元，早都花光了。他之所以和玛西亚在欧洲背包旅行，是因为他们付不起酒店的住宿费。他告诉我，眼下为了付房租，他可能不得不去拍摄一则饮料广告。

关于我们的合同，如果他改变了主意，如果他不想让我再继续写第二稿，那肯定是他的权利。乔治认为加里·库尔茨对我保证支付剧本加工费用是一个错误，我解释说我从来没有主动谈判协商这些条款，我只是接受了邀请。

乔治要求我为别人的错误负责。我的印象是，我坚持要求按照合同办事，让他很生气。

对我来说，比钱更重要的是——钱当然也是重要的——钱所代表的东西。就像我前面所指出的，钱是一切的隐喻，更重要的，钱是个带有数字的隐喻。就这件事情而言，钱代表着合作创作第二稿的承诺。创作管理协会（Creative Management Associates），简称CMA，是我和乔治共同的经纪公司，他们在八月份的《好莱坞报道》上刊登了两页纸的广告，上面有部分编剧和正在进行的项目名单。其中包括《美国风情画》，编剧的名字确定为乔治和我。

在我们会面的剩余时间里，透过我紧张的发言和乔治寡言的冷淡态度，我越来越明显地感觉到他不希望我写第二稿。我站起身来准备给我在CMA的经纪人迈克·麦德沃打电话，进行询问。乔治劝我不要打电话，于是直到乔治离开我家以后我才给迈克打电话。迈克告诉我，毫无疑问我应该写第二稿，而且也应该按照合约得到第二笔修改稿酬。

过了一个星期，星期五，迈克·麦德沃来电话了。我的自欺和不愿承认现实的阶段骤然结束。迈克告诉我，乔治很不喜欢剧本初稿，没有兴趣让我写第二稿。我听完后出奇地冷静平和，决定找几根晾衣绳在后院的鳄梨树上上吊自尽。

然而，迈克向我保证，根据合同规定，我仍将拿到初稿的薪酬，而且，由于我必须得到报酬，所以乔治会要求我再写一稿。他让我等乔治的消息。

过了几个星期，迈克·麦德沃宣布他将要离开CMA转到国际著名艺术家公司（International Famous Artists），简称IFA。他说我可以跟他去IFA，或留在CMA跟随另一位经纪人迈克·怀斯（Mike Wise）。

也许是因为我觉得自己仍然和CMA的《美国风情画》牵连在一起，或许是因为习惯了，我决定留在CMA。到了七月份的一天下午，我接到一个电话，居然不是乔治，而是CMA公司新上任的总裁杰夫·伯格（Jeff Berg）打来的。“查理德，”我拿起电话的时候他说，“你坚持得到《美国风情画》第二稿的酬金，这是扯什么淡呢？”

“显然这中间出了什么问题。”我说。

“不要纠缠不休，”伯格告诉我，“你工作了九天，装到口袋七千五百美元，那是多少钱？八百三十三美元一天，外加三毛三分，一天！不要再惦记写第二稿和第二稿的酬金了。”

我得不得到钱与CMA和杰夫·伯格何干？这家经纪公司不仅代表我，还同时代表卢卡斯。不管它的客户之间如何分配酬金，该经纪公司获得的佣金是相同的。我对伯格说，“我去年挣到了足够的钱支付你们数千美元的费用，为了让你们代表我赢得合约和执行合同。”

“重要的是让你继续有活儿干。”杰夫说。这已经是我听到的最接近于某人向我发出的好莱坞式经典威胁：你在这个圈子再也找不到活儿干。

我把电话挂断。过了一会儿，它又响了。

这次是我的新经纪人，麦德沃的接替者迈克·怀斯打来的。“查理德。感谢上帝，我终于找到了你。这太荒谬了。”

“的确是太荒谬了，”我表示同意，“你们夸耀说给我找到了一个很大的生意，而事实上是这个生意找到了我，我自己又手捧着送到你们门上。此后你们又吹嘘说为我谈判赢得了优厚的条款，实际上根本没有谈判。当我坚持要求履行合同时，杰夫侮辱我，甚至威胁我，要让我在好莱坞永远失业。”

“什么能平息你的狂怒？”

“让乔治·卢卡斯二十分钟内给我打电话，”我说，“向我保证欠我的酬薪一定会支付。”

“乔治不在城里，”迈克说，“我们不知道他在哪里。”

“计时开始。”我说，然后挂上了电话。

事后仔细想来，我对自己当时所说的话和所做的事感到震惊，现在我肯定不会挂断别人的电话。放下那个电话，我从桌子前站了起来，伸展胳膊，做了几次深呼吸。电话铃又一次响了。

“我明天回城，”乔治·卢卡斯告诉我，“一起吃午饭吧。”

（几十年后，在撰写此文时，我要对加州大学洛杉矶分校表示极大的感谢，由于我在学校任教，所以我能够不断地遇到新作家，也使我经常与ICM打交道——它的前身是CMA，杰夫·伯格仍然担任负责人——并向他们推荐有潜力的客户，我相信这家经纪公司，如果与他们签约，他们会提供胜任而负责任的代理服务。）

乔治·卢卡斯和我第二天下午在日落大道最西头的哈姆雷特汉堡店会面。他表示很同情我的处境，他承认我被放在一个站不住脚的位置上，我的剧本是有价值并且是专业的。但是，他在阅读这个剧本时感到，他要想讲述自己的故事，必须亲自写剧本。他知道他们欠我第二稿的钱，因此，我也欠他写好的第二稿。他向我保证，他会尽快给我打电话通知我，到时候我就可以开始写作。

两三个星期后，星期天一大早，电话铃把我吵醒。“我是不是打得太早了？”乔治问我，他是从北加州的马林县打来的。“没关系。”我撒了个谎，睡在我旁边的妻子毫无疑问觉得这个电话很讨厌。我听了大约十分钟，乔治详细地告诉我在修改稿里他想要加入和删除哪些内容。

“不要选择音乐，”他说，“那个我自己会选。”

他指的是我在剧本很多地方指定要放的一些复古摇滚乐，我的初稿里包含了很多播放这类歌曲的提示。这些歌曲的作用不仅仅是烘托画面，充当背景音乐，而且要推进叙事。它们反映了情节的一波三折，本身构成了故事的组成部分。

“还有结尾时，”他提醒我，“不是斗车，而是赛车。”

“不是斗车，”我满口答应，“是赛车。”

我花了将近一个月的时间有条不紊地用心重写，当我把第二稿给乔治送去时，他形容剧本——也许是真诚的，也许是出于礼貌——“大大地进步了”。

他始终没有把我的第二稿交给电影公司，相反，他一直等到自己写的那一稿完成，然后把它交给了联美。他的剧本立即被否决，永远结束了他和《美国风情画》与联美公司的关系。

在随后的几个月中，弗朗西斯·科波拉在环球电影公司又把这个项目救活了。乔治和弗朗西斯是在弗朗西斯的“雨季”后期认识的，那时候科波拉正在执导《雨族》和《菲尼安的彩虹》。弗朗西斯把乔治收为门徒，把《美国风情画》带到了环球电影公司。他说服了公司加工剧本，只要预算极低，甚至可以拍摄。

当环球电影公司给《美国风情画》拨出剧本加工费时，威拉德和葛洛莉亚的《二次降临》制作失败，因此，他们又可以为乔治工作了。据我了解，他们自己写了一些草稿，然后又进一步和乔治一起合写了几稿。

这部电影最后终于在圣拉斐尔开拍了，总预算为七十万美元，还不够《泰坦尼克号》给司机买早餐的钱。环球电影公司对拍摄完成的电影非常不满意，他们甚至怀疑是否应该发行。事实上，甚至在《美国风情画》赢得影评家的空前赞誉，同时鉴于制作的低成本而成为有史以来最赚钱的电影之后，环球电影公司仍然拒绝给乔治拍下一部片子的机会，那是一部科幻史诗片，名为《星球大战》。环球显然视《美国风情画》为烂片。至于这个新片《星球大战》，乔治在华纳兄弟公司拍摄的科幻片《五百年后》不是已经一败涂地吗？

《美国风情画》在发行之前，像每部电影一样，它也面临着哪些作家的名字会作为编剧出现在银幕上的问题。如前所述，过去，演职员字幕表的决定权完全掌握在制片人手中，有时配偶、朋友甚至宠物的名字都会出现在编剧一栏里。然而，经过长期不懈的努力，今天美国编剧工会从制片人的手中夺取了那项权力，很多年来，它是全权决定此项事务的最高机构。

很多作家被雇佣去写同一个剧本，但并不是每个人的名字都可在影片的编剧一栏出现，这在好莱坞是很寻常的事。事实上，我知道《美国风情画》之后，威拉德和葛洛莉亚去伦敦与乔治一起工作了一段时间，好像是撰写《星球大战》的第一稿（或第四稿）。他们得到了酬金，但是名字并没有在银幕上出现。

类似《美国风情画》的这种情况，如果关键的制作人——就《美国风情画》而言是导演，乔治·卢卡斯——希望得到编剧头衔，编剧工会会自动举行一个保密投票会，由仲裁小组成员阅读所有的剧本稿次，最终决定谁的名字有权出现在银幕的编剧一栏中。

银幕名单不仅仅关系到自我，它还关系到钱。就《美国风情画》这部轰动一时的热映影片来说，涉及大笔的钱。作家常常在合约中规定奖金分成，多按净利润的一定比例计算，根据他的贡献和他的名字在银幕中出现的形式决定。

这个系统很复杂。例如，如果两位作家的名字以“和”相连在一起，他们就比用符号“&”连在一起的人挣到的钱要多。另外，如果编剧名字只是一个人，他就比两个名字得到的报酬要高。名字放在第一位的编剧，比放在第二、三位的编剧声望要高。如果说这个系统也有不公平之处，那么它的设计无疑把不公平的程度降到了最低。

乔治、威拉德和葛洛莉亚的名字当然有资格出现在此影片的银幕上。如果我也与他们共享这份资格，威拉德和葛洛莉亚是一个用“&”符号连接的小组，那么我就会获得净利润百分之五的三分之一的编剧费，也就是电影总利润的百分之一点六七。

我不是说它很复杂吗？

有时候我告诉学生，好莱坞真正的创意写作发生在电影公司的会计部门。“净利润”的解释，嗯，实际上是从俄语nyet来的。也就是说，净利润的意思其实是无利润。通过各种各样的操作后，例如，有一种做账方法叫作交叉担保（cross-collaterization），它可以把利润巨大而丰厚的电影做成看起来是赔了钱。这样制片人就可以侵占参与者理应获取的净利润分成，而为自己留下更多的钱。

然而，尽管如此，像《美国风情画》这样取得巨大成功的电影的利润是无法隐瞒的。在这种情况下，参与者可以得到净利润一定比例的分成，那是他们应得的。就《美国风情画》而言，净利润的区区百分之一又三分之二加起来就超过了一百万美元。这笔钱比实际支付给我的酬金要高一百倍。

更重要的是，作为参与制作过如此鸿篇巨制的结果，作者今后在接受写作任务时可以提高编剧费，还能赚到上百万美元。的确，借助《美国风情画》的势头，威拉德和葛洛莉亚以四十万美元的价格卖掉了他们的另一部剧本《幸运女士》，这在当时的好莱坞是原创剧本的最高成交价。算上通货膨胀，四十万美元相当于今天的五百万美元或更多。

多年后我意识到我对仲裁程序的认识太天真了，我以为仲裁小组审核的多稿剧本就是所有材料。我并不知道，我还可以提交补充材料：比较、分析、主题阐述和其他文件以争取自己的权利。我愚蠢、懒惰、发神经、做出自毁行为，除了提交剧本，别的什么都没做，没有提供那些可以支持我索求编剧头衔的论据。

经过审议，小组认为我的名字不应该出现在影片上，显然他们认为我写的剧本不足以拍成那部电影。

我痛不欲生了吗？你可以说我是在撒谎，但我真的没有痛不欲生。我难道不希望自己是个百万富翁和明星编剧吗？我当然想。如果我的事业在《美国风情画》后一落千丈，我可能会有不同的感受。甚至那些比我辉煌得多的作家在事业道路上也会遭遇起起落落。虽然其后的几年偶尔有过手头拮据的时候，但我基本上规律地接到付费写作合约，并能够用写作赚到的足够金钱来保证我的家庭生活舒适。

讽刺的是，在《美国风情画》上映后不久，编剧工会仲裁小组修改了规则，他们决定凡是撰写初稿的作家的名字都不应该被排斥在编剧名单之外。尽管我的运气坏透了，但我还是处理得不错。我拿《美国风情画》的剧本初稿作为样品，很长一段时间里，我觉得自己好像成了有关青少年成长、失去纯真题材的王牌编剧，我在华纳兄弟、环球、二十世纪福克斯、哥伦比亚还有其他一些地方签了很多关于类似题材的付费写作合约。

我成功地得到这些写作合约还因为我的剧本《巴里和帮派》。我最终将写好的剧本大纲变成了一部小说，而不是剧本，并且在《美国风情画》上映后一年在纽约的一家大出版社出版了这本小说。《巴里和帮派》连同《美国风情画》的初稿、二稿，帮助我获得了那些付费写作的工作。如果说我的写作没有给我带来巨大财富，至少我也并不贫困。

在《美国风情画》上映后不久，我得到了一个报酬丰厚诱人的写作项目，要去意大利进行。那是一个西班牙、意大利和法国的合拍片，是那一年欧洲投资最大的一部电影。他们甚至还送给我的妻子一张机票，所以我们可以算是度假了。

我记得躺在意大利航空公司飞往罗马的航班头等舱里，机舱里灯光转暗，开始放映电影。你猜他们放的什么影片？——《美国风情画》。当时我突然闪过一个可怕的念头，我希望在银幕上浮现出编剧名字的那一霎那，飞机突然撞山，让我在生命的最后一刻看不见我的名字没有出现在银幕上。

飞机没有撞山。不过，放映机出现了技术故障，所以他们没有把电影放到结束就停止了。因此，我幸免了再次观看和体会这段有争议的赛车情节。

大约在影片上映二十五年后，环球电影公司举行了一次纪念公司取得辉煌成功的经典电影周，其中就有《美国风情画》。影片在他们拥有的世界最大银幕的电影院里放映。每一部电影放映时，都会邀请一位创作人员来介绍这部影片。令我惊讶的是，他们竟邀请我去介绍《美国风情画》。

多年来，我常常读到乔治和威拉德与葛洛莉亚接受采访谈论《美国风情画》的创作过程。乔治总会提到我的名字，而威拉德和葛洛莉亚却坚持称我为“那个和我们一起上电影学院的家伙”。

然而，几年前，他们又接受了采访，再次称我为“那个和我们一起上电影学院的同学”，但是这一次我时来运转，他们的说法引起了记者的提问：“你指的是理查德·沃尔特？”他们欣然承认那就是我。接着他们还表示对我当年所处尴尬地位的同情，而且很后悔当年对我说不要理会他们写的那几份剧情梗概。

好莱坞从很多方面讲是一个好消息与坏消息同时存在的玩笑。例如，当一个剧本卖不出去时，这并不是终结而仅仅是开始。各种各样的利益问题可能仍然会发生，没人买的剧本也许有一天就被卖掉了。它还可能让你得到另一部影片的剧本加工协议，或者得到一个修改剧本的工作。

同样，作家为一个电影写了剧本，收到了酬金，银幕上却没有出现他的名字，他今后仍然可能因此找到工作和赚取收入，甚至还得到一定的成就感和宁静感。

对任何行动附加期望都只会导致挫折感。写剧本时期望它能卖掉，你会收获失望。作家必须为了写而写，因为，如前多次论述过的，在好莱坞，哪怕遭受不公正的对待也是一种权利。靠自己的想象力谋生立业，用梦想换取美元，这必须成为创作的最高要求。再没有比写作收到酬劳更让人心情舒畅，怡然自得的了。

这是不是很酷?

致乔治·卢卡斯、威拉德·赫依克、葛洛莉亚·卡茨和世界各地所有的作家：愿力量与你们同在。

一个编写故事的技巧练习

《物质享受》：主题和身份

现在我们来探讨一下主题所起的贯穿始终的作用，我们将深入研讨一个我自己写的剧本故事。《物质享受》（Creature Comforts）的想法是我漫步经过纽约一家酒店时突然产生的灵感。我瞥了一眼酒店大堂，看见一对男女正在前台登记，却没有看见他们的行李。

这个观察持续了几秒钟。不过，我却开始不断地想，这些人是谁？他们的行李箱在哪里？他们之间是什么样的关系？

最终，它变成了下面的故事。

一辆出租汽车停在了位于曼哈顿西区的贾维茨会展中心。中心入口处挂满条幅，上面写着：“欢迎书商光临！！！”

从出租车里面走出了我们窝囊而举止怪异的主角赫布·卡斯尔。他身穿皱皱巴巴的草绿色灯芯绒西装，本人和身上的衣服一样不体面。从他疲惫无神的眼睛里，我们知道他刚刚搭乘廉价的所谓“红眼”航班从西海岸飞过来。

他手上提着推销员的样品箱，箱扣松开，里面的东西滑落，掉入排水沟。好像是几本书：晦涩难懂的技术和科学书籍。显然，赫布是一个专业出版商的区域销售代表。

他赶紧去捡那几本书，不耐烦的出租车司机抱怨道："四十五美元，伙计。"

赫布从口袋里掏出钱包，在里面查找。他不好意思地拿出一张票子递给司机说："我只有一百元的整钞票，希望不是问题，能找开。"

"对我来说没问题。"司机说，可接过来没找钱就发动引擎，转眼汇入了车流。

"警察！"赫布对指挥交通的警察大喊，"那个出租车司机没有找钱！"

"白色区域，"警察公事公办地背诵交通法规，"专供乘客上下车使用，请不要堵塞会展中心的进出路口。"

这里的介绍主要通过行动而不是过多对话，向观众传达了关于主角的重要信息。我们可以看出赫布是一个经常被虐待和受欺骗的家伙，他是个被纽约出租车司机欺负的典型外地人。这一幕尽管令人痛心，但也夹杂着一丝幽默。

我们穿过中央展厅，大出版商的摊位都集中在那里，各个展台都很高级，色彩艳丽，堆满了各式各样的促销品：笔、铅笔、书包、图片和长条校样。大厅里云集着买家、卖家、编辑、经纪人还有作家。

有一家出版商重点推出一套盒装书，是一位深居简出，笔名佩吉·特纳的畅销书作家的再版作品。从海报上可以明显地看出来，佩吉终于要出现在公众面前，并会积极帮助出版商推广套装书。

在主大厅的旁边，是租金低廉的展区，由小规模的科学和技术教科书出版商们占领，分隔成一个个小展位。赫布的展台连隔间都不是，只有靠墙的一张桌子和一把折叠椅子。桌子上摆满了他的出版商最近出版的作品。

赫布在打瞌睡。

一位美女出现了。她的到来足以唤醒赫布。“谢谢光临，”他脱口而出，“我们刚刚重新出版了欧利伍德和克劳福德的《晶体熵的曲线障碍机制》，它是我们《旋转异质免疫球蛋白》系列图书的一个部分。这里还有《中央欧几里德镶嵌图形里的非周期性》的新版……”

赫布停住了。“劳拉，”他说，“我几乎认不出来你了。”

“需要看证件吗？驾照？信用卡？”

“你看起来真美，明媚可人，完全变成了一个新人。”

“正如你所说，我现在过的是一种全新的生活。卡尔和我分手了，我从布鲁克林岗的房子里搬出来了。”

“我很抱歉。”

“不需要。我的生活没有结束，这只是开始。带我去吃午饭吧，我会把所有残忍的八卦都讲给你听。”

“我不能去，必须在这里看堆儿。”

他们扫了一眼空荡荡的走廊，貌似也没什么可看的。

这短短几句对话向剧本的读者和电影的观众显示，赫布和劳拉有过一段往事。为了达到让故事向前推进的目的，我现在要让赫布和劳拉离开展览馆。

有一种方法，我可以通过对话让劳拉说服赫布陪她进入下一个场景，但事实上我不需要浪费哪怕一分钟用在喋喋不休上。在电影中一个角色拒绝做某事，而下一幕出现的恰恰是他说过不做的场景，这种写作手法是常用的。

赫布直率地拒绝和劳拉共进午餐。但是，在紧接的下一幕，他们坐在了东城咖啡馆，吃完午餐，劳拉又要了一瓶葡萄酒，从餐桌上的情形看到，这大概是他们要的第三瓶红酒。

劳拉讲完了关于她婚姻破裂的的情况。“……然后我对自己说：‘那是最后一根稻草。’我拿起了帽子和外套，走出了我们在布鲁克林岗的房子。”

请注意第二次提起布鲁克林岗，我一再提及布鲁克林岗是因为它很快会和后面即将发生的故事相连接。

“你和卡尔都应该给对方一段时间和一点儿空间来自我反省，就像现在那些有智慧、上层、开明、谨慎的情侣们常做的那样。”

“别用新时代加州那些成熟、自我感觉良好的废话来束缚我。”劳拉回答，“卡尔和我彼此讨厌对方。”

“哦，”赫布说，点了点头，“分居开始时可能有点儿让人害怕，有点儿孤独。有的时候你会觉得不平静，甚至恐慌。你还可能感到绝望、黑暗、迷茫和无助。”

“别说了，行吗？”劳拉又给他倒了点酒，“我感觉很好。”

“我感觉醉了。”赫布说，把玻璃酒杯里最后一点儿酒一饮而光。

“我们都有点儿晕了，”劳拉说，“这也是好事，因为有句话我一直就想告诉你，现在趁我醉的时候就坦率地告诉你。我爱你，我一直就爱你。”

“我也喜欢你，劳拉。”

“我的意思不是‘喜欢’，我说的是爱。”

“我完全理解。”

“是吗？太好了。那我们去找个安全的好地方，找家旅馆。”

“你说什么？”

“我说咱们裸体做爱，直到我们晕天黑地什么都不知道了。”

赫布把酒瓶碰倒了，他把它扶正，又给自己的酒杯倒满了酒。“你这只是分离后的伤痛反应，”他说，“这是非常自然的。”

“你拒绝我。”

“我当然拒绝你，这对我来说发展得太快了。”

“快？我暗恋你几十年了。”

“胡说，”赫布坚持道，“我和过去完全一样，还是你认识的那个住在附近的书呆子。”

劳拉倾身向前，“我花了巨大的勇气来寻找你。你今天来到城里，我们终于有机会共度一段甜蜜疯狂的时光，做些对我们而言很特别的事。当它结束时，它就结束了。你回你的圣塔莫妮卡，我待在纽约这里。我们彼此再也不会见面。但是当我们老了，得了阿尔茨海默氏症，当一切都消失后，我们还会铭记这个曼哈顿疯狂的下午。”

“我一点儿也不知道你是这样想的。”赫布坦言。

“我们甚至可能做得一点儿都不好，”劳拉说，“第一次不可避免地会笨拙、尴尬和狼狈，不是吗？不过，我们之间的问题就像是一堵墙。我们可以面对或逃避它，但是它始终在这里，是一笔没有完成的生意，一笔要算的老账。”

“我受宠若惊，”赫布说，“而且被你诱惑了。不过，坦率地说，由于你最近的婚姻分居状况，我怀疑你能不能承受这样的事。”

“你是说你自己吧。”

“完全正确，”赫布承认，“我确实不能承受。这不是我的风格，我是个在中产阶级家庭长大的孩子，一个结了婚的男人。你问了我一个直接的问题，你有权得到直接的答案。不行，不可能，绝对不可能。不用再说了。”

正如我刚才要让赫布和劳拉离开展销会一样，现在我要把他们俩弄上床。在会展中心我免去了对白，同样，在这里我也选择不浪费语言让劳拉说服赫布。

我们完全重复前面使用过的方法：赫布断然拒绝与劳拉去旅馆。然后，直接把镜头切换到一家酒店的门前。这时我们听见前台服务员的声音：“墨菲先生，这个房间你要订几天？”

酒店大堂里，赫布和劳拉站在前台，服务员瞥了一眼他填写的登记卡，赫布填写的是虚假内容。

“只今天一个晚上。”他告诉前台服务生。

“你的行李箱在哪儿？”

赫布慌了。行李箱？在酒店订房间不带行李很容易引起怀疑，因为这样客人容易不付账就离店。

赫布脱口而出：“美国。”

劳拉和服务生同时问赫布：“美国？”

“航空公司，”赫布回答，“美国航空公司。他们换机弄混了行李，我的行李箱被他们送到了克利夫兰或水牛城之类的荒凉地方。”他转头对劳拉说，“我们不得不在城里买一个衣柜的新衣物，亲爱的。”

“那正是我一生的渴望。”

这是两个忐忑不安的初次在一起的爱人，他们之间的私人玩笑把两人更紧密地联系在一起。

“不用担心你的行李箱，”前台服务生说，“航空公司常常把行李搞丢，但他们也会找到的。”服务生拿过电话准备拨号，“我会给美国航空公司打电话，让他们在行李箱一到达肯尼迪机场时就直接送到酒店。你乘坐的是哪个航班？”

当然，赫布不愿意让服务生给任何航空公司打电话搜索幻想出来的行李箱。“事实上，”他意欲阻止说，“我必须亲自给航空公司打电话安排我们的回程班机。我打电话时会告诉他们我住在这里，所以，你不用给他们打电话了。”

“好极了。”服务生说，挂断电话。

但是，当赫布刚刚想离开时，服务生拿起一张纸和一支铅笔，“请您描述一下您的行李箱，我想确保让行李员一收到行李直接就把它送到您的房间。”

赫布没办法摆脱这个前台服务员。

“形容一下行李箱吗？”赫布问道，“当然好。”

他和劳拉交换了一个眼神。“那是一个新秀丽牌的灰白色旅行箱，乙烯板硬壳，半旧，方格可折叠，黑色硬双柄。”当赫布描述他幻想出来的行李箱时，服务员飞速潦草地在纸上记录下来。“哦，还有一个小小的登机行李包，不是美国航空公司的，是布兰尼夫航空公司的。”

“行李员！”服务生按铃叫道。一个行李员走过来。

现在我们的镜头切到房间。赫布和劳拉进入房间，他们把屋门锁上，把门链挂好，彼此看着对方。“我想是时候了，”赫布说，“到了笨拙、尴尬和狼狈的时候。”

这当然是重复劳拉在午餐时勾引赫布的话。正如我们将要看到的布鲁克林岗一样，这里是另一个浑然天成的细节。它把故事的各条线索串合在一起。

这对恋人拥抱在一起。

性爱用含蓄而不是直白的手法表现时更为撩人。与其在银幕上做爱，不如让它在一切艺术形式发挥最佳效果的地方展开：在观众的脑海中。举例说明，《朗读者》中暗示而非直露的性爱场景比赤裸裸的色情画面更能挑动观众性欲。

在情人相拥之际摄影机镜头摇到了天花板，并在那里静止了片刻，光线从中午变成黄昏。我们可以感到，好几个小时过去。

我们的眼光回到床上，这对恋人彼此交缠在对方的胳膊里面，衣服和被单散落在房间四处，余辉下一对情人在沉睡。赫布突然被敲门声惊醒，“谁？”

“行李员！”一个声音响起，“好消息，墨菲先生！你的行李已经来了！”

赫布走到门口，打开门链露出一条缝。行李员旁站在走廊里，行李车上高高地堆摞着行李袋：一只灰白色的新秀丽牌旅行箱，乙烯板硬壳的，半旧，方格可折叠，黑色硬双柄；还有一个布兰尼夫登机行李包。

它们跟几小时前赫布在前台描述的行李一模一样。谨慎人原则要求电影中人物角色的行动和观众在同样处境下会采取的行动一样，根据这个原则，赫布把行李拿进了房间。

他把门锁上。

“什么事？”劳拉被吵醒后询问道。

赫布和劳拉现在必须打开行李。

构思行李内都装有什么是编剧最关键的选择，因为行李箱中的内容将推动整部电影的情节发展。

在我周游世界给编剧班讲课时，我常常只把故事讲到这里。然后，在这个节骨眼上，我邀请作家想象赫布打开了箱子。我问：箱子里装的是什么？

以下是我多年来听到的部分答案。在分析了它们的优缺点后，我们再继续看我自己让这个箱子里装了什么。

机票和护照

把机票（或巴士票，或火车票，或轮船票）和护照放在行李箱内是很聪明的情节设计，它们马上就把情节向前推了一步。如果机票是去巴黎的（或别的什么地方），下面他们两个人当中肯定会有一个人或两个人到巴黎，接着将会产生进一步的冒险故事。

像机票一样，护照也可以推进银幕故事向前发展。证件上的名字可以是墨菲（在前台瞎编的名字），或者也可以是赫布和劳拉。证件上的照片可以是赫布和劳拉年轻时的，也许是他们大学时代的，也许是未成年时代的。

这样的随身文件可以让故事回到他们的早年。

钥匙

这个包里还可能装有其他东西，钥匙也是很合适的，比如纽约中央火车站一个临时储物箱的钥匙，或者是街对面停着的一辆车的钥匙，或者这把钥匙可以打开后面情节中的某个东西。在任何一种情况中，钥匙都提供了向前推进情节的动力。找到这把钥匙能开的那把锁就是故事的下一站。

一具尸体或身体的一个部分

不少温文尔雅的作家觉得会是一具尸体或一些碎尸块，从他们的数量来看，你可以得到一个印象，电影创作中充斥着虐待狂和变态者。

虽然如此，我们必须承认，袋子里装着尸体，是一个很聪明的构思。一具尸体或碎尸块会增加压力、紧张与冲突。除此之外，这些东西把故事推向高潮，而且速度极快。刚才还是一个温柔幽默的浪漫爱情片，瞬间变成了一个谋杀、恐怖和阴谋故事。

照片、磁碟或影碟

我们前面已经提及照片的话题，护照上的照片可以是赫布和劳拉。这些照片可以是现在的，也可以是他们生活的另一个时代，这要取决于故事的需要，可能是过去的，甚至是将来的。

它们也可以是不相干的人的照片。如果编剧已经熟练地掌握了故事编撰技巧，不管照片上出现的是谁，最后照片的主人都必须在故事里变得真实生动起来。

如果不是照片——或除了照片以外，还有一个磁盘或一张影视光盘，最后一定必须把它放入光盘机里，并播出它里面录制的内容。它可能是别的人物角色的犯罪录像，这个人物最终将出现在剧本中。它也可能是赫布和劳拉早期生活的记录。它还可能是赫布和劳拉在展销会被人偷拍下来的录像，以及他们吃午餐时、进酒店时，甚至大概还有做爱时的场面。

它也有可能是他们还未经历的一些生活场景，我们会在影片的后面看到他们经历那些场景。

犀牛角或虎鞭

同理，这个袋子里也可以装有与濒危动物有关的走私品。安德鲁·伯格曼的《新生》就用了走私濒危物种器官的细节，效果既鲜明又“滑稽”。赫布和劳拉可能卷入了一桩错综复杂的、抢劫来自世界一些边远角落的珍宝的骗局。或者他们自己成了犯罪集团阴谋的受害者。

衣物

箱子里也可能是各种各样的衣物。

比如说，有一件新娘礼服和新郎礼服。也许在后面的故事中赫布和劳拉变成新郎和新娘出现在婚礼上。

也许它不是一般的新娘礼服，而是劳拉多年前在婚礼上穿的新娘礼服。如果编剧选择后者，就必须向观众给出额外交代。很容易在剧本里告诉读者那是她婚礼上的新娘礼服，但是如何让电影观众知道这一点呢？

有几个方法可以采用，比如通过零散的对话。劳拉可以说："哇，这是我的结婚礼服，还有卡尔的新郎礼服。"

当然，这是太笨拙和直白的方法。也就是说，这样的对话缺乏潜台词。揭示这些信息的更为恰当的方式是延迟解释，然后让它通过银幕上的画面自然地揭开。例如，赫布和劳拉后来可能发现了一个结婚相簿，新婚夫妇穿的正是箱子里发现的衣服。

如果箱子里的衣服不是结婚礼服，而是潜水装备——紧身潜水衣和水中呼吸器，那么人物角色可能最后会穿上它冒着生命危险潜入被淹没的采石场，那里埋藏着揭开剧本早先设计的谜团线索。

无厘头的东西，避孕套、指甲等

箱子里还可以装着完全没有意义的乱七八糟的东西。

当然，避孕套直接与性相连，这是戏剧叙述的主要元素之一，也许还牵扯到艾滋病，以及很多其他具有鲜明戏剧性的沉重主题。

指甲也许最终会被拿去进行科学的DNA检验，剧情揭示它们原来是（比如说）爱因斯坦、希特勒、约翰·肯尼迪、约翰·列侬、桑尼·博诺，或者小指李（Pinky Lee）的指甲。

药物

旅行箱里还可以塞满了非法药品。

这些药品可能是直接装在塑料袋里，打开箱盖时一眼就能看到。也可能是藏在手提箱夹层里。手提箱里有假底层，看起来大有玄机，但这种构思其实已经被用滥了。

如果对我来说行李箱里有玄机是司空见惯的套路，那么毒品就更别提了。想知道什么类型的电影我绝对不会去看吗？片头广告是低沉的旁白在述说警察去卧底，为了摧毁毒枭老巢。只要想起这类题材都会让我打哈欠，我对之厌烦到极点。

我们以艾迪·墨菲发挥出精湛演技的《比弗利山警探》为例。故事在曲折地向前发展，不料突然转向可卡因走私情节，这部电影顿时沦落，和三流的警匪动作电视连续剧没什么两样了。

因此，要避开熟悉的老套情节。我对编剧的告诫是：要不惜一切代价避免毒品走私。它早已泛滥成灾，再无新意。

箱子是空的

当我问作家们箱子里装的是什么时，有一个人说它是空的，这令我非常激动。大概行李本身就是故事的主题。很多人都听说过有一个人每天推着一车土出入国际边境线的故事吧？士兵每天都试图从那车土里翻出点什么，看这个人是否在走私，但是除了土，车子里什么都没有。最后我们终于知道了，他走私的是：手推车。

也许后来的情节表明，行李——更别提里面的东西，其实并不重要，重要的是——赫布早先在柜台前“胡编”的所谓行李居然真的被送到。

箱子打不开

还有一个可能性是赫布和劳拉想打开箱子，可是无论如何也打不开。箱子可以在电影中一直未被打开，以表现故事和主题的某种隐喻。或者箱子后来被打开，也许是被别的角色打开，后者有它的钥匙。

“阴阳魔界”法

也许每次箱子打开后里面的东西都会改变。

例如，一个作家建议，每次赫布打开箱子，都会找到他要找的东西；也许他什么都没找到，箱子是空的。他关上箱子，闭上眼睛，沉思一会儿，然后又把箱子打开。

刚才的空箱子里出现了一枚钻石胸针。

他再次关上箱子，然后又把它打开，发现里面是一杯热咖啡，一盘热腾腾的炒蛋、熏肉和炸土豆条，还有全麦面包——上面涂了淡淡的黄油。每一次他关上箱子再打开时，箱子里出现的都是他脑子里刚刚想过的东西，就像他在故事开头在前台对服务生编造出那个“箱子”的情况一样。

在这个作家构思的故事中，画面突然跳接到了圣塔莫妮卡，就是赫布的家。他在书房里，身穿浴袍，坐在电脑前面，边想边写，边写边想。他每次写出新内容，镜头就闪回到纽约酒店的房间，箱子里的东西随着赫布在圣塔莫妮卡的写作和修改而不断变化。

原来赫布是一个作家，正在编故事——这个故事就是他编的——行李箱里的内容也是他编的，如同真实生活中作家随心所欲地创作故事那样。

这种方法把写作本身融入了故事情节。毕竟，在故事的开始赫布是作为图书出版界的一员——出版商的销售代表去参加图书界的一个活动。为什么不可以把他刻画成一位作者，在参加活动的同时也在编写这本书——这个电影故事呢？

我把这种方法称作“阴阳魔界”（Twilight Zone）法。它们超越了熟悉的、基于真实的故事概念，渐渐进入了臆念、魔法、幻觉和想象的世界。

然而，这并不意味着在这种情况下，故事编织的技巧和规则暂时失效。事实上，这种手法给编剧造成了更大的负担，因为好故事必须体现逻辑性和均衡性。如果编剧无力面对这种挑战，就如同他只好让电影人物在影片最后一觉醒来，发现一切只是一场梦而已，以此来解释那些不合理的情节设计。

那会有什么问题吗？

有，这么做太轻巧了。

观众花了时间，给予了关注和思考——更不要说花钱买了电影票，他们希望看到的电影能证明艺术家们做了自己分内的事，努力完成了工作。

简而言之，可供作家选择的创意是无穷的。一个作家的选择越多，潜在的可能性就越大。他的选择范围不会收缩而是扩大，就像我们身处其间的宇宙一样。

以下是刚才描述的故事情节的一部分——剧本的前几页，它是用专业的剧本格式写的。这样我们就有机会进行考察，不是关于剧本中要包含什么信息，而是更重要的，我们要了解剧本中不要包含什么信息。

《物质享受》

淡入：

外景 贾维茨展览中心——纽约

早晨。入口处挂满了条幅，上面写着“欢迎书商光临！！！”

一辆出租汽车开过来停到门口。

神态沮丧的**赫布·卡斯尔**，四十岁上下，从出租车中钻出来，拖着一只沉重的**推销员样品箱**。

赫布蓬头垢面，如同他身上穿的皱皱巴巴的灯芯绒西装；他看起来像是通宵未眠。

样品箱突然迸开，几本**科技书籍**散落一地，掉进了排水沟。

出租车司机对着他叫，手指着计价器。

出租司机

四十五美元，伙计。

赫布站在书堆里，从口袋里摸出钱包。他从里面拿出了仅有的一张钞票，一张崭新的**一百美元**，不好意思地递给司机。

赫布

我只有一百块，希望能找开，没问题吧？

司机

对我不是问题。

出租车加速开走。

赫布转身去找一个在附近指挥交通的**警察**。

赫布

快！那个司机没找钱！

警察

白色区域专供乘客上下车使用。请

不要堵塞会展中心的进出路口。

内景 展览馆大厅

众多卖家展位，**人群**熙来攘往。

出版商的书籍玲琅满目，有关于保健和健身，戒瘾和康复，如何生活，如何死去，如何减肥，如何在经济困难时赚钱，如何在朋友的孩子挨饿时对他展现微笑的面孔等。

甚至还有一小部分小说。

后一类参展商中有一个展位显示为**“五角星出版社”**。

这家公司的整个展台——如同海报显示的内容——致力于宣传一套即将发行的全集，作者是隐居的畅销作家佩吉·特纳。

走廊——TEXTRON公司的展台

远离主展厅的走廊，显然是展览馆的廉租区，赫布坐在公司的展台旁打盹儿，展台只有一张桌子和一把折椅。

一个惊人美丽的女人，**劳拉·梅耶**走过来，三十五岁左右。赫布看见她后惊醒。

赫布

我们刚刚重新出版了欧利伍德和克劳福德的《晶体熵的曲线障碍机制》，它是我们《旋转异质免疫球蛋白》系列图书的一个部分。这里还有……

他突然瞪圆了眼睛。

赫布

（继续）我几乎认不出你了。

劳拉

想要看证件吗？驾照？信用卡？

赫布

你看起来真美，光芒四射，完全变成了一个全新的女人。

劳拉

正如你所说，我现在过的是一种全新的生活。我和卡尔分手了，结束了。我们已经分居，我从布鲁克林岗的房子里搬出来了。

赫布

对不起，我很抱歉。

劳拉

不需要。我的生活并没有结束，这只是开始。你带我去吃午餐，我告诉你所有可怕的经过。

赫布

我很愿意去,但我必须在这里看着。

他们俩同时扫了一眼空荡荡的走廊。

我们关于箱子里装的是什么的构思

现在让我们继续讨论箱子里装的是什么。赫布打开箱子发现，里面除了别的，还装有各种高档衣服：时尚的三件套西装、丝绸衬衫、领带、长裤、高级的袜子和内衣。他拿出一件羊绒运动夹克衫，穿上试了试。

非常合适。

他在衣橱的椭圆形镜子前看着自己。他光着身子，只穿着这件外套。他摆了个姿势，甚至洋洋自得地打扮了一下。这件衣服看起来就像是按照赫布的尺寸缝制的。

他又去翻看箱子里还装有什么，结果摸出一个数字录音机和一把45式军用手枪。他还发现一大捆崭新的美元现金——整整一百万。

他继续翻找，拿出一个牛皮纸信封，把里面的东西倒在床上——用回形针夹在一起的文件。有一份文件写满了微缩影印的法律术语，看起来似乎是一份合同。另一张纸是一份旅行日程表：日期、时间、地点、约见。约见内容包括在书店签名售书、在电视台接受采访、出席州北某大学的文学会议。

在这里让我们稍微停顿一下，想一想如何在银幕上表现印刷品的内容这个特殊问题——此处是法律文件。在小说中这是非常容易的，直接写出来就行了。作者可以指出，这些文件是作者与出版社签署的合同，它的约见事宜体现了典型的作家宣传作品的行程安排。

然而，在银幕上，完全是另一回事。编剧不可能满不在乎地把文件用特写拍下，让观众在电影银幕上阅读。人们到电影院不是去阅读文字的，如果他们想阅读，可以待在家里躺在床上找一本好小说来读。

甚至读一本关于剧本创作的书。

在剧本《物质享受》里，我们可以对需要解释的地方做一点儿描述，同时通过一些快速闪过的画面来呈现文件外观，为观众提供一些线索。我们可以结合扼要的对话传递给观众一点儿信息。例如，当检查这些文件时，赫布可以喃喃低语："好几份法律文件。看起来像是一份合同，一份差旅日程表，还有一个开销账单。"

这样可以对影片里那些不明确的信息予以澄清。

电影要求做出这样的澄清。在文学作品里我们可以用语言来解释这些文件的性质，准确地说明它们是什么。在电影中，我们只能暗示它们可能是什么。

让我们回到酒店房间里的赫布和劳拉身上。赫布把法律文件和作家的旅行日程表放下来，再次去检查箱子。他的手指摸到了什么东西，他抽出来一大沓纸。他读了读上面的内容，失望地摇头。"哦，不。"他说。

"什么？"劳拉焦急地问。

赫布把那些纸递给她。"这是一份手稿，"她一边翻阅一边说，"看起来像一本小说。"她合上纸页，翻过来看它的封面。"《物质享受》，"她说，"这本小说的名字是《物质享受》，没有作者名字。"

"是我。"赫布说。

"你？我不明白。"

"我是《物质享受》的作者，"赫布解释，"小说是我写的。"

"你是一个作家？"

“一个未发表过作品的作家。这些年来我写了几本小说，还一本没有卖出，但是我还没有放弃。你认为我为什么硬着头皮当什么科学技术教科书出版商的区域销售代表？”赫布问她，“因为它使我能接近出版商。”

劳拉对着打印稿做思考状。“《物质享受》，”她说，“大约是个什么故事？”

“大约三百一十二页。”他说。（注：英文About 有两个意思：关于和大约，这里是所答非所问。）

“现在不是说俏皮话的时候。”

“我同意。”赫布从她手中接过手稿，掂了掂它的分量。他打开稿件最后一页。“我本来就有点儿怀疑，”他说，“稿子缺了四十页，最后一部分全部被砍掉了。”

“你现在要怎么处理它？”

“我也不知道。”

“现在我们做什么？”

“有一件事情看来很清楚。”

“什么事情？”

“我们应该离开这里。”

这里，我们可以给赫布提供很多种选择。他刚才做爱后湿漉漉、黏糊糊的，可能需要洗个澡。然而，我不相信在那种紧迫的情况下，他会花时间去洗澡。根据谨慎人原则，他会迅速离开现场。

观众虽然不相信赫布现在还会去洗澡，但他们也许会相信他可能要抽几秒钟的时间去小便。和洗澡相比，小便具有更强的紧迫性，而且费时较少，至少对像赫布这个年龄的男人来说。

所以赫布进入洗手间站在了马桶前，就在这时，房间里传来了骚动的声音：碰撞，撕扯，女人的尖叫，几声枪响。

赫布奔回房间，发现门的铰链被扯断，门栓摇摇欲坠地连着铜扣。床上躺着劳拉，瘫软蜷曲得像个布娃娃，她的前额上有两个深紫色的枪孔，深红色的血渍在她身下的床垫上浸染开来。赫布惊呆了，不敢相信眼前的景象，瘫倒到床前，那里有把手枪。

他毫无意识地拿起了枪。

当然，就在这时行李员跑进来大叫："我听见了枪声！"

行李员看着几乎赤裸的赫布——手里握着枪，枪口还在冒烟；裸体蜷曲的劳拉躺在床上，没有生命迹象。他小心翼翼地向走廊后退。

"不要误会。"赫布恳求地说。

行李员继续往后退。

"我知道这一切看起来很可疑。"赫布承认。行李员继续惊恐地试图离开。"你上哪儿去？"赫布对行李员举起了枪，"等等！"

"好，"行李员答道，停止了脚步，"一切听你的。"他在哆嗦，显然担心赫布会要他的命。

就在这时，下面的街道传来了警车的鸣叫和刹车声。赫布转身向窗口扫了一眼，他能清楚地看到楼下的酒店入口处，一辆不起眼的暗棕色轿车——车顶上闪耀着旋转的红光——以一个奇怪的角度停在那里，四个黑色的橡胶轮子在人行道上留下急刹车的痕迹，像四个大大的逗号。车门打开，从车里出来几个男人，显然是便衣侦探，急走几步进入酒店大堂，并拔出手枪。

观众和赫布自己应该都很清楚：他遇到麻烦了。

赫布突然举枪对着行李员命令道："脱下来。"

"什么？"

"制服，你的猴子制服。脱下来。"

"我不明白。"服务员哀求道。

"什么不明白？把你的制服脱下来，全脱掉。快点。"

行李员顺从地脱掉衣服。他每脱一件衣服，赫布马上把它套在自己身上。行李员开始脱内裤。

"等等，"赫布说，"那个不需要。"

一位教电影写作的老师曾经说过，关于编故事的技巧，作者只需要把主人公安排在一个地方，把主人公的目标安排在另一个地方，在这两个地方的中间沿路设置层层障碍即可。

对我来说，这种方法似乎过于简单，这会使故事变成一条直线，而不是让故事经过雕琢、塑造、揉捏之后形成巧妙的波折。不过，任何增加紧张的细节都是受到欢迎的。因此，在这里让赫布和行李员之间关于脱不脱内裤发生一点儿小冲突可能是有趣的。

"等等，"赫布对行李员说，行李员正在拉内裤上的松紧带，"那个不需要。"

"你说'全脱掉'。"

"我只需要制服。"

"你让我做什么我就做什么。请不要开枪，求求你。"他继续脱内裤，"我的孩子还很小。"

"我跟你说穿着内裤。我改变主意了。"

“你刚才命令我‘全脱掉’。如果你不想让我全脱掉，如果你想让我穿着内裤，你必须命令我。”

“好，”赫布绝望地狂叫，“我命令你穿着内裤。”

赫布现在穿着行李员不合身的制服，命令行李员缩到壁橱里，并把壁橱门拉上。他用肩膀把沉重的家具推到壁橱前，把行李员关在里面。

就我们的故事而言，我要让赫布在接下来的几个场景中都携带着箱子。然而，按照谨慎人原则，他难道还会关心箱子吗？难道他不想尽快逃跑吗？他难道不会放弃箱子吗，既然箱子可能给他的行动造成累赘？

基于我们看到和听到的，赫布的计划应该很清楚：他打算装扮成行李员逃离酒店。

因此，观众愿意相信他会推着门外行李员刚才使用的行李车，高高的行李也使他容易隐蔽自己。

他推着装满行李的小车走向大厅的电梯。

他刚一按下电梯的“下楼”键，电梯门就打开了，里面走出几个便衣侦探——手里拿着枪——正是赫布刚才透过房间里的窗户看到的从汽车里出来进入大堂的那几个人。他们径直从赫布身边经过，直接冲向走廊深处赫布刚刚逃走的那个房间。

赫布进入电梯，电梯门在他身后关上。

赫布出现在大厅里。

他推车走过前台和行李部领班的台子，穿过前门，走到街上，那里有几位排队等候出租车的旅店乘客。他抢在一对正要登上第一辆出租车的老夫妇前面，把箱子扔进出租车，并飞跃上车，砰地关上车门，命令司机说："开车！"

当然我们可以让司机听到命令马上开车。然而，这里又有一个机会可以提高戏剧张力，在主人公的行进过程中设立障碍。

所以，在这里让司机斥责赫布无礼插队是一个很好的选择。

"对不起，朋友，你无法为你粗鲁的行为辩解，"来自俄罗斯的出租车司机说，"我不允许流氓搭乘我的出租车，这种野蛮行为让大苹果（意指纽约城）的名声很不体面。这话是我，斯拉瓦克·沃卡皮说的。"

请注意，这里我们用文字传递了类似外国口音的对白，却没有采用音译，也就是说，没有拼写它的发音或故意把单词拼错。

此刻，如果那对被欺负的老年夫妇也加入抗议，会进一步使压力增强。尽管在银幕上爆粗口已经变得非常单调乏味，但是这里加几个特殊词汇还是可以使人听起来觉得惊讶和有趣。那位被剥夺了乘坐出租车权利的老太太表现得体而拘谨，我们不指望她举起雨伞敲打出租车的窗户大骂赫布。

如果她这样做，也许令观众一笑，也许不会。

总之，有一点很清楚，赫布必须逃离。他怎么才能让司机赶快开车呢？趁司机没看见，他把枪从箱子里拿出来，迅速地藏在身上。现在，他没有挥舞手枪，而是从布兰尼夫航空袋里掏出一沓钱扔到前座。

"开车。"赫布又说。

司机发动了汽车。

赫布和司机斯拉瓦克·沃卡皮行驶在曼哈顿的大街上。在途中，赫布脱掉行李员的制服，从行李箱里拿出一件色彩鲜艳的外套。他穿戴完毕，把脱掉的制服从车窗里扔到外面的街上。

也许一个乞丐拾起了衣服，在自己身上比试着大小，然后大声对疾驰而去的出租车喊：“你有40码的吗？”

在出租车里，沃卡皮与赫布说话。“不需要深刻的洞察力就知道你是个——怎么说来着？——潜逃者。在美国我是个卑微的出租车司机，但是以前在俄罗斯，我是个心理学家。在出租车这个行业，就像是酒吧和理发店，心理学派不上多大用场。在我看来你不像个罪犯，你也不可能逃脱纽约警察的追捕。我有个建议：要勇敢面对——那个词是这么说吧？”

赫布想了想司机的话，他慢慢点了点头。“布鲁克林岗。”他吩咐司机。

回想我们故事的开始，劳拉在出版社展台前见到赫布时告诉过他，自己婚姻破裂，她说她已经搬出了“布鲁克林岗的房子”。这里再次提到这个地址体现了情节的浑一性：在某处提到的细节被再次提起。

赫布·卡斯尔作为在逃罪犯成功的几率有多大？很显然，他唯一的希望是去劳拉的住处——布鲁克林岗——把她死亡的消息通知卡尔，搞清楚到底发生了什么事情，也许甚至可以想出解决方法。

出租车把赫布放在古老的布鲁克林岗一处19世纪的联排住宅前，赫布拖着行李朝前门走去。他小心地敲了敲门，让他意外的是，门没有关，他用手一推就开了。

他走进昏暗的入口，把行李放下。他听见远处传来低沉的谈话声。赫布走进客厅，声音变大，越来越清晰。他继续往餐厅走，透过微开的厨房门，看到几个人在焦虑地讨论着什么。

厨房里有个中年人，是卡尔，还有另外几个人，其中一个是我们早先在酒店里见过的便衣警察。赫布犹豫了一下。

只听见前门被用力打开，什么东西撞到了赫布放在那里的行李，紧接着听见有人被行李绊倒摔在地上的响声——一声呻吟。赫布仍然藏在厨房门外餐厅的暗处，现在他往后悄悄退去，躲在一只高大的装有瓷器的橱柜后面。这时那个被绊倒的家伙出现了，他揉着疼痛的臀部，一瘸一拐地走过赫布藏身的地方，进入了厨房。

这个人竟然是酒店前台的那个服务员。

赫布看到服务员加入了卡尔他们一伙。"他跑了！"前台服务员叫道。

"说点儿我们不知道的吧。"卡尔说。

"你告诉我们说，他是个窝囊废，只会打滚和装死，"服务员说，"可是，他很聪明，成功地逃脱了。"

"你应该把他困在酒店的。"卡尔说。

"至少他现在在你这里。"

"在这儿？现在？"

"行李，"服务员解释说，"你让我们准备的那些手提箱和袋子，它们就在这个房子里。我进门时被它们绊倒，差点儿把我的屁股摔成两半。"

一伙人马上全都冲到门口。

行李箱和袋子不见了。

他们跑到门廊和街上查看，街上空无一人。现在他们又转到另一个方向查看。

半条街之外，赫布拖着行李以冲刺的速度朝前跑，他进入了一个地铁站口。卡尔、前台服务生，还有便衣侦探对他穷追不舍。

地铁站内，有六七个人在排队等待购买乘车票。慌不择路的赫布开始站在队尾，然后突然冲到前面。他看起来好像是要插队。排在最前面的男人是个膀阔腰圆的壮汉，他用威胁的眼神瞄了赫布一眼，对纽约人来说，那个眼神的意思是：你有问题吗？

赫布绝望地去摸枪，结果却在布兰尼夫袋子里摸到一大把现金。

“我想买你排队的位子。”他说。

“成交。”那人回答，显然赫布手里握的钞票让他动了心。

可是，他还没有拿到钞票，另一个乘客叫道：“嘿，别在意你没排队，我可以卖给你我的地铁年票。”

“快点儿成交！”第一个家伙说。

乘客中爆发了竞争。“你那么需要乘车票吗？”一个妇女问赫布，“我十块钱卖给你。”

“九块！”“八块五。”

赫布把手里的钞票朝空中一撒，接过最近的人手中的乘车票，冲过了十字转门进入站台，刚好一列地铁列车进了站。

在外面转门前，人们在抢夺飘扬在空中的钞票，为落在地上的钞票争吵。

当然，恰恰在此时，卡尔、前台服务员，还有便衣侦探从人行道下到地铁站。他们看见赫布正在登上进站的列车，他们猛地跳过转门，冲向站台。

车门在他们到达的那一刻关上。他们喘着粗气眼睁睁地看着赫布站在车厢里，消失在纽约大都会运输署（Metropolitan Transportation Authority，简称MTA）错综复杂的交通网络中而无法追踪。

我通常会提醒作者在这场戏的结尾不要使用任何特殊效果——是否使用特效一般来说由导演和剪辑师决定——只用“淡出”或者“淡入”即可。

这一幕后面自然会紧接一个缓慢的淡入镜头。我们发现银幕上出现了黎明时昏暗沉闷的红光。苍茫的远景伸展开来，画面显示的是MTA在非高峰时段停在布朗克斯北部的地铁车厢。

我们现在就在其中一节地铁车厢里。除了赫布，车厢里空无一人。赫布笔直地坐着睡着了，下巴抵着胸部，几个行李包摇摇欲坠地放在他的腿上和脚边。显然赫布延续前一个场景一直坐到地铁线的终点，在车上时睡时醒地度过了大半夜。

然而，这个场景提出了一个合乎情理的问题：真的有人可以在纽约地铁的空车厢里过夜吗？

即使在无政府的、混乱而无法无天的纽约市，虽然有人可以无休止地坐地铁，却不可能在非运营时间在车厢里过夜，交通管理局的安保人员经常到里面搜索，驱逐任何试图待在那里的公民。

可以用一种方法加以解释，就是插入几个简短的镜头，表现赫布藏在什么地方，比如说，藏在轨道维修工的值班室，当黑暗降临后溜回到车厢。然而，事实上这并不需要。先显示赫布乘坐地铁，然后直接切换到这里的画面，观众会接受他躲过了警卫，设法整晚躲在地铁车厢里。

你不需要填充所有的中间过程。这样做，会让观众失去了自己填满它的机会。

电视剧《为人父母》中有个精彩例子。史蒂夫·马丁的妻子被朋友告知，她挽救自己乏味婚姻的办法是突然为她丈夫做一次口交。

一天晚上，当他们开着旅行车行驶在高速路上时，马丁的妻子决定也尝试做同样的事。我们看到她趴到了丈夫大腿上。

画面马上切换到旅行车，车已经被撞坏，停在路边。一个警察手里拿着笔记本，记下马丁和妻子报告的事故经过。警察问他们："你们俩还想再向我解释一下刚才的情况吗？"

这是剧中引起狂笑的地方。技巧不那么高明的作家会把画面处理为旅行车歪歪扭扭、颤颤悠悠地在大货车中间迂回。可能还会有令人毛骨悚然的差点儿与其他车辆碰撞的情节，或一系列开车特技闹剧。

这些多余的画面似乎可以使电影变得更加有趣。然而，事实上，删除这些画面远比保留它们要好。从妻子的色情姿势直接切到撞坏在路边的旅行车，已经暗示了上述所有画面。

我们用不着填充大量不必要的细节。

现在回到我们的主人公赫布身上，他在黎明的晨光里打着瞌睡，行李摇摇晃晃地放在他的身上和脚下。

赫布坐的这节车厢突然和另一节车厢扣在了一起，车身一震，运输早高峰开始了。袋子从赫布的腿上掉到地上，他醒了过来。

袋子落到地上，触发了装在里面的录音机开关，它开始播放。"哈利特走到了门口，句号，"一个陌生男子的声音从喇叭里传出来，"引号，是谁，问号，引号结束，她问，句号。"听起来很像是有人在向打字员口述。

也许这个声音有它的特点。它说错了几个词，重音的位置不对。

在故事的后面我们会遇到一个人物，他说话正是这种口音。多亏这种特殊的口音提供了线索，我们在他出现时会认出来，因为我们听过他的声音。

这种方法使故事做到了环环相扣，紧密关联。它把故事前面的线索和后面的情节相互关联，防止了剧本情节的表面化，避免了叙事过程像一串珍珠那样平铺直叙。由此使整个电影变得饱满丰富，令人惊喜。

掉出来的破旧录音机还是一个“合理的不可能性”例子。让我们来看看：就算一个人把录音机掉到地上一万次，也永远不可能触动它的开关。实际上，它只可能被摔坏，不管以前录了什么都再也听不到。

但是，当演员把录音机掉到地上，触动了它的播放键，它就立刻开始播放——尽管观众在理智上知道这是不可能的，也不会质疑这个情节的真实性。

我上第一堂影视写作课的时候编了一个故事，是讲一个年轻的小偷用一把玻璃刀把一扇窗户的厚玻璃划开一个四方形，伸手进去把门打开。

“玻璃不可能那样切开。”一位同学说。

课堂上有人回应道：“在电影里它就可以。”

确实，影视剧本创作的妙趣就在于真实生活中很多无法发生的事情在电影中都可以相当容易地发生，只要编剧需要它们发生就行。

如果让赫布有意开启录音机，就暴露了幕后的编剧。编剧需要让录音机播放录音，于是命令剧中的角色要把它启动。编造一个偶然的动作不小心地启动了它不是显得更加自然吗？

于是赫布坐在车厢里听着录音，又花了一点儿时间查看袋子里别的东西。

最后，他看起来似乎做了个决定。

此处，剧本很容易向读者传达“似乎做了个决定”之类信息。可是，要把同样的信息以画面的方式传递给观看影片的观众则完全是另一回事。

即使是经验最丰富的从业者，在剧本中描述心理活动也是一种挑战。每当我读剧本时读到某人“认为”，或“决定”，或“记住”，或“理解”什么事情时，我就知道手中的剧本是业余爱好者写的。

因此，我们知道赫布“似乎做了个决定”，只因为我们看到了前面的情节、他脸上的表情，还有紧接着发生的事情。

赫布做出“决定”后出现了一个外景镜头，是曼哈顿东50街的百利书店。一大群人在排长队，前面还有成群的记者。书店的窗户上有几块广告牌：深居简出的作家佩吉·特纳公开露面，今天亲自签名售书！！！

赫布在行李里发现的那份旅行表的第一站就是书店。

在书店里面，赫布被众多粉丝和媒体簇拥着，他谨慎、不安地给盒装的特纳再版著作签名，那套书我们最早在贾维茨展览中心的书展上看到过。

从背后看去，我们现在看见一个女人挤过人群，向赫布所在的位置走去。赫布看见她，吃惊地睁大了眼睛。

摄影机镜头跟踪这个女人，使我们看清楚了她的面孔。她是劳拉，那个死在酒店房间里的女人。

在此书的前言《上帝的游戏》一文中，我指出剧本写作是在扮演上帝。

让劳拉死而复生，正是我们在“扮演上帝”。当然，她当时并没有真的被枪杀。相反，她假装被杀是计划的一部分——故事稍后会揭开谜团，陷害赫布，让他扮演隐居的畅销书作家佩吉·特纳。

劳拉当时不了解计划的全部内容，她误导赫布的同时，自己也被卡尔骗了。

她有点儿类似于影片《西北偏北》里爱娃·玛丽·森特饰演的角色，起初欺骗加里·格兰特，后来发生转变，不仅爱上了他，还和他一起冒险。英格丽·褒曼主演的《美人计》也是一个类似的心意改变的爱情故事。

同样，1958年的音乐剧《失魂记》是根据浮士德的故事改编的，其中有个撒旦的狐狸精的元素，蛇蝎美女萝拉爱上了她预谋去伤害的那个人，最后转变成了他的盟友，而不是对手。

《物质享受》也发生了同样的心意转变。

现在让我们跳到故事结尾，然后倒推情节。我们的目的是让这个例子既能体现故事编织技巧的规则，又能反映身份和主题的相辅相成。我们要提取第三章的核心思想，即无论主题是什么，一个切身而真诚的、浑然一体的剧本值得观众给予关注并投入思考。

为了这个目的，我们不妨想象有个囚犯被关在惩教所，比如说，关在纽约北部臭名昭著的阿提卡（Attica）——他被监禁之初，即我们的电影开始前十年，他加入了囚犯的写作创作研讨班。在那里他写了个惊悚爱情故事，他的导师——当地社区大学英文教授——对这个囚犯的天才留下了深刻印象。

“写得真不错，”教师告诉囚犯，“我把它寄给出版社怎么样？”

“但是我不能出版作品，”囚犯说，“你没听说过‘波克威茨法’（Berkowitz law）吗？”

大卫·波克威茨（David Berkowitz）是个连环杀人犯，被判关押在纽约州监狱。他更臭名昭著的名字是“萨姆之子”，他用那个名字杀死了许多受害者。

他被监禁以后，政府当局担心他会把自己的罪行写成畅销书，利用其犯罪行为和名声赚钱。为了避免这种情况发生，此后通过了一条法律，对囚犯发表文字作品的权利予以限制。

试想，如果被监禁的重刑犯的写作指导教师告诉他，可以用笔名出版，避开“波克威茨法”，比如，佩吉·特纳。这样就不会有人指责他非法出版，因为没人知道他是谁。另外，特纳不会写他的犯罪故事，他写的是小说。

在这种情况下，如果他的书卖了出去，他的成功会归功于他身为作家的写作技巧，而不是暴力。

十年过去了，囚犯佩吉·特纳写了大概一打小说，都成为畅销书。有的被拍成卖座电影，还有的拍成了电视连续剧。

他赚的钱到哪里去了？它们变成了他的产业。

一个下层社会被判重罪的人能有什么产业？他只有一个母亲，是个管家，生活在比如说纽约的罗切斯特。母亲每六个月去监狱探访一次儿子，他问道：“妈妈，他们寄钱给你了吗？”

“儿子，”她回答，“他们寄给我那么多钱！啊，光去年他们就寄给了我将近五千美元！”五千美元实际上只是她应该收到的金额的百分之一。

后来，我们的罪犯被释放。

我不知道怎么设计这个情节转折点才好，也许后来发现“特纳”是无辜被判监禁。坦率地说，我认为这样处理过于轻巧和常见。也许它不至于让电影变糟糕，但是这部电影不应该使用。也许，他可以从监狱逃跑。当然这也是很俗套和被滥用的。还可以让天空出现不明飞行物，把故事变成一部科幻电影。

也许他被赦免了。这里有各种具有戏剧效果的可能性，但是过度纠缠这个环节会造成整部电影的激烈转折，完全可以另拍一部片。

也许他只是服刑期满被释放。

在离开监狱后，佩吉·特纳得知出版商过去十年一直在剥削他，他去找出版商理论，索要欠自己的数百万美元。

为了避免支付欠款，出版商设计了一个复杂的计划。他选了一个人假冒佩吉·特纳——理想人选是个书呆子，古怪、无用、来自西海岸，只和出版界稍稍沾点儿边。谁也不会关心此人的存在。接下来，他要让这个假冒的特纳一段时间内在公共场合露面，建立他隐居的畅销书作家身份。

最后，当然，他将被杀死。

阴谋策划者的意愿是，他的遗体在走廊里被发现，旁边放着虚假的行李。警察在检查行李的时候，将确定死者为佩吉·特纳，然后发布新闻，说他已经死亡。当然，这样就可以永远防止有人自称特纳，前来讨取稿费。

被败坏名声、失去信誉的当然包括我们的囚徒、作者，真正的佩吉·特纳。他怎么大喊大叫都可以。由于佩吉·特纳的新版作品被公开宣布属于另一个人，没有人会把真的特纳的抗议当回事。

我们假设策划这场阴谋的出版商是卡尔自己。我们同时假定当赫布逃离酒店的时候，真正的特纳，我们的囚徒，出现在了卡尔面前。然后卡尔给他看电视里的新闻报道，赫布正在百利书店签名出售盒装的特纳作品集，让特纳以为电视上看到的赫布一直在冒充自己领取稿费，会亲自追捕赫布并把他杀害。

当然，后来情节变幻，特纳和赫布，还有劳拉联合起来，击败了他们的压迫者。

最终他们来到特纳曾经服刑的监狱。在那里他们与监狱长交谈时发现，监狱长的口音和录音机里听到的奇怪口音一样，明白了监狱长也是同谋。前面说到赫布在酒店翻行李找到的手稿的最后几页被撕掉了，录音补齐了被撕掉的内容，所以行李箱里才又多了一个录音机。

在《物质享受》里，赫布发现有人强加给他一个不属于他的身份。起初，他极力抵抗。后来却终于投降，正像我们所有人最终都不得不向自己的命运和身份投降一样。

赫布一生都在努力，希望成为畅销书作家。突然，恶棍们把这个他梦寐以求的身份强加在他身上。最初他极力抵制，但是没过多久就热切地爱上了这个身份。

真正的特纳现在自由了，但是他对写作再无兴趣。“我能理解关在牢房里的囚犯为什么想当作家，”他告诉赫布，“但是，为什么一个自由的人还想写东西？”

因此，最后赫布和真正的特纳达成了协议。赫布使用特纳的名字继续写书，他和特纳将分享稿酬。

说了这么多，我们这里是一个身份即为主题的例子。赫布有一个强加给他的身份。再说一次，他起初拒绝，后来接受了它。事实上，他不仅仅是接受，而且是欣然接受了它。

这不是我们所有人的故事吗？当然，我们的DNA是决定我们是谁、我们是什么的一个重要因素。但是，除此以外，我们来到人世时基本上是一片白板。我们的环境、经历、亲朋好友等最终塑造了我们的身份。最后，由他们定义我们是谁。和赫布一样，我们开始会拒绝，但是最终身份主宰了我们，我们只能屈从于它。

这正是真实生活和戏剧创作的核心内容。

–全书完–

Appendix
附录

原理 1：所有作家都憎恶写作。

原理 2：写作是扮演上帝。

原理 3：找到一个经纪人不难，难的是写出一部值得经纪人推销的剧本。

原理 4：写作是精神分裂的过程。

原理 5：艺术是谎言，讲述了更大的真理。

原理 6：影视写作牢不可破的原则：不能乏味。

原理 7：观众不愚蠢，他们很聪明。

原理 8：每当作者坐在空白纸张或发光的屏幕前时，他应该写的是关于自己的故事。

原理 9：无论多么痛苦，编剧都必须欣然接受：真实的自我表露。这是电影的组织原理。

原理 10：现实生活中，我们消磨时间；电影里，时间消磨我们。

原理 11：如果一个剧本是个人的，是整体的一部分，不管它是什么都没关系。

原理 12：电影可以疗伤。

原理 13：即使你不知道你是在写自己的个人故事，你还是在写你自己的个人故事。你的心和你的手决定了你写出的所有剧本都只是：你自己的故事。

原理 14：电影银幕不是窗户，而是镜子。

原理 15：所有电影都面对同一个主题——身份。

原理 16：电影不是广播节目。

原理 17：主题不是在想法中表达，而是在故事中表达。

原理 18：一个有价值的剧本主题必然是编剧的惊喜。

原理 19：生活是真实的；电影则是编造的。

原理 20：观众渴望的不是真实，而是甜蜜诱人的谎言。

原理 21：对于经过检验的真实与看起来的真实，作家应该选择后者，尽管它也许是假的。

原理 22：真实是永远被寻求但始终没有得到的。

原理 23：电影作家的挑战不是去查看，而是去编造。

原理 24：艺术不寻求答案，只是提出问题。

原理 25：观众能够容忍银幕中的人物陷入自己绝对不可能陷入的处境，只要他们在电影中的反应与观众在同样情况下所做出的反应相同即可。

原理 26：编剧不是按字数获取酬劳。

原理 27：在我们的生活中，共识和协议是一个重要部分，但在艺术中，它不是。

原理 28：不要让影片中的这个人物告诉那个人物，观众已经知道的信息。

原理 29：电脑和电子游戏是互动的，一切艺术也都是互动的。

原理 30：戏剧就是行为动作。

原理 31：任何行动都优于无行动；与剧本故事浑然一体的行动是最好的行动。

原理 32：如果你想让别人把你当成专业剧作家，先用专业作家的标准来要求自己。

原理 33：“作者”一词源自“权威”；每一位作家都必须拥有自己的权威。

原理 34：少即是多。

原理 35：影视编剧最好的朋友是删除键。

原理 36：“情绪”（Mood）反过来拼写是“厄运”（Doom）。

原理 37：电影剧本软件应该为编剧服务，而不是相反。

原理 38：电影是运动的。

原理 39：喘息是在电影结束之后。在电影放映时观众不寻求喘息，而是寻求屏住呼吸。

原理 40：再好的想法对于电影来说也仅仅是一个想法。

原理 41：写作障碍是写作的自然状态。

原理 42：最后截止期限是作家的朋友。

原理 43：不要让精益求精变成拦路虎。

原理 44：大纲是过去时；剧本是现在时。

原理 45：电影中的每个场景都自成为一部迷你电影，具有它自己的开端、中间和结束。

原理 46：真正的电影写作，是修改。

原理 47：作家的成熟不仅仅意味着要学会删舍；还要学会乐于删舍。

原理 48：只要有疑问，就把它扔掉。

原理 49：作家的工作是把自己装入其他人的头脑和身体里，并像他们一样思考和行动。

原理 50：艺术是痛的。

原理 51：有另一组人——演员，他们受到的伤害比作家更深。

原理 52：握有权力的人不懂他们在说什么。更糟糕的是，他们不想知道。

原理 53：艺术不是聪明的，它是愚蠢的。创作作为一种职业不是明智理性的，而是癫狂怪异、愚笨痴顽到无以复加的地步。

原理 54：艺术家可能犯的最严重的错误是，把魔法排除在外。

原理 55：聪明的问题不提供答案，而是产生进一步的问题。

原理 56：电影剧本的创作不是关于电影业，而电影业却和电影剧本的创作相关。

原理 57：好编剧只充当引路人，然后让开路。

原理 58：布尔乔亚式、中产阶级的价值观是全世界的希望。

原理 59：最明智的对策，最有见识的道路，对任何人来说，不是离析而是同化。

原理 60：拥抱最新潮流为时已晚，正因为它是最新潮流。

原理 61：艺术家采用的最危险的策略，就是寻求保险。聪明的作家不是逃避风险，而是拥抱风险。

原理 62：最聪明的营销策略是拿出好剧本。

原理 63：每一个成功的作家——没有例外——开始时都是毫无经验和名气的。

原理 64：每一个作家都将寻找借口去避免做此刻摆在他面前必须完成的工作。

原理 65：引人注目是最重要的。

原理 66：电影票房成功的唯一因素是：口碑。

理查德·沃尔特 | Richard Walter

加利福利亚大学洛杉矶分校（UCLA）影视写作系主任、编剧、剧本医生。

位于好莱坞产业中心，UCLA影视写作专业在全美国排名第一。
《剧本》一书是UCLA高级影视写作课程的内容大纲，被全世界一百多所大学用作教科书。

置身于行业前沿、执教近四十年的沃尔特，以其丰富经验告诉你标准的剧本格式、如何修改剧本、真实的业界环境，手把手教你写专业的影视剧本，敲开行业大门。

剧本：影视写作的艺术、技巧和商业运作

产品经理 | 周　婧

装帧设计 | 沈璜斌

出 品 人 | 路金波

图书在版编目（CIP）数据

剧本 ：影视写作的艺术、技巧和商业运作 /（美）理查德·沃尔特著 ；杨劲桦译. -- 天津 ：天津人民出版社，2017.4（2021.1重印）
书名原文：Essential of Screenwriting：The Art, Craft, and Business of Film and Television Writing
ISBN 978-7-201-11518-4

Ⅰ. ①剧… Ⅱ. ①理… ②杨… Ⅲ. ①电影文学剧本—创作方法②电视文学剧本—创作方法 Ⅳ. ①I053.5

中国版本图书馆CIP数据核字（2017）第045851号

著作权合同登记号：图字02-2017-40

剧本：影视写作的艺术、技巧和商业运作
JU BEN：YING SHI XIE ZUO DE YI SHU、JI QIAO HE SHANG YE YUN ZUO

出　　版　天津人民出版社
出 版 人　刘　庆
地　　址　天津市和平区西康路35号康岳大厦
邮政编码　300051
邮购电话　022-23332469
电子信箱　reader@tjrmcbs.com

责任编辑　张　璐
产品经理　殷梦奇
封面设计　沈璜斌

制版印刷　北京盛通印刷股份有限公司
经　　销　新华书店
发　　行　果麦文化传媒股份有限公司
开　　本　1230毫米×880毫米　1/32
印　　张　15.25
印　　数　85,001-90,000
字　　数　240千字
版次印次　2017年4月第1版　2021年1月第15次印刷
定　　价　58.00元